UTE HAESE

# HERINGSHAPPEN

## DER ACHTE FALL FÜR HANNA HEMLOKK

*Küsten Krimi*

emons:

**Bibliografische Information der Deutschen Nationalbibliothek**
Die Deutsche Nationalbibliothek verzeichnet diese Publikation in der Deutschen Nationalbibliografie; detaillierte bibliografische Daten sind im Internet über http://dnb.d-nb.de abrufbar.

Umschlagmotiv: suze/photocase.de
Umschlaggestaltung: Nina Schäfer, nach einem Konzept von Leonardo Magrelli und Nina Schäfer
Umsetzung: Tobias Doetsch
Gestaltung Innenteil: César Satz & Grafik GmbH, Köln
Lektorat: Dr. Marion Heister
Druck und Bindung: CPI – Clausen & Bosse, Leck
Printed in Germany 2018
ISBN 978-3-7408-0421-3
Küsten Krimi
Originalausgabe

Für Ahin, Bayan,
Dunia, Haboun, Leila,
Sheima und Widad

# Glossar norddeutscher P-Wörter

| | |
|---|---|
| Pannkoken | Pfannkuchen |
| pieblond | wasserstoffblond |
| plietsch | intelligent |
| Pomuchelskopp | Dummkopf, Trottel |
| Portjuchhee | Portemonnaie |

# EINS

»FuckUp-Nights auf Hollbakken?«

Ich beäugte meinen Freund Johannes entgeistert. Meinte er das etwa ernst? Tat er – todernst sogar, sein entschlossener Gesichtsausdruck ließ keinen Zweifel daran.

»Nun guck nicht so, Hanna. Du weißt doch, dass ich dringend Geld für den Unterhalt des alten Kastens brauche. Und FUNs sind momentan überall auf der Welt total angesagt.«

Das mochte ja sein, doch ich war mir ziemlich sicher, dass seine hochwürdigen Ahnen allesamt wie Turbinen im Grabe rotieren würden, wenn sie von den Plänen des jüngsten Betendorp-Sprosses erfahren könnten. Einerseits. Andererseits saß Johannes als einzig verbliebener Lebender der Familie, deren Stammbaum mindestens bis zu Knud dem Schädelspalter zurückreichte, mit dem Herrenhaus und Eurograb Hollbakken an. Sie nicht.

»Noch einen Tee?«, fragte ich daher, um meine Gedanken zu sortieren.

Auf alles war ich vorbereitet gewesen, als er heute Morgen seinen Besuch in meiner Villa angekündigt hatte, um mich in seine neuesten Pläne einzuweihen – darauf allerdings nicht. Ritterspiele, ja. Erneute Incentive-Feiern ebenfalls sowie Luxuspicknicks auf dem löcherigen Grün hinter dem Haus oder Mittelalter-Märkte im maroden Innenhof. Aber FuckUp-Nights im großen Salon? Definitiv nein.

Johannes, der mein Mienenspiel stumm beobachtet hatte, wuchtete sich von meiner roten Couch hoch und hielt mir die Tasse hin. Ich schenkte ihm automatisch nur zur Hälfte ein, denn er pflegte liter- und löffelweise Milch und Zucker in seinen Tee zu kippen. Er konnte sich das leisten. Der Mann war rank und schlank wie ein Aal und würde höchstwahrscheinlich auch bis ins Greisenalter immer so bleiben. Beneidenswert.

»Also«, sagte ich bedächtig, als er samt Tasse wieder saß, »fangen wir noch einmal von vorn an.«

Er grunzte zustimmend.

»Gut, dann hilf mir doch mal kurz auf die Sprünge: ›Fuck up‹ heißt übersetzt so viel wie ›vermasseln‹ oder ›in den Sand setzen‹, wenn ich mich nicht irre.«

Er neigte zwar kaum merklich den Kopf, blieb aber weiterhin stumm und kam mir kein Jota entgegen. Also fuhr ich fort.

»Und es geht bei solchen Veranstaltungen um berufliche Fehler und Misserfolge, richtig?« Auch im abseits von allen hippen Metropolen dieser Welt liegenden idyllischen Bokau haust man schließlich nicht vollends in einem schwarzen Loch. Außerdem hatte ich seinerzeit solide Englischstunden in der Schule genossen und wusste zudem, dass jenes bewusste Wort im Fernsehen der USA mit einem Piepton belegt wird, sobald es jemand ausspricht.

»Die man vor Publikum eingesteht, ja«, bequemte sich Johannes jetzt mit ernstem Gesicht zu sagen, während er den wohlschmeckenden Earl Grey rührend in eine Art Babybrei verwandelte. »Und genau das ist das Gute an der ganzen Sache, Hanna.« Genüsslich leckte er den Löffel ab und legte ihn achtlos auf den Tisch. Dann schaute er mich fest an. »Weil wir in Deutschland einfach keine richtige Fehlerkultur besitzen. Alles muss möglichst toll und perfekt sein. Und zwar immer. Scheitern geht hierzulande gar nicht und gilt als Schande, weil wir unbewusst Erfolglosigkeit im wirtschaftlichen Bereich mit Versagen im moralischen gleichsetzen. Und das ist doch totaler Mist. Wieso kann man nicht offen über seine Fehler sprechen? Jeder macht welche. Ständig. Und wir wissen es alle.«

Mhm. So formuliert, klang das ziemlich vernünftig, zugegeben. Ich nahm ebenfalls einen kräftigen Schluck Tee, um mein Unbehagen, das ich trotzdem dabei verspürte, besser in Worte fassen zu können. Denn war das nicht lediglich die eine, blank polierte Seite der Medaille? Starrten einem nicht unweigerlich Schmutz und Rost entgegen, sobald man sie umdrehte?

Johannes pustete völlig unnötigerweise über seinen Zucker-, Milch- und Teebrei und schaute mich dabei erwartungsvoll an.

»Na ja«, begann ich daher vorsichtig, »das ist alles zweifellos richtig, was du da sagst, aber einen gewissen Unterhaltungswert besitzt die Sache doch auch, oder?« Und das war noch höflich formuliert, wie ich fand. Sensationsgeilheit hätte es meiner Meinung nach weit eher getroffen, aber ich wollte meinen Freund nicht verletzen.

»Ja, klar. Natürlich«, gab Johannes schnörkellos zu. An seinem Tonfall hörte ich, dass er mit diesem Einwand gerechnet hatte. »Aber ist das denn so schlimm? Jeder will sich amüsieren, wenn er ehrlich ist. Es kommt doch darauf an, was hinter allem steht. Und die Botschaft der FUNs ist einfach nur gut, weil sie nämlich lautet: Nichts ist endgültig, das Leben geht auch nach der größten Pleite weiter. Gerade du hast das doch am eigenen Leib erfahren, Hanna. Als das mit deinem Studium nicht so richtig klappte, hast du begonnen, Liebesgeschichten zu schreiben. Und als du von denen genug hattest, bist du Privatdetektivin geworden. Und wer kann schon sagen, ob das dein endgültiger Beruf ist?«

Ich. Ich konnte das definitiv sagen. Denn mittlerweile war ich Private Eye mit Leib und Seele, auch wenn es mir gerade ein bisschen an Fällen mangelte und ich mich zunehmend langweilte. Allerdings gedachte ich, das just an diesem Abend zu ändern. Aber davon später. Jetzt ging es erst einmal um Johannes und seine Vermasselungs-Nächte, wobei ich in diesem Moment, das muss ich zugeben, nicht den Hauch einer Ahnung in meiner sonst in derartigen Dingen äußerst zuverlässigen Blase spürte, was sich daraus für Bokau und speziell für mich entwickeln sollte.

»Na ja«, hob ich ein zweites Mal an, ohne auf Johannes' Schilderung meines zugegebenermaßen keineswegs knickfreien Berufsweges einzugehen, »weißt du, ich stelle mir nur vor, da sitzen dann zwanzig, vierzig, vielleicht sogar hundert Leute in der Halle von Hollbakken, während einer erzählt, wie er mit seinem Unternehmen in den Konkurs gegangen ist. Wie er es dann mit einer neuen Idee und einer neuen Firma wieder versucht hat, nur um dann mit der erneut eine Pleite hinzulegen. Es ist ein Auf und Ab, Höhen und Tiefen kommen und gehen, Leidenschaft und Leiden wechseln sich ab. Es sind menschliche Schicksale, und es ist Dramatik pur, verstehst du?«

»Selbstverständlich tue ich das. Denn genau darum geht es doch gerade. Um menschliche Schicksale, und wie man mit ihnen umgeht. Deshalb ist es auch so gut, dass –«

»Moment«, unterbrach ich ihn und hob die Hand wie ein Verkehrspolizist bei Rot, wenn die Ampel ausfällt. »Was ich eigentlich sagen will, ist, dass das Ganze für meinen Geschmack entschieden etwas von Hollywood hat. So ein öffentliches Taumeln zwischen himmelhoch jauchzend und zu Tode betrübt, zwischen totaler Euphorie und völliger Verzweiflung, meine ich. Bloß dass das hier die Wirklichkeit ist und keine Filmromanze zwischen zwei Megastars, wo sich alles in Friede, Freude, Eierkuchen aufgelöst hat, wenn der Abspann über die Kinoleinwand flimmert. Dies hier sind richtige Menschen, Johannes. Da hängen Existenzen und Lebenswege dran. Deshalb habe ich damit solche Bauchschmerzen.«

Er schwieg. Allerdings hatte er seine halb leere Tasse mittlerweile auf den Tisch gestellt und die Arme vor der Brust verschränkt. Die klassische Abwehrhaltung. Ich ließ nicht locker. Es half ja nichts. Irgendwann würden meine Bedenken ohnehin aufs Tapet kommen. Da konnten wir das auch gleich hinter uns bringen.

»Was ich sagen will, ist, dass diese FuckUp-Night-Dinger auch ziemlich viel mit Voyeurismus und einer gehörigen Portion Schadenfreude zu tun haben. Und ich weiß nicht, ob ich das so toll finde.« So, nun war es ausgesprochen. Doch Johannes verzog keine Miene, als habe er auch mit diesen Bedenken gerechnet.

»Das stimmt schon, ich streite das ja überhaupt nicht ab. Aber du kannst es eben auch anders sehen. Denn für denjenigen, der von seinen Niederlagen erzählt, kann das ganz heilsam sein, und für die Zuhörer, von denen sich möglicherweise so mancher mit dem Gedanken trägt, selbst ein Start-up zu gründen, ist es ermutigend. Weil sie nicht allein sind, wenn sie ihr Projekt in den Sand setzen. Das passiert anderen genauso und ist deshalb nicht so schlimm. Die Welt geht davon nicht unter. Das ist die Botschaft.« Er grinste mich schief an. »Du denkst typisch deutsch, Hanna. Alles hat sicher und garantiert zu sein. Alles geht seinen vorgezeichneten Weg. Aber schau dir doch einmal die Arbeitswelt von heute an. Da sind überall Umdenken, Flexibilität und neue Ideen gefragt. Und dazu gehört nun einmal zwangsläufig auch das Scheitern. Wie gesagt, du bist doch das beste Beispiel dafür.« Himmel, musste er denn immer wieder darauf herumreiten? Sooo stolz war ich nun auch nicht auf meinen Werdegang. »Nein, der Mensch von heute muss einfach für sein Leben Misserfolge und diverse Richtungswechsel einkalkulieren, sonst hat er schon verloren.« Wieder griff er nach seiner Teetasse. Der Brei musste inzwischen kalt sein. Ihn schien das nicht zu stören, denn er stürzte den Rest in einem Zug hinunter, ohne das Gesicht zu verziehen. »In den USA denken die schon ewig so. Guck dir Donald Trump an. Der ist in seinem Leben bekanntlich mehrmals krachend auf die Schnauze gefallen, hat so manchen Deal versaut, und nun ist er immer noch Milliardär und außerdem Präsident einer Supermacht. Oder Arwed Klinger. Der schimpft sich zwar jetzt Großbauer, aber in seiner früheren Existenz leitete er eine Zementfirma, die er mit Schmackes gegen die Wand gefahren hat.«

Dazu muss man wissen, dass bei uns in Bokau seit nunmehr einem guten Monat der Wahlkampf tobte. Zwei Bürgermeisterkandidaten standen seit September zur Debatte: nämlich besagter Arwed Klinger, ein Populist reinsten Wassers, der nicht nur auf dem Schädel dem aktuellen US-Präsidenten nacheiferte, sondern auch darunter mit ihm in dessen bodenloser Schlichtheit d'accord ging, und die eher dem politisch liberalen Spektrum zugeneigte Dr. Corinna Butenschön, unsere »Ostseebeauftragte des Kreises Plön für Berlin und Brüssel«, die in Bokau geboren, in Schönberg und Heikendorf zur Schule gegangen war, in Kiel studiert hatte und einer ur-ur-uralten Probsteier Familie entstammte. Sie war eine geborene Arp-Stoltenberg, ihre Mutter eine echte Paustian-Göttsch; vier Namen, die hier in der Probstei zum alten Adel gehören. Klinger und Butenschön sowie ihre Anhänger schenkten sich nichts. Das Ganze glich mittlerweile einer Schlammschlacht mit einem hohen Anteil an persönlichen Beleidigungen und Schmähungen aller Art; gern auch unterhalb der Gürtellinie. Sachargumente waren weniger gefragt. Beide Kandidaten waren nicht nur aus diesem Grund nicht wirklich mein Fall, wie es heute neudeutsch so hübsch heißt. Die Wahl kam einer Entscheidung zwischen Pest und Cholera gleich.

»... das Scheitern endlich in den Köpfen der Leute als Chance zu verankern, Hanna. Nur darum geht's bei den FuckUp-Nights.«

»Ich sehe ja, dass das ein wichtiger Aspekt ist«, gab ich widerwillig zu. »Trotzdem ist mir die Vorstellung ein Graus, dass da so ein IT-Bartträger und Großstadt-Hipster vor einer grölenden Menge mit Tränen in den Augen erzählt, was bei ihm alles schiefgelaufen ist. Und anschließend lässt er den Hut rumgehen oder erhebt bei dir eine saftige Gebühr für seine Vorstellung. Willst du das wirklich?«

Denn eigentlich hatte Johannes es doch auch nicht mit dieser vollbebarteten Großstadt-Gattung Mensch, die allzeit den Euro scharf im Blick hat. Er verdiente seine Brötchen ganz bodenständig als Tischler, glaubte an die Grundgütige als das höchste aller Wesen und beschäftigte sich leidenschaftlich mit religiösen, esoterischen und philosophischen Fragen. Sein Pferd hieß Nirwana. Daraus folgte geradezu zwingend, dass es sich bei meinem Freund um alles andere als einen scharf kalkulierenden Geschäftsmann handelte. Kurz gesagt, ich hatte schlichtweg Angst, dass er von irgendwelchen mit allen Wassern gewaschenen Yuppies über den Tisch gezogen wurde und sich erneut verkalkulierte. Denn das hatten wir alles schon ein paarmal durchexerziert. Nur durch meine tatkräftige Hilfe und die seiner anderen Bokauer Freunde hatten er und Hollbakken noch keinen bleibenden Schaden genommen.

Er durchschaute mich. Und bedachte mich mit einem liebevollen Blick.

»Komm einfach zur ersten Nacht, Hanna. Lass dich überzeugen. Und so ganz nebenbei kannst du dann auch auf mich aufpassen, damit ich nicht wieder in niederträchtige Hände gerate.«

»Ich wollte nicht … Also das verstehst du jetzt total falsch«, entgegnete ich lahm.

»Nö, tue ich nicht«, widersprach Johannes vergnügt. »Man kennt sich ja schon ein bisschen länger. Du machst dir Sorgen um mich. Danke dafür. Ich weiß deine Anteilnahme zu schätzen. Na, kommst du?«

Ich zögerte. Solche Veranstaltungen waren wirklich nichts für mich: zu laut, zu voll und zu krawallig. Ich würde mich todsicher total fremdschämen und am liebsten im Erdboden versinken.

»Ich brauche das Geld wirklich ziemlich dringend«, murmelte Johannes, den Blick dabei fest auf meinen Couchtisch gerichtet. »Denn wenn nicht bald etwas geschieht, fällt Hollbakken spätestens im nächsten Jahr mit Donnergetöse in sich zusammen. Das Dach im Haupthaus ist nicht mehr ganz dicht, das müsste dringend repariert werden. Und eins von dem Ausmaß ist sauteuer. Na ja, und wie es um die Nebengebäude steht, weißt du ja selbst.«

Ja. Ich kannte die katastrophale Situation des alten Herrenhauses so gut wie er. Und er war mein Freund. Ich horchte in mich hinein. Vielleicht malte ich ja auch nur den Teufel an die Wand, und das Spektakel würde gar nicht so schlimm werden. Außerdem würden bestimmt viele Menschen aus Bokau und Umgebung schon allein aus schierer Neugierde hingehen. Und wenn ich mich dem Ganzen verweigerte, konnte ich weder bei Bäcker Matulke noch bei unserer alteingesessenen Gastronomin Inge Schiefer oder in unserem neu eröffneten

Gourmettempel, der »Heuschrecke«, mitreden. Also, was tun, Hemlokk? Die Antwort lag ja wohl auf der Hand. Ich würde mir die erste FuckUp-Night auf Hollbakken nicht entgehen lassen. Johannes zuliebe. Bokau goes Hollywood! Yeah!

»Gut, ich werde kommen.«

»Super!« Er strahlte, was mich wiederum ziemlich rührte. »Ich wusste es!«

»Na ja, Amerika ist schließlich auch nur entdeckt worden, weil Kolumbus den Seeweg nach Indien finden wollte und sich ordentlich verpeilt hat. Wer weiß also, wozu das alles gut ist«, brummelte ich, um meine Verlegenheit zu überspielen. Johannes lag eindeutig eine Menge an meiner Meinung. Und das ehrte mich sehr. »Wann soll es denn losgehen? Brauchst du Hilfe? Ich habe momentan ein bisschen Luft.«

Das war nicht gelogen, denn Bokau schien nicht nur jahreszeitbedingt, sondern auch ermittlungstechnisch in den Winterschlaf gefallen zu sein. Bis auf den dreckigen Wahlkampf – Klinger hatte vorgestern Butenschön per Twitter bezichtigt, eine dieser unattraktiven Emanzen zu sein, die die Welt und speziell Bokau nicht bräuchte, Butenschön nannte ihn daraufhin im Gegenzug auf Twitter *und* Facebook einen Geisteszwerg, der mit den unteren Regionen seines Körpers denke – ging alles seinen ordentlichen Gang. Nein, nicht ganz, aber darauf komme ich später.

»Oh, möchtest du vielleicht gleich die erste Moderation übernehmen?« Johannes verzog bei seinen Worten keine Miene, doch ich sah ihm trotzdem an, dass ihn allein die Vorstellung mächtig amüsierte. »Oder gilt dein Angebot nur für den Getränkeeinkauf und fürs Stühleschleppen?«

»Fürs Stühleschleppen. Dafür eigne ich mich mehr«, sagte ich schnell. Zu schnell, denn siedend heiß fiel mir eine noch grässlichere Möglichkeit ein: »Oder willst du etwa selbst den Moderator spielen?«

Johannes lachte.

»Nein, nein, keine Angst. Ich weiß schon, wo meine Grenzen liegen. Na ja, in den meisten Fällen zumindest. Dafür habe ich Malte Wiesheu engagiert. Der makelt mit Immobilien und ist gleichzeitig Eventmanager. Der kann so was richtig gut.«

Als Johannes sich verabschiedete, war es draußen bereits stockfinster – kein Wunder, wir gingen schließlich stramm auf Halloween und damit Ende Oktober zu. Was wiederum für unsere Breitengrade wettermäßig bedeutet, dass es spätestens gegen vier, halb fünf anfängt zu dämmern und dass es entweder stürmt oder nieselt oder sintflutartig schifft und die Wolkendecke bleischwer fast in den kahlen Wipfeln der Bäume hängt. Die Farbe Grau muss man mögen, wenn man im Winter in Schleswig-Holstein wohnt. Sonst kommt man nur schlecht über die frösteligen Monate, denn mit Schnee haben wir es hier oben, obwohl aus südelbischer Sicht praktisch schon an der Packeisgrenze gelegen, eher weniger zu tun.

Auch heute regnete es wieder einmal kräftig. Ich würde also mein Velo im Schuppen stehen lassen und das Auto nehmen. Denn an diesem Abend ging ich essen. Und zwar nicht einen der genialen Inge Schiefer'schen »Heringshappen« – dahinter verbarg sich im Gegensatz zum Namen eine überdimensionale Platte, auf der es den Fisch geräuchert, mariniert, roh, gebraten und sauer eingelegt gab –, sondern in die kürzlich eröffnete »Heuschrecke«, die am anderen Ende von Bokaus Hauptstraße lag.

Der Betreiber hatte unter den aufmerksamen Blicken der Dörfler den gesamten Sommer über eine seit Langem leer stehende Kate komplett entkernt, saniert und umgebaut, und das Ergebnis konnte sich nach landläufiger Meinung sehen lassen: Das Restaurant punktete mit exotischem Charme und wirkte dabei weder steril noch total stylish, trotz seines superangesagten kulinarischen Angebots. Denn der Name des Lokals war Programm: Sven Perrier servierte den Bokauern in der »Heuschrecke« knusprig frittiertes Allerlei aus Insekten, Maden, Grashüpfern und Grillen sowie Algensalat als Essen der Zukunft. Das Angebot war ohne Zweifel gewöhnungsbedürftig, aber als neugieriger Mensch und überzeugte »Feuer &

Flämmlerin« – so nannte sich meine Kochgruppe, in der wir regelmäßig indisch-scharf brutzelten, jedoch zunehmend auch mit der norddeutschen Küche liebäugelten – ließ ich mir so etwas natürlich nicht entgehen. Das war das eine.

Doch was mich an diesem Abend noch mehr an einem Besuch in der »Heuschrecke« reizte, war der Zustand des Wirts: Er war nämlich tot, letzte Woche bei Nacht und Nebel auf einer feuchten, kalten Wiese gestorben; zertrampelt und zerquetscht von einer Kuh, genauer gesagt von einem schottischen Hochlandrind mit blondem Zottelfell und langen, gebogenen Hörnern.

Nun kommt so etwas immer mal wieder vor; besonders in den Sommermonaten liest man des Öfteren von unerfahrenen Wanderern aus den Häuserschluchten der Großstadt, die quer über eine Weide latschen, obwohl die Kühe Kälber haben und es mit der Mutterliebe tierisch genau nehmen, wie jedes Landei weiß. Oder von draufgängerischen Sechzehnjährigen, die sich für Toreros halten und einen Fünfzehn-Zentner-Bullen absichtlich reizen, um ihren Kumpels oder der ersten Freundin zu imponieren. Und natürlich gibt's auch Bauern, die sich bei einem ihrer Tiere schlicht verrechnen. Mensch und Kuh haben eben manchmal ein Verständigungsproblem, und schließlich können nicht alle Beziehungen so prachtvoll und harmonisch verlaufen wie die von mir und meiner kühischen Nachbarin und Freundin Silvia, die in den Sommermonaten mit ihrer Herde samt Bullen Kuddel auf der Weide direkt gegenüber meiner Villa wohnt. Manchmal knallt's halt zwischen Homo sapiens und Rindvieh, und das ist dann einfach Pech.

Doch hier lag die Sache anders. Denn in diesem speziellen Fall blieben gleich mehrere Fragen offen, wobei die wichtigste auf meiner Liste zweifellos lautete: Was, zum Teufel, hatte ausgerechnet Sven Perrier in der Natur gewollt? Die Ende Oktober nur noch kalt, dunkel und nass ist? Und auf so einer Weide weitab von jeder vernünftigen Straße gibt es nichts anderes. Aber der Mann war ein reiner Stadtmensch gewesen, das hatte er nicht nur mir gegenüber immer wieder betont. Der Geruch von heißem Asphalt und Abgasen sei ihm tausendmal lieber als der Duft einer frisch gemähten Wiese, der höchstens zu Heuschnupfen führe, hatte er mir anvertraut, als er mir bei meinem letzten Besuch in seinem Lokal einen Vortrag über den Igitt-Faktor des gemeinen Europäers bei Maden gehalten und die Insekten als Proteinquelle der Zukunft gerühmt hatte. Allzu viel Grün verursache ihm zuverlässig Magenschmerzen sowie Brechreiz, und Kühe fand er lediglich in Form von Steaks beachtenswert. Perrier hatte es nur deshalb nach Bokau gezogen, weil hier die Mieten günstig waren und er auf die Touristen hoffte, die seinen Ruf mehren und von unserem Dorf in die weite Welt hinaustragen sollten. Sobald er es sich leisten könne, werde er auf der Stelle nach Hamburg übersiedeln. Oder besser noch nach Singapur, London oder New York, hatte er betont.

Was also, hatte sich das Private Eye in mir daher sofort gefragt, als Bokaus Buschtrommeln Perriers Tod verkündeten, wollte so jemand an einem stockdunklen, regnerischen Oktoberabend mutterseelenallein auf einer abgelegenen, quietschfeuchten und scheißkalten Wiese? Und was hatte ihn auch noch zu allem Überfluss über den Zaun zu den Kühen klettern lassen? Ganz zu schweigen von dem Rätsel, was eine eher zur sanftmütigen Sorte Rindvieh gehörende schottische Highlanderin derart gereizt hatte, dass sie offenbar wutentbrannt auf den Mann zugestürmt war, um ihn mit einem gezielten Schwenker des massigen, behörnten Kopfes umzuschmeißen, bevor sie Perrier mit der ganzen Wucht ihrer dicken Schädelplatte, ihren Hörnern sowie ihren Vorderläufen immer wieder traktiert hatte, bis der sich nicht mehr rührte?

Der Bauer hatte das, was nach dieser Attacke von Sven Perrier übrig gewesen war – man munkelte, dass selbst seine Mutter ihn nur noch an den Schuhen erkannt hätte –, beim morgendlichen Kontrollgang zu seinen Tieren gefunden. Die Mörderin, deren Kopf, Fell und Vorderhufe noch rot vor Blut waren, hatte etwa fünfzig Meter entfernt von ihrem Opfer ruhig neben ihrem Kalb gelegen und wiedergekäut, sich keiner Schuld bewusst, ganz so, als sei nichts geschehen.

Aber es war etwas geschehen; Perrier war mausetot, das war das eine. Und da stimmte etwas eindeutig ganz und gar nicht. Das war das andere. Nein, es handelte sich hundertprozentig nicht um einen tragischen Unfall, wie der offizielle Untersuchungsbefund lautete. Perrier war keineswegs der Mann gewesen, der einfach leichtsinnig über den Zaun kletterte, um den Kühen gute Nacht zu sagen oder das Kalb zu klauen, weil er urplötzlich genug von den Maden gehabt und Lust auf ein frisches Rinderfilet verspürt hatte.

Nein, für derartige Eskapaden war er einfach nicht der Typ gewesen. Gut, er hatte null Komma sechs Promille im Blut gehabt, wie die Untersuchung ergeben hatte. Ein derartiger Wert führt zweifellos zu Reaktionsverzögerungen, jedoch nicht zur Totalabschaltung des Gehirns. Und dessen hätte es bedurft, um sich so zu verhalten, wie Perrier es offiziell getan haben sollte. Denn eine Kuhweide betritt man nun einmal nicht ohne triftigen Grund, und eine Kuh mit Kälbchen lässt man nun einmal als Mensch sowieso besser in Ruhe, weil sich die an sich friedliebende Dame dann im hormonellen Ausnahmezustand befindet und leicht reizbar ist. Perrier war zwar in der Tat ein nicht mit tierischem Verhalten vertrauter Großstädter gewesen, wie die Behörden argumentiert hatten, aber mittlerweile hatte er doch lange genug auf dem Land gelebt, um das wissen zu müssen. Einmal ganz abgesehen von dem Zeitpunkt, an dem sich der »Unfall« ereignet hatte: nämlich im Stockfinsteren, irgendwann zwischen achtzehn und zwanzig Uhr. Genauer wollten die Ärzte sich nicht festlegen. Und nach einem Motiv hatte man nach Analyse der Lage von offizieller Seite erst gar nicht gesucht. Nein, an Sven Perriers grausamem Tod war entschieden etwas faul. Derartige Bären konnte man einem ahnungslosen Stadtsheriff aufbinden, aber nicht mir, dem Bokauer Private Eye mit einem Ruf wie Donnerhall!

Also hatte ich beschlossen, der Sache auf den Grund zu gehen. Das war schließlich meine Profession. Na ja, außerdem langweilte mich die Schmalzheimerschreiberei wieder einmal erheblich. Sülz- oder wechselweise eben Schmalzheimer nenne ich – und niemand anders, da bin ich eigen! – meine Liebesgeschichten, die ich im Brotberuf für die Yellow Press produziere. Denn als Privatdetektivin in Bokau wird man nicht so leicht reich. Der Ort ist klein und kein Mekka für Verbrechen aller Art. Mehrere Weißkittel-Dramolette hatte meine Agentin im Herbst für das kommende Jahr bestellt. Und so ließ Vivian LaRoche unseren Richard am offenen Herzen ebenso wagemutig wie verantwortungsbewusst herumskalpieren, bis das Messer qualmte und die Tränendrüsen der Leserinnen verstopften, während das Herzchen Camilla ob des tapferen Helden mit schöner Regelmäßigkeit dahinschmolz wie eine Schneeflocke in der Sahara. Gäääähn!

Wer es noch nicht weiß: Vivian LaRoche ist mein Pseudonym, Richard und Camilla heißen Held und Heldin in der gesamten Schreibphase eines Sülzheimers, bis ich sie am Schluss der Geschichte mit individuellen Namen ausstatte. Das ist einfacher und sicherer, weil sonst unter Umständen aus Karsten plötzlich Matthias wird oder aus Heike Sandra, wenn mitten im Schaffensprozess das Mittagessen liegt und man kurzzeitig abgelenkt ist von einer exorbitant leckeren Muschelsuppe. Oder einer selbst gestopften Bratwurst mit Apfelchutney und frischem Brot.

Doch bevor ich in der »Heuschrecke« mit meinen Ermittlungen beginnen konnte, stand noch ein anderer Termin auf meinem Zettel. Denn meiner langjährigen Freundin Marga ging es schlecht. Sehr schlecht sogar. Seit ein paar Wochen hing sie komplett durch. Sie schien plötzlich mit ihrem Sessel verwachsen zu sein, starrte blicklos in Richtung Passader See und ließ sich ums Verrecken nicht dazu bewegen, mir den Grund für ihren veritablen Durchhänger zu verraten. Dabei gehörte sie eigentlich nicht zu der stillen Sorte Mensch, die ihren Frust in sich hineinfraß, sondern platzte im Normalfall trotz ihres Alters – sie ging auf die siebzig zu, genau wusste ich das nicht – vor Energie. Deshalb fand ich die momentane Entwicklung so beängstigend.

Marga sprach wenig, aß wenig und protestierte noch weniger gegen die horrende Verschmutzung der Meere, die zunehmenden Plastikmüllberge in den Ozeanen oder die zu hohen Fischfangquoten für Hering, Butt und Dorsch. Um die darin liegende Dramatik zu erkennen, muss man wissen, dass Marga Schölljahn sich mit Haut und Haaren dem Schutz der Meere vor dem gierigen Zugriff des Menschen verschrieben hatte. Dafür hatte sie bislang allerhand Verrücktes getan – angefangen von waghalsigen Sprayaktionen an vorbeirauschenden, nicht mit einem Abgasfilter ausgestatteten Containerriesen über die christomäßige Verhüllung der Schönberger Seebrücke bis hin zur Gründung einer Partei.

Doch aus Der echten PiratenPartei, besser bekannt als DePP, wurde nichts. Die Sache dümpelte mehr oder minder vor sich hin und kam nicht über die gelegentliche Berichterstattung in der lokalen Presse hinaus. Ich vermutete, dass das zumindest eine der Ursachen für Margas Depression war. Denn darum handelte es sich, wenn ich ehrlich war: um eine satte Depression und nicht mehr um einen schlichten Durchhänger, der sich nach ein paar Tagen Trübsalblasens von allein wieder gibt.

Kurzum, ich machte mir ziemliche Sorgen um meine Freundin und besuchte sie deshalb, sooft es meine Zeit erlaubte; auch wenn es mir zunehmend schwerfiel, weil der Umgang mit einem Menschen in so einem Zustand wirklich nicht leicht ist. Heute wollte ich sie allerdings überreden, mit in die »Heuschrecke« zu kommen. Das würde ihr guttun und meine Mission zudem unauffälliger erscheinen lassen. Es fiel einfach nicht so auf, wenn wir zu zweit waren und ich ganz nebenbei Koch und Kellner Fragen zu Sven Perrier stellte. Dann gingen wir als neugierige Damen durch, die sich trauten, einmal etwas Neues auszuprobieren, und nebenbei ein bisschen quasselten.

Also stopfte ich mein Portemonnaie in den Rucksack, schmiss mich in Jacke und Stiefel, wickelte den Schal fest um den Hals und krönte das Ganze mit einer bunt-bommeligen Pudelmütze Marke Hemlokk'scher Eigenbau. Meine Mutter hatte sie mir letztes Weihnachten zum Fest geschenkt. Ich liebte sie. Anschließend klopfte ich meinem in seiner Krankenkiste schlummernden griechischen Schildkröterich Gustav zum Abschied sanft auf den Panzer und schloss sorgfältig die Tür meiner Villa ab. Sie ist mit ihren zweiundvierzig Quadratmetern zwar klein und nicht mein, aber fein, und sie liegt einsam direkt am Passader See, weshalb ich nicht einmal umziehen würde, wenn eine Mischung aus Brad Pitt, Leonardo DiCaprio und Shia LaBeouf auf einem glänzenden Rappen durch mein kombiniertes Wohn-, Arbeits- und Esszimmer traben würde, um mich in ein französisches Schloss zu entführen. Ganz genau: Ich liebe meine Ruhe ebenso wie meine Unabhängigkeit. Gut gerüstet, machte ich mich also mit der Taschenlampe auf den kurzen Weg hinauf zum Haupthaus etwa einhundert Meter oberhalb meiner Villa.

»Marga, bist du da?«

Ich hatte kurz an die stets unverschlossene Wohnungstür geklopft und war eingetreten. Natürlich war sie da. Leblos wie eine Puppe saß meine Freundin in ihrem Sessel und blickte in die Dunkelheit zum See hinunter; eine ältere Frau mit brav gefalteten Händen im Schoß, deren Kampfgeist erloschen war. Der Anblick zerriss mir schier das Herz. So langsam wie eine von den wärmenden Strahlen der Sonne abhängige wechselwarme Schildkröte im Spätherbst wandte sie den Kopf in meine Richtung.

»Ach, du bist das, Schätzelchen.«

Ich zog mir einen Stuhl heran und setzte mich neben sie. Eine Weile schwiegen wir einfach und schauten gemeinsam in die Dunkelheit.

»Wie geht es dir heute, Marga?«, fragte ich schließlich leise.

»Danke, gut«, lautete die höfliche Antwort. Ich hätte sie am liebsten geschüttelt.

»Aber das stimmt doch nicht«, platzte ich heraus. »Schau dich doch bloß einmal an. Was ist los? Willst du es mir nicht endlich sagen? Vielleicht kann ich dir helfen!«

Ihre Schultern versteiften sich bei meinen Worten kaum merklich, und ihr Gesichtsausdruck wurde noch einen Hauch starrer. Abwehr pur. Es hatte keinen Sinn. Also wechselte ich das Thema. Allerdings hielt ich es für unklug, gleich mit der Tür ins Haus zu fallen. Sie verließ ihre Wohnung nämlich nur noch höchst ungern, wie man sich denken konnte.

»Stell dir vor, Johannes will jetzt FuckUp-Nights auf Hollbakken veranstalten. Das sind diese Dinger –«

»Ja, ich habe davon gehört. Das ist bestimmt richtig. Er braucht das Geld.« Es klang völlig gleichgültig.

»Also ich finde solche Veranstaltungen furchtbar«, probierte ich es noch einmal.

»Er braucht das Geld«, wiederholte sie tonlos. Ende der Durchsage. Früher hätten wir uns mit Lust und Laune die Mäuler über die FUNs zerrissen. Bei ein bis zwei Flaschen Wein und einem ordentlichen Stück Käse. Jetzt drohte sich eine meterdicke Leichendecke des Schweigens über uns zu breiten.

»Bei Bäcker Matulke hat man mir heute Morgen erzählt, dass sogar die Pilcherine und Fridjof Plattmann schon in der ›Heuschrecke‹ waren«, steuerte ich daher leicht angefasst auf mein eigentliches Ziel zu. Alles andere war offenbar verschwendete Liebesmüh. »Ich hätte ja zu gern einmal deren Gesichter gesehen, wenn sie in einen krossen Engerling beißen.«

Fridjof Plattmann war unser aller Vermieter. Wie meine Villa gehörte auch das Haupthaus diesem Bokauer Bauern mit einem ausgeprägten Sinn für Humor, wie er letzten Sommer mit der Schöpfung eines Kornkreises unter Beweis gestellt hatte. Er stritt seine Urheberschaft zwar immer noch ab, aber ich glaubte ihm kein Wort. Und bei der Pilcherine handelte es sich um die örtliche Tierärztin, Frau Dr. Renate Wurz, die im letzten Sommer ihre Leidenschaft fürs Schreiben von Sülzheimern entdeckt und mich zu ihrer Mentorin erkoren hatte. Erst drastische Maßnahmen meinerseits hatten sie davon absehen lassen, mich weiter ständig mit ihrem Quark zu belästigen.

»Die Pilcherine und der Plattmann, eh?« Endlich – eine Reaktion!

»Genau die. Siehst du«, fuhr ich entschlossen fort, als sie

nicht weiter reagierte, »sogar die sind neugierig. Dann solltest du dich wohl auch einmal zu einem Besuch aufraffen.« Ich strahlte sie an, als sei ich soeben erst auf diese Bombenidee gekommen. »Was hältst du davon, wenn wir heute Abend gemeinsam in die ›Heuschrecke‹ gehen und uns ein paar schöne frittierte Fliegen gönnen?«

»Och, ich habe eigentlich gar keinen Hunger«, lehnte Marga ab. Ihr Gesicht war schmal und grau, und die schlaff herabhängenden Falten an ihrem Hals schienen über Nacht länger und tiefer geworden zu sein. Sie hatte ordentlich abgenommen in letzter Zeit, ohne Frage. »Aber es ist lieb von dir, dass du fragst.«

Mit einer Abfuhr hatte ich natürlich gerechnet. Also brachte ich das erste schwerere Geschütz in Stellung.

»Hör zu, Marga. Ob dein Magen knurrt oder nicht, ist jetzt nicht das Thema. Auf den Appetit kommt es an. Was du auf der Zunge spürst, verstehst du! Und der Quallensalat ist dort wirklich eine Wucht. Oberlecker. Mit klein geschnittenen Gurken und Frühlingszwiebeln, angemacht in einer Marinade aus Erdnussbutter, Sojasoße, Essig, Zucker, Zitronensaft, Salat- und Chiliöl. Ich habe es mir genau beschreiben lassen. Die Quallenstreifen schmecken darin wirklich pikant«, versuchte ich sie sozusagen anzufüttern.

Und tatsächlich – Marga gestattete sich den Anflug eines Lächelns. Immerhin.

»Das glaube ich dir ja alles, Schätzelchen. Aber sei mir nicht böse. Ich mag einfach nicht. Obwohl es gut klingt. Na ja, zumindest interessant.«

Auch damit hatte ich gerechnet. Man ist schließlich nicht umsonst ein höchst erfolgreiches Private Eye. Denn zu diesem Job gehört unabdingbar, dass man sich von den Schachzügen seines Gegenübers keinesfalls überraschen lassen darf. Die kennt oder ahnt man im Voraus und überlegt sich eine Möglichkeit, wie sie zu parieren sind. Sonst ist man verloren.

»Marga«, begann ich also streng und zündete damit Stufe zwei meiner Argumentationsrakete, »dann vergiss eben das

Essen. Du kannst ja auch nur etwas trinken. Aber du musst dringend einmal raus aus deiner Bude, hörst du! Ich bin deine Freundin, und ich sage dir, es wird allerhöchste Zeit, dass du etwas anderes siehst als deine Wohnung. Wenn das so weitergeht, setzt du noch Moos an. Du musst wieder unter Menschen, sonst versauerst du langsam.«

»Ja«, sagte sie folgsam, »da hast du wohl recht. Aber mir ist einfach nicht danach.«

»Dann gib dir einen Schubs, verdammt! Ich brauche dich. Du würdest mir einen großen Gefallen tun.«

Hemlokk, ermahnte ich mich im selben Moment. Ganz ruhig. Damit erreichst du gar nichts. Sagte ich bereits, dass Taktik manchmal nicht zu meinen Stärken gehört? Marga warf mir einen unergründlichen Blick zu.

»Ich danke dir für deine Sorge um mich, Schätzelchen. Wirklich. Ich finde das sehr nett und geradezu rührend. Aber du brauchst mich bestimmt nicht.«

Nett! Du großer Gott. Sie wusste genau, wie ich das Wort hasste, weil es so lilalau und beliebig war. Wenn sie mich angebrüllt hätte, hätte ich mich weitaus wohler gefühlt. Diese emotionslose Höflichkeit war schlimmer zu ertragen als all ihre bekloppten Pläne zum Schutz der Meere zusammen. Aber einen Pfeil, nein, wenn man es genau nahm sogar zwei, hatte ich noch im Köcher. Ich beugte mich zu ihr hinüber, nahm ihre Hände in meine und blickte ihr fest in die Augen.

»Gut, du willst nichts essen, du willst nicht raus. Das nehme ich zur Kenntnis. Aber zwei Sachen sprechen dagegen. Einmal brauche ich dich nämlich wirklich als Tarnung, Marga. Und zwar dringend. Weil ich unauffällig Fragen zu Sven Perriers Tod stellen muss. Das war also keineswegs nur so dahergesagt.«

»Soso.« Endlich meinte ich einen Funken von Leben in ihren Augen zu entdecken. »Lass mich raten, Schätzelchen. Du hältst sein Sterben nicht für eine natürliche Angelegenheit.«

»Richtig.«

»Und du bist sicher, dass das nicht einzig und allein an deinem Beruf liegt? Dass du überall Morde witterst, meine ich, weil du als Privatdetektivin arbeitest und alles nur durch diese Brille siehst?«

»Absolut sicher. Da stimmt etwas nicht«, erwiderte ich feierlich.

Immerhin schien sie über meine Worte nachzudenken, wobei sie eine Schnute zog, die bei einer Dame in ihrem Alter nur witzig aussah.

»Okay«, sagte sie dann gedehnt. »Ich nehme das ebenfalls zur Kenntnis. Und was ist mit zweitens?«

Für einen Moment hatte ich den Faden verloren und schaute sie ratlos an.

»Du hast von zwei Sachen gesprochen, Schätzelchen«, erinnerte sie mich prompt.

Sieh an, etwas von der alten Marga war also durchaus noch vorhanden. Vor Erleichterung hätte ich ihr fast einen freundschaftlichen Rippenstoß versetzt, konnte mich jedoch im letzten Moment bremsen.

»Ja, habe ich.« Ich senkte meine Stimme zu einem dramatischen Bühnenflüstern, denn jetzt kam das ultimative Marga-Argument. »Du weißt natürlich, dass die Zahl der Quallen weltweit alarmierend zunimmt. Weil sie nur aus Glibber und Wasser bestehen und ihnen die zunehmende Übersäuerung der Meere deshalb nichts anhaben kann.«

Kunstpause. Sie gab ein Geräusch von sich, das wohl eine Art Zustimmung signalisieren sollte. Doch ihre Miene war wachsam bis misstrauisch.

»Die Übersäuerung lässt diese Viecher total kalt, während ihre Fressfeinde immer weniger werden, weil die nämlich mit dem sauren Zeug nicht umkönnen und reihenweise wegsterben. Bald wird die Ostsee daher nur noch ein einziger riesiger Wackelpudding sein, wenn nichts geschieht und wir nichts unternehmen.«

Stimmte das so? Na ja, es war vielleicht ein wenig überzogen, aber in etwa und von der Tendenz her war das schon richtig, denke ich.

»Ja, ich weiß. Es ist furchtbar.« Immerhin schielte Marga jetzt nicht mehr halb aus dem Fenster in die stockfinstere Nacht, sondern sah mich mit beiden Augen an.

»Zumal man diese Billiarden und Trillionen von Quallen weder fangen noch vierteilen kann«, schob ich geschwind hinterher, um sie bei der Stange zu halten.

»Ja, das weiß ich auch.« Sie hörte mir tatsächlich zu. Das war nicht immer so gewesen.

»Also«, fuhr ich entschlossen fort, »muss man sie anders bekämpfen.« Zwei, drei Sekunden ließ ich verstreichen, um die Wirkung meiner Worte noch zu steigern. »Nämlich indem man es so macht wie die Chinesen.«

Plötzlich schienen die Muskeln in Margas Gesicht wieder zu funktionieren. Nichts hing mehr. Ich meinte sogar so etwas wie ein leichtes Interesse in ihren Zügen zu entdecken. Heureka, mein Plan konnte gelingen!

»Aufessen?«, schlug sie schließlich nach kurzer Überlegung vor, als ich eisern schwieg.

»Ganz genau«, bestätigte ich feierlich. »Was man nicht im Kampf besiegen kann, verspachtelt man einfach. Das ist eine uralte chinesische Kriegstaktik und … äh … Weisheit.«

Draußen pfiff eine Bö durch die kahlen Äste der Pappeln, die das Grundstück begrenzten. Es war ein urtümliches, elementares Geräusch. Ich mochte es sehr.

»Konfuzius?«, fragte Marga beiläufig, und ich meinte jetzt tatsächlich mehr als den Hauch eines echten Lächelns auf ihrem blassen Gesicht erkennen zu können.

»Und Hemlokk«, sagte ich und stand entschlossen auf.

## ZWEI

Marga war tatsächlich mitgekommen. Brummelnd und höchst widerwillig zwar, aber sie hatte sich ebenfalls in Jacke und Stiefel gezwängt und war mir gefolgt. Ich war mächtig stolz auf mich gewesen, denn das hatte seit Wochen niemand mehr geschafft: weder ihre alten beziehungsweise jugendlichen Kumpel Theo und Krischan noch mein Freund und Liebhaber Harry Gierke, der seit Kurzem als gefühlter Einsiedel, weil ohne seinen heiß geliebten Neffen Daniel, auf der gleichen Etage wie Marga in der Nachbarwohnung hauste. Brav hatte sie sogar den von mir so gepriesenen Quallensalat bestellt, während ich mich an die Medusen als Sushi gewagt hatte, was in Japan der neueste Schrei sei, wie mir der jugendliche Kellner – blütenweißes Hemd, lange schwarze Schürze einschließlich des so oft damit einhergehenden leicht blasierten Gesichtsausdrucks – wiederholt versicherte: kein Gramm Fett, kein Cholesterin, dafür jede Menge hochgesunder Spurenelemente; kurzum, es sei eine Mischung, die für Business-Powerfrauen oder … äh … im Alter nicht zu toppen sei. Dabei hatte er mich so treuherzig angeblickt wie ein Dackel, der soeben die Fleischwurst vertilgt hat.

Mhm. Ich glaubte kaum, dass ich in seinen vielleicht knapp fünfundzwanzigjährigen Augen als Business-Powerfrau durchging. Sei's drum, ich nahm es dem Bürschchen nicht übel. Als ich unter dreißig gewesen war, hatte ich auch alle Leute über dieser magischen Grenze automatisch für scheintot gehalten. So ist das eben. Ändern wird sich das nie. Und um es gleich vorwegzunehmen: Das Mahl war für einen mittel- bis nordeuropäischen Gaumen tatsächlich gewöhnungsbedürftig, drücken wir es einmal so aus. Vor die Wahl gestellt, hätte ich den hierzulande in der Winterzeit allgegenwärtigen Grünkohl mit Kassler und Kochwurst eindeutig vorgezogen – selbstverständlich in der norddeutschen süßen Variante.

Unser Kellner hieß Karl und war von der mitteilungsbedürftigen Sorte. Kumpel Rico, der Koch, und er planten, das Restaurant nach dem Tod des Chefs in Eigenregie weiterzuführen, erzählte er uns ungefragt, kaum dass wir saßen. Denn das Lokal sei Abend für Abend rappelvoll, wie Perrier es prophezeit habe; es gebe also selbst in einem Dorf wie Bokau mit seinen knapp dreihundert Einwohnern, der einen Hauptstraße, dem Bäcker und Inge Schiefers bislang einziger Gaststätte einen Bedarf an Exotischem.

Ich sah ihm großzügig nach, dass ihm bei seinen Ausführungen eindeutig das Wort »Kaff« auf den Lippen gelegen hatte. Man könne auch sagen, die Leute dürsteten regelrecht nach etwas Neuem, hatte er uns ernst mitgeteilt, während er unsere Bestellung aufnahm. Es war der einzige Moment gewesen, wo ich meinte, von Marga ein leises Gnuckern zu hören. Das tat gut! Denn der Junge würde sich tatsächlich noch wundern. Ich teilte ihre Meinung. Wenn der erste Hype vorbei war und sich die Aufregung um die frittierten Maden gelegt hatte, würden etliche Leute mit ziemlicher Sicherheit wieder brav zu Inge Schiefers Fleischtöpfen zurückkehren. Erst dann begann für die »Heuschrecke« die eigentliche Bewährungsprobe. Ich hatte es ohnehin von Anfang an verblüffend gefunden, dass auch so viele der nun nicht gerade für ihre Offenheit gegenüber Neuem berühmten Bokauer zumindest ein Mal den Weg in dieses Etablissement gefunden hatten. Aber vielleicht lag das an dem Marketing-Trick Perriers: Zwei Tische in dem ohnehin nicht sehr großen Lokal hatte er vom ersten Tag an ausdrücklich für Einheimische reserviert, damit sie auf jeden Fall einen Platz bekämen, wenn sie dem Klischee vom kulinarisch hinterwäldlerischen Dörfler etwas entgegensetzen wollten. Tja, und da musste man sich doch einfach mal hier reinwagen und zeigen, dass man zu diesem erlesenen Kreis der Privilegierten gehörte.

Als Karl mit unserer Bestellung abgezogen war, schaute ich mich interessiert im Lokal um. So ganz verdenken konnte man dem Bürschchen dessen Enthusiasmus allerdings auch nicht. Denn wir waren beileibe nicht die einzigen Gäste an diesem trüb-nebligen Oktoberabend, die sich in der von der Dekoration her zwischen blumigem Hawaii-Ambiente und treudeutschem Biedermeier schwankenden Speisestätte den Bauch mit sojagetränkten Quallen und frittierten Engerlingen vollschlugen. Neben uns saßen zwei junge Frauen aus dem Neubaugebiet, die sich ein ganzes Medusenbüfett bestellt hatten und quietschend und prustend in jedes Schüsselchen piksten. Ich kannte sie lediglich vom Sehen, hatte jedoch noch nie ein Wort mit ihnen gewechselt. Etwas weiter weg hatte ein älteres Ehepaar Platz genommen; ihm sah man an, dass sie ihm lediglich die Wahl zwischen Scheidung, Tod und Schlimmerem sowie dieser Glibbermasse gelassen hatte. Sie hingegen wirkte ausgesprochen fröhlich und kaute hingebungsvoll, während er äußerst spitzzähnig lediglich hin und wieder etwas in den Mund schob. Sie hießen Berkner oder so ähnlich und wohnten in Passade. Die anderen Gäste waren mir fremd.

Ich hatte mit meiner Fragerei gewartet und versucht, mich mit Marga zu unterhalten, bis die meisten Testesser gegangen waren und Karl etwas mehr Luft hatte. Zunächst hatte ich ihn nochmals in ein harmloses Gespräch über Bokau und die Aussichten der »Heuschrecke« verwickelt, wobei ich Marga unter dem Tisch mehrmals auf den Fuß trat, damit sie sich an dem Geplauder beteiligte. Nach einer etwas holperigen Anlaufphase machte sie ihre Sache ganz ordentlich, erzählte, dass sie schon einmal Schlange gekostet habe, und erwähnte sogar Johannes' FuckUp-Night-Projekt, was Karl höchst interessant fand. Er schöpfte keinen Verdacht, als ich ihn fragte, was er denn von Sven Perriers merkwürdigem Abgang aus dieser Welt halte: durch eine Kuh, ich bitte Sie! Eine blödere Art, zu Tode zu kommen, gäbe es ja wohl kaum.

Na ja, es sei schon irgendwie ziemlich tragisch gewesen, hatte er achselzuckend gemeint, aber Rico und er hätten sich darüber eigentlich nicht groß Gedanken gemacht. Weil es doch ein Unfall gewesen sei und sie beide sich eher nicht ausmalen wollten, wie Sven … Und außerdem sei dies ihre Chance. Sie hätten deshalb hinterher, wie er es ebenso trocken wie emotionsfrei formulierte, ausschließlich über das Restaurant und ihre Zukunft geredet. Ob sie die Speisekarte erweitern sollten etwa. Vielleicht um Schnitzel mit Pommes und Seelachsfilet in Eihülle, weil ja nun einmal nicht alle Leute Quallen mögen. Das sei sicher eine gute Idee, hatte Marga sanft bemerkt. Ich hatte geschwiegen. Karl und sein Partner waren durch das Ableben ihres Chefs offensichtlich nicht gerade bis ins Innerste erschüttert worden. Die beiden jungen Männer interessierten sich ausschließlich für ihr eigenes Schicksal und ihre Zukunft. An dem Tod Perriers sei ihnen also rein gar nichts seltsam vorgekommen, hatte ich schließlich noch einmal deutlicher nachgeschoben. Hatte es vielleicht vorher irgendwelche Auffälligkeiten gegeben? War jemand sauer auf Perrier gewesen? Hatte ihn jemand bedroht?

Karl schaute mich mit kugelrunden Augen an. Marga produzierte ein gekünsteltes glockenhelles Gegiggel. Man mache sich ja manchmal die blödsinnigsten Gedanken, kam sie mir ungelenk zu Hilfe. Sven Perrier habe so lebenslustig gewirkt. Und er sei ein feiner Kerl gewesen. Deshalb sei sein Ende so unvorstellbar. Ich stimmte dem umgehend zu.

Na ja, meinte Karl zögernd, ihm sei nichts in der Richtung aufgefallen. Gar nichts. Und Rico bestimmt auch nicht. Alles sei völlig normal gewesen, soweit er es sagen könne. Außerdem seien Perrier und sie lediglich Geschäftspartner gewesen, keine Freunde. Sven habe ihnen nichts Privates erzählt. Und jeder sei sich selbst der Nächste, nicht wahr?

Trotzdem hätte ich schon ein bisschen mehr an Betroffenheit erwartet, wenn der Chef von einer wild gewordenen Kuh zertrampelt wird.

»Klinger ist nicht gut auf uns zu sprechen«, sagte Karl plötzlich, nachdem er ein Bier am Nachbartisch serviert hatte. »Der hat mal getwittert, dass so ein Ekel-Fraß, wie wir ihn in der ›Heuschrecke‹ anbieten würden, nicht zu Bokau passt und er deshalb solche Lokale glatt verbieten würde, wenn die nicht sowieso pleitegingen.«

Den Tweet hatte ich gelesen. Die Wortwahl des Bürgermeisters in spe war allerdings weitaus drastischer ausgefallen, woraufhin unsere Ostseebeauftragte für Brüssel und Berlin irgendetwas von der anscheinend angeborenen bodenlosen Dumpfbackigkeit so manches Möchtegern-Volksvertreters geschwafelt hatte. Unterstes Niveau bei beiden. Aber darüber konnte ich mich im stillen Kämmerlein aufregen. Jetzt war Karl dran.

»Hatten Perrier und Klinger denn Kontakt?«, fragte ich ihn ganz direkt. »Privat, von Mensch zu Mensch, oder in den sozialen Netzwerken vielleicht?«

»Null Check«, teilte er mir achselzuckend mit. »Hier im Restaurant haben sie sich meines Wissens zumindest nicht getroffen. Das hätte ich ja gesehen. Aber vielleicht haben sie mal telefoniert. Am Abend vor seinem Tod hat Perrier jedenfalls einen Anruf erhalten. Ich stand direkt daneben.«

Er fummelte jetzt an seiner Schürze herum und war gleichzeitig abgelenkt durch ein junges Mädchen, das ihre gebleachten Zähne hingebungsvoll in etwas kross Frittiertem versenkte und dabei selbst zum Anbeißen aussah.

»Von Klinger?«, bohrte ich nach.

»Äh … wie?«

»Könnte der Anrufer Klinger gewesen sein?«

»Keine Ahnung. Ich weiß es nicht. Das sagte ich doch schon«, kam es pampig zurück. »Der Mensch hat nicht so laut gesprochen, dass ich etwas verstehen konnte. Und Sven hat nur mit Ja oder Nein geantwortet und den nicht mit Namen angesprochen. Unser Chef hielt seine Privatangelegenheiten sowieso gern unterm Deckel.«

Ja, kurz danach sei Perrier dann aufgebrochen, teilte er mir immer noch abgelenkt durch das junge Mädchen mit. Aber er, Karl, habe sich darüber keine Gedanken gemacht – natürlich, ich hatte auch nichts anderes mehr erwartet –, der Laden sei voll gewesen, und Sven habe nichts gesagt.

»Ihr Chef hat das Restaurant zur Hauptessenszeit verlassen. Und das ist Ihnen nicht merkwürdig vorgekommen?«

Unwillkürlich schüttelte ich den Kopf. Wie vernagelt konnte man denn sein?

»Nö. Sie sagen es ja selbst: Er war der Chef. Also war es seine Sache. Und ich hatte wirklich alle Hände voll zu tun. Und Rico in der Küche auch«, verteidigte sich Karl, verlagerte sein Körpergewicht vom rechten auf das linke Bein und schob es angriffslustig vor. »Hören Sie, dieser Klinger wird doch Sven nicht umgebracht haben, nur weil er keine Quallen und Maden mag. Und ob Perrier noch andere Feinde gehabt hat, weiß ich nicht. Ich habe auch keinen Schimmer, was er ausgerechnet auf dieser blöden Wiese wollte. Was geht Sie das eigentlich alles an? Sven Perrier ist tot und begraben. Daran ist nichts Merkwürdiges.«

Und dann beugte sich dieser rotwangige Milchbubi zu mir herab und zischte wütend: »Sie sind diese Detektivin, richtig? Daran liegt es denn wohl auch, dass Sie überall nur Morde sehen und Tote nicht ruhen lassen können.« Marga besaß immerhin so viel Anstand zu hüsteln. Genau das waren ihre Worte gewesen. »Nein, die blöde Kuh hat Sven auf dem Gewissen. Das war's. Nichts steckt dahinter. Gar nichts. Rico und ich wären Ihnen sehr dankbar, wenn Sie das beherzigen würden. Negative Schlagzeilen und üble Nachrede können wir nämlich nicht gebrauchen, die sind äußerst schlecht fürs Geschäft.«

War das etwa eine lupenreine Drohung? Na warte, Freundchen. So sprang man nicht mit Hanna Hemlokk um. Ich fixierte ihn kühl.

»Ich gebe Ihnen einen guten und kostenlosen Rat, Karl. Halten Sie besser die Luft an. Ich kann ziemlich ungemütlich werden, wenn man mich unter Druck setzen will.«

»Das stimmt«, assistierte Marga eifrig. Weil sie mir vor noch nicht einmal zwei Stunden exakt die gleiche professionelle Deformation unterstellt hatte? »Das Schätzelchen hier hat eine ziemlich fiese Ader. Man denke nur an die bedauernswerte Pilcherine. Das arme, arme Mädchen. Glatter Nervenzusammenbruch, nachdem Hanna mit ihr fertig war. Da half auch nichts Ambulantes mehr.«

In Karls Augen begann es zu flackern, obwohl er bestimmt

nicht wusste, wer die Pilcherine oder ihre namensgebende Rosamunde waren. Na also, ging doch. Lässig bestellte ich für Marga und mich noch einen Jubi statt eines teureren japanischen Reisschnapses, dann brachen wir auf.

In dieser Nacht schlief ich schlecht. Ob mir das Quallen-Sushi, so schrecklich bekömmlich und obergesund es auch sein mochte, bleischwer im Magen lag oder ob das stete Heulen des Windes an meinen Nerven zerrte – ich konnte es nicht sagen. Wie gerädert schwang ich mich am nächsten Morgen aus dem Bett und wankte unter die Dusche. Im Sommer wäre ich jetzt an die Ostsee gefahren und hätte mir ein klares Hirn erschwommen. Aber bei satten drei Grad plus und einem zünftigen Nordoststurm, der einem auf dem Deich nicht nur die Nasenspitze rot färbte sowie zuverlässig die Nebenhöhlen einfrieren ließ? Nein danke. Ich ließ sogar die Vorhänge zu, während ich frühstückte, denn ein kurzer Blick aus dem Fenster auf den Passader See zeigte mir, dass wieder einmal Grau die Farbe des Tages war: das Wasser hellgrau, der Himmel steingrau und die umliegenden Felder braungrau. Die Natur lag da wie tot.

Und das war ein Gedanke, der mich umgehend zu meinem Schildkröterich trieb. Denn der verblichene Sven Perrier hin oder her, in seinem Zustand konnte der ebenso warten wie die Beschäftigung mit Klinger und dem Kellner Karl. Gustav war nämlich ernsthaft krank. Seit Wochen schon. An einem wunderschönen Spätsommertag hatte er Knall auf Fall das Fressen eingestellt, und ich machte mir zunehmend Sorgen um ihn. Mit seinen rund fünfundvierzig Jahren war er schließlich noch ein Krötenmann im besten Alter. Das Hannelörchen, seine tierische Lebensgefährtin und Mutter der vier Strandknacker, schlummerte mittlerweile süß und selig neben ihrem Nachwuchs im vier Grad kalten Kühlschrank. Bei Gustav hatte ich mich das nicht getraut und ihn in diesem Herbst nicht in den Winterschlaf geschickt, sondern stattdessen in einer grün übermalten hölzernen Weinkiste neben dem dänischen Kaminofen geparkt, den mir mein Vermieter Fridjof Plattmann als Dankeschön für einen gelösten Fall spendiert hatte.

»Na, Junge«, sagte ich leise zu Gustav, als ich mich neben seine Behausung kniete. Er lebte schon in meiner Familie, bevor ich geboren wurde. Wir waren zusammen aufgewachsen. Daher verband uns einiges. »Wie geht's uns denn heute?«

Dabei wedelte ich aufmunternd mit einem knackigen Eisbergsalatblatt vor seinen Nasenlöchern herum. »Riech doch mal. Mhmmm, wie das duftet! Total oberlecker, findest du nicht?«

Nein, tat er nicht, schon klar. Aber was redet man mit einem kranken Schildkröterich? Künftige FuckUp-Events auf Hollbakken waren ebenso wenig sein Thema wie ein von der Highlanderin zerquetschter Gastwirt und dessen verdächtiger Kellner samt Kumpel. Arwed Klinger mit seinen schwachsinnigen Tweets hatte ihn noch nie interessiert, soweit ich es beurteilen konnte, und als echte Hilfe bei der Frage, wie ich möglichst elegant herausbekam, wer Perriers letzter Anrufer gewesen war, würde er sich auch nicht entpuppen. Solche Dinge sprengten Gustavs geistige Kapazitäten. Tja, mein Schatz war nun einmal nicht so helle. Dafür konnte er als Reptil nichts. Es lag halt an seiner Platzierung auf einer eher niedrigen Evolutionsstufe. Ich gestand es in Gustavs Gegenwart nur ungern ein: Aber in diesem Moment fehlte mir Silvia sehr, meine kühische Nachbarin und Freundin von der Wiese gegenüber. Mit ihr konnte ich nämlich Privates und Berufliches besprechen, sie hatte selbst in kniffligen Fällen immer eine Antwort parat. Doch die Gute war bis zum Mai nicht zugriffig und weilte, wie schon erwähnt, mit ihrer Herde den Winter über im Stall. Letzte Woche hatte der Bauer sie abgeholt.

Natürlich war ich mit Gustav auch schon beim Tierarzt gewesen. Der hatte zwar sorgenvoll sein Löwenhaupt geschüttelt und ihn von oben und unten sowie von vorn und hinten geröntgt, was mich eine Stange Geld gekostet hatte, aber eine Diagnose war dabei nicht herausgekommen.

»Das gibt's«, hatte der Veterinär am Schluss der Untersuchung achselzuckend erklärt. »Manchmal fressen sie eben nicht. Ich kann nichts entdecken. Organisch fehlt ihm nichts.«

Ich hatte mich nicht zurückhalten können.

»Sie meinen«, hatte ich zuckersüß geflötet, »sein Leiden ist eher seelischer Natur? Vielleicht hat er Zoff mit dem Hannelörchen? Oder es kriselt zwischen uns, aber er traut sich nicht, den Mund aufzumachen?«

Der Mann hatte uns wortlos die Tür aufgehalten. Humorloser Knilch!

»Hör mal«, sagte ich jetzt zu Gustav, der mit geschlossenen Kauleisten zu mir hochblickte. Seine Äuglein blitzten immerhin noch. Noch! Ich hatte mich mittlerweile neben ihn gesetzt und schlürfte an meiner letzten Tasse Tee. »Ich denke, wir sollten es noch einmal … tja … trotz aller Widrigkeiten, sag ich mal, miteinander versuchen. Was meinst du? Ich brauche einfach jemanden zum Reden. Und vielleicht lenkt dich das ja von deinem seelischen Kummer ab.«

Er gähnte, sodass ich die winzige rosa Zunge sehen konnte. Na bitte. Wenn das kein einladendes, lautes »Ja« war!

»Also, hör zu. Diesem Karl aus der ›Heuschrecke‹ ist der Tod seines Chefs offensichtlich völlig wurscht. Ich finde das ein bisschen seltsam«, begann ich. »Als ob er zusammen mit seinem Kumpel Rico nur darauf gewartet hätte, das Restaurant zu übernehmen. Das wäre ein bärenstarkes Mordmotiv. Ob der mich mit dem Anruf angelogen hat, um mich mit einer falschen Fährte gezielt in die Irre zu führen? Weil in Wahrheit Karl und Rico Perrier auf die Wiese gelockt haben?«

Gustav sah mir fest in die Augen. Silvia hätte sich deutlicher geäußert. Ach verdammt. Aber konnte der Gute etwas dafür? Nein, natürlich nicht. Es war meine Aufgabe, seine Kommentare zu lesen und zu interpretieren.

»Du meinst also«, fuhr ich nachdenklich fort, »da könnte durchaus etwas dran sein. Denn das stimmt schon vom Motiv her gesehen. Die wollen die ›Heuschrecke‹ übernehmen. Aber ihr Alibi wird sich nicht leicht knacken lassen. Eigentlich müssten die beiden ja zum Zeitpunkt von Perriers Tod im Lokal gewesen sein. Mit fünfzig hungrigen Zeugen drumherum, wenn der Laden voll besetzt war, wie Karl behauptet.

Aber du hast natürlich völlig recht: Ich muss da auf jeden Fall nachhaken. Und was hältst du von der Klinger-Verbindung, die Karl angedeutet hat?«

Gustavs Haupt war auf den Boden gesunken. Er schnarchte. Und zwar ziemlich laut. Ich kannte das schon; die Müdigkeit übermannte ihn immer ganz plötzlich.

»Nichts. Aha.« Ich wackelte bedächtig mit dem Kopf. »Wenn du dich da man nicht irrst. Ich bin ganz und gar nicht deiner Meinung. Dem Klinger traue ich alles zu; der würde für ein bisschen Aufmerksamkeit seine Oma ermorden. Vielleicht wollte er Sven ja auch nicht gleich umbringen, sondern nur ... tja, was weiß ich? Auf jeden Fall muss ich mich um diesen seltsamen Anruf kümmern und sehen, was es damit auf sich hat. Denn höchstwahrscheinlich war das der Mörder, der Perrier zur Wiese gelockt hat.«

Keine Antwort. Silvia wäre jetzt mit der Zunge in beide Nasenlöcher geschluppt – erst ins linke, dann ins rechte – oder hätte einen heißen Strahl abgelassen, um mir zu zeigen, dass sie mein Vorgehen billigte.

»Und zum Charakter von schottischen Highlandern kannst du natürlich auch nichts Erhellendes beisteuern, mhm?« Ich hörte selbst, dass ich ein bisschen grantig klang. »Die gelten nämlich gemeinhin als ziemlich friedfertig, was die ganze Angelegenheit noch seltsamer macht.«

Wieder keine Reaktion. Gustav war eindeutig überfordert. Ich brach das Experiment ab.

»Hannelore und deiner Brut geht es in ihrem Luxus-Iglu gut«, teilte ich ihm stattdessen barsch mit. »Ich habe gestern nach ihnen gesehen.«

Damit in diesem Punkt keine Missverständnisse aufkommen: Sie haben einen eigenen Kühlschrank, der in meinem Fahrradschuppen steht, denn ins Gemüsefach meiner Kühlbox kommen mir die Herzchen nicht. Zugegeben, das Ganze hört sich für menschliche Ohren eher furchtbar, weil wie lebendig begraben an, aber in unseren unwirtlichen Breitengraden ist das die zuverlässigste Methode, um die Tiere unfallfrei über die kalte Jahreszeit zu bekommen. Schildkröten sind nun einmal wechselwarm, was bedeutet, dass sie gnadenlos von der Außentemperatur abhängig sind. Ab Oktober haben sie deshalb im Norden Deutschlands keine Chance mehr. Daher bade ich sie um diese Zeit in warmem Wasser, auf dass der Darm leer werde und sie nicht von innen verschimmeln, lasse sie wieder herunterkühlen, und ab geht's in den Frierer bei besagten konstanten vier Grad Celsius. Einmal in der Woche gibt es eine ordentliche Portion Luft, und im April wecke ich sie wieder auf. Dann werden sie erneut warm gebadet, damit alles in die Gänge kommt, bevor ein weiterer aufregender Sommer beginnt. Na ja, aufregend nach Krötenmaßstäben halt. Diese Methode ist ebenso genial wie ideal für eine gesunde Kröte, die ordentlich Speck unterm Panzer hat. Nur hatte Gustav genau das eben nicht, und ich wusste nicht so recht, wie es mit ihm weitergehen sollte.

»Ach du Schreck«, entfuhr es mir entgeistert. Das breit feixende rote Rentier auf Harrys grün-pulloverner Brust schien mir kumpelhaft zuzuzwinkern. »Hast du den etwa selbst gehäkelt oder trägst du den undercover?«

Ich hatte meinen Liebsten mehrere Tage nicht gesehen, weil er genauso wie ich zu tun gehabt hatte. Das kam öfter vor. Wir waren schließlich kein altes Ehepaar, das nur noch die gemeinsamen Mahlzeiten und die tägliche Dosis Fernsehen verbindet. Jeder führte sein eigenes, mehr oder minder packendes Leben. Er arbeitete als freier Journalist und war bereits so mancher Schweinerei im Land zwischen den Meeren und darüber hinaus auf die Spur gekommen. Ich hatte ihm – in aller Bescheidenheit – so einige Male dabei geholfen. Den ganz großen Durchbruch hatte er allerdings noch nicht geschafft, worunter er in regelmäßigen Abständen litt. Dann musste ich ihn trösten und wieder aufrichten, was ich gern tat. Denn er stand mir in meinen Fällen ebenfalls ohne Wenn und Aber zur Seite, wenn Not am Mann war. Jetzt hockte dieses journalistische Naturtalent mit ausgebreiteten Armen auf der

Seitenlehne meiner roten Couch, das rechte Bein tippte auf den Boden, das linke hing pendelnd in der Luft.

»Weder noch, Hemlokk. Ich habe ihn online bestellt. Du bist einfach nicht auf den Laufstegen dieser Welt zu Haus. Weihnachtsmotive sind nämlich der letzte Schrei bei Menschen, die nicht nur modisch etwas auf sich halten.«

Bei diesen güldenen Worten bedachte er mich mit einem derart nachsichtigen Lächeln, dass mein Blutdruck augenblicklich in gefährliche Höhen schoss.

»Davon werden diese Teile auch nicht schöner«, blaffte ich ihn an. »Und man muss nicht auf jeder Welle mitschwimmen, Harry. Das steht nirgendwo geschrieben. Und außerdem bist du dafür zu alt.«

Zugegeben, ich hatte an diesem Abend nur mäßig gute Laune, weil ich in den letzten Tagen in der Alibisache keinen Millimeter weitergekommen war, obwohl ich mich wirklich dahintergeklemmt hatte. Es war noch relativ leicht gewesen, einige von den Gästen, die an jenem Abend in der »Heuschrecke« gegessen hatten, ausfindig zu machen. Bauer Plattmann samt Ehefrau war zum Beispiel zu später Stunde auf eine Mehlwurmplatte eingekehrt – die schmeckten ähnlich wie Heuschrecken leicht nussig, hatte mir mein Vermieter mit undurchdringlicher Miene mitgeteilt. Beide Plattmänner hatten sich willig befragen lassen, obwohl sie durchblicken ließen, dass sie mein Engagement für übertrieben hielten. Sie hatten zwar sowohl Karl als auch Rico immer wieder mal gesehen. Doch sie konnten nicht beschwören, dass die beiden Männer ständig im Restaurant gewesen waren. Rico hätte in der Küche werkeln oder aber Sven Perrier vor die Hörner und Hufe der Highlanderin treiben können. Und einmal habe nicht Karl sie bedient, sondern eine junge Aushilfskraft mit grünen Stoppelhaaren und Tattoos am ganzen Körper. Wo der Mann sich in dieser Zeit herumgetrieben habe? Nichts Genaues wusste man nicht. Plattmanns konnten es einfach nicht sagen.

Und auch die jungen Leute, deren Namen mir die Bäuerin nannte, erwiesen sich als Nieten: Sie waren derart mit sich selbst beschäftigt gewesen, da hätten die Kellner im Laufe des Abends auch dreimal wechseln können, sie hätten es nicht gemerkt. Und so ging es munter weiter: Niemand vermochte sich festzulegen, alles blieb merkwürdig vage, nichts hielt einer Nachfrage stand. Natürlich redete Rico nur höchst widerwillig mit mir, und er stützte Karls Aussage in allen Punkten. Vom mysteriösen Anruf wusste er allerdings nichts. Karl habe es wohl nicht für so wichtig befunden, ihm davon zu erzählen, teilte er mir hochnäsig mit. Und Klinger mit seinen abgeschmackten Tweets gegen die »Heuschrecke«? Als ich unseren künftigen Bürgermeister ins Spiel brachte, hatte Rico lediglich theatralisch die Augen verdreht. Ach du liebes Lottchen, Spinner gebe es doch überall, hatte seine knappe Antwort gelautet, das müsse man in den Zeiten von WhatsApp, Instagram und Facebook nun wirklich nicht allzu ernst nehmen. Im Netz herrsche eben ein rauer Ton, und manche Leute neigten nun einmal zu Pöbeleien. Und dann ermahnte auch er mich, ja keine Rufschädigung zu betreiben, indem ich so offen weiterermittelte, wie ich es jetzt gezwungenermaßen tat, weil ich sonst überhaupt nichts erfahren hätte. Eine gute Werbung für die »Heuschrecke« sei Karl und ihm selbstverständlich hochwillkommen, natürlich, aber sobald falsche Verdächtigungen in Bokau auftauchten, die die Leute vom Restaurantbesuch abhielten, müssten sie sich etwas »überlegen«.

Dieses Mal war ich nicht im Zweifel, ob das eine Drohung sein sollte. Es war eine, ohne Wenn und Aber. Tja, der Gute kannte mich nicht. Denn wenn es eine sichere Methode gab, mich bei irgendetwas garantiert zum Dranbleiben zu bewegen, dann war es diese. Niemand bedrohte Hanna Hemlokk ungestraft. Trotzdem hatte ich mich über die beiden jungen Männer ziemlich geärgert. Schnösel waren sie, alle beide. Und zu all diesem Frust kam noch hinzu, dass aus unerfindlichen Gründen die oberleckeren Matulke'schen Cremeschnitten bereits seit Tagen ausgegangen waren, weil irgendeine hochgeheime Zutat fehlte. Ich hatte also allen Grund, grottenschlechter Laune zu sein.

»Ich hätte mich auch für einen auf dem Kopf stehenden silbernen Nikolaus auf braunem Grund entscheiden können«, bemerkte Harry milde und ließ die Arme sinken. »Wenn ich Daniels Empfehlung befolgt hätte, wäre es der gewesen. Da erschien mir Rudolph mit seiner roten Nase noch harmlos. Aber vielleicht darf ich trotzdem weiter hier im Warmen warten, bis du dich angetüddelt hast, oder muss ich vorher meinen Pullover verbuddeln?«

Ich gab keine Antwort. Daniel. Das war Harrys mittlerweile dreizehnjähriger Neffe. Er hatte eine Zeit lang bei seinem Onkel gewohnt, Harry liebte ihn, und die beiden Jungs waren im Großen und Ganzen gut miteinander hingekommen. Doch vor ein paar Wochen hatte Daniels Mama beschlossen, dass es an der Zeit sei, den Sohn wieder nach Hause zu holen. Und seitdem litt Harry unter heftigstem Daniel-Entzug, obwohl er sich eher erschossen hätte, als das zuzugeben.

»Hast du ihn gesehen?«, tastete ich mich daher vorsichtig an das heiße Eisen heran, während ich in meine Stiefel schlüpfte.

»Wen?«

Ich hätte fast mit den Augen gerollt wie dieser unsägliche Rico, als ich ihn nach Klinger gefragt hatte.

»Daniel natürlich.«

»Nee. Wir haben nur telefoniert.« Punkt.

»Und was hat er gesagt?«, erkundigte ich mich geduldig, um Harrys zarte Seele nicht noch mehr zu verletzen. »Außer dir den in allen Regenbogenblättern stehenden Geheimtipp mit den Pullovern zu geben, meine ich?«

»Der kam per WhatsApp. Am Telefon äußert der Junge in letzter Zeit nur noch ›Ja‹, ›Nein‹, ›Weiß nicht‹. Und das auch nur, wenn er seine gesprächigen eineinhalb Minuten hat.«

Oh weh. Die volle Pubertät also.

»Er meint es nicht so«, tröstete ich Harry. »In zwei Jahren, wenn sich alles in seinem Hirn zurechtgeschraubt und neu verlötet hat, kann man wieder normal mit ihm reden.«

»Das glaube ich nicht«, orakelte Onkel Harry düster. »So,

wie der Kerl sich momentan benimmt, ist er als vollwertiges Mitglied der Zivilisation für immer verloren.«

»Du vermisst ihn sehr, mhm?«

Das ging an Harrys Mannesehre. Sein Gesicht verschloss sich augenblicklich.

»Och, es lebt sich auch ganz gut ohne ihn. Jetzt herrscht nämlich endlich Ordnung in meiner Wohnung, und niemand nörgelt über das Essen oder hört so laut Musik, dass einem die Ohren abfallen.«

»Wie schön«, bemerkte ich lammfromm.

»Was heißt das denn, Hemlokk?«, fauchte Harry, der nicht auf den Kopf gefallen war. »Glaubst du mir etwa nicht?«

»Nein, kein Wort.«

Unwillkürlich blieb mein Blick an dem rentiernen Pullover hängen. Den hätte Onkel Harry niemals von sich aus angezogen. Niemals. Einmal, weil er einfach grottenhässlich war. Aber auch deshalb, weil es heute Abend zwar nicht direkt nieselte, die Luftfeuchtigkeit jedoch gefühlte zweihundert Prozent betrug. Harrys gestrickter Schrecken würde daher in spätestens einer halben Stunde so schwer sein wie eine Ritterrüstung. Sein Problem.

Ich entschied mich für ein Sweatshirt und eine regendichte Jacke. Wir wollten an diesem Abend gemeinsam eine Wahlveranstaltung von Arwed Klinger besuchen, denn wir waren beide der Auffassung, dass man die Kandidaten nicht nur per Tweet und Dorfklatsch, sondern auch in natura kennenlernen sollte, bevor man seine Stimme abgab. Zumindest diese Chance sollte der Mann haben, obwohl ich keinesfalls annahm, dass er mich mit irgendetwas, was er sagte, behauptete und meinte, überzeugen oder gar einnehmen konnte. Da war schon mal sein Getwittere, dem ich lediglich folgte, weil man den Gegner kennen sollte, wie ich fand.

Der Mann warb mit dem zwar gut klingenden, jedoch völlig inhaltsleeren, weil ausschließlich aufs Gefühl zielenden plattdeutschen Slogan »Bokau tohoop«. Übersetzt heißt das so viel wie »zusammen sein«, »zuhauf«, »gemeinsam« – je nachdem, in welchem Zusammenhang das Wort steht. Anders gesagt, jeder konnte sich darunter selbst etwas zurechtreimen und sich dabei ungemein verstanden fühlen. Selbstverständlich versprach dieser Mensch Schlichtlösungen für alle komplizierten Probleme im Dorf, im Land und für die ganze Welt, scherte sich nicht um störende Tatsachen, vermengte begeistert Inhalte mit Beleidigungen sowie Verleumdungen und bog und log sich seine persönlichen »alternativen Fakten« zurecht, bis die Server rauchten.

Er war Ende fünfzig, in dritter Ehe mit einem steilen, aber charakterlosen Zahn verheiratet, den er bekanntermaßen mit einer schier endlosen Zahl von fünfundzwanzigjährigen hohlen Hühnern betrog, und hielt sich für ein parteiloses Gottesgeschenk an die Menschheit. Lediglich seine Haare waren nicht ganz so pieblond wie beim Original, sondern eher grau meliert. Aber das war – neben der Dicke seiner Brieftasche – auch das Einzige, was ihn von seinem offenkundigen Vorbild jenseits des Atlantiks unterschied. Trotzdem standen Arwed Klingers Chancen, Bokaus nächster Bürgermeister zu werden, nach allem, was man so hörte, nicht schlecht. Auch aus diesem Grund hatten Harry und ich beschlossen, uns den Knaben einmal aus der Nähe anzuschauen.

Trotz des Nieselregens gingen wir zu Fuß. Es war ja nicht weit von meiner Villa bis zu Inge Schiefers Gasthof, wo die Veranstaltung stattfinden sollte. Harry schwieg. Gut, der Pullover-Einstieg hatte unter keinem guten Stern gestanden. Das musste ich zugeben. Also denk dir etwas Nettes aus, Hemlokk.

»Und wie geht's sonst so?«, erkundigte ich mich höflich, als wir im Gleichschritt auf Bokaus Hauptstraße einbogen. Konversation lag mir einfach nicht. Harry feixte.

»Danke der Nachfrage, Hemlokk. Ich habe momentan viel zu tun. Mal sehen, was daraus wird«, lautete die Wischiwaschi-Antwort, die alles und nichts bedeuten konnte.

Mir war das zu blöd. Wenn er mir nicht verraten wollte, was momentan beruflich bei ihm anlag, war das ganz allein seine

Sache. Schweigend überholten wir eine heftig palavernde Sechsertruppe, die im Marschtempo ebenfalls zu Arwed Klinger strebte. Wir nickten ihnen zu, sie mointen mit ernsten Gesichtern zurück. Merkwürdig. Ich kannte die Leute vom Sehen, und zumindest die eine Frau hatte mich sonst immer lebhaft gegrüßt. Jetzt wirkten ihre Züge geradezu maskenhaft starr. Als wir an ihnen vorbeizogen, verstand ich jedoch lediglich »… ist eine Schande …«, »… kann man sich nun auch in Bokau nicht mehr allein auf die Straße wagen …«, »… bestimmt gefährlich, auch wenn es lustig sein soll …«, »… Angst, und gerade als Frau …« Ich seufzte. Ohne Zweifel Klinger-Wähler. Da war die Saat bereits aufgegangen. Na, das konnte ja heiter werden. Unwillkürlich verlangsamte ich meinen Schritt.

»Ts, ts, ts. Gekniffen wird jetzt nicht, Hemlokk«, flachste Harry. »Aber ich habe eine Neuigkeit für dich, die dir bestimmt gefallen wird.« Plötzlich fing er lauthals an zu lachen. »Ich habe nämlich angefangen, Dudelsack zu spielen. Weil ich ohne Daniel mehr Zeit habe.«

Abrupt blieb ich vor Inges Gartenterrasse stehen und nahm meinen Lover misstrauisch aufs Korn. Grundgütige, Harry war mir nie als besonders musikalisch aufgefallen. Und nun ausgerechnet Dudelsack? Ging es nicht noch abseitiger? Oder machte der Kerl sich etwa einen Spaß mit mir und zog mich auf? Nein, tat er nicht.

»Was soll das denn?«, entfuhr es mir ebenso entgeistert wie bei Johannes' FuckUp-Night-Ankündigung. Mein Master in Diplomatie stand in der Tat noch aus. »Willst du den Schotten etwa den Rücken stärken, wenn die Briten Europa ade sagen?« Meine Welt, so wie ich sie kannte und schätzte, geriet wirklich langsam aus den Fugen: erst FUNs auf Hollbakken, dann dieser unsägliche Klinger in Bokau, der Briten-Brexit, der dauerpubertäre Trump – und jetzt auch noch ein auf einem Dudelsack trötender Harry! Der würde fortan Töne produzieren, die seine Wohnungsnachbarin Marga aus ihrer Depression direkt in den Wahnsinn und sämtliche Dorfbewohner noch vor dem Fest der Feste zugepfropft mit Ohrstöpseln in die Nachbargemeinden treiben mussten. Exodus in Bokau. Ach du lieber Himmel!

»Es macht mir Spaß«, gab er würdevoll zurück, während die Dörfler um uns herum Inges großem Saal entgegenstrebten. »Und es ist mal was Neues.«

Doch, ja, das war es in der Tat. Dazu muss man wissen, dass das Harry-Schätzchen es in letzter Zeit bereits mit dem Erlernen von Mandarin wie mit dem Sautieren von ganzen Schweineköpfen versucht hatte. Aus beidem war – Überraschung! – nichts geworden, doch es hatte sowohl ihn als auch mich mächtig viel Zeit und Nerven gekostet, bis er endlich eingesehen hatte, dass beides nichts für ihn war. Und nun also die Schnapsidee mit dem Dudelsack. In gewisser Weise war das zugegebenermaßen eine konsequente Fortschreibung.

»Übst du denn zumindest in einem alten Bunker? Mit meterdicken Wänden und so?« Es war heraus, bevor ich mir auf die Lippen beißen konnte. Hätte mir in diesem Moment geschwant, welche furchtbaren Konsequenzen das Gedudel haben würde – die lästerlichen Worte wären mir allesamt im Hals stecken geblieben.

»Nein, tue ich nicht.« Der gute, alte Harry war beleidigt, ich hörte es an seinem Tonfall. »Unsere Gruppe trifft sich einmal in der Woche zum Üben in der Schönberger Schule. Es ist gar nicht so leicht. Aber Manfred, unser Leiter, meint, ich hätte durchaus Talent. Es fehle mir lediglich die Übung.«

»Tja, da unterscheidet sich der Dudelsack wohl nicht im Mindesten von der Blockflöte.«

Ich verschwieg ihm, dass ich bereits in der Schule bei Letzterer erhebliche Probleme mit dem Zuhalten der Löcher gehabt hatte. Es hatte furchtbar geschrillt, wenn ich zum Instrument gegriffen hatte, was meine Eltern mit bewundernswertem Stoizismus ertragen hatten. Und ich hielt mich ebenfalls mustergültig in Sachen Schottenrock und was darunter zu tragen sei zurück. Mich trieb plötzlich etwas ganz anderes um. Nur mit Mühe unterdrückte ich ein Kichern, weil ich innerlich ein sehr hübsches Bild vor mir sah: Harry am sommerlichen Passader

See, bekleidet mit Bärenfellmütze, Kilt, Gamaschen sowie rot karierten Kniestrümpfen mit niedlichen Seitentroddeln über den strammen Waden, aufrecht und mit geradem Rücken hin und her paradierend, während er dem Dudelsack schauerliche Töne entlockt. Umwerfend! Silvia und ihren Damen würde die Milch im Euter sauer werden.

Ich konnte mich gerade noch zurückhalten, um nicht loszuprusten. Das musste ich Marga erzählen! Ich war derart angetan von diesem Bild, dass ich Harrys folgende Worte fast überhört hätte.

»Mach doch auch mit«, schlug er aus heiterem Himmel vor. »Ich war jetzt schon dreimal da. Es bringt wirklich richtig Spaß.«

»Wie bitte?«

Geduldig wiederholte er seine Worte. Ich war völlig überrumpelt. So überrumpelt, dass ich den Gruß von Edith, der langjährigen Matulke'schen Bedienung, nicht erwiderte.

»Nein, das geht nicht. Mir fehlt die Zeit«, wehrte ich reflexhaft ab, während wir uns langsam dem mit Menschen bevölkerten Eingang von Inge Schiefers Restaurant näherten. Ich erblickte auf einen Schlag etliche bekannte Bokauer Gesichter.

»Wieso hast du keine Zeit? Nimmt dein Skalpellheld dich etwa so in Anspruch? Oder ist mir da etwas entgangen, Hemlokk? Hast du einen neuen Fall?«

Na ja, einen ganzen vielleicht nicht, wenn ich ehrlich war, aber einen halben schon, sollte es denn so etwas geben. Wir wogten mit der nun dicht gedrängten Menschentraube in den Versammlungssaal. Er war bereits rappelvoll. Nur mit Mühe ergatterten wir noch zwei Plätze in der vorletzten Reihe.

»Hallo, Heidrun. Monika«, grüßte Harry zwei gewichtige Damen vor uns, die die Frau an seiner Seite neugierig musterten. Zwischen ihnen saß ein kompakter älterer Mann, den ich vom Sehen her kannte.

»Mohoin«, schallte es dreistimmig zurück. Ich senkte leicht den Kopf zum Gruße.

»Unser Dudelsack-Gruppenleiter. Manfred Rosen. Die

beiden Frauen sind auch dabei«, teilte Harry mir mit gesenkter Stimme mit, während wir uns auf unsere eng gestellten Stühle quetschten. »Ich denke, sie sind nur neugierig und keine Klinger-Anhänger.«

»Wie wir.«

»Wie wir«, bestätigte er. Denn das stimmte schon: Der Saal war nicht rappelvoll, weil es im Dorf Hundertschaften von begeisterten Klinger-Anhängern gab, sondern weil es zum Wesenszug des gemeinen Bokauers gehörte, neugierig zu sein. Sehr neugierig sogar. Was man ja auch zumindest am Einstiegserfolg der »Heuschrecke« sah.

»Also, was ist jetzt?«, begehrte Harry zu wissen, nachdem wir uns fertig umgeschaut hatten. »Kriege ich eine Antwort, und verrätst du mir, an was du arbeitest?«

»Jetzt nicht.«

Das konnte warten. Denn vorn schritt nun Arwed Klinger höchstpersönlich zum Rednerpult, sich in freudiger Erwartung die Hände reibend angesichts der Aufmerksamkeit, die ihm zuteilwurde.

Ich verrenkte mir den Hals, um einen ungehinderten Blick auf den Mann zu erhaschen. Er trug einen dunklen Anzug mit eisblauer Krawatte, ganz den seriösen Staatsmann gebend. Das tatsächlich wie auf den Plakaten dazu passende grau melierte Haar war sorgfältig mit Gel um den kantigen Schädel drapiert.

»Ruhe!«, bellte plötzlich der Schrank mit Bürstenhaarschnitt an seiner Seite, der den Saal scharf im Auge behielt. Nicht nur ich zuckte unwillkürlich zusammen. Was stellte der denn dar? Einen Bodyguard? Unwillkürlich schaute ich auf seine Ohren. Er war nicht verkabelt und trug auch kein Mikro wie all die durchtrainierten Herren, die sonnenbebrillt und mit ernster Miene unsere Landes- und Bundespolitiker schützen. Also, schloss ich messerscharf, handelte es sich bei diesem Leibwächter-Exemplar wohl nicht um einen ausgebufften Security-Protz, sondern mehr um eine Art Freizeit-Beschützer. Sozusagen ein Sicherheitshalber, wie ich es mal auf der Humorseite einer Illustrierten gelesen hatte. »Darf ich die Damen und Herren um Ruhe bitten!«

Es dauerte noch eine Weile, bis die Gespräche nach und nach verstummten, das Stühlerücken aufhörte und sich eine angespannte Stille breitmachte. Doch dann war es so weit.

»Liebe Freunde«, begann Klinger mit volltönender Stimme, wobei er beide Hände hob, als wolle er den Bokauern seinen Segen erteilen, »ich freue mich, dass Sie in dieser übergroßen Zahl hier erschienen sind, und begrüße Sie zu diesem Abend, den ich unter das Motto ›Bokau tohoop‹ gestellt habe. Wie jeder von Ihnen weiß, ist ›Bokau tohoop‹ mein Leit- und Wahl-, ja mein Lebensspruch, und das soll er auch bleiben, wenn ich die Wahl gewinne und euer Bürgermeister bin. An ›Bokau tohoop‹ wird alles gemessen und ausgerichtet. Das schwöre ich hier und jetzt in Ihrem Beisein und auf alles, was mir lieb, teuer und heilig ist.«

»Bravo! Richtig so!«, ertönte ein Zwischenruf.

Sämtliche Köpfe im Saal wandten sich dem älteren Mann zu, der am Ende der Hauptstraße wohnte und im gesamten Dorf nicht gerade für seine nobelpreisverdächtige Intelligenz bekannt war, sondern eher für seinen ausgeprägten Hang zu Stänkerei sowie schnurgerade Rasenkanten und eine tipptopp gepflegte Hecke.

»Wenn er noch einmal mit seinem blöden ›Bokau tohoop‹ kommt, schrei ich«, grummelte Harry finster, als wir wieder geradeaus sahen. »Diese ständige Wiederholung führt ja zur Hirnerweichung.«

»Das soll es doch auch«, gab ich ungerührt zurück. Was hatte das Harry-Schätzchen denn erwartet? Dass dieser Abend ein intellektuelles Vergnügen sein würde?

»Und Bokau, unser ›Bokau tohoop‹«, fuhr der Redner mit Tremolo in der Stimme fort, während Harry gequält stöhnte, »wird wieder sicher werden. Ganz sicher. Niemand muss mehr Angst haben. Dafür werde ich als euer Bürgermeister als Erstes sorgen. Das verspreche ich euch an diesem Abend ebenfalls.«

»Bla, bla, bla«, knurrte der erboste Harry nicht gerade leise.

»Als ob wir in einem Bürgerkriegsgebiet lebten oder die Mafia hier alles in der Hand hätte. Das ist doch Unfug. Der Mensch spielt sich als Retter auf, wo es gar nichts zu retten gibt. Und hat diesem Idioten eigentlich schon mal jemand gesteckt, dass man das beknackte ›tohoop‹ auch englisch verstehen kann? Dann heißt es ›hoffen‹. To hope, Infinitiv. Aber davon ist der Knilch ja meilenweit entfernt. Der hofft nicht, der schürt gnadenlos Ängste.«

»Pscht«, zischte eine kleine Frau in der Reihe vor uns vernehmlich, allerdings ohne sich umzudrehen. Das tat sie erst jetzt. Tja, wie soll ich es beschreiben? Auf ihrem Gesicht lag jene Art von durchdringender Beseligung, die man bei Sektenmitgliedern so oft findet. Ich fand das nur schauerlich. »Ich will das hören. Der Klinger tut jedenfalls etwas und nimmt die Ängste der Menschen ernst. Die Butenschön schwafelt doch nur, und dabei kommt immer heraus, dass wir kleinen Leute uns nicht so anstellen sollen und toleranter sein müssen.« Sie blies die Backen auf. »Bin ich aber nicht. Weil der Typ zwar auf harmlos macht, aber wirklich gefährlich ist. Und was passiert? Wieder einmal nichts. Und wir einfachen Bürger müssen das dann ausbaden. Das kennt man ja.«

»Welcher Typ?«, murmelte ich in Harrys Richtung, als sie sich nach ihrer Brandrede zufrieden wieder dem Redner zuwandte.

»Weiß ich nicht. Ist dir aufgefallen, dass die schon wie der da vorn quasselt?«

»Sicher. Aber wovon hat die Frau gesprochen?«, beharrte ich. War mir da etwa ein Drama im Dorf entgangen? »Wer ist gefährlich, Harry? Den Klinger meint die doch nicht, oder?«

»Nee, der ist höchstens als neuer Messias der gefühlten Sicherheit gefährlich, aber so weit denkt die Dame bestimmt nicht. Nein, ich habe keinen Dunst. Und es ist auch nicht besonders wichtig, wenn du mich fragst, denn der blöde Klinger –«

»Also, ich habe wirklich einen neuen Fall, Harry«, unterbrach ich ihn hastig und ohne die Lippen zu bewegen, sonst steigerte er sich da noch in etwas hinein, das nur schiefgehen konnte. Ich kannte doch meinen Harry. Wenn er die Fassung verlor, gab es kein Halten mehr. Dann erlebte Inges Lokalität die erste Saalschlacht ihrer Geschichte. »Sven Perrier.«

»Der Wirt von der ›Heuschrecke‹? Das ist nicht dein Ernst. Der hat doch die Begegnung mit einem schottischen Rindvieh nicht überlebt«, brummelte Harry unwillig, während Klinger jetzt das Sicherheitsthema verließ und sich auf seine Konkurrentin einschoss. Von dem Mantra »Gehört zum Probsteier Alt-Adel«, was unweigerlich nach einer mindestens halb korrupten Seilschaft klang, die auf Rollo den Wikinger zurückging, über »Kann trotzdem nicht richtig Plattdeutsch, weil sie eine Studierte ist und Brüssel viel näher steht als ihrer Heimat Bokau« bis hin zu »Als Frau ja auch nicht gerade ein Leckerbissen«, das könne er als Mann schließlich beurteilen, war alles dabei, was der Konkurrentin schadete und das Populistenherz höher schlagen ließ. Dumpfbacke. Aber einige klatschten.

»Gerade Highlander sind aber eigentlich sehr friedlich«, fuhr ich eisern fort, um Harry abzulenken und bei der Stange zu halten. Fast hätte ich hinzugefügt: »Sogar, wenn sie nicht gerade Dudelsack spielen.« Aber in dem Punkt war ich mir nicht ganz sicher, was sein Humorverständnis betraf. »Außerdem profitieren Kellner und Koch von Perriers Tod, besitzen also ein Motiv und kein Alibi. Das habe ich überprüft. Und darüber hinaus soll es auch noch einen mysteriösen Anruf gegeben haben, kurz bevor Perrier aus dem Restaurant verschwand.«

»Können Sie nicht endlich Ihre Klappe halten!« Die Frau neben mir funkelte mich gereizt an. »Der Mann da vorn ist auch nicht meine Kragenweite, aber trotzdem hat er einen Anspruch darauf, freiweg von der Leber reden zu können. Wir leben schließlich in einer Demokratie. Und ich halte das Ganze ebenfalls nicht für einen Dummejungenstreich. Da muss durchgegriffen werden. Na ja, wenn es dafür mal nicht schon zu spät ist«, fügte sie leiser hinzu. »Die Wahl findet ja erst Anfang des neuen Jahres statt.«

»Was meinen Sie damit?«, fragte ich sie mit gesenkter Stimme, während langsam das Gefühl von mir Besitz ergriff, wirklich entschieden etwas verpasst zu haben. Doch sie hatte ihren Sermon abgelassen und starrte jetzt mit eiserner Entschlossenheit und zusammengepressten Lippen wieder nach vorn.

Harry und ich schwiegen. Klinger ließ indes von seiner Gegnerin ab und wandte sich dem Tagesordnungspunkt Gerechtigkeit zu. Ein dankbares Thema, wenn man sich nicht in Details verlor. Denn erst dann wird es bekanntlich schwierig. Natürlich beging der gewiefte Taktiker Klinger diesen Fehler nicht. Gerechtigkeit für alle sei wichtig, ja unabdingbar. Unter ihm würde die Klüngelwirtschaft in Bokau durch »Bokau tohoop« – der Mann beherrschte die Hämmerpropaganda wirklich aus dem Effeff – selbstredend abgeschafft werden, versprach er, gar keine Frage, während »die Butenschön« das Wort noch nicht einmal buchstabieren könne. Die Menge klatschte geradezu frenetisch Beifall. Harry nutzte den Lärm.

»Wer ist denn dein Auftraggeber?«

»Hab keinen«, räumte ich ein und deutete auf meinen Nabel.

Er verstand – und tippte sich kräftig an die Stirn. Mit anderen Worten: Harry hielt weder etwas von meinem Bauchgefühl noch von meinen Ermittlungen. Sollte er doch. Mich focht das nicht an. Denn das war nicht das erste Mal, dass er sich geirrt und ich den richtigen Riecher gehabt hatte. Trotzdem beschloss ich flugs, meine Bitte zu verschieben, doch einmal einen seiner zahlreichen Experten aus gemeinsamen Schulzeiten zu fragen, ob der nicht das Handy von Sven Perrier sowie den Festnetzanschluss der »Heuschrecke« nach anrufenden Telefonnummern durchforsten könnte. Harry hätte todsicher gemauert.

»… Bokaus Straßen wieder sicher sein!«, donnerte der Redner. »Dafür sorge ich. Das verspreche ich euch! Denn in meinem, nein, unserem ›Bokau tohoop‹ –«

»Ich kotze gleich«, knurrte Harry aufgebracht.

Ich beachtete ihn nicht.

»… ist nicht nur mein Wahlkampfslogan, den ich vergesse, sobald ich euer Bürgermeister bin –«

»Lügner«, grantelte Harry. »Dann gilt als Slogan garantiert ›Mien‹ – was heißt Portemonnaie auf Plattdeutsch, Hemlokk?«

»Portjuchhee«, gab ich zerstreut zurück. »Und könntest du nicht mal die Klappe halten, Harry?«

Denn vorn lief Klinger gerade zur Hochform auf.

»Nein, meine Damen und Herren, liebe Bokauer, ›Bokau tohoop‹ ist mein Lebensmotto«, fuhr der Redner hörbar von sich selbst ergriffen fort. Der Bodyguard begleitete die Worte seines Chefs mit einem andächtigen Heben und Senken seines für den breiten Hals zu kleinen Kopfes, Harry stieß einen dumpfen Laut aus. »Und deshalb handele ich auch danach. Auf einen groben Klotz gehört ein grober Keil! Wer im richtigen Leben steht, weiß das. Deshalb hat auch Dr. Corinna Butenschön, unsere Ostseebeauftragte des Kreises Plön für Berlin und Brüssel, keine Ahnung!«

Klinger spuckte Namen und Titel aus, als sei beides mit Rattengift kontaminiert. Tosender Applaus. Die Ersten fingen an, Basecaps mit der Aufschrift »Bokau tohoop« zu schwenken.

»Lass uns gehen«, sagte Harry und stand auf. »Mehr ertrage ich nicht.«

Ich tat es ihm zögernd nach, denn ich hätte schon ganz gern gewusst, wem all die nebulösen Andeutungen über die bedrohte Sicherheit in Bokau galten.

»Halt!«, dröhnte Klingers Bariton in diesem Moment durch den kochenden Saal. Erschrocken drehte ich mich zu ihm um. Mit ausgestrecktem Arm und ebensolchem Zeigefinger deutete er direkt auf mich. Alle Köpfe schwenkten zu uns herum, die mündigen Bürger Bokaus verstummten. Mir wurde angst und bange.

»Sie sind doch die Detektivin, richtig?«, donnerte der Bürgermeisterkandidat.

Ich nickte kaum merklich. Meine Kehle war wie ausgedörrt. Neben mir hatte Harry unwillkürlich sämtliche Muskeln angespannt.

»Dann ist es Ihre Ehrenpflicht, dem widerwärtigen Treiben

Einhalt zu gebieten. Als Bürgerin Bokaus, die einen Sinn für Recht, Ordnung und Anstand besitzt, sowie als professionelle, Verzeihung, Schnüfflerin! Stimmt's, Leute? Und nichts für ungut wegen der ›Schnüfflerin‹.« Er garnierte seine gezielte Beleidigung zwar mit einem breiten Lächeln, doch ich war mir sicher, dass es eine war.

»Ja!«, schrie das Publikum begeistert.

»Harry«, zischte ich nervös. »Was geht hier ab?« Ob sich so wohl ein armer Christenmensch im römischen Kolosseum angesichts des hungrigen Löwen gefühlt hatte?

»Weiß ich nicht«, zischte er zurück. »Im Notfall schreist du einfach richtig laut los und sprintest gleichzeitig zur Tür. Ich halte dir den Rücken frei.«

Grundgütige, wir wohnten in Bokau und nicht in Aleppo oder Tripolis. Hier ging es zivilisiert zu. Na ja, bislang zumindest. Ich reckte mich entschlossen.

»Um was handelt es sich genau, Herr Klinger?« Meine Stimme klang fest und ruhig, soweit ich es beurteilen konnte. Bravo, Hemlokk. Ich war stolz auf mich. Ein Raunen ging durch die Menge.

»Um den Horrorclown natürlich«, kreischte eine Frauenstimme in der ersten Reihe. »Und Halloween kommt doch erst noch. Aber der steht jetzt schon –«

»– in den dunklen Ecken Bokaus herum und erschreckt uns zu Tode«, assistierte ihre Nachbarin so aufgeregt, dass ihre Dauerwelle zum Leben erwachte. Alle Löckchen schienen schlagartig zu vibrieren. »Man traut sich ja mittlerweile gar nicht mehr im Dunkeln auf die Straße. Der kann überall sein.«

»Und dieser Freak sagt kein Wort, sondern starrt dich nur mit seinen toten dunklen Augen an«, fiel ein Jüngling mit Schnappatmung ein. »Das ist total gruselig.«

Tote dunkle Augen? Ach, Bürschchen, wenn du dir mal nicht zu viele Computerspiele reingezogen hast. Ich glaubte ihm kein Wort.

»Und dabei bleibt es nicht, das schwöre ich. Der wird bestimmt irgendwann gewalttätig. Mich hat er auch so komisch angeguckt. Mit dem Mann stimmt was nicht. Und dann erwischt es garantiert einen von uns.« Das kam von einem etwa achtzehnjährigen Mädchen, dem man echte Furcht anhörte. Mhm.

»Genau. Recht hat die Deern! Das muss sofort aufhören«, ließen sich jetzt mehrere empörte Stimmen vernehmen. »Weil das einfach kein Spaß mehr ist. Das liegt an der Jugend von heute ... Keine Erziehung mehr ... Die ganzen Computer ... Hätte es bei uns damals nicht gegeben ... Durchgegriffen und zwar schnell!«

»Ruhe bitte!«, donnerte Klinger und hob die Arme, dieses Mal jedoch nicht segnend, sondern mit den Handflächen nach unten, um dämpfend auf seine Zuhörer einzuwirken. »So kommen wir nicht weiter.«

Die Menge beruhigte sich tatsächlich wieder etwas.

»Dieser Clown steht nicht nur stumm in der Gegend herum und bedroht die Menschen, er trägt auch eine Maske mit meinem Konterfei«, teilte Arwed Klinger mir über die Häupter der Versammlung hinweg mit. »Damit man sein Gesicht nicht erkennt, natürlich. Ich habe jedoch von mir keine Masken anfertigen lassen. Er muss sie also ganz gezielt selbst hergestellt haben. Das sollten Sie wissen, wenn Sie mit Ihren ... äh ... Ermittlungen beginnen. Denn das ist kein Wahlkampf mehr, das ist ganz klar eine Schädigung meiner Person.« Er zögerte, als würde er überlegen. Im nächsten Augenblick schlug er sich demonstrativ an die Stirn, als sei ihm just ein nigelnagelneuer Gedanke gekommen. »Ach du liebes bisschen, wenn da man nicht die ...« Er brach ab. Doch die Leute verstanden ihn auch so.

»Die Butenschön?«, rief einer erregt.

Das Tuscheln und Geplapper nahm schlagartig wieder zu. Klinger ließ einen kurzen Moment verstreichen.

»Wir wollen hier selbstverständlich keine falschen Verdächtigungen aussprechen. Das gehört sich nicht.« Nein, tat es nicht, doch die Katze war aus dem Sack und das Gerücht, das sich todsicher wie ein Lauffeuer in Bokau verbreiten würde, am Köcheln. »So etwas dulde ich in meinem Dorf nicht. In ›Bokau tohoop‹ geht es anständig zu. Das muss aufhören.«

»Das muss aufhören, das muss aufhören«, skandierte die Menge begeistert.

Ich kam mir vor wie auf einem Popkonzert.

»Ruhe, Leute!«, brüllte Klinger nach einer Weile. Der Lärm ebbte ab. Dieser Mann hatte die Menschen wirklich voll im Griff, und mich beschlich das unangenehme Gefühl, dass er mich genauso scharf beobachtete und zu manipulieren versuchte wie seine potenziellen Wähler. »Also, Frau … Hemlokk, nicht wahr? Ich denke, Sie sind ebenso wenig wie ich eine Freundin einer Bürgerwehr, die schwer bewaffnet auf Patrouille geht, um auf den Straßen Bokaus die Sicherheit mit allen Mitteln zu garantieren?«

Die Frage amüsierte ihn sichtlich, weil er natürlich ganz genau wusste, wie die Antwort lauten würde.

»Nein, eher nicht«, entgegnete ich. Schießwütige Bürger wie in den USA, die unter dem Deckmantel der Selbstverteidigung in der Gegend rumballerten, waren mir ein Graus.

»Das dachte ich mir«, sagte Klinger heiter, während er mich mit einem Blick musterte, der einfach nur widerlich war: übergriffig, herabsetzend und machomäßig. »Dann übernehmen Sie natürlich den Fall.«

Ich zögerte. Wie vorhin bei der Dudelsack-mittröt-Frage fühlte ich mich ein zweites Mal an diesem Abend überrumpelt. Hier allerdings noch zusätzlich in die Enge getrieben. Ausgerechnet Arwed Klinger, ein Populist reinsten Wassers, bei dessen bloßem Anblick ich bereits ein alarmierendes Grummeln im Magen verspürte, sollte mein neuer Auftraggeber werden? Im Saal war es mittlerweile totenstill.

»Komm, Mädchen. Nun lass uns nicht hängen«, brüllte in diesem Moment Harrys Dudelsack-Chef. »Du sollst es auch nicht umsonst machen. Leute, lasst den Hut rumgehen. Den Rest zahle ich aus eigener Tasche!«

# DREI

Ich entschied mich für eine nachtblaue Mütze ohne Bommel, meine schwarze Jacke mit dem dicken Innenfutter, die schwarze Hose samt ebensolchen Socken und dunkle Schuhe. Nur auf eine burka-ähnliche Vergitterung vor dem Gesicht verzichtete ich ebenso wie auf lehmige Tarnstreifen auf Wange und Stirn. Zufrieden schaute ich in den Spiegel. Fertig war die perfekte Horrorclown-Bezwingerin. Denn genau das würde heute Abend mein Job sein: Auf der Lauer liegen, den Kerl zur Rede stellen, und wenn er nicht spurte, mit der Polizei drohen. Dann würde der Spuk ruckdizuckdi ein Ende haben.

Nachdem Harry und ich kurz gerätselt hatten, weshalb uns beiden der Horrorclown durch die Lappen gegangen war – ich hatte die letzten zwei Tage mit Vivian und ihrem Skalpellkünstler verbracht und keinen Fuß vor die Tür gesetzt, unsere Dorf-Auskunftei Marga war aus den bekannten Gründen ausgefallen und Harry offenbar vollauf mit etwas beschäftigt gewesen, was er mir nicht verraten wollte –, hatte ich zunächst heftig gemault und mich gewehrt, als wir nach der Versammlung im strömenden Regen meine Villa ansteuerten. Er übernachtete bei mir, das war abgemacht, ohne dass wir es aussprechen mussten. Im Bett würde er schließlich seinen durchweichten schrecklichen Weihnachtspullover nicht tragen. Der schielende Rudolph würde die Nacht tropfend auf einem Bügel in meiner Dusche verbringen. Das war so sicher wie das Amen in der Kirche.

»Für so einen Kerl arbeite ich nicht«, hatte ich hitzig erklärt, denn die Leute hatten zwar gesammelt, und der Ober-Dudelsackler hatte auch ein paar anständige Scheine in den Hut geworfen, aber Klinger hatte es sich nicht nehmen lassen, als mein offizieller Auftraggeber aufzutreten. »Das widerspricht total meinen Prinzipien. Und die Detektei Hemlokk kann sich ihre Kunden aussuchen.«

Allein schon wenn ich nur an diesen Mann dachte, bekam ich eine Gänsehaut, und der Gedanke, ihm die Hand geben zu müssen, verursachte mir Brechreiz. Genau genommen waren das natürlich keine ernsthaften Richtlinien für eine erfolgreiche Detektei, aber es handelte sich um eine heftige körperliche Reaktion meinerseits, die man im Zeitalter der verschärften Achtsamkeit keinesfalls ignorieren sollte, wie ich zu bedenken gab. Das stand zumindest so, jeweils nur minimal abgewandelt, in den zahllosen Zeitungsartikeln zu diesem Thema. Sonst würde es Traumata ohne Ende hageln.

»Höchst ehrenvoll«, hatte Harry geschnarrt. »Wirklich höchst ehrenvoll, Hemlokk. Und unsagbar blöd.«

Peng. Harry Gierke war schon immer gut im Austeilen gewesen, mit dem Einstecken hatte er es dagegen weitaus weniger.

»Blöd? Wie das jetzt?«, hatte ich ihn angepampt, als wir strammen Schrittes am Haupthaus vorbeimarschierten. Oben bei Marga brannte Licht. Immerhin saß sie nicht im Dunkeln und stierte Blasen in die Luft.

»Das kann ich dir sagen«, erklärte Harry mit dieser Art von Pseudo-Freundlichkeit in der Stimme, die mich unweigerlich auf die Zinne trieb. »Du überlässt dem Mann komplett das Feld der gefühlten Sicherheit, wenn du dich weigerst, für ihn zu arbeiten. Bokau hat Angst, das hast du doch selbst gehört. Und das ist natürlich eine glatte Steilvorlage für ihn. Die wird er nutzen. Entweder er organisiert wirklich unter großem Trara eine Bürgerwehr, wie er es angekündigt hat, oder er geht medienwirksam selbst auf Streife, bevor er jemand anderen als dich beauftragt. Und wenn der Kerl dann geschnappt wird, steht er als Retter des Dorfes da. Wenn du hingegen Erfolg hast und der Clown sich zudem noch als harmlos erweist, dann –«

»– sieht Klinger alt aus. Verstehe«, sagte ich langsam.

»Jetzt hast du es begriffen.«

»Ich bin ja nicht vollends doof, Harry«, erwiderte ich scharf, während ich die Villentür aufschloss.

»Das behaupte ich doch auch gar nicht«, erklärte er geduldig. »Du präsentierst den entzückten Bokauern einen Sechzehn-, Siebzehn- oder Achtzehnjährigen, der sich auf dem platten Land und in der dunklen Jahreszeit zu Tode langweilt und den Kick sucht. Vielleicht sind es auch mehrere, was weiß ich. Die Jungs sind natürlich durch das nahende Halloween auf den Trichter gekommen, denn das wird ja mittlerweile von den Medien total hochgejazzt.«

»Stimmt«, pflichtete ich ihm bei.

»Natürlich stimmt das, Hemlokk. Schließlich ist das noch ein Event, das den Konsum ankurbelt.«

Ich schwieg, obwohl ich ganz seiner Meinung war. Doch ich nahm es ihm schon ein bisschen übel, dass er mir nicht verraten wollte, was genau ihn so beschäftigte. Ging man etwa so mit einer alten Freundin um? Nee, tat man nicht!

Harry hatte sich – ohne Pullover! – auf die Couch gelegt, ich hatte in meinem Schaukelstuhl Platz genommen. Wir hatten uns für einen Chianti entschieden und mehrere Kerzen angezündet. An die Scheiben prasselte mittlerweile mit voller Wucht der Regen. Das liebe ich an dieser Winter- und Weihnachtszeit. Unsere dänischen Nachbarn im nahen Norden nennen es »hyggelig«, was mit »gemütlich« nur unzureichend übersetzt ist. »Hyggelig« ist irgendwie noch ein bisschen mehr, wie schon der Klang verrät. Ich war in dem Moment jedenfalls nicht an Harrys konsumkritischen Äußerungen interessiert.

»Und du meinst, dahinter steckt wirklich nichts weiter als ein Streich von irgendwelchen angeödeten Halbwüchsigen? Die Leute haben aber echte Angst«, warf ich ein, nachdem wir den ersten Schluck probiert hatten. Der Wein war gut und wärmte die Seele.

»Ja klar haben sie das. Es ist doch auch unheimlich, wenn du nichts ahnend die Hauptstraße entlangläufst, die kleinen grauen Zellen vielleicht randvoll mit wunderbaren Geschenkideen für Weihnachten, und plötzlich tritt aus der Dunkelheit ein stummer Mann mit Klinger-Maske vor dich hin und schweigt dich stur an. Da sackt jedem automatisch das Herz in die Hose. Auch dir, Hemlokk.«

»Mhm«, grunzte ich. Ich war nicht überzeugt. Es hatte sich für mich nach mehr angehört. Das sagte ich Harry.

»Ach, komm.« Er machte eine wegwerfende Bewegung mit seinem halb vollen Weinglas, sodass meine Couch nur um Haaresbreite der Besprenkelung entging. »Früher haben die Jungs sich als Gespenster verkleidet, als Superman oder Batman oder wie die ganzen Kinohelden heißen, und sind durch Bokaus Straßen gezogen. Das ist natürlich megaout. Das machen nur noch die kleinen Knirpse. Dieser hier ist offenbar älter, denn niemand hat angedeutet, dass es sich um ein Kind handeln könnte. Er muss also in etwa so hochgewachsen wie ein normaler Erwachsener sein. Außerdem hat sich dieses Kasperle seine Klinger-Maske selbst gebastelt. Das packst du nicht, wenn du noch durch eine Zahnlücke pfeifst und in der Grundschule mit dem ABC und Minus-Türmchen ringst.«

Ich betrachtete meinen Lover über den Rand des Glases zweifelnd. Draußen begann der Wind jetzt an dem Dach der Villa zu rütteln und brachte es zum Quietschen und Ächzen. Sturmtief Herbert? Oder Heidelinde? Das wechselt ja mit jedem Silvester. Zwölf Monate lang kriegen die Männer die Tiefs und die Frauen die Hochs; im darauffolgenden Jahr ist es dann umgekehrt. Egal. Ich fand es schwer gemütlich. Fast schon hyggelig.

»Du meinst also, der Kerl oder die Kerle sind völlig harmlos und wollen nur spielen?«

»Du hast es erfasst, Hemlokk«, erwiderte Harry feierlich, wuchtete sich von der Couch hoch und schaute mich mit diesem Dackelblick an, dem ich nur schwer bis gar nicht widerstehen konnte. Egal, ob ich über seine Geheimniskrämerei geringfügig verschnupft war oder nicht. »Hörst du, Geliebte meines Herzens, es wird immer ungemütlicher in der bösen Welt dort draußen. Ich denke, wir sollten besser so schnell wie möglich das schützende Bett aufsuchen.«

Und das hatten wir getan. Und es war wie immer schön gewesen. Ich schlief gern mit Harry. Weil ich ihn gut riechen konnte. Aber auch so. Wir hatten zwar so unsere Probleme miteinander, wenn es etwa um meine Fälle und mehr noch um unser beider Selbstständigkeit ging, doch im Bett verstanden wir uns wirklich prachtvoll. Allerdings war er gleich nach dem Frühstück ziemlich hastig aufgebrochen. Sogar seinen furchtbaren Weihnachtspullover hatte er vergessen. Einen winzigen Moment hatte ich ernsthaft überlegt, ob der sich nicht im Frühjahr wunderbar als Vogelscheuchenbekleidung in meinem Minigarten machen würde. Aber nein, natürlich nicht, entschied ich ebenso spontan, denn da wäre Harrys heiß geliebter Daniel vor. Ich mochte den Jungen schließlich auch sehr und wollte das Verhältnis zwischen Neffe und Onkel keineswegs trüben.

»Hab noch was vor heute«, hatte mein Lover mit gesenktem Blick gemurmelt, kaum dass er seine zweite Tasse Tee abgestürzt hatte, »hab nicht so viel Zeit.«

Und das war nun wirklich höchst seltsam, denn eigentlich liebte er es genauso wie ich, den Tag geruhsam angehen zu lassen. Was soll ich sagen? Augenblicklich war ich alarmiert. Da braute sich eindeutig etwas Ungutes über unseren Häuptern zusammen. Doch er wollte mir immer noch nichts verraten und tat sehr geheimnisvoll, als ich wider besseres Wissen noch einmal nachhakte. Na gut, sollte er. Dann würde ich eben warten, bis das Harry-Schätzchen so weit war. Wir standen schließlich nicht unter der Fuchtel des anderen, und ich zog heute sowieso mein eigenes Programm durch.

Denn kaum war er weg, stellte ich schnell mein Clown-Verfolgungs-Outfit für den Abend zusammen, doch dann schmiss ich mich in meine Gummistiefel, zog mein Regencape über und brach zur Tatortbesichtigung auf. Nein, nicht zu den Bokauer Ecken, in denen der Horrorclown in den letzten Tagen gesichtet worden war; dem würde ich mich, wie geplant, erst im Schutz der Dunkelheit widmen. Denn tagsüber hatte er sich noch nie gezeigt. Nein, solange das fahle Licht des Oktobertages reichte, wollte ich endlich die Wiese in Augenschein nehmen, auf der Sven Perrier so grausam zu Tode gekommen war. Das brauchte jedoch niemand zu wissen, denn mir war keineswegs entgangen, dass mich in dieser Hinsicht jedermann für spinnert hielt. Allen voran mein Freund Harry Gierke, aber auch Bauer Plattmann nebst Gattin, Marga, der Kellner Karl oder der Koch Rico. Die fixe Idee einer unausgelasteten Privatdetektivin halt. Weiter nichts.

Die Wiese lag etwas außerhalb des Dorfes, und der Regen war in der Nacht in besonders wasserhaltigen Schneematsch übergegangen, trotzdem beschloss ich, zu Fuß zu gehen. Denn mit dem Wagen über die Treckerwege zu holpern, machte keinen Spaß, und mit dem Rad war es angesichts der Melange aus nassen Blättern und Schlamm verdammt rutschig und zu gefährlich. Außerdem erregte es nur unnötig Aufmerksamkeit, wenn ich mit dem Auto durch die Walachei bretterte. Und irgendein Bokauer bekam das todsicher mit, da machte ich mir schon lange nichts mehr vor.

Also schritt ich energisch aus, um mein Ziel rasch zu erreichen und der Kälte zu trotzen. Ehrlich gesagt hatte ich keinen Schimmer, was genau ich mir von der Inspektion der durchweichten Weide erhoffte, aber man weiß ja nie. Das halbe Leben eines Private Eyes besteht schließlich aus Ahnungen, Mutmaßungen und irgendwelchem ziellosen Herumgestochere. Durch das dann mit ein bisschen Glück etwas zutage gefördert wird, das man im entscheidenden Moment wunderbar gebrauchen kann. Vielleicht hatten Rico und Karl bei der Aktion ja etwas verloren; ein Taschentuch möglicherweise oder das Mundstück ihrer E-Zigaretten mit mächtig viel DNA-Spuren dran. Ich hatte Karl nämlich an dem Abend, als ich mit Marga auf einen Quallensalat in der »Heuschrecke« gewesen war, mit so einem Ding gesehen. Und niemand hatte natürlich gründlich danach gesucht, als man die Leiche fand. Weil alle Welt von einem Unfall ausging.

Ich erreichte die Wiese nach zwanzig Minuten. Das metallene Gatter war mit einer soliden Kette und einem geradezu monströsen Vorhängeschloss gesichert. Ich legte meine Arme auf die obere Querstrebe und schaute mich in Ruhe um.

Dreizehn schottische Hochlandrinder zählte ich. Sieben waren pechschwarz, sechs blond. Ein großer Bulle hielt sich im Hintergrund und spähte uninteressiert zu mir herüber, während er an einem Heuballen rupfte; bei den anderen handelte es sich um Kühe mit Kälbern in unterschiedlichen Größen. Die gesamte Herde nahm mich zwar zur Kenntnis, beobachtete mich jedoch eher beiläufig, während sie um den frisch gefüllten Heuspender herumstand und fraß. Kein Tier kam näher. Alle machten einen friedfertigen Eindruck.

Obwohl – was hatte ich denn erwartet? Dass sich die Mörderin Perriers mit Schaum vor dem Maul auf mich stürzte, sobald sie meiner ansichtig wurde? So ein Quatsch, denn die arme Kuh hatte höchstwahrscheinlich gleich nach dem Tag des »Unfalls« Bekanntschaft mit dem Schlachter geschlossen, weil sie fortan als unberechenbar galt. Nein, sämtliche Rindviecher machten einen vollkommen friedlichen Eindruck, wie sie so dastanden und mampften. In der Kälte dampfte ihr Atem aus den Nasenlöchern, und hin und wieder kratzte sich ein Tier mit dem gewaltigen Horn an der Flanke. Die Herde nicht aus den Augen lassend, kletterte ich über das Gatter. Denn genau das musste Sven Perrier ebenfalls getan haben. Entweder aus irgendeinem Grund freiwillig, oder aber er war von Rico oder Karl mit vorgehaltener Waffe auf die Wiese gezwungen beziehungsweise bewusstlos gehievt worden. Von den Tieren kam keine Reaktion. Keine Kuh senkte kämpferisch den Schädel, scharrte drohend mit den Hufen und schoss schnaubend auf mich zu, und auch der große Bulle hielt sich vornehm zurück. Sie malmten einfach weiter, als ich mich langsam auf sie zubewegte.

Nein, da musste eindeutig jemand wie auch immer nachgeholfen haben, um eines dieser Tiere so wütend zu machen, dass es Perrier zu Tode trampelte. Aber war ein derartiges Szenario überhaupt vorstellbar? Sprach nicht weitaus mehr dafür, dass Perrier aus eigenem Antrieb über das Gatter geklettert war? Aber wenn ja, weshalb zum Donnerwetter? Bei näherer Überlegung wurde der Fall immer rätselhafter. Weil einfach nichts zusammenpassen wollte: Perriers Wiesentod passte nicht zu seinem Charakter als überzeugter Städter, und die grundlegende Friedfertigkeit der Highlander passte nicht zu ihrem aggressiven Angriff auf ihn. Unzweifelhaft war nur, dass Sven Perrier eines merkwürdigen und gewaltsamen Todes gestorben war.

Ich ging ein Stück innen am Zaun entlang, um die Stelle zu finden, an der Perrier sein Leben ausgehaucht hatte. Ich musste nicht lange suchen. Sie lag gleich neben dem Gatter. Trotz der Schneematschschicht sah ich, dass dort das Gras platt und niedergetrampelt war, und etliche nur noch schwach zu erkennende dunkle Flecken verrieten mir, dass Sven Perrier viel Blut verloren haben musste, als er starb. Sorgfältig suchte ich den Boden ab, die Herde hinter mir aus den Augenwinkeln sicherheitshalber ständig im Blick behaltend. Doch ich fand weder auf der Weide noch außerhalb des Zauns etwas anderes als Blutspuren, Schnee, nasses Gras und sattschwarzen Ackerboden. Niemand hatte etwas verloren, keine Schramme auf dem Metallgeländer verriet mir auch nur irgendetwas. Ich hatte augenscheinlich zu lange mit der Tatortbesichtigung gewartet.

Tja, das war eindeutig ein Fehler, ein kapitaler Fehler sogar und nicht zu entschuldigen. Jetzt war er jedoch nicht mehr zu korrigieren. Ich brach die Suche deshalb ab und schaute mich frustriert um. Was ermittlungstechnisch auch nicht wirklich weiterhalf: Ich sah nichts weiter als grauweißbraune Matschwiesen, kahle Knicks, kahle Bäume, kahle Sträucher und wiederkäuende zottelige Kühe. Weshalb die Frage immer dringlicher wurde: Was, zum Henker, hatte Sven Perrier hier bloß gewollt? Es sprach wirklich alles dafür, dass ihn entweder der geheimnisvolle Telefonanruf hergelockt oder dass ihn jemand gewaltsam vor sich hergetrieben hatte, bis er vor der heißblütigen Kuh stand. Alles andere ergab einfach keinen Sinn.

Niedergeschlagen trottete ich nach Hause. Wenn das so weiterging und mir nichts Zündenderes einfiel, als nicht vorhandene Spuren an einem erkalteten Tatort zu besichtigen und irgendwann einmal Harry zu bitten, einen seiner Experten auf die Telefondaten der »Heuschrecke« anzusetzen, würde ich mich bei dieser dämlichen FuckUp-Night auf Hollbakken bestimmt ausgezeichnet neben den ganzen anderen Losern machen: »Uuunnnd jähätzt: Hanna Hemlokk, die Möchtegern-Privatdetektivin, die garantiert jeden stinknormalen Unfall in einen unmöglichen Mord verwandelt. Applaus, Leute, Applaus!« Wie hieß noch gleich der Moderator, den Johannes angeheuert hatte? Der, der die Sache »richtig gut« machen würde? Malte Irgendwie. Egal. Der Mann war nicht wichtig.

In meiner Villa bereitete ich mir eine schöne, große und vor allen Dingen heiße Kanne Earl Grey zu. Die ersten beiden Becher schlürfte ich zähneklappernd, mit beiden Händen den Hitzespender umklammernd. Tat das gut! Nach und nach normalisierte sich mein Kreislauf, und das Blut begann wieder in Fingern und Zehen zu zirkulieren. Beides bewirkte, dass sich meine Laune merklich hob.

Okay, ich hatte einen Fehler gemacht, indem ich zu lange gewartet hatte und sich alle möglichen Spuren in Luft aufgelöst hatten. Doch das bedeutete noch lange nicht, dass ich mit meiner Mordthese Unrecht hatte. Nein, ich war noch lange nicht fertig mit dem Personal der »Heuschrecke«. Und wo fing man heutzutage an, wenn man etwas herauskriegen wollte? Im Netz natürlich. Wo sonst. Also fuhr ich den Laptop hoch und begann Sven Perrier, Karl Breithaupt und Rico Schulz zu googeln. Aha, Perrier tauchte im World Wide Web auf diversen Seiten lediglich im Zusammenhang mit der »Heuschrecke« auf; Restaurantkritiken hatte er ausführlich beantwortet, auf Häme und absonderliche Kommentare zu seinem Angebot ging er in ruhigem Stil ein. Wenn es sich allerdings ausschließlich um Polemiken und Beschimpfungen handelte, ignorierte er sie. Privates hielt er ganz außen vor. Im Netz existierte lediglich der Geschäftsmann Sven Perrier.

Ganz anders hingegen Rico Schulz und Karl Breithaupt. Koch und Kellner schienen im Internet eine echte Parallelexistenz zu führen und waren auf allen Kanälen, besonders in den sogenannten sozialen Netzwerken, vertreten. Sie posteten Fotos von sich um die Wette und kommentierten jeden Scheiß. Vieles war einfach nur zum Wimmern und lohnte den Strom nicht, den ihr Smartphone fraß, wenn sie ihren Müll verschickten. Beide fanden sich offenbar wunderschön und witzig. Ich bewunderte Karls Waschbrettbauch in allen Lebenslagen sowie die definierten Muckis an seinen Oberarmen und lernte beim Scrollen durch Ricos Account, dass tätowierte Stellen am menschlichen Körper existieren, die ich bislang für untätowierbar gehalten hatte. Darüber hinaus hatten beide jungen Männer der Welt eher wenig mitzuteilen und schienen von keinerlei Gedankens Blässe angekränkelt. Schöne Larven, hätte meine Freundin Marga in ihren guten Zeiten gesagt. Aber machte dieses narzisstische Gehabe Karl und Rico automatisch zu Mördern, weil sie nicht besonders helle sowie auf die »Heuschrecke« scharf waren und Sven Perrier ihnen im Weg gestanden hatte?

Gegen fünfzehn Uhr aß ich einen Happen Roquefort mit Brot und eine saftige Birne. Dazu gab es ein Glas Wasser. Anschließend hielt ich Gustav das obligatorische neue, frische, prachtvolle Salatblatt hin, das er jedoch zu meinem Kummer auch heute verschmähte, und machte mich für meinen abendlichen Einsatz fertig. Immerhin regnete und schneite es nicht mehr, als ich mit besagter nachtblauer Mütze sowie dem schwarzen Outfit den Weg zum Haupthaus hocheilte. Dafür jagte ein kalter Wind die Wolken wie eine Herde Schafe über das Firmament, sodass immer mal wieder Mond und Sterne sichtbar wurden. Als Patrouillengebiet hatte ich mich für Bokaus Hauptstraße entschieden. Die ging zwar Ende Oktober im Stockfinsteren keinesfalls als Flaniermeile durch, aber wenn sich jemand überhaupt in dieser unwirtlichen Zeit hinauswagte, um auf ein Vollkornbrot zum Bäcker zu eilen oder bei Inge Schiefer beziehungsweise in der »Heuschrecke« einen Happen zu essen, musste er Bokaus Hauptverkehrsader benutzen. Was todsicher auch dem Horrorclown bekannt war, denn er schien sich ja ziemlich gut im Ort auszukennen – was wiederum auf einen Einheimischen schließen ließ. Für diese Schlussfolgerung brauchte man keinen Universitätsabschluss im Detektivwesen.

Also schlenderte ich langsam an den alten Bauernhäusern, die die Straße säumten, sowie an Matulkes hell erleuchtetem Schaufenster vorbei. Edith sprach mit einem unbekannten Mann, während sie nach seinen Anweisungen eine Brötchentüte füllte. Ich beobachtete die beiden. Sein Gesicht konnte ich nicht sehen, aber er war ziemlich stämmig, stiernackig und vom gesamten Körperbau her – selbst die dicke Jacke spannte über dem Bauch – kein junger Mensch mehr. Ich verharrte trotzdem und verschmolz mit einer Eiche, als er auch schon bezahlte, Edith freundlich zunickte und mit federnden Schritten zum rückwärtigen Parkplatz ging, um kurz darauf mit einem Sportwagen aus der Einfahrt zu schießen. Ich setzte meinen Rundgang fort.

Alle, die dem Clown begegnet waren, hatten natürlich automatisch auf die Klinger-Maske geschaut, niemand hatte die gesamte Erscheinung wirklich wahrgenommen. Doch den Brötchenholer würde ich bei ruhiger Betrachtung wahrscheinlich auch so an der Statur wiedererkennen. Da brauchte ich nicht in sein Gesicht zu sehen. Und natürlich besaß ich den Vorteil, dass ich als professionelle Privatdetektivin nicht so leicht aus der Ruhe zu bringen und zudem auf ein Treffen vorbereitet war.

Ich schlenderte weiter Richtung »Heuschrecke«. Die Straße war mit Wahlplakaten zugepflastert. Unsere Ostseebeauftragte des Kreises Plön für Berlin und Brüssel, Dr. Corinna Butenschön, lächelte dem Betrachter mit jugendlicher Pfirsichhaut, kurzhaarig und gesträhnt entgegen, sichtbar von einer Werbeagentur in Szene gesetzt und von einem professionellen Fotografen beziehungsweise der nachgeschalteten Photoshop-Bearbeitung aufgehübscht. »Herz und Stimme für Bokau« hieß der Spruch, den sich die Werbeagentur für sie ausgedacht hatte und der dem Klinger'schen »Bokau tohoop«

an Aussagenlosigkeit in nichts nachstand. Vom Hocker riss auch der einen wahrlich nicht. Und das war noch höflich formuliert. Er war langweilig, spießig und absolut vorhersehbar. Gähn! Arwed Klinger bohrte seinen Blick hingegen dynamisch in die Augen des Betrachters. Er lächelte nicht, sondern schaute auf den Plakaten ernst und staatstragend, und seine Frisur sah nicht ganz so daneben aus wie in echt. Trotzdem hatte jemand direkt über seinen Mund ein blutrotes »Klinger, halt die Klappe!« geklebt.

Ich musste unwillkürlich grinsen. Wenn der Spruch auf das Konto des Horrorclowns ging, hatte das durchaus Charme. Aber tat er das? Standen hinter dem Clown doch ernstere Absichten, als Harry vermutete? Denn wenn es kein gedankenloser Streich war, den ein vom öden Dorfleben gelangweilter Jugendlicher ausgeheckt hatte, musste man die Frage stellen: Wem wollte der Clown schaden? Wem nutzen? Was wollte oder sollte er generell bewirken? Fakt war, dass mein Auftraggeber Klinger zweifellos auf diese Weise im Gespräch blieb, gerade weil die Maske den Bokauern Angst und Schrecken einflößte. Butenschön hingegen guckte in die Röhre, ihr nützte der Maskierte nichts, ja, er schadete ihr sogar eher, weil er sie als zögerndes Weichei dastehen ließ, wenn sie nichts gegen ihn unternahm. Doch das hatte der Macher Klinger ja bereits getan, indem er mich scheinbar spontan engagierte.

In Gedanken versunken, starrte ich weiter in sein fleischiges Gesicht. Die Wolken hatten eine Lücke freigegeben, sodass das fahle Mondlicht uns beide erhellte. Und wenn dieser Mann nicht nur mein, sondern auch der Auftraggeber des Horrorclowns war? So abwegig war der Gedanke mitnichten. Dann waren das Auftauchen des Clowns gerade zur rechten Zeit und meine prompt darauf folgende Beauftragung zweifellos eine abgekartete Sache des Klinger-Lagers. Wie zur Bestätigung dieser These zeigte mein Smartphone an, dass es etwas Neues in der Welt gab. Ich zog es aus der Tasche und blickte entgeistert auf das Display. Klinger hatte einen Tweet abgesetzt. Dieses Mal griff er jedoch nicht seine Konkurrentin an, sondern sein Geschreibsel galt – mir. »H. H., Bokaus PD Nr. 1: Ran an den Feind, den Clown mit der KLINGER-Maske. Ich drücke die Daumen!!!!«, las ich.

Einen Moment stand ich wie vom Donner gerührt da. In meinem Inneren brodelte es. Dieser Mensch besaß doch tatsächlich die bodenlose Unverschämtheit, mich noch tiefer in seine Wahlkampagne hineinzuziehen! Einen Moment war ich versucht, auf der Stelle nach Hause zu laufen und den Clown Clown sein zu lassen. Doch dann besann ich mich. Eine derart kindische Trotzreaktion brachte nichts. Im Gegenteil, wenn ich in den Sack haute, würde ich diesem mit allen Wassern gewaschenen Knilch nie nachweisen können, dass das Ganze möglicherweise nichts weiter als ein Werbegag seines Wahlkampfteams war. Wütend stapfte ich weiter. Nein, es war zweifellos viel, viel besser, wenn es mir gelang, den Clown noch vor den Wahlen zu demaskieren. Um Klinger vor aller Augen als das dastehen zu lassen, was er war: ein Schaumschläger, der mit allen Mitteln zur Macht strebte. Dem ich, Hanna Hemlokk, Bokaus erfolgreichste Privatdetektivin, die Suppe gehörig versalzen würde!

In der Ferne querte jetzt eine einsame Gestalt die Straße und näherte sich mir mit gesenktem Kopf und eiligen Schritten. Ich huschte rasch hinter ein Auto, das in einer Einfahrt parkte. Sowohl von den fließenden Bewegungen als auch vom schlanken Körperbau her handelte es sich eindeutig um einen jungen Menschen. Er trug eine Mütze tief ins Gesicht gezogen, hatte lange, schlaksige Beine und eilte vornübergebeugt und mit hochgezogenen Schultern auf mich zu.

»Halt!«, brüllte ich und trat ihm in den Weg, als er sich auf der Höhe des Wagens befand. Das Wesen erstarrte und hob hektisch den Kopf. »Äh, hallo Freddie.« Ich kam mir ziemlich albern vor.

»Hanna«, ächzte das Bürschchen und schnappte nach Luft. »Was … ich … oh Mann, hast du mir einen Schreck eingejagt.«

»'tschuldigung«, sagte ich kleinlaut.

»Schon gut.« Auf seinem pickeligen Jungsgesicht breitete sich ein wissender Ausdruck aus. »Du jagst den Clown, richtig? Ich hab gerade Klingers Tweet gelesen. Cool. Na ja, von deinem neuen Job wissen ja sowieso alle. Also, ich bin es nicht.«

»Ein Verdächtiger weniger, meinst du«, sagte ich und grinste ihn an.

Frederick Jahnke war der Torjäger des 1. FC Bokau: ein umgänglicher Junge, der lediglich auf dem Platz zwischen Freunden und Feinden unterschied und sonst ein richtig Lieber war, mit dem ich gut konnte. Wir blickten uns an: er abwartend, ich jetzt nachdenklich. Die Gelegenheit war günstig.

»Hör mal, Freddie, du weißt nicht zufällig, wer von den Bokauer Jungs sich hinter der Klinger-Maske verbirgt?«, fragte ich ihn ganz direkt. Meine Klinger-These war schließlich nur eine von vielen möglichen Varianten, und Harry, von dessen Meinung ich in der Regel eine Menge hielt, war bekanntlich genau dieser Auffassung. »Du merkst ja selbst, dass die Sache langsam aus dem Ruder läuft und nicht mehr witzig ist. Die Leute haben richtig Angst. Kannst du mir nicht einen Tipp geben? Ich schwöre dir auch, dass ich meinen Mund halten und dich nicht verraten werde.«

»Der Horrorclown soll einer von den Bokauer Jungs sein?«, echote er ungläubig. »Nein, das glaube ich nicht. Wer behauptet denn so einen Quatsch? Gehört habe ich darüber jedenfalls nichts. Die finden das zwar alle ziemlich cool, was der da macht, aber nee … da läuft nix.«

»Bist du sicher?«, hakte ich nach.

Freddie pendelte in einer Mischung zwischen Zustimmen und Verneinen so entrüstet mit seinem Kopf hin und her, dass seine Mütze herunterflog. Hastig bückte er sich, hob sie auf und wischte den Schneematsch ab, bevor er sie mit einem energischen Ruck wieder über seine dichten Haare zog.

»Von uns ist das keiner«, behauptete er fest. »Und glaub mir, Hanna, ich wüsste das, wenn einer so was macht. Der würde doch damit prahlen. Sonst würde das ja überhaupt keinen Sinn ergeben.« Womit er zweifellos recht hatte. »Und meine Mutter hat außerdem gesagt, der Clown habe so etwas ganz Komisches an sich. Irgendwie Unheimliches. Auf gar keinen Fall war da was witzig, hat sie gemeint. Sie hat ihn nämlich vorgestern hinter der ›Heuschrecke‹ getroffen und war ziemlich aus der Tüte, als sie nach Hause kam, weil sie sich so gefürchtet hat.«

Tja, Harry Gierke, damit konnte ich deine Alles-völlig-harmlos-These wohl in die Tonne treten. Denn ich glaubte Freddie. Einer von Bokaus Halbwüchsigen war das nicht. Es sei denn, überlegte ich, da machte sich ein Jugendlicher aus einem anderen Dorf einen Spaß mit uns, was ich allerdings bei weiterer Überlegung für unwahrscheinlich hielt. So einer wollte die Leute kennen, die er erschreckte. Das war bei dem ganzen Spaß doch die halbe Miete. Also deutete alles auf eine Verbindung zu Klinger hin?

Sachte, Hemlokk, sachte, ermahnte ich mich selbst. Auch wenn das Motiv des Mannes unabweisbar auf der Hand lag – wie heißt es so schön in Politikersprech? Ich würde auf jeden Fall nichts von vornherein ausschließen, sondern »ergebnisoffen« ermitteln. Ganz wie es sich für eine gute Privatdetektivin gehörte.

»Danke, Freddie.« Und damit trat ich zwei Schritte zur Seite, um unseren Torjäger vorbeizulassen.

»Viel Glück, Hanna. Und sei bloß vorsichtig. Der Clown ist nicht ohne«, warnte er mich mit dem ganzen Ernst seiner siebzehn Jahre.

Ich fand es rührend.

»Ich pass schon auf mich auf, Freddie, keine Sorge«, beruhigte ich ihn. »Der Klinger-Kasper wird alt aussehen, wenn ich mit ihm fertig bin.«

Freddie tippte an seine Wollmütze und entfernte sich eilig. Ich nahm meinen Patrouillengang wieder auf, schlenderte mit geschärften Sinnen zu Inge Schiefers Gasthof, drehte am Ortsausgang um und schritt erneut an Bäcker Matulke vorbei Richtung »Heuschrecke«. Nichts geschah. Ausgerechnet an diesem Abend schien der Horrorclown eine Pause einzulegen.

Dafür wurde mir mit jeder Runde immer kälter und ungemütlicher. Bei Matulke gingen Punkt halb sieben die Lichter aus, bei Inge Schiefer tagte die Skatrunde bei Bier, Korn, Wasser und Saft, und in der »Heuschrecke« warteten drei Paare und zwei größere Gruppen sichtlich gut gelaunt auf Quallensalat und gesottene Käfer. Karl servierte schwungvoll Teller für Teller und sah dabei wie die personifizierte Unschuld vom Lande aus, die keineswegs eine friedliche Kuh dermaßen piesacken konnte, dass die auf Sven Perrier losging. Als nach drei Stunden Dauerpatrouille der Wunsch nach einem zünftigen Grog, einer heißen Dusche sowie vier bis fünf dicken Decken übermächtig wurde, beschloss ich, die Runde für diesen Abend abzubrechen und nach Hause zu gehen. Niemand im Dorf hatte schließlich etwas davon, wenn Bokaus PD Nr. 1 zu Eis erstarrte und erst nächsten Sommer wieder aufgetaut und einsatzfähig war.

Er wartete im Halbschatten des Fliederbusches direkt neben meiner Villa. Zunächst bemerkte ich ihn nicht, weil mir überhaupt nicht der Gedanke gekommen war, dass es der Horrorclown gezielt auf mich abgesehen haben könnte. Erst als das Mondlicht wieder einmal für wenige Sekunden durch die dichte Wolkendecke brach, entdeckte ich ihn. Regungslos stand er da und schaute mir entgegen. Ich stoppte abrupt und hörte im selben Moment, wie mir unwillkürlich ein erschrockener Laut entwich.

Die Klinger-Maske war wirklich perfekt, das fiel mir als Erstes auf. Man erkannte den Bürgermeisterkandidaten sofort, doch das Gesicht wirkte wie eine Fratze, weil die Gesichtszüge naturgemäß völlig bewegungslos waren. Aber nicht nur das brachte meinen Herzschlag aus dem Takt. Die Augen wirkten blind, ja wie tot, weil sie keine Pupillen hatten. Wie bei diesen alten griechischen oder römischen Statuen, wo man auch immer das Gefühl hat, wenn man denen ins Gesicht sieht, man starre in einen tiefen Brunnenschacht, aus dem es nach ewigem Schlaf und Verwesung riecht.

»Das ist nicht witzig«, entfuhr es mir leise. Zu leise. Etwas energischer hätte es schon sein dürfen. Das fand ich selbst. Doch mein Mund war ziemlich trocken, das muss ich zugeben.

Er antwortete nicht. Stattdessen schob er fast unmerklich den Oberkörper vor. Ich trat instinktiv zwei Schritte zurück. Er wollte sich doch nicht etwa auf mich stürzen? Meine Gedanken begannen unkontrolliert zu rasen, was in so einer Situation nicht unbedingt von Vorteil ist. Sollte ich vielleicht um Hilfe schreien? Aber Marga und Harry oben im Haupthaus würden mich nicht hören. Dafür waren sie zu weit weg, und der Wind heulte zu stark. Nein, mein Gebrülle würde lediglich ein paar Blesshühner im Schilfgürtel des Sees aufscheuchen und dem Clown zeigen, dass ich Angst hatte. Und das war ganz schlecht.

»Was soll das?«, fuhr ich ihn daher in meiner Not barsch an, während ich sicherheitshalber die Fäuste ballte. Aggressives Auftreten war immer besser, als Furcht zu zeigen. Das lernt man in jedem Selbstverteidigungskurs. »Was willst du?«

Doch er rührte sich nicht, was ich als weitaus bedrohlicher empfand, als wenn er mich beschimpft hätte. Und dabei hatte ich mich mental den ganzen Abend auf diese Begegnung vorbereitet. Aber das war oben im Dorf und zu meinen Konditionen gewesen und nicht hier unten an der Villa zu seinen, erkannte ich jetzt. Nein, es gab nichts drum herumzureden oder zu deuteln: Der Clown hatte mich kalt von hinten erwischt. Und ich vermutete, dass das durchaus geplant war. Denn wie Freddie gesagt hatte, wusste mittlerweile jeder in Bokau, dass Klinger mich auf ihn angesetzt hatte, entweder durch dessen Tweets oder durch den dörflichen Buschfunk. Was sollte ich also tun? Ich überlegte nicht lange.

»Wenn du in Klingers Auftrag hier herumstehst«, fuhr ich ihn an, »dann bestell deinem Herrn und Meister, dass er mit solchen Mätzchen nicht durchkommen wird. Ich krieg ihn bei de Büx, so wahr ich hier stehe!« So, nun war es ausgesprochen. Gleich fühlte ich mich besser.

Wieder reagierte die Gestalt nicht. Nein, das war falsch. Sie bewegte sich zwar nicht, sondern starrte mich weiter mit ihren leblosen Augen an, doch ich vernahm gleichzeitig ein seltsames Geräusch. Zunächst konnte ich es nicht zuordnen, erst nach und nach erkannte ich es. Der Bursche lachte! Leise quollen dumpfe, merkwürdig abgehackte Töne unter der Maske hervor, die irgendwo zwischen dem Meckern einer Ziege und dem Grunzen eines Schweines lagen, jedoch keinesfalls zum Mitlachen animierten, sondern eher zum Davonlaufen. Neben den leeren Augen war es dieses an den Nerven zerrende Geräusch, das mich vollends um den kühlen Verstand eines professionell denkenden und reagierenden Private Eyes brachte und ein schlotterndes Etwas aus mir machte. Ohne weiter nachzudenken, wollte ich mich schon umdrehen und zum rettenden Haupthaus hinaufrennen, als der Clown plötzlich zum Leben erwachte, grüßend die Hand an die Maske hob, um anschließend mit geschmeidigen Bewegungen über den angrenzenden Acker in den Weiten Bokaus zu verschwinden.

# VIER

»Hendrik, du warst jetzt echt total supi! Wir alle hier danken dir für deine ungeschminkten Worte.« Tosender Applaus und Gejohle der Menge.

»Verkackt es nicht, Leute!«

Der dürre junge Mann in Jeans, Turnschuhen und Hoodie hob den Daumen und schlenderte federnden Schrittes zurück zu seinem Platz im Publikum, während der Moderator seinen Blick über die Menge auf der Suche nach dem nächsten Kandidaten kreisen ließ. Bokau wohnte der ersten FuckUp-Night auf Hollbakken bei.

»Wer will der nächste Speaker sein und uns von seinen Pleiten, Pech und Pannen berichten?«

Und ich war live dabei.

Bei seinen spaßig hingeworfenen Worten strahlte unser Conférencier in die Runde wie ein Honigkuchenpferd auf Ausflug. Malte Wiesheu war schätzungsweise um die vierzig, während viele der sechzig bis siebzig Zuschauer in der großen Halle von Hollbakken altersmäßig eher um die dreißig plus pendelten: stinknormal bis modisch gekleidete und frisierte Menschen mit Limoflaschen in den Händen, die sich wie Bolle amüsierten, als die ersten Speaker ihre Lebens- und Leidensgeschichten zum Besten gegeben hatten. »Speaker« heißen in der FuckUp-Night-Sprache die armen Tröpfe, die sich öffentlich als Loser outen. Zum Teil mit ziemlich persönlichen Details, die vom Publikum besonders heftig beklatscht wurden. Eine Soap im richtigen Leben, ich hatte es doch geahnt. Karl und Rico entdeckte ich in der vorletzten Reihe. Die »Heuschrecke« hatte dienstags geschlossen, und ein derartiges Amüsement passte zu den beiden jungen Männern wie die Faust aufs Auge. Oder ob sie dabei auch einen Blick in den unternehmerischen Abgrund riskieren wollten? Ich war mir da nicht so sicher. Karl hatte ja äußerst zuversichtlich geklungen, was die Zukunftsaussichten der »Heuschrecke« betraf. Nein, der Gedanke, dass sie bei der nächsten FuckUp-Night möglicherweise selbst dort vorn sitzen und von ihren Misserfolgen erzählen könnten, kam ihnen sicher nicht. Ich schätzte mal, dass die beiden sich gegen Pleiten gefeit, weil für extrem clever hielten. Und so ganz unrecht hatten sie mit ihrer Einschätzung ja auch nicht – vorausgesetzt, sie hatten ihren Ex-Chef tatsächlich per Rindvieh in die ewigen Jagdgründe befördert. Denn das war, man musste es neidlos anerkennen, mordstechnisch gesehen schon eine reife Leistung.

Neben der städtischen Hipsterbrut hatte sich tatsächlich fast das gesamte Dorf in Hollbakkens großer Halle versammelt. Ich sah Bokauer aller Altersklassen, die auch letzte Woche bei Arwed Klinger gewesen waren, und mir konnte niemand erzählen, dass auch nur einer von ihnen ernsthaft beabsichtigte, jemals ein Start-up zu gründen, oder dass alle Klinger wählen würden. Nein, die Dörfler waren schlicht und ergreifend neugierig, was sich in ihrem Umfeld tat. Bäcker Matulke hielt sich an einem Bier und seiner Gattin fest, Harrys Dudelsack-Chef entdeckte ich zwischen den beiden Damen, die bereits Bekanntschaft mit dem Horrorclown gemacht hatten, Inge Schiefer nippte an einer Limonade, und Fridjof Plattmann hatte die Arme über seinen beachtlichen Bauch gefaltet und beobachtete die Pleiten-Show anscheinend ohne Regung.

Nur Freund Harry hatte meine Einladung abgelehnt, hatte etwas Besseres zu tun gehabt und hockte in seiner Bude. Daran hatte ich immer noch zu kauen. Na ja, er würde schon sehen, was er versäumte. Denn ich war ganz sicher nicht diejenige, die ihm von dieser Nacht erzählen würde, zumal er meine vorsichtig vorgetragene Bitte, doch eine seiner zahllosen Beziehungen spielen zu lassen, um den Telefonanschluss der »Heuschrecke« zu überprüfen, um so die Nummer von Perriers letztem Anrufer herauszubekommen, schnöde abgewürgt hatte. »Keine Zeit, und außerdem denke ich, dass das vergebliche Liebesmüh ist, Hemlokk«, hatte er gesagt und mich wie einen Doofi im Regen stehen lassen. Na warte, Freundchen. Das nahm ich ihm übel, da konnte er noch so sehr über seinen maulfaulen Neffen jammern, der sich zudem geweigert hatte, ein entspanntes Wochenende bei seinem Onkel zu verbringen. »Todlangweilig«, hatte er nur genuschelt, als Harry nachgebohrt hatte. Mehr nicht, woraufhin das Telefongespräch abrupt beendet worden war.

In der dritten Reihe erhob sich jetzt zögernd ein schwarz gekleideter junger Mann.

»Ja! Wow!«, rief Malte Wiesheu enthusiastisch. Es klang echt. Ob der Mann allen Ernstes für seinen Job brannte? »Komm doch nach vorn. Der Stuhl ist deiner. Und keine Angst, alles wird gut.«

Unwillkürlich fing ich an, mit den Zähnen zu knirschen. Was für ein Schwachsinn. Wir wohnten doch keiner Märchenstunde für die Allerkleinsten bei. Am liebsten wäre ich auf der Stelle nach Hause gegangen, hätte mich mit einem Glas Wein in meinen Schaukelstuhl gesetzt, um noch einmal meine unrühmliche Begegnung mit dem Horrorclown vor meinem inneren Auge Revue passieren zu lassen. Denn es ärgerte mich maßlos, dass ich derart laienhaft auf die Gestalt reagiert hatte. Ein zweites Mal durfte mir das keinesfalls passieren. Dann wäre mein guter Ruf als Detektivin ernsthaft in Gefahr. Doch jetzt abzuhauen, konnte ich selbstverständlich Johannes nicht antun. Ich erinnerte mich nicht, jemals auf Hollbakken dermaßen viele Menschen gesehen zu haben. Und wenn ich es richtig beurteilte, besaß diese Art von Spektakel durchaus noch erhebliches Entwicklungspotenzial. Da war Johannes zweifellos beizupflichten. Und auch das leckende Dach und die maroden Nebengebäude wären sicherlich seiner Meinung, ja, letztlich würde es der gesamte Herrensitz seinem derzeitigen Besitzer danken.

»Malte ist wirklich klasse, nicht?«, flüsterte der mir jetzt selig ins Ohr. Wir saßen in der ersten Reihe, sodass wir alles genau mitbekamen. Ich biss mir auf die Zunge. Darüber konnte man durchaus geteilter Meinung sein. »So ein Moderator lässt das Ganze gleich irgendwie besser aussehen. Runder, verstehst du? Es gibt nämlich auch Veranstaltungen, da stehen die Speaker ganz allein vorn. Das fand ich fad.«

»Wo hast du ihn eigentlich her?«, fragte ich leise.

»Malte? Ein Freund hat mir den Tipp gegeben. Er wohnt gleich um die Ecke, in Preetz, und stammt aus Probsteierhagen, kennt daher Land und Leute genau. Außerdem ist er nicht so teuer und zudem ein ehrlicher und sympathischer Kerl, der sein Handwerk versteht.«

»Ein grundguter, patenter Mensch also und damit kein Mordmotiv weit und breit in Sicht.«

»Mordmotiv?« Johannes warf mir sichtlich genervt einen schrägen Blick zu.

»Genau. Niemand verspürt Gelüste, einen derartigen Supertyp ins Jenseits zu befördern, noch kann der sich seinerseits vorstellen, jemand anderem an die Gurgel zu gehen«, präzisierte ich nichts ahnend.

Manchmal liegt man mit seinen Bemerkungen wirklich komplett daneben. Johannes tippte sich an die Stirn.

»Du hast gelegentlich eine ausgesprochen merkwürdige Optik, Hanna.«

»Hi«, begrüßte Malte jetzt den Schwarzgekleideten aufgeräumt, als der endlich neben ihm auf der improvisierten Bühne stand. »Schön, dass du dich traust.«

Der Junge hob zwar lässig die Hand, doch die roten Flecken auf seinen Wangen verrieten seine Aufregung.

»Ich bin der Anders«, stellte er sich vor.

Die beiden Männer klatschten sich ab, ein, zwei schrille Pfiffe ertönten aus dem Publikum. Ich drehte mich um. Es war Karl, der da lautstark pfiff. Breit lächelnd winkte er mir zu, wobei der Junge so unschuldig wirkte wie ein neugeborenes Kind. Was er beileibe nicht mehr war.

»Bist du bereit, Anders?«, fragte Wiesheu und hielt ihm auffordernd das Mikrofon hin, das der Angesprochene zunächst wie eine zischelnde Giftschlange anstierte, bevor er mit einer ungelenken Bewegung zugriff.

»Jo.«

»Du bist also entschlossen, uns ehrlich von deinem Scheitern zu berichten? Von deiner totalen Niederlage?«, versuchte Wiesheu die Spannung zu steigern, was ihm auch tadellos gelang.

Man hätte eine Stecknadel fallen hören können. Er machte seine Sache wirklich gut, obwohl er nicht als Eventmanager geboren worden war, wie Johannes mir erzählt hatte, sondern Archäologie und Volkskunde in Kiel und Marburg studiert hatte. Und zwar zu Ende. Im Gegensatz zu mir, die bekanntlich bereits nach ein paar Semestern des Studiums diverser Ologien das Handtuch geworfen hatte.

Anders fing jetzt an, breit zu grinsen. Irgendwie stolz. Irrte ich mich, oder hatte der Knabe noch einen Knaller im Gepäck?

»Ja, bin ich. Ich hab es nämlich nicht bei einem Mal belassen. Ich bin schon mit mehreren Unternehmen auf die Schnauze gefall–«

»Stopp, stopp, stopp.« Malte Wiesheu hob abwehrend beide Hände; eine Mädelstruppe in der vorletzten Reihe fing frenetisch an zu kreischen. Sie schienen das Scheiter-Spektakel mit dem Konzert eines Teeniestars zu verwechseln. »Bitte nimm nicht alles vorweg. Fang von vorn an, ja? Wir sind an jeder deiner Bauchlandungen brennend interessiert.«

Gab man solche Sätze eigentlich ohne Hemmungen von sich? War Malte Wiesheu in dieser Hinsicht also ein echtes Naturtalent? Der Mann musste einen wahrhaft aufregenden Charakter besitzen. Ich nahm mir vor, nach der Veranstaltung auf jeden Fall mit ihm ins Gespräch zu kommen. Allein schon wegen seines überdimensionierten großkarierten Jacketts, der knackengen Jeans und der spitz zulaufenden Cowboystiefel. Ob er das schön fand? Oder ging das Outfit lediglich als Dienstkleidung durch? Ich würde ihn fragen.

»Okidoki«, sagte Anders, hob den Daumen wie sein Vorgänger und ließ sich auf den Bühnenstuhl fallen.

Im Publikum fing ein Smartphone an zu dudeln. Jingle Bells, natürlich, in knapp zwei Monaten war schließlich Weihnachten. Ein kollektives Stöhnen ging durch die Menge. Ich drehte mich um. Rico fummelte hektisch fluchend in seiner Tasche. Karl neben ihm errötete zart, befingerte verlegen seinen Waschbrettbauch und zuckte mit den wohlgeformten Schultern.

»Das ignorieren wir jetzt einmal ganz flott«, befahl Wiesheu knapp und autoritär. Ich bewunderte ihn dafür. Den Mann brachte offenbar so schnell nichts aus der Ruhe, was bei seinem Beruf sicherlich von unschätzbarem Vorteil war. »Ich empfehle einen Dienst, der sämtliche Internet-Aktivitäten automatisch übernimmt, wenn man mal seine Ruhe haben will.« Die meisten der jüngeren Zuschauer lachten, Rico und Karl eingeschlossen; die meisten Bokauer schauten ratlos. Wie ich. »Da liken die Maschinen gegenseitig ihre Posts und Bilder, und du als Mensch hast frei, kannst in der Hängematte liegen und in den Himmel schauen. Genial«, erklärte Wiesheu und entblößte dabei zwei Reihen strahlend weißer Beißerchen.

Ich ließ seine Worte sacken. Das war ja total irre. Doch Wiesheu hatte zweifellos recht. Es war bekloppt, aber einfach und tatsächlich genial. Auf so etwas musste man erst einmal kommen. Mir wurde der Mann immer sympathischer. Denn er traute sich was; sein Hipsterpublikum würde das in der Masse nämlich völlig anders sehen.

»Wie jetzt?«, fragte auch schon eine junge Frau mit zitternder Stimme und einer gewaltigen roten Strähne im Pony. Sie war von Wiesheus Worten sichtlich verstört und hielt das Smartphone so fest umklammert, als sei es mit ihren Fingern verwachsen. »Das geht aber gar nicht!«

»Nein«, würgte Malte Wiesheu sie zwar augenblicklich, jedoch nicht unfreundlich ab. »Das ist heute nicht unser Thema.«

Er machte seine Sache wirklich gut. Souverän, aber nicht herrisch, und locker, aber nicht albern. Ob er auch einen Kindergeburtstag so durchzog? Oder eine Diamantene Hochzeit? Wahrscheinlich. Event ist schließlich Event. Und als Manager solcher Dinger muss man so etwas grundsätzlich können. Nur der Tonfall variierte vermutlich entsprechend. Doch das war ja gerade die Kunst, wenn man seine Brötchen als Stimmungsverkäufer verdiente. Wahrscheinlich hätte er auch auf den Horrorclown geistesgegenwärtiger und abgebrühter reagiert als ich, schoss es mir durch den Kopf. Verdammt, mit der Sache war ich noch lange nicht durch!

»Jetzt ist Anders dran. Es ist seine Show. Mehrmals hat es ihn also erwischt. Und mehrmals hat er sich wieder hochgerappelt. Das allein finde ich schon wunderbar. Verdient der Junge dafür nicht schon einmal einen kräftigen Applaus, Leute?«

Die Menge klatschte und trampelte brav mit den Füßen, und ich kam mir vor wie in einer dieser unsäglichen TV-Nachmittagsshows, wo ein Assistent Schilder hochhält, damit das Publikum weiß, was von ihm erwartet wird: Begeisterung, Entsetzen, Unglauben. Nein, dies hier war definitiv nichts für mich. Ich begann mich richtig unwohl zu fühlen und musste mich noch einmal entschieden daran erinnern, dass ich hier nicht zum Vergnügen, sondern für meinen Freund Johannes saß. Da nahm ich es wirklich lieber mit zwei cleveren Jungunternehmern und einem wild gewordenen Rindvieh auf oder mit einem Horrorclown, der es ganz gezielt auf mich abgesehen hatte. Sonst hätte er – logisch – nicht weitab vom Schuss direkt vor meiner Villa auf mich gewartet. Ob es dem Kerl einfach Spaß machte, mich als Detektivin, die ihm das Handwerk legen sollte, herauszufordern? Höchstwahrscheinlich ja. Und war das mit der Villa seine ureigenste Idee gewesen, oder hatte Klinger ihn beauftragt, damit er unsere erste Begegnung medien- und werbewirksam betwittern konnte? Nach dem Motto: Schaut her, ich tue etwas; ist doch nicht mein Problem, wenn die stoffelige Detektivin Mist baut. Aber da hatte sich unsere Bokauer Trump-Ausgabe verkalkuliert. Ich war nicht umgehend zu ihm gerannt und hatte ihm von dem Zusammenstoß berichtet. Die Genugtuung gönnte ich ihm nicht. Nein, ich hatte noch nicht einmal Harry von meinem Rendezvous mit dem Horrorknilch erzählt, weil ich die Sache zunächst einmal für mich verarbeiten musste und mir noch nicht darüber im Klaren war, wie ich weiter vorgehen wollte.

Die ganze Angelegenheit schien mir höchst diffus zu sein: Denn wenn der Clown tatsächlich auf Klingers Order hin Bokaus brave Bürger einschließlich meiner Wenigkeit verschreckte, stellte sich neben der Frage, was sein Auftraggeber damit politisch bezweckte, doch auch die, weshalb er ausgerechnet mich damit beauftragt hatte, dem Maskenmann das Handwerk zu legen. Die Antwort fiel wenig schmeichelhaft aus: Der Mann hielt offenbar nicht allzu viel von meinen Fähigkeiten als Detektivin. Na ja. Ich ließ das fürs Erste so stehen. Der würde sich noch wundern! Aber nur einmal angenommen, Klinger hatte mit dem Clown doch nichts zu tun: Was trieb diesen Menschen dann bloß um?, überlegte ich, während ich blicklos auf die Bühne starrte. Wieso hatte er zunächst erst wahllos Leute erschreckt und sich dann gezielt mich als Opfer ausgesucht? Weil er auf einen Showdown Clown gegen Private Eye scharf war? Und war das alles? Wenn ich ihn erwischte, gab er bei Inge einen aus, und alle fanden das lediglich amüsant? Nein, ganz sicher nicht. Denn noch immer lief mir ein Schauder über den Rücken, wenn ich an diese dunklen, nicht vorhandenen Augen dachte und an das leise unheimliche Lachen. Ich konnte es nicht näher beschreiben, aber es schwang da ganz entschieden etwas mit, was nicht gut war. Da stimmten Freddies entsetzte Mutter und ich in unseren Empfindungen eindeutig überein.

Auf der Bühne warf Anders jetzt per PowerPoint-Präsentation das unscharfe Bild einer blassrosa Wolldecke auf die nackte Wand. Einer Wolldecke? Ich schaute mich verstohlen um und blickte überall nur in ratlose Gesichter. Nein, nicht ganz. Malte Wiesheu gelang es tatsächlich, interessiert zu gucken. Hut ab!

»Das is 'ne Kuscheldecke«, klärte der aktuelle Speaker uns Unwissende auf. »Weil Pennen doch heutzutage immer mehr zum Lifestyle gehört. Wer nicht richtig schläft, ist nicht kreativ. Der ist draußen. Bumm und Ende. Und da hab ich überlegt, wenn die in Berlin jetzt als Online-Unternehmen mit neuen Matratzen groß rauskommen, was braucht der Mensch denn noch so zum Schlafen? Außer 'nem Kissen und so, meine ich. Und da bin ich eben auf die Kuscheldecke gekommen. Weil doch bei all dem Stress heutzutage überall jetzt der total erholsame Schlaf das neue, angesagte Ding ist.«

Die nächste Grafik erschien.

»Wie lange hast du durchgehalten?«, erkundigte sich Malte Wiesheu mit genau der richtigen Dosis Mitleid in der Stimme, während er mit dem Kinn in Richtung Grafik deutete. Sie zeigte Zahlen und Kurven, die ins Minus tendierten beziehungsweise steil nach unten gingen.

»Drei Jahre. Und ich kann euch sagen, das ist eine verdammt lange Zeit. Ich hab echt gekämpft, wollte es nicht wahrhaben, dass so viele von diesen verkopften Leuten einfach ohne Kuscheldecke in ihre Betten steigen. Ich meine, das hat doch was total Tröstliches und ist eigentlich ein absolutes Must-have. Das Ding war wirklich mein Baby. Ich hab sogar meine Großtante Trudi angezapft, als die Banken den Hahn zugedreht haben.«

Jetzt glitzerten Tränen in den Augen des Bruchpiloten. Malte legte dem jungen Mann tröstend die Hand auf die bebenden Schultern. Johannes neben mir gab ein Geräusch von sich, das volle Zustimmung und tiefes Mitleid signalisierte. Im Auditorium war es mucksmäuschenstill. Doch, ja, das war ganz großes Kino. Ich schielte über meine Schulter zu Karl und Rico hinüber. Ihre Gesichter waren ernst. Und ich meinte sogar, so etwas wie ehrliches Mitgefühl auf ihren glatten Zügen erkennen zu können. Ob sie mit einer Kuscheldecke ins Bett stiegen? Um mit einem total kreativen Feeling am nächsten Morgen zu erwachen? Das zum Beispiel dringend benötigt wurde, um sich das nötige Kleingeld für den Kauf oder die Pacht der »Heuschrecke« zu besorgen. Denn ich nahm nicht an, dass Perriers Erben ihnen den Laden einfach schenken würden, weil sie so hübsche Waschbrettbäuche ihr Eigen nannten. Hatte einer von ihnen also ebenfalls eine Großtante Trudi im Hintergrund wie Anders? Oder stotterten die Jungs einen Bankkredit ab?

Eine gute Frage, wie ich fand, und wieder ein loser Faden, den es zu verfolgen galt. Nein, um in diesem Fall weiterzukommen, war ich beileibe nicht auf Harry Gierke und seine zahlreichen Verbindungen zu allen möglichen Experten dieser Welt angewiesen, was ich ihm bei passender Gelegenheit gleich mal unter die Nase reiben würde. Daniel hin, verletzte Onkelseele her.

»Oh Shit«, murmelte Wiesheu in diesem Moment mit nicht zu viel und nicht zu wenig Timbre in der Stimme, als sich unvermutet unsere Blicke trafen. Zwinkerte er mir tatsächlich zu? Das gab es doch nicht. Doch, er hatte geblinzelt, und er hatte eindeutig mich und nicht den neben mir sitzenden Johannes gemeint. Na, da schau her. Ein tiefes Gefühl der Befriedigung durchflutete mich. Tja, Harry G., wärst du bloß mitgekommen, um ein Auge auf deine Liebste zu haben.

»Hast du noch Kontakt zu ihr?«

Einen kurzen Moment hatte ich den Faden verloren. Ach ja, es ging um Anders' Tante Trudi, die die Euros ausspucken sollte.

»Nein«, gestand ihr Neffe mit gesenktem Kopf. »Bei achtzigtausend hat sie dichtgemacht. Na ja, ich hab sie schon verstanden. Irgendwie.« Kurze Pause.

Ich hingegen konnte die Überlegungen der alten Dame komplett nachempfinden. Und nicht nur irgendwie. Bei mir wäre schon bei zwei fuffzig Schluss gewesen. Unauffällig linste ich nach hinten, um Karl und Rico im Auge zu behalten. Doch die beiden saßen lediglich da und schauten konzentriert auf die Bühne. Ich hätte glatt den kranken Gustav darauf verwettet, dass die Finanzierung für die »Heuschrecke« noch nicht stand.

Anders blickte wieder auf. Er zog eine veritable Flunsch, was ihn nicht einnehmender machte.

»Meine Freundin hat mich in der Zeit verlassen. Mir ging es da echt mau. Und dann das Gequake der Banker von wegen Business-Plan und dieses ganze BWL-Gelaber. Ich hab das damit nicht so und konnte das bald nicht mehr hören und bin nicht mehr an den Briefkasten gegangen. War dumm, eh, das weiß ich jetzt, aber man ist ja auch nur ein Mensch.«

Bei diesen Worten schlug sich Rico mit der flachen Hand gegen die Stirn, Karl schüttelte fassungslos den Kopf. Den beiden war also durchaus klar, deutete ich ihre Pantomime, dass man ein Restaurant nicht nur mit gutem Willen und dem Einsatz von Kuscheldecken bei kaltem Wetter führen konnte, sondern dass dafür auch der eine oder andere Euro vonnöten war. Immerhin.

Das nächste Bild erschien an der Wand: die Kinderzeichnung eines riesigen gestrichelten Pumporgans, über dem der sinnige Spruch prangte: »Herz ist Trumpf – immer und überall.«

Wiesheu verzog keine Miene. Stattdessen deutete er lediglich stumm auf das Gekrakel. Der Mann musste Nerven wie Drahtseile haben; ich an seiner Stelle hätte diesen unsäglichen Anders spätestens in diesem Moment am Kragen gepackt, um ihn kräftig durchzuschütteln.

»Das ist mein Lebensmotto«, schniefte der jetzt wie ein Fünfjähriger.

Die Menge trampelte. Karl und Rico trampelten nicht. Stattdessen steckten sie kurz die Köpfe zusammen, standen auf und verließen den Saal. Man sah ihren geraden Rücken an, dass sie die Schnauze voll hatten. Perplex blickte ich ihnen hinterher. Waren die beiden doch nicht so hohle Nüsse, wie ich anfangs angenommen hatte? Vielleicht. Aber sagte das etwas über ihre mörderischen Qualitäten aus? Nein, ganz sicher nicht.

»Oh Mann, ich kann mir schon denken, was dich an die Wand gefahren hat.«

Die schrille Frauenstimme ließ mich zusammenzucken und meine Umgebung wieder wahrnehmen. Die Dame war ebenfalls ganz in Schwarz gekleidet – schwarzer Hoodie, schwarze Jeans, schwarzes Sweatshirt –, trug dazu allerdings rote Turnschuhe wie einst der benediktinische Papst im Festornat. Na gut, das waren keine Treter von der Stange gewesen, sondern handgefertigte Schühchen mit allerliebsten Püschelchen vorne drauf, aber die kamen ja auch nur bei ganz besonderen Gelegenheiten zum Einsatz.

»Die Knuddeldecken mit den Algenfäden drin, richtig?«

Ein dumpfer Summton ging durch die Menge wie eine Welle. Algen lagen also mittlerweile nicht nur zunehmend mehr oder weniger kunstvoll drapiert auf allen angesagten Restauranttellern dieser Erde, sondern sie durchwirkten ebenfalls Knuddeldecken? Grundgütige, das musste ich Harry erzählen. Nein, dem nicht. Ich war ja stinkig auf ihn. Eher schon Marga. Vielleicht löste sie das ein wenig aus ihrer Erstarrung. Vor allen Dingen aber würde ich Malte Wiesheu nach dieser Veranstaltung darüber aushorchen, wie er das alles fand. Also nicht als Eventmanager, sondern als Privatperson, versteht sich. Und vielleicht würde sich daraus ja auch das eine oder andere nette Wort ergeben …

»Richtig«, stimmte Anders der Algentante ernst zu. »Da konnte ich nicht mithalten. Die versprechen den Leuten doch tatsächlich, dass die Algenfäden einen auf einer höheren Bewusstseinsebene mit dem Universum vereinen. Im Schlaf, das muss man sich mal vorstellen! Weil Algen neben den Bakterien zu den frühesten Lebewesen auf diesem Planeten überhaupt gehören. Präkambrium«, schnaubte der gewesene Jungunternehmer, als sei mit diesem Erdzeitalter nicht nur das Glibschzeug, sondern auch die Unmoral in die Welt gekommen. »Ist viertausend Millionen Jahre her.« Und damit eigentlich Schnee von vorvorvorgestern, wollte der gescheiterte Startupper damit wohl andeuten. »Aus dem Meer kommt alles Leben und so 'n Scheiß. Na, wer darauf reinfällt.« Er zuckte mit den Achseln.

»Alles Lug und Trug ist das«, rief die Schwarzgekleidete aufgeregt. »Als ich nach Berlin ging, hab ich gleich eine gekauft, weil ich eigentlich ziemlich spirituell drauf bin. Aber von der kriegte ich sofort Pickel und –«

»Halt, stopp!«, brüllte Malte Wiesheu mit einer Stimme, die aus dem unteren Bauchraum kam und den geübten Sänger verriet, während er autoritär die Rechte hob. Den Mann trickste man wirklich nicht so leicht aus. »Das ist Anders' Show!«

»Ja. Sorry«, entschuldigte sich die Frau. »Total sorry, ehrlich.«

»Ist schon okay«, beruhigte Anders sie. »Mach dir keinen Kopf, du. Ist schon alles supi.«

»Er ist richtig gut, nicht?« Johannes neben mir war aus seiner totalen Anspannung erwacht. Er schwitzte nicht mehr so wie am Anfang der Veranstaltung, und auch seine ehedem zu Fäusten geballten Hände lagen jetzt ruhig und friedlich auf den Oberschenkeln.

»Der lange Lulatsch da vorn?«, fragte ich vorsichtig.

»Nee, Malte natürlich. Ich glaube, mit den FUNs habe ich die richtige Entscheidung getroffen.« Mein Freund klang hochzufrieden und erleichtert.

»Ja, das denke ich auch«, stimmte ich ihm nachdrücklich zu.

Nur weil FuckUp-Nights nicht mein Ding waren, hieß das ja noch lange nicht, dass die keine Chance hatten und auch dieses Hollbakken-Projekt in die Hose gehen musste. Im Gegenteil. Und wenn Johannes Wiesheu dauerhaft mit ins Boot holen konnte, dann würde daraus sicher etwas werden. Allerdings machte mich diese Sprache langsam ganz kirre. Redete man heute so, wenn man ein hochmoderner Loser war und ein Start-up-Unternehmen nach dem anderen in den Sand setzte? Keine Ahnung. Ich kannte solche Menschen nicht. In Bokau und Umgebung sprachen und lebten wir anders.

»Tja, also im zweiten Unternehmen handelte ich mit handgestrickten Socken. Meine Oma hat mich darauf gebracht«, erläuterte Anders schwungvoll. »Ich fand ihre Socken immer so toll. Und alle meine Freunde auch. Die hatten so was Nostalgisches, Warmes. Wie Nachhausekommen, versteht ihr?«

»Und wie!«, schmetterte ein Enddreißiger aus der hintersten Reihe voller Überzeugung.

Harry hätte seine helle Freude an dieser Theateraufführung gehabt. Verdammt, ich vermisste ihn. Was hätten wir uns anschließend herrlich bei einer Flasche Wein das Maul über diese Veranstaltung zerreißen können. Aber nein, er musste ja arbeiten, wie er es nannte. Arbeiten, was immer das hieß. Er hatte sich ziemlich zugeknöpft gegeben. Pah! Ich grollte. Das Thema war zwischen uns noch lange nicht ausgestanden.

Ein Handy dudelte. Schon wieder. Es dauerte ein bis zwei Sekunden, bis mir aufging, dass es meins war. Hälse reckten und Köpfe drehten sich, Wiesheu bedachte mich mit einem missbilligenden Blick, Johannes neben mir zischte: »Geh ran, Hanna. Es stört.«

Hastig klaubte ich das Teil aus meiner Tasche.

»Ja«, meldete ich mich halblaut.

Vorn sprang Anders jetzt auf und durchmaß die improvisierte Bühne mit raumgreifenden Schritten, wie es bei Vivian immer so schön heißt. Nur dass ihr Richard kein solcher Spargeltarzan war wie der Junge.

»Hemlokk«, dröhnte Harrys Bariton in mein Ohr. »Ich muss dich sofort sprechen. Es ist wichtig.«

# FÜNF

Mit einem entschuldigenden Blick in Richtung Johannes stand ich auf und eilte aus der Halle. Anders redete unverdrossen weiter. Es musste sich um etwas wirklich Wichtiges handeln, Harry hatte irgendwie komisch geklungen. In so einem Fall herrschte Konsens zwischen uns – wenn der eine den anderen brauchte, war aller Streit vorerst vergessen. Grundgütige, hoffentlich war Daniel nichts passiert!

Er hatte auf dem Hollbakkener Innenhof geparkt und lehnte lässig gegen Nörpel, seinen betagten Polo. Doch als er mich sah, gab er sich einen Ruck und kam mir federnd entgegen. Der Knabe trug nicht einmal einen Schal, geschweige denn eine Mütze oder gar Handschuhe. Und das bei diesen Temperaturen!

»Wo brennt's?«, keuchte ich, während ich die letzten Meter auf ihn zuschlidderte. Das Hollbakken'sche Kopfsteinpflaster war schon bei Regen nicht ganz ohne. Mit einer leichten Schneematschschicht überzogen, so wie jetzt, glich es jedoch einer Rutschbahn.

»Na, macht's Spaß da drinnen?«

»Wie bitte?«, entfuhr es mir verblüfft, als ich direkt vor ihm zum Stehen kam.

»Ich fragte, ob es –«

»Ich bin nicht taub, Harry. Ich habe dich schon verstanden. Ich zweifele bloß an meinem Verstand. Was ist los? Wieso hast du mich da rausgeholt?«

Er hob den Daumen.

»Weil ich einen neuen Job habe. Die haben eben angerufen. Deshalb wollte ich zu Hause bleiben.«

»Ja und?«, brachte ich unwillig hervor. Das war alles? Oder hatte ich da möglicherweise etwas verpasst?

»Er wird gut bezahlt und ist ausbaufähig. Beides kann ich gebrauchen.«

Jetzt musterte ich ihn voller Misstrauen. Harry eierte herum. Das war sonst gar nicht seine Art. Es musste sich also um etwas ziemlich Spezielles handeln. Er hatte doch nicht etwa vor, mich zu verlassen, weil er als Smutje um die Welt segeln oder auf Hawaii ein In-Restaurant eröffnen wollte, das Grünkohl als Superfood anbot? Bekanntlich hatte Harry im letzten Sommer total auf ganze Schweineköpfe und knackfrisches Biogemüse gestanden – und ich hatte schon das als Zeichen einer veritablen Midlife-Crisis interpretiert.

»Komm auf den Punkt, Gierke«, knurrte ich daher ebenso beunruhigt wie drohend. »Rede. Und zwar nicht in Rätseln, sondern Klartext. Sonst gehe ich auf der Stelle wieder rein.«

»Und ich dachte, ich habe dir einen Gefallen getan, weil du FuckUp-Nights beknackt findest.«

»Tue ich auch. Bis auf den wirklich klasse Moderator ist alles unsäglich, aber Johannes braucht mich. Also?«

»Wie muss man das denn verstehen?«

»Was?«

»Das mit dem Moderator!«

»Och, der Mann ist einfach supi, total cool und ein echter Bringer in seinem Fach.« War das zu dick aufgetragen? Ja, aber es machte Spaß.

Harry glotzte mich an. Man konnte es nicht anders bezeichnen.

»Du spinnst.«

»Nö. Ich finde Malte Wiesheu wirklich wunderbar. Wir werden nach der Veranstaltung noch ein Bier miteinander trinken. Aber um dir das zu erzählen, stehe ich nicht hier draußen und friere mich zu Tode. Was ist das nun für ein neuer Job?«

»Tja, äh …« Er holte tief, sehr tief Luft. Aus Hollbakkens großer Halle erklang eine Lachsalve. Entweder hatte Malte einen guten Witz gerissen, oder Anders hatte gerade seine Oma an die Wand gefahren. Ich tippte auf Ersteres. »Bei Mr und Mrs Right.«

Sekundenlang schaute ich Harry verblüfft an. Mr und Mrs Right? Hatte ich mich etwa verhört? Wer oder was war das denn? Das klang verdächtig nach unserer Bokauer Pilcherine, meiner ehemaligen Stalkerin und Tierärztin mit dem Faible für abgrundtief schlechte Liebesromane. Ich öffnete fragend den Mund.

»Online-Dating«, bequemte sich Harry in diesem Moment zu erklären. »Ich habe da als Schreiberling angeheuert. Schon mal davon gehört?«

Augenblicklich sträubten sich mir die Nackenhaare. Natürlich hatte ich das. Seine Liebste lebte zwar in Bokau, aber nicht hinterm Mond. Aber weshalb tummelte sich Harry Gierke auf diesen Internet-Anbandelungsplattformen für einsame Herzen? Ich war alarmiert. Dort suchte man Bett-, Liebes- und Lebenspartner. Aber das hatte er doch! Nämlich mich!

»Reg dich ab, Hemlokk«, schnarrte Harry und schnipste mir völlig unnötigerweise eine Schneeregenflocke von der Schulter. »Es ist rein beruflich. Ehrenwort. ›Mr & Mrs Right‹ ist eine Agentur. Nichts weiter.«

»Was für ein origineller Name«, entfuhr es mir.

»Aber er passt. Denn darum geht es.« Das Harry-Schätzchen bekam zunehmend Grund unter den Füßen. »Ich verdiene mir ein bisschen was dazu, weil viele Leute in der Selbstdarstellung einfach nicht den richtigen Ton treffen. Und der erste Eindruck ist nun einmal sehr, sehr wichtig, wenn man jemanden kennenlernen möchte.«

»Ach was«, entfleuchte es mir spitz. Das war ja mal eine Neuigkeit, die von der Aussagekraft her irgendwo zwischen »Auf Regen folgt Sonnenschein« und umgekehrt lag.

»Nichts ›ach was‹. Ich denke mir etwas Originelles fürs Profil aus, darin besteht mein Job. Jenseits der langen Strandspaziergänge, die immer vor dem knisternden Kamin bei einem Glas Rotwein und guten Gesprächen enden. Und jenseits all der Leben, die zwischen Alpenhütte und Oper, Campingurlaub und Fünf-Sterne-Hotel pendeln, weil alle so furchtbar offen für alles sind.«

»Zwischen Jeans und Smoking und High Heels und Turnschuhen hast du vergessen«, komplettierte ich gnatterig die

Aufzählung. »Das fällt mir jetzt so spontan ein.« Tat es gar nicht. Ich hatte das erst letztens irgendwo gelesen. Wieso ich Bekanntschaftsanzeigen studiere? Ich weiß es nicht. Weil ich es spannend finde, vermutlich.

Harry ging nicht auf meine Anregung ein.

»Na ja, und wenn die Kunden es wünschen, schreibe ich auch noch die ersten Mails.«

Vor Schreck brach ich in ein hysterisches Prusten aus. Grundgütige, wie die wohl aussahen? Ausgerechnet Harry, der so viel Sinn für Romantik besaß wie eine Schaufel, sollte solche Texte verfassen? Das Herzchen verfügte zweifellos über eine Reihe anderer Qualitäten und Talente, das durchaus, aber eine schwärmerisch-gefühlvolle Schreibe gehörte nicht unbedingt dazu. Und ich musste es wissen. Nein, da waren wir mit seinem sommerlichen Ausflug in die Untiefen der Gastronomie sowie seinem Hang zum Chinesischlernen besser bedient gewesen.

»Du lügst denen also erst einmal tüchtig die Hucke voll, was Interessen, Charaktereigenschaften, Vorlieben, Abneigungen, Aussehen und Finanzen betrifft«, das war wohl die angemessene Jobbeschreibung, »und wenn die Liebenden in spe sich dann in echt treffen, sitzt ihr in Wahrheit ein Megalangweiler mit Stirnglatze und Bierbauch gegenüber und schwärmt von seiner Briefmarkensammlung. Und sie ist auch keine tolle Mieze mit massenhaft Kreativpotenzial, sondern findet nichts schöner, als zu bügeln? Das ist ja wie in den Beerdigungsanzeigen oder bei den Reden auf einer Trauerfeier. Da wimmelt es auch nur so von tollen Ehefrauen und liebevollen Gatten«, bemerkte ich mit ungeschönten Worten, nachdem ich mich wieder einigermaßen beruhigt hatte.

Es fieselte mittlerweile beträchtlich und mehr wasser- als schneehaltig; wir nahmen es beide nicht weiter zur Kenntnis, sondern wurden einfach nass.

»Tja, das ist dann nicht mehr mein Problem«, blubberte Harry. »Nicht jede Frau lernt schließlich einen so begnadeten Moderator und tollen Mann zufällig bei einer FuckUp-Night kennen. Für die anderen gibt es dann ›Mr & Mrs Right‹. Und mich.«

»Malte Wiesheu meinst du?«

»Wenn der Heini, der den Laden da drinnen schmeißt und dich offenbar anbalzt wie ein weidwunder Auerhahn, so heißt, meine ich den, ja«, knurrte Harry.

Ich starrte ihn an. Und blinzelte. Mein Schatz war eifersüchtig, und das war nicht die schlechteste aller Beobachtungen. Kurzzeitig entglitten mir frohgemut die Gesichtszüge, die sich jedoch augenblicklich wieder einkriegten. Denn andererseits ging er auf die Mitte der vierzig zu, sah nicht aus wie eine verschrumpelte Mohrrübe, war obendrein plietsch und verfügte manchmal tatsächlich über ein gerütteltes Maß an Einfühlungsvermögen und gute detektivische Ideen. Außerdem litt er gehörig unter Daniel-Entzug sowie dessen telefonischen »Ja«-»Nein«-»Weiß nicht«-Antworten. Mhm. Hörte ich da etwa lauthals eine Nachtigall trapsen? Zumal mein Freund und Lover es nicht für nötig befunden hatte, meine Meinung einzuholen, bevor er den Job annahm. Anders formuliert: War es da nicht nur eine Frage der Zeit, bis er die Rolle des Schreiberlings verließ und es auch einmal selbst mit dem Turteln und Tindern versuchte? Sara, wisch und weg. Suzann, wisch und weg, Selina, wisch und … aber hallo, die schauen wir uns doch einmal an. Und weg war dann nicht sie, sondern er.

»Juhu, was ist denn los, Hemlokk? Du guckst so komisch. Hörst du den Wiesheu schon nach dir rufen?«

»Blödmann«, beschied ich meinen Liebsten.

»Nicht. Na immerhin. Stell dir das bloß nicht zu leicht vor mit der Profilerei. Ich muss mich da ganz schön reinknien. Das müsstest du doch eigentlich wissen. Es ist nämlich harte Arbeit, möglichst witzig, frech und selbstironisch zu schreiben. Das sind die Vorgaben. Nein, komm von deinem hohen Ross herunter und guck nicht auf die Leute herab, die so etwas machen.« Tat ich ja gar nicht. Und eigentlich, wenn ich meine daraus erwachsenden Befürchtungen ausblendete, fand ich den Gedanken sogar eher witzig, dass Harry jetzt sozusagen ebenfalls schmalzheimerte. »Sich selbst in ein gutes Licht zu rücken, ist verdammt schwer, zumal es hier nicht um sachlich zu beschreibende Fähigkeiten, sondern um deine Persönlichkeit geht.«

Tatsächlich? Das konnte er seiner Mama erzählen, aber doch nicht mir. Da setzte man sich hin, sog sich etwas aus den Fingern, und fertig war die Laube. Das machte ich beziehungsweise Vivian jeden dritten Tag. Und deshalb hatte er mich aus der FuckUp-Night geholt? Das gab es ja wohl nicht. Ich war verschnupft.

»Der Kunde gibt Infos, nach denen ich das Profil erstelle. Dann schickt ›Mr & Mrs Right‹ es ihm noch einmal zu, und der Auftraggeber prüft, ob er sich darin wiederfindet. Oder wir checken schon bestehende Profile und geben Tipps, wie man es besser machen kann. Es gibt da so Pakete für Männer und Frauen.«

»Pakete?«, echote ich. Auf Harrys Schultern lag mittlerweile eine beachtliche Matschschicht.

»Das preiswerteste kostet rund hundertfünfzig Euro, das teuerste um die tausend. Dann machen wir alles.«

»Auch Küssen und Anfassen?«, lästerte ich. »Oder muss man dafür noch einen Hunni springen lassen?«

Harrys Gesicht verschloss sich.

»Nein, neben der aussagekräftigen Profilerstellung kümmern wir uns dann auch um die Bildbearbeitung, das Mailen und Chatten; wir filtern unseriöse Anfragen gleich raus, und Chat-Protokolle sind in dem Preis ebenfalls mit drin.«

Du lieber Himmel, der Junge hatte den Jargon der Agentur ja schon voll drauf! Ich konnte nicht anders – ich prustete los. Denn was hatte sich Harry anfangs über meine Sülzheimerei mokiert. Jahrelang hatte ich mir da Tiraden und Lästereien sowohl von ihm als auch von Marga anhören müssen. Und nun das. Ich fasste es nicht.

»Wie jetzt? Ihr habt keine Stilberatung im Angebot? Kein Coaching für das erste Date?«, stichelte ich. »Denn da muss der Kandidat ja wohl allein hin. Oder gehst du händchenhaltend mit, kriechst unauffällig unter den Tisch und flüsterst dem Kunden den Text ins Ohr?«

Harry starrte mich finster an.

»Das ist ein Job, Hemlokk, und kein riesengroßer Spaß. Ich denke, wir gehen jetzt besser rein und gucken uns deinen balzenden Wiesheu an.«

Anders war immer noch bei seinen Socken. Ich lotste Harry zu den beiden frei gewordenen Plätzen von Rico und Karl und winkte Johannes lediglich kurz zu, als der sich umdrehte, um zu schauen, wer da kam. Wir setzten uns, ohne uns anzublicken. Ich hätte sonst nicht mehr an mich halten können. Die Neuigkeit musste ich erst einmal verdauen: Harry, der mit verkniffener Miene Malte musterte, im Anbandelungsgewerbe als Chefschreiber für einsame Herzen tätig. Was Marga wohl dazu sagen würde? Sie fehlte mir.

»… danach ein kleines Ladengeschäft gemietet. Dreitausend Euro hatte ich Eigenkapital, zehntausend hab ich mir geliehen. Zuerst lief es ganz gut. Oma und ihre Freundinnen strickten, was das Zeug hielt. Ich hab viel übers Netz vertickt, bezahlte die Damen anständig, und na ja, meine Socken waren nicht billig.«

Wieder erschien ein eher unscharfes Bild an der Wand: Oma im Sessel beim Stricken. Sehr aussagekräftig. Wirklich. Anders schwieg.

»Was geschah dann, Anders? Sag es uns«, stupste Wiesheu ihn an. Ich horchte auf. Nanu, klang er nicht mehr ganz so dynamisch wie noch zu Anfang? »Wir hier sind alle deine Freunde, nicht wahr, Leute?« Nein, ich musste mich irren, denn der Satz zündete wie eine Granate.

»Aber ja«, schrie die eine Hälfte der Limoträger. »Sind wir«, brüllte die andere. Die Bokauer schwiegen und versuchten, diese fremdartige neue Welt zu verstehen, in die sie da so unvermutet hineingestoßen worden waren. Bis auf einen.

»Hat der sie nicht mehr alle?«, wollte Harry von mir wissen. »Was ist das denn für ein scheußliches Jackett? Und erst die Schuhe. Der ist doch keine fünfzehn mehr. Hast du seit

Kurzem Tomaten auf den Augen, Hemlokk? Und was redet der Mann für einen Quark?«

»Ach, sei doch nicht so ein Spießer, Harry. Malte Wiesheu ist wirklich ganz in Ordnung. Der macht nur seinen Job«, erwiderte ich zerstreut. Weil mir einfach »Mr & Mrs Right« nicht aus dem Kopf gehen wollte. Wie Harry wohl ein schlichtes »ER sucht SIE, gern auch jünger« in ein zündendes Profil verwandelte? Meine Phantasie schlug Purzelbäume. Wie wäre es mit »Lass uns Weihnachten die Liebe leben. Und zur Gans hole ich dir die Sterne vom Himmel«? Na ja, eigentlich war das weder witzig noch frech oder selbstironisch, sondern ziemlich hausbacken. Ob Harry auch Profile speziell für Bartträger, Hamsterfreunde, Reiche und Pessimisten erstellte? Fragen über Fragen. Die ich allerdings nicht mehr heute stellen sollte, wie mir ein Blick auf seine abweisenden Züge verriet.

Auf der Bühne fing Anders unvermutet an zu schluchzen.

»Das tut so guuut«, heulte er. »So guuut!«

Wiesheu klopfte ihm auf die Schulter. »Lass es raus, Junge. Wir sind bei dir.«

Harry verdrehte die Augen und ächzte nicht gerade leise.

»Weißt du Näheres über diesen Clown?«, raunte er in mein Ohr.

»Welchen?«, gab ich prompt zurück.

»Na, diesen sogenannten Moderator. Diesen Wiesheu. Der ist doch nicht echt. Das ist ein Schauspieler.«

»Nein, ist er nicht. Frag Johannes. Der macht nur seinen Job gut. Nachher wirst du ihn ja kennenlernen.«

»Na, ich weiß gar nicht, ob ich das überhaupt will«, murmelte Harry erschüttert.

»Oma war so stolz auf mich und ihre Socken. So verdammt stolz.« Anders' Schultern bebten. Das war Kino von Shakespeare'schem Format. Ein Großmime wie Kenneth Branagh hätte es nicht besser hinbekommen.

»Was ging schief, Anders?«, fragte Malte mit einer Stimme, die sich um verletzte Seelen wie eine samtene Honigschicht legt.

»Alles natürlich«, unkte Harry. »Der Junge ist doch eine komplette Niete. Und dein Malte merkt das überhaupt nicht.«

»Schscht!«, machte ich. »Tut er wohl. Und das ist Maltes Show und nicht ›mein Malte‹.«

»Die Lage vom Laden war scheiße, und der Markt spielte komplett verrückt«, schniefte Anders. »Alle Leute schienen plötzlich auf die Idee zu kommen, handgestrickte Socken zu verticken. Nur billiger als wir.« Schräg vor mir wippte ein Pferdeschwanz zustimmend. »Die haben massenweise in irgendwelchen Ostblockländern oder in Asien produzieren lassen. Natürlich haben sie die Frauen da nicht anständig bezahlt. Und so kostete bei denen ein Paar handgestrickter Socken einen Euro.«

»Da warst du mit deiner Oma nicht mehr konkurrenzfähig«, fasste Malte Wiesheu das Dilemma des Jungunternehmers einfühlsam zusammen. Harry grunzte ebenso demonstrativ wie ungläubig. »Du musstest bestimmt mindestens vier Euro pro Paar nehmen.«

»Fünf bis sechs«, schluchzte Anders. »Die Wolle war teuer, und Oma wollte doch nicht …«

»Du großer Gott«, stieß Harry fassungslos hervor. »Was für eine Show. Den Wiesheu muss ich doch schnellstens näher kennenlernen. In dem Mann steckt ja ein enormes Potenzial für eine Reportage.«

Keiner von uns wusste in diesem Moment, auf welch schreckliche Art und Weise sich Harrys Worte schon bald bewahrheiten sollten. Wir sollten Malte Wiesheu in der Tat alle beide besser kennenlernen – doch keineswegs so, wie wir es uns in diesem Moment ausmalten.

»Das ist doch genau wie bei den Hühnern«, rief eine junge Frau aufgeregt dazwischen. »Kein Huhn wird für zwei Euro das Kilo groß. Ich esse deshalb schon lange kein Fleisch mehr.«

Niemand reagierte. Doch. Einer: Harry.

»Die hat bestimmt einen Streichelzoo an die Wand gefahren«, hörte ich ihn ätzen.

»Oder einen Make-up-Kanal auf YouTube«, schlug ich vor.

Noch eine FuckUp-Night würde ich mir jedenfalls auf gar keinen Fall antun, das war in diesem Moment so sicher wie das Amen in der Kirche. Da mochte Malte Wiesheu als Moderator noch so begnadet und als Mann noch so ein Hirsch sein. Die nächsten Shows musste Johannes allein durchziehen. Eher würde ich mutterseelenallein und ohne Harry die Weihnachtstage zeltlos, tannenlos und teelos auf dieser verdammten Wiese verbringen, auf der Sven Perrier zu Tode gekommen war.

Ich stutzte. Merkwürdig. Ich hatte nicht »ermordet« gedacht, sondern mich ganz automatisch für einen weitaus neutraleren Ausdruck entschieden. Na, da schau her. Zugegeben, auf der Weide hatte ich keinerlei Anzeichen dafür gefunden, dass bei Perriers Tod nachgeholfen worden war. Nur weil ich zur Tatortbegehung schlicht und ergreifend zu spät gekommen war? Oder weil es da tatsächlich nichts zu entdecken gegeben hatte? War es also doch ein Unfall gewesen, wie alle Welt annahm?

Tja, vielleicht, gestand ich mir zum ersten Mal zögernd ein. Menschen sind nun einmal nicht eindimensional, sondern haben oft verborgene Wesenszüge. Vielleicht hatte Perrier erst in allerletzter Zeit sein Faible für die herbstliche Natur entdeckt? Denn wenn ich ehrlich war, kannte ich natürlich nur die Oberfläche des Mannes. Das, was er mich und andere hatte sehen lassen wollen. Mehr nicht. Vielleicht hatte er ja auch zu Depressionen geneigt? Wie Marga momentan. Dann konnte man möglicherweise einen Selbstmord nicht ausschließen, selbst wenn die Methode noch so grausam war. Doch nicht wenige legten sich auf die Schienen oder warfen sich direkt vor einen Zug. Unfall mit Personenschaden heißt das beschönigend im Bahnjargon. War das etwa weniger blutig? Ich schloss einen Kuhhandel mit mir selbst. Wenn ich die Frage zufriedenstellend klären konnte, woher Karls und Ricos Geld für die »Heuschrecke« stammte, würde ich ernsthaft in Erwägung ziehen, den Fall zu den Akten zu legen. Vorher allerdings nicht.

»Himmel, es kann doch nun wirklich nicht nur solche geborenen Loser geben.« Um seinen Worten Nachdruck zu verleihen, drosch Harry mit der Linken so schwungvoll auf seinen Oberschenkel, dass sich mehrere Leute nach uns umdrehten. »Vielleicht muss sich Johannes mit Hollbakken erst einen Ruf in der Szene erarbeiten, auf dass sich auch gestandene Versager in die Provinz trauen. Solche, die wirklich an widrigen Umständen und nicht vornehmlich an sich selbst gescheitert sind.«

Harry hatte sich bei seinen Worten zu mir herübergebeugt. Sein Atem kitzelte an meinem Ohr, sodass sich die Härchen an meinem Hals aufstellten. Sollte ich ihm vielleicht diesen Satz für ein Dating-Profil vorschlagen? Nein, heute besser nicht. Ich lauschte seinen Worten nur mit halbem Ohr.

»Wie etwa der PayPal-Gründer, der bekanntlich sein Milliardenunternehmen erst nach der fünften Pleite zum Laufen gebracht hat«, fuhr er fort. »Solche Leute haben bestimmt auch die Industrie- und Handelskammern oder Technologie- und Innovationszentren im Blick, wenn sie Veranstaltungen dieser Art sponsern. Und das geschieht ja mehr und mehr. Ich werde das gleich mal mit deinem Malte besprechen. Du hörst mir nicht zu, Hemlokk.«

»Mhm«, brummte ich. Es stimmte ja. Ich dachte nach.

»Was ist los?«

Vorn lagen sich jetzt Wiesheu und Anders in den Armen und klopften sich in dieser unbeholfenen Art auf die Schultern, wie es nur Männer können. Ergriffenheit schwebte über den Köpfen der Versammlung. Hatte ich etwas verpasst? Hatte die bedauernswerte Oma des Jungen etwa das Socken-Start-up ihres Enkels mit dem Leben bezahlt und war aus maßloser Enttäuschung über ihren Liebling einem Herzinfarkt erlegen? Um es mal ganz offen auszusprechen: Mir war es wurscht. Sollte sie doch in der Hölle schmoren. Ich wollte nur, dass wir endlich zum Ende kamen.

»Hemlokk! Sprich mit Onkel Harry. Was-ist-lo-hos?«

Doch, ja, die Gelegenheit war wirklich günstig. Abgesehen von seinem Unmut auf Malte langweilte Harry sich, konnte nicht fliehen und war deshalb mehr oder weniger gezwungenermaßen aufnahmebereit für etwas Neues.

»Der Horrorclown ist los«, teilte ich ihm also mit. »Er hat mir an der Villa aufgelauert. Und das war kein Streich, Harry.« Ich wurde unwillkürlich lauter. »Der Mann meint es ernst.«

»Er hat dich erschreckt«, beschied er mich gönnerhaft. »Weil du nicht mit ihm gerechnet hast. Das ist ganz normal. Genau das will er erreichen. Der Junge ist wirklich clever.«

»Es ist kein Junge«, widersprach ich spontan.

Harry ging nicht darauf ein.

»Komm, Halloween ist vorbei. Bald wird er die Lust verlieren, mit der Klinger-Maske herumzuhampeln, um Bokaus Bürger zu erschrecken, und dann herrscht wieder Ruhe im Dorf. Glaube mir.«

»Es ist kein Junge«, wiederholte ich störrisch.

Mehrere Köpfe drehten sich jetzt interessiert zu uns um. Es war mir egal. Ich hatte zwar bei der Begegnung mit dem Clown nicht gezielt auf dessen Körperbau geachtet, was ein unverzeihlicher Fehler gewesen war, doch dass sich hinter der Klinger-Maske ein erwachsener Mann verbarg, hatte ich unbewusst offenbar schon wahrgenommen.

»Ich weiß einfach nicht, wie es weitergehen soll, Harry«, gestand ich leiser.

»Tja, da gibt's kein Geheimrezept, fürchte ich«, lautete die Antwort meines Liebsten. »Leg dich weiter auf die Lauer und schnapp ihn.«

Danke. Darauf wäre ich nie im Leben gekommen. Welch eine geniale Idee! Ob allein die Aussicht, bei »Mr & Mrs Right« arbeiten zu können, schon auf die kleinen grauen Zellen schlug?

Anders war mittlerweile bei seiner dritten Pleite angelangt. Um irgendwas mit Werbung ging es. Seine anfängliche Zurückhaltung war jetzt wie weggeblasen, und er redete mit Händen und Füßen, als könne es nichts Wunderbareres geben, als eine Firma mit Krawumm an die Wand zu fahren. Wiesheu hielt sich zurück, doch irgendetwas an seinem Mienenspiel sagte mir, dass er den hampelnden Anders am liebsten abgewürgt hätte. Ich lächelte ihm verstohlen zu. Er reagierte nicht. Wie auch? Bei uns hier hinten war es dämmerig bis dunkel.

»Wenn der weiter so rumzappelt, kriegt der Junge garantiert ein Burn-out«, flüsterte Harry. Er hörte sich furchtbar genervt an, doch Johannes war auch sein Freund. Deshalb blieb er stramm sitzen. Nein, nicht nur. Er hatte auch noch etwas anderes auf dem Herzen.

»Hör mal, kannst du dich kurz von dem Clown und deinem Malte losreißen? Ich mache mir langsam richtig Sorgen um Marga. Weißt du eigentlich, dass sie neuerdings malt?«

Erstaunt sah ich ihn an. Das war doch prima. Dann tat sich endlich wieder etwas in ihrem Leben!

»Picasso, Monet oder Schölljahn?«, rutschte es mir heraus. Ich hätte spontan nicht sagen können, was für einen Stil ich bei Marga erwartete.

»Weder noch«, erwiderte Harry düster. »Das ist es ja. Sie lebt sich in Malbüchern aus.«

»Malbücher?« Mein Herz sackte in die Hose. Ausgerechnet Marga, die im Normalfall vor Aktivitäten platzte. »Doch nicht etwa die, die man nur noch ausmalen muss? Mit vielen Bäumchen und Blümchen?«

»Sie bevorzugt Aquarien mit Fischen«, sagte Harry knochentrocken. »Und da wahrscheinlich die mit Süßwasserviechern, denn die sind bunter.«

»Na, immerhin nimmt sie nicht die Tiefsee. Da wäre alles schwarz.«

Wir blickten uns besorgt an.

»Es helfe gegen Stress, behauptet sie.« Harry seufzte. »Wie Yoga. Es entspanne sie.«

»Das mag ja sein. Aber die Frage ist doch, wovon sie entspannen muss. Was hat sie für einen Stress, und weshalb redet sie nicht mit uns?«

»Ich weiß es nicht«, meinte Harry bekümmert.

»Ausgerechnet Malbücher«, schnaubte ich.

Meine Freundin malte also seit Neuestem vorgezeichnete Aquarien mit vielen vorgezeichneten Fischen bunt aus. Mich stimmte das unendlich traurig. Denn mit Kreativität hatte das Ganze in meinen Augen nicht die Bohne zu tun. Bei diesen

Dingern musste man lediglich innerhalb der Linien bleiben und hin und wieder die Buntstifte selbstständig anspitzen. Das war alles.

»Ich danke dir, Anders!«, schrie Wiesheu plötzlich und zumindest für mich so unerwartet, dass ich zusammenzuckte. »Du warst spitze! Oder, Leute?«

»Spitze, spitze, spitze«, skandierte die Menge begeistert. Näherten wir uns also endlich dem ersehnten Ende? Ich presste die Lippen so fest aufeinander, dass ein Ton nur durch Nase, Ohren oder Darm hätte entweichen können, um ja nicht in das Geblöke einzufallen. Ja! Malte Wiesheu dankte den Zuschauern für ihr Kommen, wünschte ihnen einen guten Heimweg und versicherte, dass wir uns hier auf Hollbakken in Bälde wiedersähen. Zur zweiten FuckUp-Night, die bestimmt noch toller, noch cooler, noch geiler werden würde. Die Leute kreischten und klatschten begeistert, standen jedoch brav auf, stiegen in ihre Autos und rollten dem nächsten hippen Event entgegen.

»Halleluja«, sagte ich leise, als ich nur noch in bekannte Gesichter blickte. Die Bokauer waren unter sich. Und damit nahm das Drama seinen Lauf.

»Hat's denn was gebracht, Johannes?«, fragte Fridjof Plattmann den strahlenden Hausherrn. Der lehnte an der Getränkeausgabe und hatte sich ein zweites Bier gegönnt.

Mein Freund hob beide Daumen und strahlte in die Runde. »Für ein neues Dach reicht es zwar noch nicht ganz, aber ich werde das ja jetzt regelmäßig veranstalten. Dann sieht's schon anders aus. Ich denke wirklich, ich bin endlich auf dem richtigen Weg. Du bist doch dabei, Malte?«

»Aber sicher.« Wiesheu nahm einen kräftigen Schluck aus seiner Limonadenflasche, während er mich und Harry beobachtete, der so dicht neben mir stand, dass nur ein Blinder nicht merken würde, dass wir etwas miteinander hatten.

»Prima. Du hast das wirklich ganz toll gemacht. Die Leute fanden dich richtig gut«, schwärmte Johannes. »Ihr werdet sehen, Hollbakken wird *die* Adresse für FUNs werden. Wie Wacken für Heavy Metal.«

Niemand widersprach. Johannes wirkte in diesem Moment so glücklich und gelöst, als sei eine Zentnerlast von seiner Seele gefallen. Und so war es ja auch.

Alle bemühten sich eifrig, etwas zur guten Atmosphäre beizusteuern. Bäcker Matulke meinte, in Wacken habe es ja nicht allzu lange gedauert, bis daraus ein richtiges Großereignis geworden sei. Plattmann brachte die marode Seitenscheune ins Spiel, falls plötzlich mehrere hundert Leute FUNs auf Hollbakken erleben wollten, und Inge Schiefer regte an, dass Johannes sich besser schon einmal Gedanken um Gästezimmer und Stühle machen sollte, wenn er in der gesamten Republik für seine … äh … FarkAb-Dinger werben wolle. Inge hatte es nicht so mit dem Englischen, dafür waren ihre Gerichte die reinsten Gedichte. Johannes verzog keine Miene. Wir wussten ja, was sie meinte, und träumten nach Kräften weiter.

Es war der Tweet unserer Berlin-Brüsseler Ostseebeauftragten und Bürgermeisterkandidatin Corinna Butenschön, der uns schlagartig erdete. »Klingers letztes Aufgebot?«, hatte sie getwittert. Harry hielt mir wortlos sein Smartphone hin: »Hanna Hemlokk gegen den Horrorclown. Ausgerechnet eine Privatdetektivin ohne Lizenz?«

»Oha«, brummelte Fridjof Plattmann. »Oha. De Deern bewegt sich da aber ob bös dünnem Is.«

»Die kriegt nix mehr bei mir zu essen«, meldete sich Inge solidarisch zu Wort. »Nich mal een Pannkoken. Soll sie doch in die ›Heuschrecke‹ gehen.«

»Und an den Engerlingen ersticken«, assistierte Harry mit kerniger Stimme.

»Na ja«, versuchte ich die Wogen zu glätten, »formal tüddelt sie ja nicht. Ich müsste wirklich ins Rathaus gehen, um eine Lizenz zu beantragen.«

Ich arbeitete zwar bereits seit mehreren Jahren erfolgreich als anerkannte Privatdetektivin, doch ohne Gewerbeschein, weil ich bislang nicht die Zeit gefunden hatte, einen zu beantragen. Mein einziger Versuch in dieser Hinsicht war gnadenlos fehlgeschlagen. Das Amt hatte sich geschlossen auf einem Betriebsausflug befunden.

Aber ein Tiefschlag war der Butenschön-Tweet trotzdem. Die dumme Nuss, das würde ich mir merken. Die Frau versuchte, auf meine Kosten in diesem dreckigen Wahlkampf zu punkten. Haargenau wie Klinger. Ach verdammt, in was war ich da nur hineingeraten?

»Hast du schon etwas unternommen? Gegen den Horrorclown, meine ich«, erkundigte sich eine der beiden Frauen, die mit Harrys Dudelsack-Chef gekommen waren. Heidrun oder Monika?

»Ja, gibt es etwas Neues?«, mischte sich nun auch die andere eifrig ein. »Wir sind alle ganz gespannt, seit Klinger dich beauftragt hat.«

»Äh … nein«, beschied ich sie ebenso spontan wie knapp. Harry runzelte die Stirn und fixierte mich starr. Irgendetwas wollte er mir zu verstehen geben. Ich dachte angestrengt nach. Aha. Wenn Dr. Corinna Butenschön sich mit unqualifizierten Kommentaren in die Clownsdebatte einmischte, sollte ich meine Zurückhaltung wohl besser lockern, um nicht vollends blöd dazustehen. Also schob ich schnell hinterher: »Ich war zwar schon auf Patrouille, aber … Also, wir sind uns begegnet, aber er war schneller als ich.«

Malte Wiesheus neugieriger Blick wanderte von einem zum anderen, doch er mischte sich nicht ein. Kluger Junge.

»Er ist dir entwischt?«, präzisierte die Fragestellerin nüchtern. »Na ja, er wird wieder auftauchen. Hast du schon Pläne, wie du –«

»Ja«, log ich sehr bestimmt. »Und nein, ich werde nichts verraten.« Bedeutungsschwer ließ ich meine Augen über die versammelten Bokauer schweifen. »Man weiß ja nie.« Die tiefe Stille, die nach meinen Worten einsetzte, war ungemütlich.

»Du glaubst doch nicht, dass einer von uns …?« Johannes guckte mich entsetzt an.

Aber natürlich musste ich diese Möglichkeit in Betracht ziehen. Mein Freund war manchmal wirklich ein echter Naivling. Malte Wiesheu gönnte sich schweigend eine weitere Limonade. Inge Schiefer kam mir zu Hilfe.

»Ich habe ihn vorgestern gesehen. Also den Clown. Hat wie immer stumm und regungslos dagestanden und mein Restaurant beobachtet.« Die Gäste hätten sich bedroht gefühlt, erzählte Inge weiter.

Wo genau er gestanden habe, wollte Fridjof Plattmann wissen. Möglicherweise könne man daraus ablesen, ob es ein Fremder sei, der mit dem Auto anreise, oder ob es sich um einen Einheimischen handele, der nach seinen Auftritten zu Fuß über die Felder flüchtete. Ich hätte ihm die Antwort geben können, doch ich schwieg selbstverständlich. Das war Täterwissen, das man nicht ohne Not preisgab – auch wenn man keine lizenzierte Privatdetektivin war. Ja, ich gebe es zu, der Butenschön-Tweet tat wirklich weh.

Direkt neben dem hochgewachsenen Knick habe er sich postiert, berichtete Inge. Wie und wohin er sich aus dem Staub gemacht habe, könne sie nicht sagen. Er sei jedenfalls weg gewesen, als sie mit dem Koch nach draußen geeilt sei, um ihn zur Rede zu stellen. Und so kamen wir auf den vermaledeiten Knick zu sprechen. Für Süd-Elbier: Das sind hier in Schleswig-Holstein die bepflanzten Wälle zwischen den Feldern, die unter anderem verhindern sollen, dass der meist wehende Wind den Ackerboden wegträgt. Besagter Knick war ellenlang und mittlerweile beachtlich hoch, und irgendjemand schlug vor, ihn in einer dörflichen Gemeinschaftsaktion endlich einmal wieder auf den Stock zu setzen. Das heißt, dass bis auf ein paar markante Einzelbäume in größerem Abstand, die sogenannten »Überhälter«, sämtliches Gehölz, sei es Baum oder Busch, radikal runtergeschnitten wird, damit es nicht zu lange Schatten auf die Nutzflächen wirft und auch im unteren Bereich wieder kräftig und dicht nachwachsen kann. Das muss ungefähr alle zehn Jahre erfolgen, und wir waren bereits ein bisschen überfällig. Samstag sollte es außerdem frieren, was den glitschigen Acker in eine harte, trittfeste Scholle verwandelte, und wenn alle mit anfassten, würden wir ruckzuck damit fertig werden. Das Holz könne man ja untereinander aufteilen.

»Ich bin dabei«, versprach Johannes. In seiner momentanen Euphorie hätte er sicher auch zugestimmt, wenn jemand eine Marsexpedition ohne Wiederkehr vorgeschlagen hätte.

»Ich kann leider nicht«, teilte Harry dem Boden mit, während er kaum merklich von mir abrückte, was Malte nicht entging, wie ich erfreut registrierte.

»Ach nein? ›Ich, echte Wuchtbrumme und Traumfrau, sucht Traummännchen mit ebensolchem Wumms‹?«, fragte ich zuckersüß. »Oder ›Siebensprachige Multimillionärin mit einer Figur wie die Venus von Milo sucht knackigen Milliardär, der sie glücklich macht. Keine finanziellen Interessen!‹«

Die anderen starrten uns neugierig an, Malte eingeschlossen. Harry ließ sich nicht provozieren.

»Genau so läuft es eben nicht, Hemlokk. So denkt sich Lieschen Müller das. Außerdem ist die Grammatik falsch. Ich *suche*, die Wuchtbrumme *sucht*. Und ein bisschen mehr Pep muss das Profil schon haben. Sonst schlafen dem Milliardär ja die Füße ein.«

»Das brauchen wir jetzt nicht zu verstehen, was?« Malte lachte. Dann murmelte er: »Samstag?«, wobei er unter sein kariertes Jackett fasste und zärtlich den Ansatz seines Bäuchleins streichelte. »Ich bin zwar kein Bokauer, aber an dem Wochenende habe ich nichts vor, und ich würde mich gern mal wieder körperlich austoben.« Er schaute an sich herab. »Eine Wampe ist es ja noch nicht direkt, aber rechtzeitig dagegen anzuarbeiten kann nicht schaden.«

Und ehe wir uns versahen, hatte sich das halbe Dorf zum Knicken verabredet. Ich inklusive. Denn erstens konnte ich das Holz für meinen dänischen Kaminofen und damit für den wärmebedürftigen maladen Gustav gut gebrauchen, und zweitens schätze auch ich es, abends müde, aber zufrieden und platt wie eine Flunder auf meiner roten Couch zu liegen und jeden Muskel zu spüren.

## SECHS

Es dauerte nur Bruchteile von Sekunden, dann schoss das Blut in einem hellen, dicken Strahl aus dem aufgerissenen Oberschenkel. Ich hörte mich vor Schock und Entsetzen wimmern, das Opfer brüllte wie am Spieß, während es gleichzeitig verzweifelt versuchte, die Wunde mit beiden Händen zuzuhalten. Vergebens, das Blut quoll zwischen seinen Fingern durch und rötete den zum Teil mit Schneematsch bedeckten Ackerboden mehr und mehr. Nur der Täter stierte scheinbar teilnahmslos auf den zu Boden gesunkenen, vor unseren Augen verblutenden Mann. Dann überschlugen sich die Ereignisse.

Dabei hatte der Tag wirklich schön begonnen. Als ich am Samstagmorgen von meinem Bett einen Blick nach draußen riskierte, war der Novemberhimmel tatsächlich blau und klar, wie angekündigt. Das Thermometer war knapp unter die Frostgrenze gefallen, sodass auf den Wiesen, den Bäumen und Sträuchern der gefrorene Tau glitzerte und es um meine Villa herum wie in einer Märchenlandschaft aussah. Der Boden war zumindest angefroren. Jeder Schritt würde deshalb ein leises Knirschen verursachen. Schön. Ein Tag wie geschaffen zum Knicken und um sich in der Natur so richtig auszutoben. Ich verzichtete auf die Dusche und bereitete mir rasch das Frühstück zu. Um neun Uhr wollten wir uns treffen.

»Ich gehe heute ins Holz«, teilte ich Gustav in seiner Kiste mit und bewedelte ihn kurz mit dem obligatorischen Salatblatt. Er wandte den Kopf ab. Mist. »Mach mir keinen Blödsinn, hörst du«, bat ich ihn eindringlich.

Er gähnte, und ich klopfte ihm zart auf den Panzer. Allmählich musste ich mir eindeutig etwas einfallen lassen, um meinen Kröten-Kumpel vor dem sicheren Hungertod zu bewahren. Und zwar rasch, sonst würde der Körper bald in seinem Panzer hin- und herklötern, weil er eingeschrumpelt war wie eine Dörrpflaume. Ich angelte nach meinen Socken und schlüpfte mit jeweils einem doppelten Paar in die Gummistiefel. Sicher ist sicher, und kalte Füße schätze ich überhaupt nicht. So, jetzt noch einen zweiten Pullover, den Schal, die Windjacke und die Mütze übergezogen, und fertig war die Knick-Braut. Na ja, fast. Ich schloss die Villa ab und enterte meinen Schuppen, in dem allerlei Nützliches lagerte. Arbeitshandschuhe zum Beispiel und ein Satz Backenhörnchen. Für Nicht-Knicker: Das sind Ohrenschützer, die beim Baum- und Buschfällen dringend benötigt werden, denn so eine Benzinsäge ist laut. Sehr laut!

Derart ausstaffiert, marschierte ich los. Es war Viertel vor neun. Ich freute mich richtig auf den Tag, würde die Holzmacherei doch unweigerlich meinen Kopf zumindest zeitweise von Horrorclowns mit zweifelhaften Motiven, meuchelnden Jungunternehmern bar jeglichen Eigenkapitals, FuckUp-Night-Pleitiers sowie hinterhältigen Tweets reinigen. Nicht zu vergessen mein Noch-Freund und -Lover Harry Gierke. Denn ich traute dem Frieden mit »Mr & Mrs Right« selbst bei ruhiger Überlegung immer weniger. An seiner Stelle wäre ich nach zwanzig Texten ganz bestimmt in Versuchung geraten, einmal meinen eigenen Marktwert mit einem von vorn bis hinten erstunkenen und erlogenen Profil auszuprobieren; ein Profil, das allerdings die Online-Dating-Herrenwelt beziehungsweise in seinem Fall die -Damenwelt in helles Entzücken versetzen würde. Und dann hatten wir den Salat.

Grimmig stapfte ich die Hauptstraße entlang. Drei Männer in ebensolcher Arbeitsmontur wie der meinen nickten mir freundlich zu. Ich kannte zwei von ihnen. Sie wohnten mit ihren Familien im Neubaugebiet und waren im Dorf wegen ihrer unterschiedlichen Figur und Größe – rund und klein der eine, hochgewachsen und hager der andere – als Pat und Patachon bekannt, das dänische Komikerduo aus der Stummfilmzeit.

»Moin, Hanna«, grüßte Pat und musterte mein höchst bodenständiges Outfit mit Interesse. »Was hast du denn vor? Leichen am Knick ausbuddeln?«

»Moin«, grüßte ich zurück. »Nee, ich will mich nur ein bisschen körperlich austoben. Für die Fitness und so.«

»Klar, Mensch, eine Privatdetektivin braucht davon ’ne Menge«, meinte Patachon, während wir munter ausschritten. »Geht ja gar nicht, wenn du nach Luft japst, sobald du hinter dem Horrorclown herrennen musst.«

»Die Butenschön hat eine Macke. Ich lese das ja nicht, was die und der Klinger dauernd schreiben. Der hat da doch schon gegen angestänkert, oder? Meine Frau hat’s mir erzählt, wie sie dir ans Bein gepinkelt hat. Ist halt Wahlkampf. Mach dir da mal nix draus, Mädel. Wir halten jedenfalls alle zu dir«, versicherte Pat.

Das ging mir runter wie Öl. Ich hatte den Klinger-Tweet, der ja todsicher dem Butenschön-Werk binnen Minuten gefolgt war, bewusst nicht gelesen und mich als Follower bei beiden abgemeldet, weil ich mich nicht noch mehr ärgern wollte. Also hob ich den Daumen und ließ das so stehen, denn heute war, wie gesagt, mein ermittlungsfreier Tag. Der Dritte im Bunde schwieg. Ich kannte ihn lediglich flüchtig. Er wohnte mit seiner Frau hinter der »Heuschrecke« in einem Siedlungshaus aus den fünfziger Jahren des vorigen Jahrhunderts, hieß Rolf Bapp und war im Dorf als komischer Kauz verschrien. Mehr wusste ich nicht über ihn. Der Mann hatte mir wortlos zugenickt und war augenscheinlich ganz darauf konzentriert oder – wie man heutzutage floskelt – fokussiert, seine Schiebkarre mit der schweren Säge und den Öl- und Benzinkanistern unfallfrei durch Bokau zu bewegen. Im Gegensatz zu Pat und Patachon trug er Sicherheitsschuhe und eine dieser Sicherheitshosen, die die Säge abrupt zum Stehen bringt, sobald sich deren Kette in dem Stoff festfrisst.

Am Knick, hinter Inge Schiefers Restaurant, war schon eine Menge los, als wir eintrudelten. Das halbe Dorf war angetreten, und es mointe hin und her, dass es eine Pracht war. Ich begrüßte Johannes mit einer Umarmung und Malte Wiesheu mit Handschlag sowie einem besonders freundlichen Lächeln, was er beides erwiderte. Sein Karojackett hatte er an diesem Morgen zu Hause gelassen, stattdessen trug er eine gefütterte Jacke, hatte sich eine Pudelmütze über den Schädel gezogen und den Hals mit einem Schal umwunden. Es stand ihm gut. Beide Männer traten emsig von einem Fuß auf den anderen. Der Wind hatte aufgefrischt, und es war kalt.

»Was will der denn hier?« Johannes' Kopf ruckte in Richtung Rolf Bapp, der ein wenig abseits stehen geblieben war und die Szenerie mit mürrischem Gesicht betrachtete.

»Na, mitmachen, nehme ich mal an«, entgegnete ich verwundert. Mein Freund Johannes war doch eigentlich ein Lieber. Eine derartige Reaktion passte überhaupt nicht zu ihm. »Was hast du gegen ihn?«

»Also, Leute, alles mal herhören«, rief Fridjof Plattmann in diesem Moment mit der Stimme der Autorität, die man mühelos noch in Schönberg vernehmen konnte. »Ich denke, wir sind jetzt vollzählig und sollten uns daher aufteilen. Aber vorher will ich noch ein paar Worte sagen, denn ich sehe ein paar neue Gesichter unter uns.« Plattmann ließ seinen Blick dynamisch kreisen. Kein Zweifel, der Bauer meinte das ernst. »Also, das mal vorweg: Knicken, Leute, ist eine gefährliche Sache. Fehler werden nicht so leicht verziehen. Ihr hantiert mit schwerem Gerät. Deshalb seid vorsichtig und schaut genau in die Krone und auf die Seitenäste, bevor ihr den Baum umsägt. Nur so könnt ihr abschätzen, in welche Richtung er fallen wird.«

Einige brummten zustimmend, andere nickten stumm.

»Und erspart euch bei den dickeren Bäumen nicht aus Bequemlichkeit und weil es schneller geht den Keilschnitt. Sägt ein solides Tortenstück aus dem unteren Ende des Stammes. Und zwar immer. Dann fällt der Baum dahin, wo er hinfallen soll, und nicht unerwartet in die andere Richtung. Und der Stamm kann nicht plötzlich reißen oder mit dem Ende beim Aufschlagen unkontrolliert zur Seite springen.«

»Jawoll, Chef«, ließ sich eine gut gelaunte Stimme vernehmen.

Sie gehörte Patachon. Pat legte eine wahre Pranke von Hand an die Ohrenklappen seiner förstergrünen Mütze. Plattmann ließ sich nicht beirren.

»Und zu guter Letzt: Behaltet die Leute um euch herum im Blick. Wir gehen die Sache lieber etwas langsamer an, als dass nachher nicht alle auf meine Kosten einen Grog bei Inge trinken können.«

Bei diesen Worten fingen die Leute an zu johlen wie auf der FuckUp-Night. Ich johlte begeistert mit. Das hier war eine Gemeinschaftsaktion ganz nach meinem Geschmack.

»Gut«, sagte Plattmann, »das wäre also geklärt. Wie viele Säger sind dabei?«

Neben Rolf Bapp und Johannes waren es neun. Malte Wiesheu und ich gehörten nicht dazu. Wir würden daher als Rückepferde arbeiten. Das war keine offizielle Bezeichnung, so nannte nur ich den Job, denn das heißt, wir würden die Kronen der umgelegten Bäume von den Sägern weg auf den Acker ziehen, damit die sich freier bewegen konnten. Später würde ein Trecker dann dieses dünne Kronenholz zusammenschieben, und irgendwann würde es verbrannt werden. Es war eine anstrengende Arbeit, die einen unweigerlich ins Schwitzen brachte.

Nachdem Plattmann die Säger nochmals eindringlich ermahnt hatte, die Bäume mit Sorgfalt und einem leicht angeschrägten, glatten Schnitt zu fällen, damit sie wieder gut wüchsen, trabten wir los, um uns am Knick zu verteilen: Johannes, Malte und ich, gefolgt von Rolf Bapp, der immer noch etwas Abstand hielt, bildeten eine Gruppe.

»Also«, murmelte ich aus dem Mundwinkel heraus in Johannes' Richtung, während wir über den Acker stiefelten, »was hast du gegen diesen Bapp?«

»Er ist ein komischer Vogel. Menschlich soll er ziemlich merkwürdig sein, dazu kann ich nichts sagen, weil ich ihn nicht näher kenne. Aber politisch, wenn man denn das überhaupt so nennen darf, ist der voll daneben. Der hat sie nicht mehr alle.«

Na, das war doch mal eine Aussage, mit der man etwas anfangen konnte. Was hieß das denn? Tendierte er etwa zu dem keltisch-uigurischen Zweig der Neonazis? Oder war der Mann vielleicht ein glühender Klinger-Anhänger?

»Johannes«, zischte ich, neugierig geworden, denn mir war bislang nichts über diesen Rolf Bapp zu Ohren gekommen. »Geht es vielleicht etwas genauer?«

»Hier können wir anfangen«, meldete sich in diesem Moment Malte Wiesheu zu Wort. Wir hatten etwa die Mitte des Knicks erreicht. »Was meint ihr? Ist das genehm?«

»Ein Baum ist so gut wie der andere«, bemerkte Rolf Bapp und stellte seine Säge ab. Die Schiebkarre mit den Öl- und Benzinkanistern hatte er am Feldrand stehen lassen. Wer einmal versucht hat, eine schwer beladene Karre über einen Acker zu bugsieren, weiß, warum. Danach fühlt man sich wie der Affenboss King Louie aus dem Dschungelbuch, der problemlos Seilspringen mit seinen Armen veranstalten kann. Baka-dschu, baka-dschu, baka-dschu.

»Ich nehme das dann mal als ein Ja.« Malte grinste freundlich in Bapps Richtung. Doch der musterte Wiesheu lediglich mit einer Intensität, die ich als geradezu unverschämt empfand. Der Mann war wirklich ein komischer Kauz. Dieser Meinung war wohl auch Malte, denn er drehte sich achselzuckend weg und deutete auf eine dicke Eiche. »Die bleibt als Überhälter stehen. Wir fangen rechts an.«

Bapp wandte sich wortlos um. Der Mann war schätzungsweise so um die fünfzig. Die hervorstechendsten körperlichen Merkmale waren seine teigige graue Raucherhaut und die blitzblauen Augen. Letzteres war aber auch schon alles, was er physisch mit dem aktuellen James Bond, Daniel Craig, gemein hatte. Borstige Augenbrauen saßen wie ein Riegel in seinem Gesicht, die Nase war groß und grobporig. Und die Ohren erinnerten entfernt an Dumbo, den fliegenden Elefanten, wenn man die Silhouette unter der Mütze deuten wollte. Außerdem hatte er keine Lippen. Na ja, die besaß er wohl schon, aber sie waren dermaßen schmal, dass man zweimal hinschauen musste, um sie zu entdecken. Ob dieser Mensch in seinem Leben jemals spontan in ein schallendes Lachen ausgebrochen war? Ich bezweifelte es. Der Mann wirkte ausgesprochen miesepetrig, und ich fragte mich mittlerweile ebenso wie Johannes, weshalb er überhaupt an dieser Gemeinschaftsaktion teilnahm.

Nach einem kurzen Blick in die Runde schmiss Johannes seine Säge an. Sie dröhnte bereits nach wenigen Startversuchen los, was gerade bei Kälte keineswegs selbstverständlich war, wie ich aus früheren Jahren wusste. Rolf Bapp wollte es ihm nachtun, doch er schaffte es nicht. Wieder und wieder versuchte er, den Motor in Gang zu bringen, doch mehr als ein kurzes hustenähnliches Geräusch kam dabei nicht heraus. Und je verbissener er an dem Starterkabel riss, desto bockiger wurde die Maschine. Malte und ich grienten uns flüchtig an, denn Bapp war jetzt hochrot im Gesicht. Peinlich, peinlich, in der Tat, aber so etwas passiert nun einmal, wenn man nur hin und wieder sägt und seinen Lebensunterhalt nicht als Forstarbeiter verdient.

»Soll ich mal?«, bot Malte freundlich und ohne jede Häme an. Nebenan bei Johannes krachte der erste Baum auf den Boden.

»Nein«, blaffte Bapp.

Malte verdrehte die Augen und wandte sich Johannes zu, der den gefällten Ahorn jetzt in seine Einzelteile zerlegte. Die Krone trennte er ab, den Stamm schnitt er in Meterstücke. Ich wartete geduldig, denn wenn wir beide um ihn herumwuselten, würde die Lage unübersichtlich und damit gefährlich werden. Stattdessen beobachtete ich weiter Rolf Bapps Kampf mit der Technik. Seine Hände zitterten. Und als Malte auch noch lauthals anfing zu singen, während er die ersten dünnen Äste schwungvoll auf den Acker zerrte, bemerkte ich einen Ausdruck auf Bapps Gesicht, der mich schlucken ließ. Was war das denn? Eine Form von Verachtung? Gepaart mit … ja … Vorfreude, man konnte es nicht anders nennen. Und Wut? Ich hätte es nicht sagen können. Es waren lediglich vage Eindrücke, die in Bruchteilen von Sekunden wechselten. Vielleicht war es von allem etwas. Es hinterließ allerdings einen ziemlich schalen Geschmack in meinem Mund.

Endlich röhrte auch Bapps Säge los. Er richtete sich auf,

atmete tief durch, bückte sich nach einem Blick in meine Richtung erneut, schnappte sich die jetzt im Leerlauf vor sich hin tuckernde Maschine und legte Sekunden später den ersten Haselstrauch um. Stange um Stange kippte zur Seite, als sich die Kette durch die Basis fraß. Es war ein brutales Geschäft. Doch in spätestens zehn Jahren würde der Knick wieder so aussehen wie jetzt, tröstete ich mich. Man tötete die Pflanzen ja nicht, man beschnitt sie fachgerecht. Und das war ein, nein, der entscheidende Unterschied nicht nur für die Pflanze, sondern auch für mein Seelenleben.

Ich fing an, die Haselstrauchäste auf den angrenzenden Acker zu zerren. Eher peitschenähnlich, waren sie zu dünn, um als Brennholz zu dienen. Baum für Baum, Strauch für Strauch fiel. Bapp war ein überraschend guter Säger, der alles im Blick hatte. Es dauerte nicht lange, und ich begann zu schwitzen. Morgen würde ich garantiert alle Muskeln spüren, auch die, von denen ich bislang nicht einmal gewusst hatte, dass sie existierten. So arbeiteten wir konzentriert etwa eine Stunde lang. Johannes und Bapp sägten, Malte und ich entsorgten das Kronenholz und sonstige Kleinzeug immer abwechselnd einmal bei dem einen, einmal bei dem anderen Säger. Je nachdem, wo Bedarf bestand.

Und dann geschah es. Ich gönnte mir gerade eine kleine Verschnaufpause und schaute in den Himmel, wo hoch oben über uns ein Raubvogelpaar kreiste, als mich ein hoher, schriller Schrei, der nichts Menschliches mehr hatte, sondern an ein gepeinigtes Tier in Todesangst erinnerte, zusammenfahren und wieder auf die Erde blicken ließ.

Sekundenlang glotzte ich lediglich starr und stumm auf die hellrote Blutfontäne, die im Rhythmus seines Herzschlags aus Maltes Oberschenkel schoss. Es ist zwar ein Klischee, doch in diesem Moment schien die Welt tatsächlich stehen zu bleiben und den Atem anzuhalten. Ich vernahm nur noch ein Rauschen und Brausen in meinen Ohren, das jedes andere Geräusch erstickte. Dann wurde mir schlecht, und ich kotzte in hohem Bogen auf den Acker. Als ich mich keuchend wieder aufrichtete, wand sich Malte am Boden, und Rolf Bapp stand mit hängenden Armen da, zur Salzsäule erstarrt, die laufende Säge immer noch in der Linken. Blicklos schaute er auf Malte, der verzweifelt und vergeblich versuchte, das blutende Loch in seinem Bein mit den Händen zuzuhalten. Er fluchte, krümmte und wand sich dabei, zerrte dann mit aller Macht an seinem Schal, doch der rührte sich nicht. Die Blutlache zu seinen Füßen wurde immer größer.

»Hanna«, ächzte er hilfesuchend und schaute mich flehentlich an.

Und endlich, endlich sprintete ich los und baute mich wie ein Springteufel vor Johannes auf, der durch den Lärm seiner eigenen Säge und die Backenhörnchen von dem Geschehen nichts mitbekommen hatte. Nur im letzten Moment hatte ich mich bremsen können, ihm einfach von hinten auf den Rücken zu klopfen – und so womöglich gleich den nächsten Sägeunfall auszulösen. Verständnislos wandte er sich um, als ich wild gestikulierte, peilte dann aber mit einem Blick die Lage, stellte seine Säge ab und begann hektisch nach seinem Handy zu suchen, während ich zu Malte hinüberstürzte und mich neben ihn kniete.

»Hilfe ist unterwegs. Rühr dich nicht«, hörte ich mich mit zittriger Stimme sagen.

Malte brachte tatsächlich noch so etwas wie ein Lächeln zustande.

»Es muss aber schnell gehen, fürchte ich«, röchelte er. »Sonst ist es aus mit mir. Wir müssen das abbinden.«

Hastig riss ich mir den Schal vom Hals und versuchte mit flatternden Händen, gleichzeitig das Bein abzubinden und die Wunde zuzuhalten, um so den enormen Blutfluss zu stoppen. Doch mit dem Schal ging es nicht, er war zu breit und flauschig und drückte auch zusammengedreht nicht genug auf die verdammte Arterie.

»Wir brauchen ein dünneres Band oder einen Draht«, brüllte ich zu dem immer noch wie erstarrt dastehenden Bapp hinüber. »Schnell, beweg deinen Hintern, Mann!«

Doch statt loszurennen, stellte dieser Kretin nur die Säge ab und streckte mir seine leeren Hände entgegen.

»Himmel, Arsch und Zwirn, nun rühr dich endlich!«, schrie ich ihn mit überschnappender Stimme an. »Irgendjemand muss doch hier so etwas haben. Nun mach hin, Mensch!«

Jetzt tat Bapp drei zögernde Schritte. Dann stand dieser Idiot erneut in seiner Sägehose da wie ein Arbeiterdenkmal und kam mir einfach nicht zu Hilfe. Ja, er schien sich geradezu in einer Art Schockstarre zu befinden.

Maltes Kopf sank zur Seite. Voller Panik schlug ich ihm leicht ins Gesicht. Er reagierte lediglich mit einem Stöhnen. Mir war speiübel.

»Komm, mach hier keinen Unsinn, hörst du!«, flehte ich ihn an. »Der Notarzt ist im Anmarsch. Du musst nur noch ein bisschen durchhalten.«

Ich versuchte den Schal in Stücke zu reißen. Doch mit bloßen Händen, die zudem von Maltes Blut glitschig waren, gelang mir das nicht. Schluchzend versuchte ich es mit den Zähnen, während ich meine Linke so fest ich konnte auf die riesige Wunde an seinem Oberschenkel drückte. Vergeblich. Das Blut quoll in einem unaufhaltsamen Strom zwischen meinen Fingern hindurch. Es war jetzt überall. Maltes zerfetzte Hose war mittlerweile völlig durchtränkt, seine verkrampften Hände waren rot, und ich sah ebenfalls aus wie ein Tier auf der Schlachtbank. Auf dem Acker hatten sich kleine rote Pfützen gebildet. Wie viel Liter Blut besitzt der Mensch? Sieben? Malte hatte davon bestimmt nicht mehr viel in seinem Körper. Er stöhnte erneut. Es klang nur noch sehr matt.

»Es wird alles gut«, log ich verzweifelt, während ich Johannes hektisch ins Handy schreien hörte: »Ja. Direkt hinter dem Restaurant. Hauptstraße 281 oder 283. Keine Ahnung. Ich schicke jemanden dorthin, der Sie leitet. Aber machen Sie schnell! Bitte!«

Nach und nach hatten jetzt auch die anderen mitbekommen, was geschehen war. Alle Sägen um uns herum waren verstummt.

»Du großer Gott«, hörte ich Fridjof Plattmann über mir flüstern.

Er hatte seine Jacke ausgezogen und über Maltes Oberkörper gelegt und gab den anderen hektische Zeichen, ihm noch mehr Jacken und Pullover zu geben. Wir mussten Malte warm halten, natürlich. Harrys Dudelsack-Chef, ich glaubte zumindest, dass er es war, hielt Maltes Kopf. Gemeinsam zogen wir jetzt den Schal unter dem Bein des Schwerverletzten durch, jemand hielt uns einen dünnen Ast hin, sodass wir die Arterie abquetschen konnten. Ganz gelang es uns allerdings auch damit nicht. Der Acker um uns herum färbte sich rot und röter, obwohl wir auch mit anderen Kleidungsstücken versuchten, die immense Blutung zu stoppen. Aber die vermaledeite Säge hatte das halbe Bein aufgerissen. Malte war inzwischen totenblass und in tiefe Bewusstlosigkeit gefallen. Er lag da und rührte sich nicht mehr. In weiter Ferne hörte ich jemanden würgen, dann erbrach er sich. Irgendwer schluchzte hemmungslos.

Es dauerte gefühlte zehn Jahre, bis wir endlich die Sirenen des Rettungsfahrzeugs samt folgendem Notarztwagen hörten. Die Sanitäter sausten mit der Bahre im Laufschritt auf uns zu und scheuchten uns nach einem Blick auf den Verletzten hastig weg.

»Herrje«, hörte ich die junge Frau murmeln, als sie mich wegschubste und sich neben Malte kniete, um seine Vitalfunktionen zu überprüfen. Das verriet mir mehr als jede in wohlgesetzten Worten gehaltene medizinische Diagnose.

Ich wankte heftig, als ich aufstand. Sofort trat Johannes neben mich und legte den Arm um meine Schulter, während nun auch der Notarzt an Malte herumfühlte und -maß, das Gesicht sowohl hochkonzentriert als auch sorgenvoll.

»Keine Schutzhose, eh?«, knurrte er bissig in unsere Richtung. »Das ist Leichtsinn pur, Leute.«

Johannes fing an, abwehrend mit den Armen zu fuchteln.

»Malte hat nicht gesägt. Deshalb dachten wir …« Er brach ab. Es war so witzlos.

»Die Hose hätte diesen Unfall verhindert.«

Wir schwiegen. Der Notarzt hatte ja recht. Wenn Malte eine getragen hätte, wäre das nicht passiert. Hätte, wäre, könnte. Scheiße. Unwillkürlich fiel mein Blick auf den Verursacher dieser Tragödie, der sich die ganze Zeit über immer noch nicht gerührt hatte: Rolf Bapp.

Seine Säge neben ihm tuckerte wahrhaftig immer noch im Leerlauf vor sich hin. Unsere Blicke trafen sich, und ich hatte das Gefühl, einen Stromschlag zu erhalten. Der Mann war keineswegs fassungslos, verzweifelt oder vor Entsetzen gelähmt wie wir anderen. Nein, seine durchdringend blauen Augen schauten geradezu kühl und unbeteiligt auf die Szenerie. Ich holte ächzend Luft. Das konnte nicht sein. Malte drohte zu sterben! Nein, ich musste mich irren. Das war bestimmt der Schock, also mein Schock, der bei mir derartig blödsinnige Einbildungen hervorrief. Unwillkürlich fing ich an zu zittern. Johannes legte auch noch den anderen Arm um mich und zog mich dicht an sich.

Als der Notarzt und die Sanitäter mit Malte endlich verschwunden waren, wand ich mich aus Johannes' Armen, sank auf den kalten Acker, krümmte mich in Embryonalhaltung zusammen und fing an zu heulen. Erst schluchzte ich lediglich verhalten vor mich hin, dann ging mein Weinen in lautes Wehklagen über. Ich konnte überhaupt nicht wieder aufhören. Ich heulte und heulte, während Johannes neben mir saß, meine Hand hielt und sie gleichzeitig unbeholfen tätschelte. Es war Fridjof Plattmann, der mich mit mindestens fünf Jacken zudeckte, während er mir ungelenk über die Wange strich. Ich hatte einen Schock, ganz klar. Seltsamerweise wusste ich das selbst genau, doch gegen das Zittern und Schluchzen half das nicht.

Endlich ließ der Weinkrampf nach. Johannes und mein Vermieter zerrten mich hoch, nahmen mich in ihre Mitte, schleppten mich zur Straße und verfrachteten mich in das Matulke'sche Auto, das von der Chefin persönlich gefahren wurde. Natürlich hatte sich das Ereignis wie ein Lauffeuer in Bokau herumgesprochen. Grüppchenweise standen die Menschen auf und vor Inges Terrasse und unterhielten sich flüsternd.

»Blut«, orgelte ich, deutete auf mich und dann auf die nun schon nicht mehr sauberen Autositze.

»Es gibt Schlimmeres«, erwiderte Frau Matulke, ohne mit der Wimper zu zucken.

Sie brachten mich zur Villa. Johannes nahm mir den Schlüssel ab, weil meine Hände zu sehr zitterten. Er schloss auf, während Fridjof Plattmann sich mit einem derben Klaps auf Johannes' Schulter verabschiedete. Mich bedachte er mit einer zarteren Variante.

»Soll ich Harry Bescheid sagen?«, erkundigte sich mein Freund besorgt. »Er kommt bestimmt sofort.«

»Nein«, sagte ich mit klappernden Zähnen. »Der hat keine Zeit, der muss knackige Profile erstellen. Und ich muss erst duschen.« Natürlich wäre Harry auf der Stelle herbeigeeilt, keine Frage. Manchmal redet man einfach wider besseres Wissen einen Haufen Blödsinn.

Johannes setzte sich vorsichtshalber aufs Klo, während ich unter dem heißen Wasserstrahl ewig lange Maltes Blut von meinem Körper wusch. Ungefragt stopfte er mein komplettes Zeug in eine Tüte, um es zu entsorgen. Ich war ihm dankbar für seine Umsicht. Denn so oder so, ich würde nichts davon je wieder anziehen können, ohne den sterbenden Malte Wiesheu vor mir zu sehen. Dass ihn nur noch ein Wunder vor dem Tod retten konnte, war mir in diesem Moment völlig klar.

Als ich endlich fertig geduscht hatte – ohne auch nur ansatzweise das Gefühl zu haben, sauber zu sein –, hüllte ich mich in meinen Bademantel, schlurfte gebeugt wie eine Hundertjährige ins Wohnzimmer und ließ mich schwer in meinen Schaukelstuhl fallen. Johannes brachte mir umgehend einen heißen und stark gesüßten Becher Tee, den ich schweigend schlürfte. Sich selbst verordnete er das Gleiche. In Gedanken versunken, hatten wir eine Zeit lang dagesessen, als sein Handy klingelte. Er fummelte es aus der Tasche und wandte das Gesicht etwas ab. Ich verstand natürlich trotzdem jedes Wort.

»Ja«, hörte ich ihn sagen. Und noch einmal »Ja. Danke.« Mehr nicht. Dann drückte er den Anrufer weg, atmete tief durch und schaute stumm über den heute ganz in Grau daliegenden Passader See.

»Wer war das?«, erkundigte ich mich nach einer Weile.

»Plattmann«, sagte Johannes und schwieg erneut.

Das konnte nur eines bedeuten. Ich hatte es doch gewusst.

»Malte ist tot, nicht?«

»Ja«, sagte Johannes zum dritten Mal. Seine Augen begannen zu glänzen. »Malte ist tot. Er hat es noch knapp bis in die Notfall-Ambulanz geschafft. Da ist er gestorben. Es tut mir so leid. Oh Gott, und wer wird es seinen Eltern sagen? Ich glaube, er war der einzige Sohn. Nein, er hatte noch eine Schwester, aber die kenne ich nicht«, plapperte Johannes weiter, während ihm jetzt die Tränen über die Wangen strömten. Er verbarg sein Gesicht in den Händen und schluchzte hemmungslos. Irgendetwas arbeitete in mir. Plötzlich war mein Verstand glasklar.

»Rolf Bapp hat ihn umgebracht«, platzte ich heraus. »Es war Absicht und kein Unfall. Ich habe es gesehen.«

Johannes nahm die Hände von seinem Gesicht und stierte mich so fassungslos an, als seien mir soeben zwei Hörner über den Augenbrauen gewachsen. Sein geöffneter Mund schloss sich wie eine Muschel.

»Er hat ihn ermordet, verstehst du!«, wiederholte ich und hörte selbst, dass ich ziemlich hysterisch klang.

Mein Freund eilte hastig auf mich zu, zog mich aus dem Schaukelstuhl und nahm mich in den Arm. Sanft wiegte er mich hin und her.

»Schtschtscht«, machte er dabei, als beruhige er ein nervöses Kleinkind, dem das Bäuerlein quer sitzt. »Das gibt sich wieder. Du stehst immer noch unter Schock.«

»Ja.«

Das traf zweifellos zu. Keine Frage. Trotzdem wusste ich es besser. Intuitiv und weil ich Bapp am Knick beobachtet hatte. Der Mann hatte Malte Wiesheu ganz bewusst mit der

Säge derart schwer verletzt, dass der keine Überlebenschance hatte. Er hatte darauf gebaut, dass Malte keine Schutzhose tragen würde, und lediglich den richtigen Moment abgewartet, bis er loslegen konnte. Und der kam, als ich ahnungslos in den Himmel geschaut hatte. Eiskalt, mit Absicht und in vollem Bewusstsein dessen, was passieren würde, hatte er die Motorsäge an Maltes ungeschützten Oberschenkel gehalten. Und ich, Hanna Hemlokk, bislang noch nicht lizenziertes Bokauer Private Eye Nr. 1, würde mich in diesem Fall keineswegs mit der beliebten und ach so bequemen Unfallthese abspeisen lassen. Nein, in dieser widerlichen Angelegenheit würde ich wirklich all meine beruflichen Talente in die Waagschale werfen, um herauszubekommen, weshalb er das getan hatte! Das war ich mir und Malte Wiesheu schuldig.

# SIEBEN

Als ich mich wieder einigermaßen berappelt hatte – was nach drei weiteren Bechern Tee mit ordentlich Zucker der Fall gewesen war –, hatte ich Johannes so lange gepiesackt und ihm hoch und heilig versichert, dass es mir wieder gut gehe, bis er mir schließlich erzählte, was es mit seinen mysteriösen Andeutungen am Knick über Rolf Bapp auf sich gehabt hatte. Der Mann gehöre zu den sogenannten Reichsbürgern, berichtete er widerstrebend und ohne mich auch nur eine Sekunde aus den Augen zu lassen. Das wisse niemand im Dorf, weil das Ehepaar völlig zurückgezogen lebe, doch er habe in dieser Richtung einmal gegoogelt, weil er in der Zeitung etwas über diese Leute gelesen habe und sie ihn interessierten, und da sei er zufällig auf Rolf Bapps Namen gestoßen. Ein Bild von ihm habe er da auch gefunden, weshalb ein Irrtum ausgeschlossen sei.

Reichsbürger, überlegte ich, während ich zwecks weiterer Stabilisierung der Seele und Zunahme der Hirnkraft ein Stückchen dunkler, cremiger Schokolade in den Mund schob. Johannes hatte die Tafel auf mein Geheiß hin ganz unten aus der Sockenschublade geholt. Sie lagerte da für Notzeiten und Heißhungerattacken bereits seit gefühlten Urzeiten. Tja, um ehrlich zu sein, klingelte da nicht allzu viel bei mir. Hin und wieder stand etwas über diese Leute in der Presse, weil die für Waffen schwärmten und offenbar auch keine Hemmungen kannten, sie auf Polizisten anzulegen. Die Bezeichnung »Reichsbürger« klang jedenfalls ziemlich antiquiert, fand ich. Wie von vorgestern, was bei mir keine positiven Assoziationen auslöste. Deshalb hatte ich mich auch nicht weiter für diese Typen interessiert, sondern sie als kleine Gruppe von gewaltbereiten Sonderlingen abgetan.

»Man könnte die wohl als eine Art Sekte bezeichnen«, meinte Johannes nachdenklich. Wir waren mittlerweile beim dritten Riegel Schokolade und der dritten – inzwischen wieder zuckerfreien! – Kanne Tee angelangt. »Deren Anhänger eine ordentliche Portion Rechtsextremismus mit den abstrusesten Verschwörungstheorien in einen Pott kippen, fünfmal umrühren, einen Schuss Esoterik hinzugeben, und fertig ist die Weltanschauung des Reichsbürgers.«

»Ziemlich harter Tobak also«, bemerkte ich.

Du lieber Himmel, klang das krude. Dagegen schienen ja selbst die Kornkreisenthusiasten, mit denen ich es in meinem letzten Fall zu tun gehabt hatte, geradezu harmlos zu sein. Und wenn mein fast grenzenlos toleranter Freund Johannes schon ein derartig vernichtendes Urteil fällte, dann mussten diese Leute wirklich ziemlich durchgeknallt sein. Meine Einschätzung bewahrheitete sich umgehend.

Denn diese Spinner würden die Bundesrepublik Deutschland nicht als Staat anerkennen, berichtete Johannes weiter. Auf einen deutschen Pass legten sie deshalb keinen Wert. Stattdessen hänge ihr Herz an dem sogenannten Staatsangehörigkeitsausweis von 1913, der zwar auch heute noch Gültigkeit besitze, den jedoch niemand mehr benötige. In jenem Jahr kurz vor Ausbruch des Ersten Weltkriegs sei das Reichs- und Staatsangehörigkeitsgesetz des Deutschen Reiches in Kraft getreten. Und dies sei für einen echten Reichsbürger das letzte gültige Gesetz, das eine Staatsbürgerschaft begründen könne. Danach gäbe es nichts mehr. Um mir den Sachverhalt möglichst genau zu schildern, hatte Johannes vor lauter Konzentration aufgehört, seinen Tee zu schlürfen.

»Das heißt, diese Reichsbürger und der Bapp tun so, als ob das gesamte zwanzigste Jahrhundert, die Weimarer Republik, das Dritte Reich, zwei Weltkriege mit Millionen von Toten und die Wiedervereinigung nichts mit ihnen zu tun haben?«, fragte ich sicherheitshalber noch einmal nach. Das gab es doch nicht. Wo lebte der Typ denn? Jenseits der Geschichte?

Johannes zuckte mit den Schultern.

»Ich sage ja, bei denen sind nicht nur ein, zwei Latten am Zaun locker, da wackelt das komplette Gatter.«

Das sah ich genauso, klar. Aber in diesem Zusammenhang lautete die Frage aller Fragen natürlich: Wieso hatte der Reichsbürger Bapp einen unbescholtenen Eventmanager umgebracht? Und hatte der Mord überhaupt mit seiner abstrusen Überzeugung zu tun, oder existierte da vielleicht gar kein Zusammenhang? Hatte Wiesheu möglicherweise in einer früheren Zeit ganz profan Bapps Frau verführt? Und jetzt war der Mann stinkesauer und hatte seine Chance genutzt. Oder hatte er ihn mal übers Ohr gehauen? Mit hochgejazzten Aktienpaketen möglicherweise oder dem Verkauf von halbseidenen Bitcoins? War das Kettensägen-Massaker also nichts als eine schnöde private Rache?

»Offenbar verbringt man in der Szene die Abende damit, pausenlos Pässe an die Behörden zurückzuschicken und seine eigenen anzufertigen. Die weigern sich nämlich, Steuern oder auch Bußgelder zu zahlen, damit nerven sie die Behördenvertreter total, und die Gesetze der Bundesrepublik erkennen sie sowieso nicht an.« Johannes gönnte sich ein weiteres Stück Schokolade, lutschte hingebungsvoll – und lächelte genießerisch.

»Na, wie auch?«, bemerkte ich trocken. »Wenn es sie gar nicht gibt.« Eine gewisse Logik war diesen Sonderlingen immerhin nicht abzusprechen. Mein Freund warf mir einen misstrauischen Blick zu. Ich hob die Hand und kniff ein Auge zusammen.

»War nur Spaß«, beruhigte ich ihn. »Aber ich bewundere dich ehrlich dafür, dass du diesen ganzen Schrott so genau behalten hast.«

»Es hat mich ziemlich beeindruckt«, gab Johannes zu. »Das ist so daneben …«

Das konnte man wohl sagen. Ich stand auf und stellte mich ans Fenster. Es war mittlerweile dunkel geworden. Und das hieß an meiner Villa: stockdunkel, da keine Außenbeleuchtung oder eine Straßenlampe den Garten erhellte. Sicher, Bapp war mir heute Morgen besonders maulfaul und nicht eben aufgeschlossen vorgekommen, doch dass er offenbar derart gestört war, hatte ich nicht bemerkt. Na ja, wie auch? »Vorsicht, ich hab einen Hau« lässt sich schließlich niemand auf die Stirn tätowieren. Doch Hau hin, Rache her – der Mann hätte eindeutig nie eine Motorsäge in die Hand nehmen dürfen.

Johannes trat neben mich, legte mir seinen Arm um die Schulter und zog mich an sich.

»Hör mal, Hanna, Bapp schimpft sich zwar Reichsbürger, aber das bedeutet noch lange nicht, dass er Wiesheu absichtlich umgebracht hat. Es spricht wirklich viel mehr für einen Unfall. Also, ich meine, zieh aus dem Ganzen keine falschen Schlüsse. Ich finde den Mann ja auch zum Kotzen, aber ob er ein Mörder ist, steht auf einem anderen Blatt.«

»Ja«, stimmte ich lammfromm zu. Das würden wir ja sehen!

Johannes drehte den Kopf und studierte eine Weile aufmerksam mein Gesicht. Dann seufzte er.

»Ich sehe schon, ich rede wieder einmal gegen eine Wand. Hanna Hemlokk gegen den Rest der Welt.«

»Wenn der eins und eins nicht zusammenzählen kann, ja«, brummte ich.

Er ging klugerweise nicht auf meine Worte ein.

»Soll ich trotzdem weitermachen? Ein bisschen habe ich noch über die Leute behalten.«

»Ich bitte darum.« Denn auch wenn ich selbstverständlich sämtliche Eventualitäten im Blick behalten musste, galt doch ohne jeden Zweifel: Je mehr ich über diese Reichsbürger erfuhr, desto besser konnte ich Malte Wiesheus Mörder verorten und einschätzen, was Rolf Bapp umtrieb und wie er tickte. Doch, Johannes' Informationen würden sich vielleicht noch als von unschätzbarem Wert für meine Ermittlungen erweisen. Wer wusste das zu diesem Zeitpunkt schon so genau? Ich nicht.

Mein Freund nahm seinen Arm von meiner Schulter, versenkte beide Hände in den Hosentaschen und starrte konzentriert in die Dunkelheit.

»Also gut, lass mich kurz nachdenken.« Drüben am anderen Ende des Passader Sees etwa auf der Höhe von Hollbakken blitzten kurz zwei Lichter auf. Ein Auto kurvte dort durch die Gegend. Johannes schien es überhaupt nicht wahrzunehmen. »Mhm, viel ist da allerdings nicht mehr, fürchte ich. Doch, warte, die Bundesrepublik bezeichnen diese Leute liebend gern als ›BRD-GmbH‹ und das Grundgesetz oft total abfällig als ›Micky-Maus-Verfassung‹.«

»Weil sie zwar in diesem Staat sicher, frei und unbehelligt leben, wenn sie nicht kriminell werden, aber von beidem nichts halten, schon klar.« Na ja. Es gibt wahrlich originellere Bezeichnungen, um Missfallen und Distanz auszudrücken.

»Das geht ja noch an«, meinte Johannes, »aber richtig problematisch wird es, wenn so ein Reichsbürger für sich uneingeschränkte Handlungsfreiheit beansprucht, weil er nichts an Gesetzen anerkennt. Kein Gesetz, das das Töten unter Strafe stellt, keines, das das Stehlen oder Betrügen verbietet. Einfach nichts.«

»So nach dem Motto: Wir können machen, was wir wollen. Euch gibt es ja gar nicht?«, assistierte ich. Wenn man es einmal begriffen hatte, war es wirklich nicht allzu schwer, in reichsbürgerliche Hirnwindungen zu kriechen.

»Ja. Aber ich würde da jetzt nicht gleich wieder mit Bapp kommen«, fügte Johannes hastig hinzu. »Auch der müsste ein Motiv für die Attacke auf Malte haben. Und er hat ihn ja nicht ermordet, sondern durch einen grässlichen Unfall getötet. Auch diese Leute töten bestimmt nicht wahllos. Also, davon stand zumindest nichts in dem Artikel. Und im Netz auch nicht.«

Ich hörte seinem Geplapper nicht zu, weil ich verschärft nachdachte. Denn problematisch war eine solche Haltung ganz sicher, sogar hochproblematisch, aber eben auch durchaus logisch. Wenn man diesen Staat und seine Grundlagen verachtet, dann muss man sich auch an nichts halten, was dieser Staat vorgibt oder von einem fordert. Dann kann man guten Gewissens machen, was man für richtig hält. Ob diese Denke allerdings auch einen Mord einschloss, wenn man den als Reichsbürger für notwendig hielt? Das war keineswegs eine leicht zu beantwortende und gerade deshalb überaus spannende Frage, wie ich fand. Zumindest in dieser Hinsicht stimmte ich Johannes zu. Ich notierte sie mir im Geiste, um sie Bapp zu stellen.

Politisch, fuhr mein Freund finster fort, als ich auf seine Worte nicht reagierte, seien diese Leute jedenfalls eindeutig in der ganz rechten Ecke zu verorten. Einen starken Führer fänden die schön. Also einen richtig starken, nicht so einen Verschnitt wie Arwed Klinger. Den hielten die sicher für zu lasch. Und gerade letztens habe er Bapp mit einer Waffe im Garten herumfuchteln sehen. Es habe sich zwar nicht um eine Pumpgun gehandelt, sondern um ein Gewehr, aber trotzdem habe er ihn darauf angesprochen. Die Antwort sei ein entschiedenes »Verpiss dich« gewesen und »Du kannst mir gar nichts«. Aus all diesen Gründen könne er Rolf Bapp nicht ausstehen. Das leuchtete mir ein. Mir ging es ähnlich, ohne den Mann näher zu kennen.

»Bapp ist also höchstwahrscheinlich auch ein glühender Anhänger alternativer Fakten. Das heißt, er lügt wie gedruckt, wenn es ihm in den Kram passt«, bemerkte ich nachdenklich, als Johannes geendet hatte, und nippte an meinem Earl Grey. Er war mittlerweile lauwarm. Ich trank ihn trotzdem. Das letzte Stück der Schokolade überließ ich meinem Gast.

»Aber ganz sicher«, antwortete Johannes im Brustton der Überzeugung. »Bei denen sind generell so viele Schrauben locker, dass es im Hirnkasten nur noch scheppert. Bapp wird da keine Ausnahme sein. Die Jungs – Frauen sind bei denen eher in der Unterzahl – wittern überall Verschwörungen und halten sich für den einsamen starken weißen Mann, den einsamen Wolf, der seinen Vorgarten, seine geraden Rasenkanten sowie sein Hab und Gut verteidigt. Gegen wen oder was auch immer. Wichtig ist vielmehr, dass das ohne viel Gelaber und ohne Wenn und Aber geschieht. Und die werden immer aggressiver, stand ebenfalls in den Artikeln.«

»Bumm«, fasste ich diese Geisteshaltung zusammen. Johannes biss sich auf die Lippen und verzog das Gesicht. Ich beachtete ihn nicht. »Also erst schießen, dann fragen, ganz genau wie unser Freund Bapp es getan hat. Das heißt, von einer Frage ist mir nichts bekannt. Aber die kann ja noch kommen.«

»Hanna«, stöhnte Johannes. Ich ließ mich nicht beirren.

»Ja, was ist denn?«, bügelte ich ihn ab. »Du musst doch zugeben, dass das alles schwer nach Wildem Westen klingt, wo die Welt noch übersichtlich war: hier der Gute mit weißem Stetson, der nach Westen in die untergehende Sonne reitet, dort der heimtückische rote Böse mit einer Feder im Haar, der sich partout sein Land nicht wegnehmen lassen will. Apropos Land. Sag mal, hast du zufällig eine Vermutung, wieso Bapp ausgerechnet bei der Knickaktion mitgemacht hat, wenn er doch so furchtbar zurückhaltend ist und auf dieser Welt im Allgemeinen, in Bokau im Besonderen und in diesem Staat sowieso alles scheiße ist?«

»Nein. Keine.«

»Das ist aber merkwürdig und ziemlich verdächtig, oder? Was wollte der Knabe damit wohl bezwecken? Seinen Gemeinschaftssinn hat er doch bestimmt nicht urplötzlich entdeckt.«

»Nein. Wohl eher nicht«, stimmte Johannes mir zögerlich zu. »Das kann ich mir auch nicht vorstellen. Aber trotzdem solltest du nicht gleich –«

»Dann bleibt die Frage offen, wieso er mitgeknickt hat«, unterbrach ich ihn rüde, um mir gleich selbst die Antwort zu geben: »Weil er Wiesheu umbringen wollte und sich hier eine einmalige Gelegenheit bot. Das wäre doch eine Erklärung.«

»Na ja …«, meinte Johannes nicht sehr begeistert.

»Na ja was?«

»Na ja, ich denke, das ist nun wirklich etwas sehr weit hergeholt, Hanna. Du gehst doch nicht mit einer Motorsäge zum Bäumefällen, und in Wahrheit bist du nur darauf aus, deinen Nachbarn umzubringen. Das gibt es einfach nicht!«

»Und wieso nicht? Hör dir doch selbst einmal zu. Das, was du mir eben alles über die Reichsbürger erzählt hast, passt eins a zu Bapp und diesem Mord. Es fehlt nur noch das Motiv.

Wo stand Malte Wiesheu eigentlich politisch, weißt du das? Links, rechts, oder eher gar nicht? Oder hing er vielleicht einer anderen Verschwörungstheorie an als Bapp? Hatte er es mehr mit den Außerirdischen und nicht mit denen da oben, die man auf Teufel komm raus bekämpfen muss, weil die alle korrupt sind?«

Johannes stutzte kurz bei meinen Worten, dann tippte er sich so heftig an die Stirn, dass sein Pferdeschwanz auf und nieder wippte.

»Das glaube ich jetzt alles erst recht nicht, Hanna. Bapps Reichsbürger-Überzeugung hat nichts mit Maltes Tod zu tun. Also, Wiesheu hat politisch nie etwas verlauten lassen. Und mit Verschwörungstheorien hatte er nichts am Hut, soweit ich weiß. Ich denke sogar, er kannte Bapp überhaupt nicht. Die beiden haben sich bestimmt heute Morgen zum ersten Mal gesehen.«

»Oh, da wäre ich vorsichtig. Vielleicht gehörte dein FuckUp-Experte ja einer geheimen Terrorzelle an«, schlug ich vor. »Die etwas gegen Reichsbürger hat. Was man durchaus verstehen könnte. Er muss es dir ja nicht gleich auf die Nase gebunden haben.«

»Der Mann war Eventmanager und kein Geheimagent«, erklärte Johannes mit Grabesstimme, als besage dies alles. »Und es war ein Unfall, Hanna. So bescheuert ist nicht einmal Rolf Bapp, dass er Wiesheu direkt vor Publikum umbringt.«

»Und woher willst du das so genau wissen? Es hat doch wunderbar geklappt. Niemand schöpft Verdacht. Alle bedauern Malte – und Bapp.«

Ich war immer noch ganz entschieden anderer Meinung. An der Sache war eindeutig etwas oberfaul, und was Johannes mir soeben über die Reichsbürger erzählt hatte, wies doch zweifellos in Richtung Mord. Man musste es nur sehen und eins und eins zusammenzählen können, verflixt noch mal! Von wegen professionelle Deformation – ich sah berufsbedingt keineswegs lauter Morde, wo keine waren! Nein, wenn dieser Bapp wirklich all diesen verquasten Unsinn glaubte, dann war das der geradezu perfekte mentale Hintergrund, um guten Gewissens jemanden zu töten. Wahrscheinlich kam es bei denen auf einen hirnlosen Normalbürger wie Malte, Johannes oder mich sowieso nicht an. Wer oder was im Weltbild der Reichsbürger zählte, waren – klar, die anderen Reichsbürger und sonst niemand. Außerdem hatte ich das Gesicht des Mannes nach der Tat im Knick beobachtet. Das schiere Entsetzen, zumindest ein Anflug von Mitleid oder gar echte Fassungslosigkeit hatte ich eben keineswegs auf seinen Zügen entdeckt, sondern etwas ganz anderes: nämlich Häme, Genugtuung und, ja, auch so etwas wie Triumph.

Die nächsten Tage gönnte ich mir eine Auszeit, um mich zumindest einigermaßen wieder zu sanieren. Diese Erholungsphase brauchte ich einfach, um mit mir und den furchtbaren Bildern klarzukommen, denn ich arbeitete zwar schon länger als Privatdetektivin, aber ich hatte noch nie danebengestanden, wenn ein Mörder zuschlug. War ich deshalb ein zartes Seelchen? Ja, kann sein. Harry hatte mehrmals angerufen, um sich besorgt nach meinem Befinden zu erkundigen und mir ausdrücklich Grüße von Daniel zu bestellen, doch ich wollte niemanden sehen und auch nicht mit ihm über Bapp und die Reichsbürger reden. Ich war einfach noch nicht so weit. Er akzeptierte das klaglos, was ich ihm hoch anrechnete.

Natürlich hatten sowohl unsere Ostseebeauftragte als auch Klinger gleich an dem Nachmittag mit einem Tweet auf Malte Wiesheus Tod reagiert. Während sie mit sämtlichen Bokauerinnen und Bokauern trauerte und es dabei beließ, twitterte er im Wahlkampfmodus: »Damit ein Unglück wirklich allein kommt – ›Bokau tohoop‹ / Arwed Klinger«. Wahrscheinlich hätte er diesen Spruch auch noch irgendwie untergebracht, wenn es um die Quantentheorie oder den Ironman auf Hawaii gegangen wäre. Mal ganz abgesehen davon, dass dieser Dösbaddel damit in die allgemeine Unglücks-Arie einfiel. Und damit genauso falsch lag wie alle anderen.

Ja, ich gestehe, ich hatte mich sowohl bei Klinger als auch

bei Butenschön wieder eingeklinkt, weil ich in der tweetlosen Zeit das unangenehme Gefühl gehabt hatte, überhaupt nicht mehr mitreden zu können. Von Marga kam nichts. Sie malte Guppys aus. Höchstwahrscheinlich wusste sie gar nicht, was mit Malte passiert war, und ich verspürte keinerlei Bedürfnis, ihr davon zu berichten. Derweil ging ich viel an den Stränden spazieren, sah den Möwen beim Fliegen und den Wellen beim Schäumen zu. Vivian LaRoche zum Leben erwecken zu wollen, hatte in so einer Situation keinen Sinn. Das wusste ich aus Erfahrung. Da hölzerte Richard nur herum wie eine klapprige Vogelscheuche, und Camilla zirpte noch mehr blödsinniges Zeug als sonst.

Am vierten Tag meiner Auszeit twitterte Klinger gleich nach dem Frühstück etwas völlig Verunglücktes über »Hanna Hemlokk, Bokaus PD Nr. 1 mit der Lizenz für den Clown mit der Klinger-Maske – GO!«. Butenschön feuerte scharf zurück, indem sie ihrem Konkurrenten offen unterstellte, den Horrorclown selbst beauftragt zu haben, um allerorten im Gespräch zu bleiben. Na, da schau her. War ich nicht schon selbst auf diese Idee gekommen? Ich beschloss umgehend, wieder ins Leben zurückzukehren.

»Halt! Wer da? Wenn Sie diese Pforte öffnen, betreten Sie das Hoheitsgebiet des Freistaates Preußen. Ich warne Sie. Wenn Sie von irgendeinem Amt jenes Staates kommen, der sich Bundesrepublik Deutschland schimpft, können Sie gleich wieder –«

»Herr Bapp«, brüllte ich über den erhöhten Zaun in Richtung Haus. Gott sei Dank war es nicht mehr ganz so windig wie die Tage zuvor, sodass meine Stimme anständig trug und nicht so schrill klang. Das machte mehr Eindruck, denn ich stand vor der mit mehreren Vorhängeschlössern gesicherten Gartenpforte der Bapps und hatte dort geklingelt.

»Ach, Sie sind es. Was wollen Sie denn?«

Immerhin, er erkannte mich.

»Mit Ihnen reden.«

»Worüber?«

Breitbeinig wie Django stand der Reichsbürger in der offenen Haustür und starrte misstrauisch zu mir herüber. Eine Waffe trug er, der Grundgütigen sei Dank, zumindest nicht, soweit ich es sehen konnte. Dafür hing eine Fluppe in seinem grauen Gesicht, als sei sie angewachsen, und unter seiner marineblauen Jogginghose zeichneten sich auf das Schönste zwei prächtige O-Beine ab. Ob der Mann Mitglied in der Reiterstandarte des freistaatlichen Preußen war? So etwas gab es in diesem Operettenstaat doch bestimmt. Männer auf Pferden in prunkvollen Phantasieuniformen mit Federbüscheln an den Pickelhauben machen schließlich schwer etwas her, das weiß jedes Kind. Auf jeden Fall musste er in den dünnen Klamotten frieren wie ein gerupftes Huhn, denn in der letzten Nacht hatte es einen erneuten Kälteeinbruch gegeben: Minus fünf Grad und ein eisiger Nordost ließen einen unweigerlich von Federbetten und diversen alkoholischen oder unalkoholischen Heißgetränken träumen.

Bevor ich an diesem Vormittag aufgebrochen war, hatte ich Harry informiert. Zur Sicherheit, falls Bapp mich ebenfalls mit der Kettensäge attackierte und anschließend auf Nimmerwiedersehen hinter seinem Haus verscharrte. Mein Liebster war gar nicht begeistert gewesen über mein Vorhaben, hatte sich jedoch heldenhaft das Angebot, mich zu begleiten, verkniffen. Hanna Hemlokk löst ihre Fälle allein. Das war schon immer so gewesen und würde auch in Zukunft gelten. Punkt.

»Ich möchte mit Ihnen kurz über den Samstag sprechen«, schrie ich jetzt in Richtung Haus. »Über den Knick und Malte Wiesheu.«

»Da gibt es nichts zu besprechen. Außerdem rede ich nicht mit Vertretern dieses Staates«, bellte er.

»Ja, das weiß ich«, grölte ich zurück. Lange würden meine Stimmbänder diese Schreiorgie nicht mitmachen.

»Woher?«

»Oh, man hat da so seine Quellen.«

Ein schöner Satz. So wunderbar nebulös. Bapp dachte nach.

Ich sah es daran, dass der Aschenstrang seiner Zigarette trotz des Windes immer länger wurde. Also legte ich noch eine Schippe drauf, denn mein erstes Ziel war – ganz klar –, ins Haus zu kommen, um dem Mann ordentlich auf den Zahn zu fühlen, und zwar ohne dabei festzufrieren oder als Eisskulptur zu enden. Da konnte so ein bisschen Provokation, die ihn neugierig machte, bestimmt nicht schaden, hatte ich mir überlegt.

»Sie gehören nach meinen Recherchen ja zu den Reichsbürgern«, informierte ich ihn dröhnend über mein Wissen. »Wie haben Sie das eigentlich mit der Polizei gehalten? Ich meine, mit denen reden Sie doch eigentlich nicht, oder? Ich vermute allerdings, dass die Beamten von Ihrer Einstellung nicht gerade begeistert waren.«

»Woher –«

»Ein Mäuschen, Herr Bapp. Belassen wir es dabei. Ich weiß es eben.«

»Das ist nichts Strafbares.«

»Wenn Sie nicht zur Säge greifen und ehrbare Bürger dieses Staates umbringen, nicht, nein«, stimmte ich ihm in voller Lautstärke zu. Morgen würde ich bestimmt nur noch krächzen können.

»Es war ein Unfall. Die Polizei sieht das auch so.«

Aber ich nicht, mein Lieber!

»Sie haben also mit denen geredet?«, brüllte ich. »Gegen Ihre Überzeugung? Ist das nicht furchtbar inkonsequent?«

»Musste ich ja wohl«, knurrte er. Ich verstand ihn erst beim zweiten Mal, weil der Wind so pfiff. »Die haben mich mitgenommen, um mich zu verhören.«

»Na, so was aber auch.«

Er verzog das Gesicht. Der Aschenstrang fiel runter.

»Hören Sie, was wollen Sie?«, herrschte er mich an.

»Können wir das nicht im Haus besprechen? Mit mir als einfacher Bürgerin dürfen Sie sich doch unterhalten, oder etwa nicht? Oder herrscht in Ihren Reihen etwa ein generelles Sprechverbot gegenüber Nicht-Reichsbürgern?«, reizte ich ihn weiter. Mit derart verbohrten Leuten kam man nach meiner Erfahrung nur weiter, wenn man Tacheles redete. Und es war eine Eingebung, zugegeben, aber sie funktionierte. Na ja, ein bisschen zumindest.

»Was soll das denn jetzt heißen?«, echauffierte er sich prompt. »Ein derartiges Verbot kennen wir nicht. Wir sind freie und informierte Menschen, während die ganzen anderen Würstchen –«

»Sicher. Die sind alle arm dran«, fuhr ich ihm in die Parade. »Aber vielleicht sollten wir das wirklich besser in Ihrem Wohnzimmer besprechen.« Wenn ich nicht gleich ins Warme kam, würde ich vor der Bapp'schen Gartenpforte erstarren und zur Eisfrau mutieren.

»Nee, können wir nicht. Weder im Haus noch draußen. Wir haben uns nichts zu sagen, junge Frau.«

Scheiße. Und was nun, Hemlokk? Bapp nahm den letzten tiefen Zug aus seiner Kippe, der bestimmt sämtliche Darmzotten zum Vibrieren brachte, schmiss sie auf den Boden und trat sie aus. Dann bückte er sich und sammelte sie wieder auf.

»Sie dürfen also doch nicht mit mir sprechen«, stichelte ich, weil mir das als die erfolgversprechendste Methode erschien. Außerdem wollte mir mit meinem unterkühlten Hirn ums Verrecken keine andere einfallen. Dabei ist es gar nicht so leicht, schreiend zu sticheln. »Sie brauchen es nicht länger zu leugnen.«

»Ich kann mit jedem reden, mit dem ich will.«

»Prima«, sagte ich. »Dann –«

»Wer ist denn da, Rolf? Es wird kalt im Haus. Mach die Tür zu, ja!« Die Frauenstimme, die aus dem Inneren des Hauses ertönte, war hell und melodisch. Rolfs Oberkörper vollführte ruckartig einen Neunzig-Grad-Schwenk.

»Es ist diese Privatdetektivin. Die dabei war.«

»Und was will die bei uns?«

»Reden. Über Wiesheu. Ich hab nichts gesagt, Helga.«

Was für ein seltsamer und gleichzeitig entlarvender Satz. Bei mir gingen augenblicklich alle Antennen auf Empfang. Ich hatte es doch gewusst – bei Wiesheus »Unfall« war etwas ziemlich faul. Würde Bapp seiner Liebsten sonst eine derartige Versicherung geben? Jetzt erschien Helga hinter den schmalen Schultern ihres Mannes wie eine teutonische Rachegöttin: Sie war deutlich größer als er, neigte zu verkniffenen Gesichtszügen und färbte ihre Haare in einem derart quietschblonden Kunst-Arierton, der mir umgehend auf den Magen schlug. Außerdem hätte sie mal nachfärben müssen, denn am Scheitel wuchs es bestimmt bereits zwei Zentimeter mausgraubraun nach.

»Hören Sie«, brüllte ich bibbernd zu den beiden Reichsbürgern hinüber, denn ich nahm doch stark an, dass die Dame ebenfalls zu dem Verein gehörte. Sonst hielt man es nicht lange mit seinem Männe aus. Vielleicht war die Frau des Hauses ja zugänglicher. »Können wir das nicht alles drinnen besprechen, bevor wir uns hier draußen den Tod holen?«

War sie nicht.

»Nein«, sagte Frau Bapp unmissverständlich, verschränkte die Arme vor der Brust und stierte unfreundlich in Richtung Gartenpforte. »Wir müssen nicht mit Ihnen reden. Verschwinden Sie.«

Ich rührte mich nicht.

»Ach, nun kommen Sie schon«, legte ich allen mir zur Verfügung stehenden Charme in mein Herumgeschreie. »Sind alle Reichsbürger solche Miesepeter wie Sie? Das kann ich mir gar nicht vorstellen. Ich will Ihnen doch nichts Böses.« In der Not frisst der Teufel bekanntlich Fliegen. Und ich musste einfach mit diesem Bapp reden, verdammt.

»Ach ja? Da wären Sie aber die Erste. Wir werden doch von allen nur verleumdet. In den sogenannten Medien, von den Nachbarn. Nur verleumdet. Außerdem wüsste ich nicht, was Sie das alles angeht«, schnappte Helga Bapp. »Wir sind anständige Leute, auch wenn in der Presse alles stets und ständig verzerrt beschrieben wird. Wir lassen uns einfach von denen da oben keinen Sand in die Augen streuen. Die machen, was sie wollen. Aber wir durchschauen sie.«

»Und das passt so einigen von denen natürlich überhaupt

nicht in den Kram. Deshalb verfolgen die uns.« Das kam von ihm.

»Weil wir Überzeugungen haben und unseren Mund nicht halten«, assistierte sie kämpferisch und schüttelte dabei ihr blondiertes Arierhaupt wie eine Löwenmähne. Nur dass ihre geringfügig glatter und dünner war. »Aber die werden schon sehen, wenn wir erst –«

»Helga«, wies Bapp sie scharf zurecht.

Sie gehorchte und verstummte. Mist. Ich gab mir einen Ruck.

»Gut, äh … ja. Sie haben bestimmte Überzeugungen, und ich fände es schon ganz interessant, darüber einmal ausführlich und aus erster Hand informiert zu werden.« Erde, tu dich auf, doch es ging nicht anders. Wenn ich den Konfrontationskurs weiter verfolgte, erreichte ich mein Ziel nie.

»Von denen wir kein Jota abweichen, junge Frau«, knarzte Bapp.

»Nein. Sicher nicht. Das sollen Sie ja auch nicht. Mich würde nur interessieren … äh … was Sie so denken. Also nicht gefiltert, sondern in echt, jetzt.«

Vielleicht brachte mich dieser Schmusekurs ja endlich, endlich ins warme Bapp'sche Wohnzimmer inmitten des Freistaates Preußen, wo ich die beiden Reichsbürger zwei, drei Sätze zu ihrer kruden Ideologie absondern lassen würde, dann jedoch selbstredend umgehend auf Malte Wiesheu zu sprechen käme, bevor sie mich zweifellos wieder an die Luft setzten. Tja, Pustekuchen, Hemlokk, denn plötzlich zielte Rolf Bapp mit dem Zeigefinger auf mich, als sei der eine Waffe.

»Es geht uns um etwas Größeres, verstehen Sie? Um die wahren Zusammenhänge und Hintergründe. Um ein richtiges geschichtliches Verständnis und nicht so einen liberalen Wischiwaschi-Scheiß, den sie den Kindern heutzutage in den Schulen eintrichtern.«

Aber brachte man deshalb gleich Malte Wiesheu um?, dachte ich vergrätzt, weil die beiden keinerlei Anstalten machten, von der Türschwelle zu weichen und mich willkommen zu heißen.

»Aha«, bemerkte ich verhalten. Für mehr und vor allem

Geistreicheres fehlten mir einfach die Worte, zumal ich ihre Überzeugungen, wenn man sie denn überhaupt so nennen konnte, ganz sicher für Wischiwaschi-Scheiß hielt.

»Ja. Aha, aha«, äffte Bapp mich nach. Auf seinen grauen Raucherwangen lag jetzt ein Hauch von Farbe, und er gestikulierte mit beiden Armen, als dirigierte er ein widerspenstiges Orchester. Verdammt, das konnte länger dauern. Also fing ich behutsam an, auf den Fußsohlen hin- und herzukippeln, damit mir die Zehen nicht abfroren. Denn solange ich den Knilch am Reden halten konnte, bestand immerhin die vage Hoffnung, dass ich es irgendwann doch noch ins reichsbürgerliche Wohnzimmer schaffte. »Der achtzehnte April, der sagt Ihnen als besonderer Tag natürlich nichts, vermute ich mal. Nein, ich sehe schon, Sie sind unkundig und in dieser Hinsicht ein Analphabet. Wie alle. Dabei hat genau dieses Datum unser preußisches, ja schleswig-holsteinisches Schicksal beeinflusst wie kein anderes!«

Ich malträtierte mit der Zunge meine linke Wange. Der zwanzigste April war Hitlers Geburtstag, das wusste ich. Ob die Reichsbürger vielleicht so etwas wie eine zweitägige Vorglüh-Fete im Sinn hatten? Unwahrscheinlich, aber nicht von der Hand zu weisen, so bescheuert wie diese Leute waren. Ohne Vorwarnung nahm Rolf Bapp jetzt so zackig Haltung an, dass seine fleckige Jogginghose um die O-Beine schlabberte. Oder lag es an den eiskalten Böen, die hin und wieder über uns und den preußischen Freistaat hinwegfegten?

»Der 18. April 1864«, erklärte er mit getragener Stimme, »ist der Tag, an dem Preußen die Dänen bei den Düppeler Schanzen schlug. Und zwar vernichtend, Gott sei Dank. Sonst wären Sie heute nicht deutsch, sondern dänisch.«

Er schwieg sekundenlang, wohl um die ganze Dramatik sowie das absolut Grauenhafte dieser Vorstellung in mein Hirn sickern zu lassen. Na ja. Abgesehen von der nach wie vor ungebrochenen Liebe unserer nördlichen Nachbarn zu enormen Schweinefleischmengen konnte ich mir Schlimmeres vorstellen.

»Aber so etwas lernen die Kinder ja heutzutage nicht mehr

in der Schule. Da geht es nur noch darum, ob man das dänische Ferienhaus an der Ost- oder an der Nordsee bucht. Man denkt sich nichts dabei.« Er zielte erneut mit dem Finger auf mich. Ob er das auch mit seiner Helga machte? Ich an ihrer Stelle würde es ihm sofort abgewöhnen. »Dabei ist der Däne unser Feind. Jawoll. Alles andere ist Augenwischerei. Das war immer so, und das wird immer so bleiben. Das ist Teil unserer Natur. Dieses ganze Friedensgesummsel, das von denen da oben verbreitet wird, ist nichts weiter als das: Gesummsel. Denn der Däne ist uns keineswegs freundlich gesonnen. Der nimmt unser Geld, ja, aber was er dann damit macht und vor allen Dingen, was er damit hintenrum im Sinn hat …«

Ich verknotete meine Zunge. Wie das geht? Ich kann es nicht beschreiben, aber ich tat es. Halt die Klappe, Hemlokk, ermahnte ich mich mantramäßig. Es bringt überhaupt nichts, sich mit solchen Leuten anzulegen oder sich mit ihren abstrusen Ideen auseinanderzusetzen. Bapp will doch nur, dass du anbeißt und den Köder schluckst, damit er dich von Malte Wiesheu wegbekommt. Andererseits wäre dies vielleicht der Königsweg ins Bapp'sche Wohnzimmer … Nein, beschloss ich spontan, irgendwo war Schluss mit der Verbiegerei.

»Herr Bapp«, brüllte ich daher, »Ihre politischen Ansichten sind wirklich ziemlich … äh … ungewöhnlich und interessant, aber ich will mit Ihnen eigentlich lieber über den Tod von Malte Wiesheu sprechen.«

Vergeblich. Der Mann war augenscheinlich total in seinem Element. Seine Hände fuhren mittlerweile auf und nieder wie Dampfhämmer auf den Amboss.

»Papperlapapp«, bügelte er mich ab. »Wenn wir erst unseren eigenen Staat haben, wird der achtzehnte April zum Nationalfeiertag erhoben«, schrie er über den Gartenzaun in meine Richtung und klang dabei geradezu ekstatisch. »Da können Sie Gift drauf nehmen. Das wird eine unserer ersten Amtshandlungen sein.«

Seine Gattin begleitete seine Worte heftig nickend und mit finsterem Gesicht.

»Sobald wir diese BRD-GmbH hinweggefegt haben, werden wir unsere Flagge hissen«, kreischte sie plötzlich. Himmel, auch die Frau redete tatsächlich so, wie Johannes es gesagt hatte. »Dann wird alles anders werden, und Recht und Ordnung und Sicherheit werden wieder überall und besonders bei uns in Bokau Einzug halten. Dafür werden wir sorgen!«

Ich stutzte. Recht und Ordnung und Sicherheit waren auch die Zentralbegriffe im Klinger-Universum. Und wenn Butenschöns offene Andeutung auf Twitter sowie meine anfängliche Überlegung zu unserem Bürgermeisterkandidaten und dessen Verbindung zum Clown tatsächlich den Tatsachen entsprachen? Und Rolf Bapp nicht nur der Mörder von Malte Wiesheu war, sondern auch als Horrorclown Bokau unsicher machte? Der wahllos Angst und Schrecken im Dorf verbreitete, auf dass zuverlässig der Ruf nach einem starken Mann ertönte? Den Klinger beauftragt hatte, um seine Konkurrentin plattzumachen, die gegen das Fehlen von gefühlter Sicherheit in der Bevölkerung nicht den Hauch einer Chance mehr hatte? Gute Argumente hin, gute Argumente her, die spielten dann überhaupt keine Rolle mehr. Sich mal todesmutig ganz konkret an ein Quallen-Heuschrecken-Büfett zu wagen, war das eine – sich von seinen diffusen Bedrohungsängsten zu lösen, das andere. Da konnte nur noch Klinger die Welt und damit Bokau retten.

Allerdings: Wenn das herauskam, war das »Bokau tohoop«-Plappermaul geliefert. Würde es ein derartiges Wagnis eingehen? Klinger hatte die Nase doch sowieso vorn. Und noch etwas kam hinzu, auch wenn es mir immer wieder schwerfiel, mir dies einzugestehen. Wenn er tatsächlich Bapp oder auch jemand anderes als Clown beauftragt haben sollte, wie passte ich dann ins Spiel? Traute er mir tatsächlich so wenig zu, dass er meinte, mich gefahrlos einsetzen zu können? Weil ich ja sowieso erfolglos bleiben würde? War ihm dieses Mehr an Aufmerksamkeit das Risiko wert? Na ja, er schätzte es offenbar als äußerst gering ein. Ein Horrorclown und eine Lusche als Detektivin – und man selbst war als Retter Bokaus fein raus. So konnte es durchaus sein. Das war kein angenehmer Gedanke, ich gebe es zu.

Als ich mit meinen Überlegungen so weit gekommen war, fing Rolf Bapp an, in seiner Jogginghosentasche herumzufummeln, um schließlich eine zerknitterte Zigarettenpackung zutage zu fördern. Wortlos steckte er sich zwei in den Mund, zündete sie an, reichte eine an seine Frau weiter, inhalierte tief – und begann zum Gotterbarmen zu husten, sodass sich seine O-Beine noch ein Stück weiter nach außen bogen. Er bellte derart, dass ich schon befürchtete, als Nächstes seine Lunge vom Boden aufsammeln zu müssen. Helga ließ der Anfall ihres Gatten völlig kalt. Sie zog genüsslich an ihrer Zigarette, während ich emotionslos den keuchenden Mann einer Musterung unterzog. Besaß Bapp die Statur des Clowns? Oben herum ja, er war weder besonders schmalbrüstig noch besonders breitschultrig, sondern irgendwie mittel. Das waren dummerweise viele Männer. Und so genau hatte ich vor lauter Schreck eben auch nicht hingeschaut. Bei unserer nächsten Begegnung, nahm ich mir vor, würde ich nicht auf das Gesicht und die Maske, sondern auf die Beine achten. Ein derartiges O war nicht einmal unter einem zeltartigen Sackkleid zu verbergen.

»Sie halten uns für Spinner, stimmt's?«, keuchte Bapp, als er wieder einigermaßen Luft bekam und sprechen konnte. »Sind wir aber nicht. Sie werden schon sehen.«

Grundgütige, ging der Dummbatz mir mit seinem Gelaber auf die Nerven. Ich hätte mittlerweile Gustav, die Villa, Marga, Harry und Johannes für ein Heißgetränk mit Schuss geopfert.

»Aber nicht doch«, schrie ich so lässig Richtung Tür, wie man eben lässig schreien kann. »Ich sehe sie schon vor mir, die Mauer, mit der Sie die Grenze zu Dänemark sichern wollen. Sechs Meter hoch und stacheldrahtbewehrt. Das müsste reichen, um die Jüten abzuhalten.«

Wenn es mit der Dutzidutzi-Methode auch nicht klappte, ins Haus zu kommen, dann versuchte es die versierte Privatdetektivin halt noch ein letztes Mal mit gezielter Provokation. Und tatsächlich – Bapps blaue Augen fingen bei meinen Worten ungut an zu funkeln; das erkannte ich sogar auf die Entfernung.

»Hah, das tun wir ganz sicher nicht!«, polterte er und gestikulierte mit der Zigarettenhand heftig in meine Richtung. Dabei schwollen seine Halsarterien an wie Schiffstrossen, und sein grau-teigiges Gesicht rötete sich wie ein gekochter Hummer. Helga war bei meinen Worten so heftig zusammengezuckt, dass ihr die Kippe aus der Hand rutschte. Grundgütige, was hatte ich getan? Von Mauern an den Grenzen träumten schließlich noch ganz andere.

»Nein, niemals werden wir das tun. Niemals!«, bekräftigte Bapp.

Ich tat das einzig Mögliche. Verständnislos fragte ich: »Und warum nicht?«

Was hatte ausgerechnet dieser Mann gegen eine schöne solide Mauer, die bekanntlich alle Probleme der globalisierten Welt zuverlässig außerhalb des preußischen Freistaates belassen würde?

»Weil wir diese Grenze natürlich nicht anerkennen. Darum. Sie ist eine Schande und eine Fälschung und ist unter völlig unmöglichen Bedingungen zustande gekommen.« Bapp atmete jetzt schwer. Und das lag nicht an der Zigarette. »Reichsbürger machen da keinerlei Kompromisse. Die bestehende Grenze zum Dänen muss weg.«

Und dann? Besetzen wir alle Ferienhäuser gleichzeitig und hissen die deutsche Flagge am Skagerrak? Es dauerte ein bisschen, bis der Groschen bei mir fiel. Ach du lieber Himmel, ja natürlich. In einem früheren Leben hatte ich bekanntlich ein paar Semester Geschichte studiert, und etwas ist da tatsächlich hängen geblieben. Die heutige Grenzziehung zwischen Deutschland und Dänemark ist ja noch nicht so alt, schlappe einhundert Jahre, schätzte ich mal. Da hatte doch nach dem Ersten Weltkrieg eine Volksabstimmung, wer zu Deutschland, wer zu Dänemark gehören wollte, stattgefunden, aber Genaueres wusste ich nicht mehr.

»Sie wollen wirklich die Grenze verschieben?«, brüllte ich zurück. Meine Stimmbänder fühlten sich mittlerweile an, als habe sie jemand in ein Band mit lauter kleinen Knötchen verwandelt.

»Sie haben es erfasst, junge Frau.«

Bescheuert. Ja, das war's. Nicht mehr und nicht weniger. Doch gleichzeitig erinnerte ich mich klar und deutlich an einen Artikel, den ich erst kürzlich in der Zeitung gelesen hatte. Bescheuerte gibt es nämlich auf beiden Seiten der Grenze. Also holte ich tief Luft und blökte, auch wenn die warme, gemütliche Bapp'sche Wohnzimmercouch und ein Gespräch über Malte Wiesheu dadurch in weite Ferne rückten: »Mit dieser Ansicht stehen Sie nicht allein. Die von der Dänischen Volkspartei wollen Flensburg, Eckernförde, Schleswig und Husum ebenfalls heimholen. Allerdings natürlich nicht ins deutsche, sondern heim ins dänische Reich.«

»Das sind alles Verbrecher«, beschied mich Rolf Bapp sofort. Klar, was denn auch sonst? *Die* waren Verbrecher, *er* war ein Patriot. So einfach ist das. Und so funktioniert's überall auf der Welt. Der Junge lebte wirklich völlig neben der Spur. »Die kriegen keinen Zipfel von unserem Land. Keinen Zipfel, sage ich«, bekräftigte er aggressiv.

»Keinen Zipfel«, assistierte Helga Bapp mit ihrer melodiösen Stimme. Hätte ich in ihrem neuen Staat etwas zu sagen, hätte ich ihr das Reichspropaganda-Ministerium übertragen. Dann würden diese unsäglichen Parolen und Plattheiten zumindest mit netter Stimme verkündet. »Denn die Volksabstimmung von 1920 war manipuliert. Nordschleswig gehört zum Freistaat Preußen. Mental und auch von der Erblinie her.«

»Aber die Menschen, die dort lebten, haben sich damals nun mal für Dänemark entschieden«, warf ich ein, um in einer Art letzten Aufbäumens listig fortzufahren: »Das ist wirklich ein äußerst spannendes Thema. Sollten wir das deshalb nicht lieber bei Ihnen im Haus –«

»Das ist absoluter Unfug«, erklärte Rolf Bapp heftig. »Absoluter Unfug. Diese Abstimmung fand 1920 statt, als das

Deutsche Reich am Boden lag. Das haben die Siegermächte ausgenutzt. Und alles manipuliert. Alles. In Wahrheit haben nicht nur die Südschleswiger für den Verbleib bei Deutschland gestimmt, sondern auch die Nordschleswiger. Aber das wird in allen Medien unterdrückt und verfälscht. Die Bevölkerung wird wie immer für dumm verkauft. Wir wissen, dass es anders war.«

Fake News also schon vor einhundert Jahren. Als wenn ich es nicht geahnt hätte!

»Ja, wir wissen das«, sprang Helga ihrem Gatten zur Seite. »Und deshalb wird diese Abstimmung auch wiederholt, sobald wir an der Macht sind. Und dann werden wir ja sehen, wo der Däne bleibt.«

Immerhin wollten sie Apenrade-Aabenraa, Hadersleben-Haderslev, Sonderburg-Sönderborg und Tondern-Tönder nicht mit der Artillerie und Panzern zurückerobern. Das war doch schon mal etwas.

»Schauen Sie«, begann ich erneut, »ich denke –«

»Sparen Sie sich Ihre Worte. Sie wollen nur über diesen Wiesheu reden. Mein Mann kennt den Herrn nicht. Es war ein Unfall. Das wird Ihnen die Polizei bestätigen. Guten Tag.«

Mit diesen Worten zog Helga ihren Rolf mit einem kräftigen Ruck ins Haus und schlug – rumms – die Tür zu, und ich stand schlotternd und bibbernd in der Kälte und kam mir ziemlich dämlich vor. Das war mir noch nie passiert. Ich hatte nichts erreicht. Absolut nichts. Zumindest was den Tod von Malte Wiesheu betraf. Doch ich würde nicht nachlassen, darauf konnten die beiden Reichsbürger getrost wetten. Gut, Rolf Bapp nebst Gattin Helga litten zweifellos unter noch erheblicheren Sockenschüssen, als ich nach Johannes' anfänglichen Äußerungen vermutet hatte. Das war das eine.

Doch die andere, unzweifelhaft wichtigere Erkenntnis dieses Nachmittages war die von Butenschön öffentlich angedeutete mögliche Verbindung zwischen Arwed Klinger und dem Horrorclown – sowie als möglichem Drittem im Bunde: Rolf Bapp. Denn diese eventuelle Verknüpfung würde ich garantiert verschärft im Auge behalten. Was immer das alles mit Malte Wiesheus Tod zu tun hatte. Das würde ich trotz aller Widrigkeiten herausfinden, und dann war Schluss mit lustig. Allein schon, um mich für diese bitterkalte Stunde vor der Bapp'schen Pforte zu rächen, beschloss ich, als ich ziemlich bedröppelt nach Hause schlich.

Nein, eine derartig ergebnislose Vernehmung, wenn denn das Geschreie über den Gartenzaun diese Bezeichnung überhaupt verdiente, hatte ich wirklich noch nie durchgeführt. Die Bapps hatten mich komplett auflaufen lassen. Ich war mir allerdings nicht einmal sicher, ob sie das bewusst getan hatten. Augenscheinlich lebten die beiden in einer völlig anderen Welt als die übrigen Bokauer. Dieser achtzehnte April sowie die Grenzfrage schienen ihnen wirklich am Herzen zu liegen. Tja, die Dänen einmal nicht als nette Nachbarn, sondern als Feind und Verräter, die schuld an allem Übel zwischen Eider und Apenrade sind.

Was für eine bizarre und abseitige Vorstellung. Wie viele von diesen Reichsbürgern mit Dänenphobie es wohl in Schleswig-Holstein gab, überlegte ich, während ich mit eingezogenem Hals Bokaus Hauptstraße entlangtrabte, denn es hatte wieder einmal angefangen zu schneien. Zehn, hundert, tausend, zehntausend? Nein, Letzteres war unwahrscheinlich. Wenn die Zahl derart groß wäre, hätte die Presse sicherlich bereits darüber berichtet.

Bei Bäcker Matulke war nichts los. Ich winkte Edith zu, die im Zeitlupentempo den Tresen abwischte. Sie winkte zurück. Ob Malte Wiesheu möglicherweise dänische Vorfahren gehabt hatte und deshalb in der kruden Weltsicht der Reichsbürger zum »Feind« gehörte? Johannes hatte davon allerdings nichts erwähnt. Wiesheus Eltern lebten seit Urzeiten in Probsteierhagen, hatte er mir auf der FuckUp-Night erzählt, erinnerte ich mich und blieb abrupt stehen. Erwähnt hatte mein Freund jedoch an besagtem Abend ebenfalls ganz nebenbei, dass Malte als Eventmanager Bustouren für Dänen zu deutschen Weihnachtsmärkten organisierte.

Aber holla! Der Däne in Lübeck, und zwar nicht nur einen begehrlichen Blick auf Weihnachtswichtel, Glühpunsch und Krachmandeln werfend, sondern in Wahrheit schwer daran interessiert, sich auch noch Holstein samt Hansestadt unter den Nagel zu reißen? Grundgütige, war ein solcher Schwachsinn vielleicht allen Ernstes ein Mordmotiv? Nein. Ich latschte weiter. Das war nur schwer vorstellbar, selbst bei einem Reichsbürger. Doch ich würde dem nachgehen müssen, da biss die Maus keinen Faden ab.

Als ich meine Villa erreichte, war ich völlig durchgeweicht und schlotterte vor Kälte. In diesem Leben würde ich bestimmt nie wieder warm werden. Zumindest nicht aus eigener Kraft. Ich stellte mich minutenlang unter die heiße Dusche, bereitete mir anschließend einen heißen Fliedersaft, kroch mit einer Wärmflasche ins Bett und süffelte das kochende Getränk in homöopathischen Dosen. Dann schlief ich unter einem Berg von Decken ein, bis mich das Schrillen des Telefons aus dem Nickerchen riss.

Erst wollte ich es ignorieren, doch der Anrufer war zäh. Also wuchtete ich mich hoch, stolperte schlaftrunken über Gustavs grüne Kiste – der Kröterich hatte sein Salatblatt schon wieder nicht angerührt, merde! –, stieß mir dabei heftig den großen Zeh und nahm den Hörer ab. Ich war nicht schnell genug gewesen. Mein Anrufbeantworter hatte sich eingeschaltet. Und so lauschte ich der quakigen Stimme meiner Schmalzheimer-Agentin, die in sehr energischem Tonfall die ersten Arztschmonzetten einforderte. Tja, gut gebrüllt, Löwin! So richtig weit war ich nämlich mit Richard, dem selbstlosen Chirurgen mit den Wunderhänden, und seiner Camilla, der zupackenden Landärztin mit dem Herzen auf dem rechten Fleck, noch nicht gekommen. Er operierte tollkühn und nobelpreisverdächtig, aber einsam in der Großstadt vor sich hin, während sie sich ein Leben ohne zeitraubende Gespräche und Gläserberge mit selbst gemachter Marmelade von dankbaren Patienten gar nicht vorstellen konnte. Was soll ich sagen? Es herrschte Funkstille zwischen den beiden Helden des

Äskulapstabes, weil der dummen Pute Vivian einfach nichts einfallen wollte.

Und mir auch nicht. Ich wankte zurück ins Bett, hatte mich gerade wieder unter meinem Deckenberg verkrochen und dachte verstärkt über einen zweiten Fliedersaft mit Schuss nach, als die Geißel der modernen Menschheit schon wieder losschrillte. Nö. Das Schrillen hörte auf. Na also. Dann begann es von Neuem. Hörte auf und legte wieder los. Ich schoss senkrecht aus dem Bett. Ach du liebes bisschen, Harry, meinen Wachhund, hatte ich glatt vergessen!

»Gierke, bist du das?«, meldete ich mich flach atmend, weil mein Zeh bei dem Sprint schon wieder mit Schmackes gegen Gustavs Kiste gedengelt war.

»Wer denn wohl sonst, Hemlokk? Oder hast du den Heiligen Geist erwartet? Wo zum Donnerwetter bleibst du denn? Oder hast du etwa vergessen, dass ich die Polizei benachrichtigen sollte? Ich habe mir Sorgen gemacht.«

»Es ist alles in Ordnung, Harry«, beruhigte ich ihn. Langsam ließ der Schmerz im großen Onkel nach. Allein, so einfach war das Schätzchen nicht zu beruhigen.

»Das war verdammt knapp, Hemlokk«, schnaubte er. »Ich hätte noch genau zwei Minuten gewartet, bis ich zu deiner Rettung geschritten wäre.« Manchmal drückte er sich richtig hochherrschaftlich aus.

»Es war nicht gefährlich, nur eisig bis frostklirrend. Zumindest gefühlt«, versuchte ich ihn runterzuregeln. »Die sind mir nicht auf die Pelle gerückt. Na ja, ich ihnen allerdings auch nicht.« Dann berichtete ich ihm in knappen Worten von meinem Über-den-Zaun-brüll-Besuch bei den Bapps.

»Eine schleswig-holsteinische Variante der Reichsbürger, sagst du? Das ist ja zum Schießen.« Genau, Harry, das war es in der Tat. »Irgendjemand hat mir letztens erzählt, dass die in ganz Deutschland etwa zehntausend Leute sind und vom Verfassungsschutz beobachtet werden. Weil die Gewaltbereitschaft unter denen in letzter Zeit rapide zunimmt und die den Boden des Grundgesetzes nicht einmal ansatzweise berühren. Sei bloß vorsichtig, Hemlokk!« Ja, Harry. Meine Augen suchten Gustav. Mein Kröterich döste, während mein Lover entschlossen fortfuhr: »Mit denen ist nicht zu spaßen. Manche halten sich wohl auch für keltische Druiden und tanzen zur Sonnenwendfeier einen echten Ringelpiez um die Eichen in der ostholsteinischen Schweiz. Das ist dann wohl eher kein Fall für die Polizei. Na ja, da geht so einiges durcheinander«, meinte er lakonisch. »Aber solche Verschwörungstheoretiker wie dieser Bapp sind überhaupt nicht harmlos. Nochmals: Sei bloß vorsichtig, wenn du mit dem Mann zu tun hast, Hemlokk. Kichern kannst du über die, wenn du wieder heil in deiner Villa sitzt, aber nicht bei denen im Wohnzimmer. Insofern kannst du über deinen erfolglosen Besuch nur froh sein. Bei denen lauert überall das Böse und hat es auf sie abgesehen. Die Jungs haben eine ziemlich niedrige Frustschwelle und fühlen sich oft ausgegrenzt und diskriminiert.«

»Ist das etwa ein Wunder bei dem ganzen Mist, den die erzählen? Da würde ich auch Alpdrücken kriegen und Angst vor Ausgrenzung haben.«

Ich unterdrückte mit aller Macht den Wunsch, bloß schnell wieder in mein warmes, weiches Bett zu schlüpfen. Ob sich Malte in dieser Richtung etwas geleistet hatte? Vielleicht hatte er Bapp ja mit dessen Reichsbürgertum irgendwann einmal gnadenlos aufgezogen. Doch wo sollte er dem Mann samt seiner Helga begegnet sein? Beim Einkaufen in der Gemüseabteilung von Edeka oder Markant? Im Baumarkt in der Sicherheitsabteilung bei den Vorhängeschlössern und Bewegungsmeldern? Das war allerdings wahrscheinlicher als die Annahme, sie hätten sich auf einem der zahlreichen feuchtfröhlichen Dorffeste in der Probstei getroffen.

»Das ist eine geradezu klassische Frage von Henne und Ei, Hemlokk«, belehrte mich Harry jetzt. »Was war zuerst da: der Lebensfrust oder die dazu passende Ideologie?«

In diesem Moment hörte ich eindeutig und laut mein Bett nach mir rufen. Außerdem klang der Kerl furchtbar blasiert, auch wenn das wohl seiner Sorge um mich geschuldet war.

Aber nach einer Vorlesung stand mir momentan überhaupt nicht der Sinn.

»Harry, lass gut sein!«, versuchte ich ihn abzuwürgen.

Er ließ sich nicht beirren.

»Darauf läuft es doch bei solchen Leuten oft hinaus. Und man darf auch nicht vergessen, dass so eine richtig schöne Verschwörungstheorie die Welt und das Leben einfacher macht. Gut und Böse sind klar zu identifizieren und zu trennen. Du brauchst deine Zeit also weder mit Denken noch mit Abwägen zu verplempern. Und du gehörst natürlich immer zu den Guten.«

»Rolf Bapp ist ein Mörder, Harry«, erinnerte ich ihn grantig. Schwoll mein immer noch eiskalter großer Zeh nach dem zweifachen Zusammenstoß mit Gustavs Kiste jetzt auch noch an? »So einer gehört nach den allgemein geltenden Maßstäben dieser Gesellschaft nicht zu den Guten.«

»Na, na«, sagte Harry. »Schießt du damit nicht ein bisschen über das Ziel hinaus? Bapp, ein Mörder? Dazu gehören Absicht und Vorsatz.«

»Ich war dabei. Ich habe es gesehen«, beharrte ich.

»Du sagtest, du habest in den Himmel geschaut, als es geschah, Hemlokk«, wandte Harry mit viel Konjunktiv und sanfter Stimme ein.

»Ja. Trotzdem bleibe ich dabei.«

»Reichsbürger sind ohne jeden Zweifel ein nicht sehr sympathisches Völkchen. Aber ob ich sie gleich zu den Mördern zählen würde, bezweifle ich«, fuhr Harry in diesem fußnägelaufrollenden milden Ton fort.

»Du vielleicht«, entgegnete ich hitzig. »Doch dieser Bapp ist völlig durchgeknallt, und du kannst mir glauben, es –«

»Hör mal, Hemlokk, lassen wir das fürs Erste, ja?« Er hüstelte, was sonst nicht seine Art war. »Ich habe nämlich ein Attentat auf dich vor. Und je länger ich dir so zuhöre, desto wichtiger scheint es mir zu sein, dass du einmal etwas völlig anderes siehst und hörst als immer nur Mord und Totschlag.«

Er würgte mich ab. Gut. Wenn er sich für meine Ermittlungen nicht interessierte, war das selbstverständlich seine Sache. Aber dann würde ich ihm auch nicht von meinem Verdacht erzählen, was die Verbindung zwischen dem Horrorclown, Bapp und Klinger betraf. Selbst schuld, Harry Gierke.

War das kindisch und auch gemein? Na ja, ein bisschen vielleicht.

»Bist du noch dran, Hemlokk?«

»Ja, es hat mir nur kurz die Sprache verschlagen.«

»Du bist sauer.«

»Bin ich nicht.«

»Doch, bist du.«

»Bin ich … na gut, ein bisschen schon.«

»Weil ich denke, dass du dich bei diesem Bapp in etwas verrennst?«

»Weil … Ach, lassen wir das, Harry.« Es brachte nichts, das wusste ich aus Erfahrung. Er dachte sich seinen Teil, ich erledigte meine Arbeit, und irgendwann würden wir richtig darüber reden können. »Machen wir an dieser Stelle ein anderes Mal weiter«, schlug ich versöhnlich vor. »Was für ein Attentat hast du auf mich vor?«

Er sagte es mir.

»Oha«, war meine erste Reaktion, während ich mit dem kleinen Finger anfing, in den Ringeln der Telefonschnur zu spielen. Das tue ich stets, wenn ich nervös bin. Und das war ich nach Harrys einleitenden Worten. Und, ja, ich besitze noch so ein Dino von Rufgerät. Meine Villa ist nicht groß, ich bin aus jeder Ecke inklusive Garten mit drei bis fünf Schritten beim Apparat, deshalb halte ich etwas Drahtloses, mit dem man permanent in irgendwelchen Funklöchern versackt, für überflüssig. Außerdem würde mir die Schnur fehlen.

»Entspann dich, Mädchen«, schnurrte Harry jetzt. »Du brauchst nicht zu ringeln. So schlimm ist es nun auch wieder nicht.« Manchmal kannte er mich wirklich besser als ich mich selbst. »Dudelsack spielen ist momentan wirklich groß in Mode.« Ach ja? Bis zu meiner Villa war diese frohe Kunde noch nicht gedrungen. »Und es bringt irrsinnig Spaß.«

»So.« Wie war er bloß auf die verrückte Idee gekommen, dass ich ausgerechnet mit diesem Instrument warm werden würde?

»Komm schon, mach mit, Hemlokk«, platzte er heraus. »Ich war auch erst misstrauisch, aber seit ich damit begonnen habe … Es ist wirklich klasse, entspannt und macht total Spaß. Und wir könnten dich gut gebrauchen.«

»Dudelsack soll ich also spielen?«, fragte ich noch einmal, damit keinerlei Missverständnisse aufkamen und niemand sich hinterher herausreden konnte.

»Genau«, bestätigte mein Liebster eifrig.

»Aber ich habe doch gar keinen«, erwiderte ich hilflos.

»Doch! Das ist überhaupt kein Problem. Vorletzte Woche ist nämlich Maria gestorben. Und Manfred, unser Leiter, hatte ihr schon den Dudelsack seiner Frau geliehen. Das würde er bei dir auch tun, hat er gesagt.«

»Und was macht dann seine Frau so ganz ohne Dudelsack?«

»Oh, die braucht keinen mehr. Manfred ist Witwer.«

»Vielleicht bekommt den Damen das Dudelsackspielen nicht so gut?«, schlug ich hoffnungsvoll vor. Nein, der Gedanke, vielleicht anlässlich der Krönung der Probsteier Getreidequeen mit so einem Trötinstrument im Schottenrock mit Karomütze durch Bokau zu marschieren, war mir ein Graus. Das Schreckensbild, das ich für Harry im Kopf hatte, galt auch für mich.

»Nun stell dich doch nicht so an, Hemlokk«, ranzte mein Liebster mich an. »Und sei nicht so ein Snob. Das Üben und das gemeinsame Musizieren machen wirklich irre Spaß.« Er redete sonst nie so. »Und wir bräuchten dringend einen neuen Mitspieler, meint Manfred. Na ja, ich fand die Idee richtig gut. Das lenkt total ab, weil du am Anfang alle Hände voll zu tun hast, die Löcher zuzuhalten und gleichzeitig zu pusten. Wir sind eine ziemlich lustige Truppe.«

Das konnte ich mir lebhaft vorstellen. Ich hielt sowohl Harry als auch mich für reichlich unmusikalisch, und das Instrument schien auch nicht meins zu sein. Ausgerechnet Dudelsack!

»Bitte, Hemlokk, nun sag schon ja«, brummte Harry plötzlich mit dieser Stimme, bei der sich bei mir automatisch die kleinen Härchen am gesamten Körper aufstellen. »Es ist doch Winter mit diesen langen, laaangen, laaaaangen Abenden. Dagegen muss man etwas tun, sonst wird man trübsinnig. Und wir könnten doch hinterher zu dir gehen, ein bisschen kochen, ein bisschen Wein trinken, ein bisschen schmusen … mhmmm.«

Er ließ die Worte kunstvoll in mein Hirn und Herz sacken.

»Also gut«, seufzte ich schicksalsergeben. Das waren in der Tat Argumente, denen ich mich nur schwer verschließen konnte. Und versuchen konnte ich es ja tatsächlich einmal. Wenn ich mit dem Dudeldings überhaupt nicht zurande kam, hörte ich eben wieder auf. Eine Laien-Musikgruppe war schließlich nicht die Fremdenlegion, in die man ohne Hoffnung auf Wiederkehr in ein ziviles Leben eintrat, um dort sein halbes Dasein unter beschissensten Bedingungen zu verbringen.

»Du bist wirklich die absolute Alpha-Frau in meinem Leben«, jubelte Harry.

Ich ringelte vor Schreck noch etwas heftiger in der Schnur. Alpha-Frau, Grundgütige! So hatte er mich noch nie genannt. Da schimmerte eindeutig sein neuer Job als Profil-King und Profi-Anbaggerer durch. Ach ja, und dies war noch ein weiteres Argument, das glasklar für meine Teilnahme an der Bokauer Dudelsackgruppe sprach: So konnte ich Harry unauffällig im Blick behalten, auf dass er mir nicht anfing, durch die Welt zu tindern. Ob ich vielleicht die Backenhörnchen zur ersten Übungsstunde mitnehmen sollte, damit das Gequietsche nicht ungehindert meine Trommelfelle malträtierte?

# ACHT

*»Oh, Richard, Geliebter, das ist ein Stich mitten in mein kleines wundes Herz«, stöhnte Camilla und streckte in ihrer abgrundtiefen Verzweiflung die zarten Hände gegen die Decke, als erhoffe und erflehe sie Beistand von oben.*

*»Verzeih, Liebes, aber ich kann nicht anders«, presste Professor Dr. Richard Berger rau hervor. »Ich bin nun einmal mit Leib und Seele Chirurg.« Mit raumgreifenden Schritten durchmaß er das gemütliche Wohnzimmer – ihr gemeinsames gemütliches Wohnzimmer – und blieb dicht vor ihr stehen. Der Kummer stand ihm im markant-männlichen Gesicht geschrieben.*

*»Das weiß ich doch«, flüsterte Camilla und blickte mit Tränen in den Augen zu ihm auf. »Menschen mit kaputtem Herzen zu helfen, ist für dich kein bloßer Beruf, sondern Berufung. Das ist nie anders gewesen.«*

*Richards außerordentliches Können als begnadeter Chirurg stand außer Frage. Und seine neuen Patienten dort unten in der großen, hochmodernen Klinik in der Nähe von München würden ihn allesamt lieben und verehren, weil er in ihnen Menschen sah; kranke Menschen mit all ihren Sorgen, Nöten und Hoffnungen und nicht nur die nicht mehr richtig schließende Herzklappe. Sanft und zärtlich wischte er seiner geliebten Frau eine Träne weg, die über ihre rosige Wange kullerte. Durfte sie diesen Mann, diese umwerfende Mischung zwischen dem legitimen Nachfahren eines Professor Brinkmann und dem begnadeten Diagnostiker Dr. House, selbstsüchtig an sich ketten und ihn seinen Patienten vorenthalten, nur weil sie ihn mit jeder Faser ihres Herzens sowie ihrer ganzen Seele, ja ihrem ganzen Körper liebte und begehrte?*

*Nein. Natürlich nicht. Wer war sie denn?«*

Eine doofe, kleine Landärztin auf völlig unnötigem Entsagungstrip, beantwortete Vivian LaRoche verdrießlich Camillchens blöde Frage. Denn kaum schlägt diese medizinische Lichtgestalt von Richard unten in Bad Dingenskirchen auf, hat der Herr Professor nichts Besseres zu tun, als in fremden Betten herumzuturnen. Weil er so einsam ist. Und weil sich die fiese und fesche Krankenschwester Nora an ihn heranmacht. Aber das wirst du schon noch erkennen, meine Liebe. Camilla hatte ja von all den kommenden, gar furchtbaren Entwicklungen keinen blassen Schimmer. Wie auch? Schließlich befanden wir uns erst in Folge eins von sechsen.

Doch für heute reichte es eindeutig. Ein derartiges Maß an Selbstlosigkeit zerrte gehörig an Vivians und meinen Nerven, zumal es im wahren Leben bei Ärzten heutzutage bekanntlich weitaus öfter um Fallpauschalen ging als um medizinisches Können oder gar emotionale Zuwendung. Also speicherte ich den Schmalzheimer ab, trank den letzten Schluck Tee und fuhr den Laptop herunter, während mein Blick sorgenvoll zu Gustavs Kiste schweifte.

Wenn dieser medizinische Superheld von Richard bloß ein Rezept gegen die konsequente Nahrungsverweigerung meines Kröterichs hätte, wären Vivian und ich ihm gegenüber bestimmt geneigter gewesen. Aber dem fiel ja auch nichts ein, wie ich meinen Wohnungs- und Gartengenossen heil über den Winter bringen konnte. Na ja, der Mann war Chirurg und von dem internistischen Können seiner Kollegen weit entfernt. Langsam fürchtete ich mich regelrecht davor, Gustav zum Saubermachen aus seiner Kiste zu heben. Wenn ich ihn dabei auch nur ein bisschen schüttelte, würden bestimmt bald seine losen Organe in der Weite des Raumes durcheinanderpurzeln.

Aus Solidarität beschloss ich, die heutige Kochsitzung meiner »Feuer & Flamme«-Gruppe zu schwänzen und stattdessen an den Strand zu fahren, um meine Gedanken und letzten Eindrücke zu sortieren. Zugegeben, total schwer fiel mir das nicht, denn wir wollten uns heute an ein Grünkohl-Pesto wagen, und das war nicht nach meinem Geschmack. Diese norddeutscheste aller Kohlarten würde bestimmt nicht gewinnen, wenn man sie nach südlicher Manier mit Olivenöl, Pinienkernen,

Knoblauch, Parmesan und etwas Weinessig zerhäckselte. Da blieb ich für ein Pesto lieber bei Basilikum oder Petersilie statt der »Palme des Nordens«.

Außerdem hatte der Wind im Laufe des Vormittags gewaltig zugenommen, sodass man mittlerweile von einem veritablen Orkan sprechen konnte. »Sieglinde« heulte und pfiff um meine Villa, dass sich die Bäume bogen. Ich liebe dieses Wetter, und ich liebe es, mich am Strand einmal so richtig durchpusten zu lassen. Das klärt den Geist. Und dies war mehr als dringend vonnöten, weil ich ebenso über den beknallten dänophoben Reichsbürger Bapp mit seiner Säge wie auch über Klinger und den Horrorclown sowie, nicht zu vergessen, Sven Perriers Kuh- und Malte Wiesheus Knicktod nachdenken musste. Jedes Ereignis für sich genommen war schon einen ausgiebigen Spaziergang wert. Doch wenn zwischen ihnen auch noch ein Zusammenhang bestehen sollte, würde ich mich vor lauter Nachdenken glatt am Nordkap wiederfinden, wenn ich fertig war.

Rasch schlüpfte ich in meine gefütterten Winterstiefel, entschied mich für die dicke Daunenjacke mit Kapuze, setzte zusätzlich eine Wollmütze drunter auf und verwabelte das Ganze fest mit einem zweiten Schal. Den ersten trug ich direkt um den Hals, wie es sich gehörte. Nachdem ich die Villa abgeschlossen hatte, zog ich meine Fäustlinge über. Derart gerüstet, stiefelte ich zum Auto. Bei Marga brannte kein Licht. Die grellbunten Farben der Guppys waren wahrscheinlich auch ohne künstliche Lichtquelle gut zu sehen. Mit einem schlechten Gewissen verdrängte ich den Gedanken an meine malade Freundin, entschied mich für den Schönberger Strand und stellte wenig später den Wagen auf dem zu dieser Jahreszeit völlig verwaisten Parkplatz bei Edeka ab. Dann marschierte ich Richtung Seebrücke.

Die Böen fegten über das Wasser und zerrten mit aller Macht an mir, als ich mich auf den Deich gekämpft hatte. Ich breitete die Arme aus und ließ mich in den Wind fallen, der mich locker trug. Das hatte ich schon als Kind gern gemacht.

Jetzt lugte die Sonne auch noch durch die bislang dichte Wolkendecke. Schöööön! Das Meer kochte, die Schaumkronen tanzten, und das Wasser knallte mit voller Wucht auf den Strand. Weit draußen leuchtete die Ostsee dunkelblau, doch hier vorn hatten Wind und Wellen das Nass derart aufgewühlt, dass es hell vom aufgewirbelten Sand war. An einen Spaziergang direkt am Strand war nicht zu denken. Dafür blies der Wind zu heftig. Und wenn ich es recht sah, würde dieser erste Orkan des Jahres den ganzen schönen Sandstrand verschwinden und die Teerdecke darunter zum Vorschein kommen lassen. Alle Jahre wieder musste dann im folgenden Frühjahr per Schute der Sand herangeschippert werden, damit spätestens zur österlichen Hauptsaison alles so friedlich und einladend aussah wie auf den Postkarten für die Touristen.

Kurzhalsig und krummrückig wandte ich mich in Richtung Fischerhütten und stapfte los. Doch seltsamerweise kamen mir nicht als Erstes meine bevorstehende Musikkarriere, die beiden Todesfälle oder der Clown in den Sinn, sondern – Harry und sein neuer Online-Dating-Job. »Alpha-Frau« hatte er mich genannt. Na ja. Es hatte bereits längere Zeit in mir rumort; jetzt gestand ich es mir schnörkellos ein: Ich fand es ü-ber-haupt nicht komisch, was er da trieb. Denn ich konnte es noch so sehr ins Lächerliche ziehen – wer pausenlos hochattraktive anschmiegsame Sekretärinnen, anspruchsvolle feminine Wesen und rattenscharfe Witwen »frech, selbstironisch und witzig« an den Mann zu bringen versuchte, der wird doch wirklich einfach irgendwann selbst neugierig und guckt sich diese Bräute in natura an. Das war nur folgerichtig und natürlich. Ich unkte mir da nichts zusammen, zumal Harrys zarte onkelige Seele durch das abweisende Verhalten seines pubertierenden Lieblingsneffen reichlich in Mitleidenschaft gezogen war. Der Gierke ging so sicher fremd wie Vivians Medizinmann Richard in seiner neuen Klinik.

Ja, ich kann es nicht leugnen: Das tougheste Private Eye unter Gottes Bokauer Sonne war eifersüchtig. Und wie! Was für mich in diesem Ausmaß eine ganz neue Erfahrung war, denn keiner von Harrys Vorgängern hatte jemals derart heftige Gefühle in mir ausgelöst, wenn sie sich nach anderen Frauen umguckten und es mit uns zu Ende ging.

Ob ich vielleicht sicherheitshalber doch einmal in eine »HSR-Gesichtsbehandlung mit Anti-Aging-Packung samt integrierter Lifting-Ampulle« zwecks Hebung meiner Attraktivität investieren sollte, wie es einer dieser Wellness-Tempel im Nachbarort anpries? Kurz sah ich bei diesem Gedanken Harrys Gesichtsausdruck vor mir, wenn ich ihm von dem Vorhaben berichtete. Nein, das kam nicht in Frage. Schlappe dreihundert Euro für so eine Verjüngungskur können wir weitaus besser ausgeben, Hemlokk, würde er sagen. Für einen Kurztrip nach Oslo etwa. Oder ein bombastisches Abendessen in einem dieser Sterne-Fress-Tempel. Die Sache war also abgehakt. Und somit führte kein Weg daran vorbei, ich musste Harrys neuen Job gelassener hinnehmen. Dass das für mich zu einer der schwersten aller Übungen zählte, war nicht zu leugnen. Denn Gelassenheit liegt mir nicht. Weder bei Harry noch so und überhaupt. So weit kannte ich mich schließlich selbst. Doch eine Alternative gab es nicht, wenn ich ihn nicht verlieren wollte. Und das wollte ich auf keinen Fall.

Ich passierte die Fischerhütten, an denen im Sommer der Butt steppt und tonnenweise Seelachs in panierter Form über den Tresen geht. Jetzt schepperte und knarrte es in deren Gebälk wie in einer Geisterstadt, und ein leerer Eimer wehte wie ein Geschoss haarscharf an meinem Bein vorbei; ich konnte ihm gerade noch ausweichen. Heute war ich allein hier, nur eine Möwe kauerte schutzsuchend hinter einer der Buden. Ich atmete tief durch. Okay, Hemlokk, dann lass mal deinen Lover links liegen und schieß los, befahl ich mir selbst.

Also Fakt war unzweifelhaft, dass es in allerkürzester Zeit in einem verschlafenen Nest wie Bokau zwei höchst ungewöhnliche Todesfälle gegeben hatte. Und das war entschieden nicht normal. Bei einem dieser »Unfälle« war der Täter bekannt. Er hieß Rolf Bapp und war ein spinnerter Reichsbürger mit Kettensäge; bei dem anderen handelte es sich um eine Kuh, die möglicherweise von einem Menschen so weit gebracht worden war, dass sie Sven Perrier angriff und zertrampelte. Also lautete die erste Frage logischerweise: Existierte da überhaupt ein Zusammenhang? Handelte es sich nicht doch um zwei getrennte Fälle – ja, vielleicht sogar nur um einen, wenn man Kühe nicht als Mörderinnen akzeptierte –, oder ließen sich beide »Unfälle« auf eine Wurzel zurückführen? Und wenn ja, wo lag das Motiv? Eifersucht, Habgier, Liebe, Hass, Geld?

Wie ich es auch drehte und wendete, ich vermochte nicht zu erkennen, dass hier die Klassiker eine Rolle spielten. Doch, Geld natürlich, wenn man Karl und Rico als Mörder Perriers in Verdacht hatte. Aber wo bestand da dann wiederum die Verbindung zu Malte, Bapp und eventuell Klinger? Ging es da um Macht? Nein, in diesem Fall schien es viel wahrscheinlicher, dass der bekloppte Reichsbürger auch Sven Perrier auf dem Gewissen hatte, weil der nicht germanisch kochte, sondern Heuschrecken und Engerlinge frittierte und dergestalt das freiheitlich-preußische Abendland dem Untergang weihte. Und wenn das zutraf, handelte es sich bei Karl und Rico – deren Kontostand es immer noch zu überprüfen galt – also gar nicht um die Täter, sondern als Perriers Nachfolger eher um potenzielle Opfer? Und war Rolf B. vielleicht der mysteriöse Anrufer kurz vor Sven Perriers Tod gewesen?

Puh. Ich fühlte mich leicht überfordert. Trotzdem machte ich stur weiter, denn ich war mit meinen Überlegungen noch lange nicht am Ende. Außerdem schwänzte ich schließlich deshalb das Grünkohl-Pesto. Also weiter im Text, denn bei einer Frage musste ich mich selbst auf Herz und Nieren prüfen. Und die lautete: Hatte Rolf Bapp Malte Wiesheu tatsächlich die Kettensäge mit voller Absicht ans Bein gehalten? Oder sah ich da einfach nur Gespenster, weil der Mann und seine politische Ausrichtung so gar nicht mein Ding waren? Hand aufs Herz, Hemlokk. Ich kniff die Augen noch ein bisschen mehr zusammen, weil sie von dem eisigen Wind tränten und ich mir noch einmal den Reichsbürger am Knick vergegenwärtigen wollte. Die Attacke auf Wiesheu hatte ich zwar nicht direkt beobachtet. Das war richtig. Doch ich blieb auch bei ruhiger Überlegung dabei, selbst wenn alle das für baren Unsinn hielten: Es war Absicht gewesen. Bapp hatte die ganze Zeit über etwas Lauerndes an sich gehabt, so als befände er sich auf dem Sprung. Da irrte ich mich nicht. Und seinen Gesichtsausdruck, als Malte blutend am Boden lag, würde ich nie vergessen. Der war eben nicht entsetzt oder mitleidig gewesen, sondern einfach nur abstoßend. Ja, das Wort traf es genau. Abstoßend, weil ich ohne jeden Zweifel Häme und Triumph in seinen Zügen gelesen hatte. Außerdem, und das war vielleicht noch ein entscheidenderer, weil die Fakten betreffender Punkt, würde der Mord schließlich auch Bapps Teilnahme an der dörflichen Gemeinschaftsaktion erklären. Denn in dieser Hinsicht stimmte ich Harry zu: Als überzeugter Reichsbürger hielt Bapp uns todsicher durch die Bank weg allesamt für unwissende Trottel und Ignoranten, denen fast einhundertjährige Volksabstimmungen und noch ältere preußische Siege über Dänemark keinesfalls den Schlaf raubten. Weshalb also, wenn nicht, um gezielt Malte Wiesheu umzubringen, hätte der Mann mit zum Knicken gehen sollen? Nein, es half nichts, ich würde mir eindeutig etwas ausdenken müssen, um noch einmal mit Rolf Bapp zu reden. Bei dem Mann lag der Schlüssel zu diesem Fall. Oder zumindest einer der Schlüssel.

Eine kräftige Bö wehte eine Ladung Sand in mein Gesicht. Es fühlte sich an, als ob mich jemand mit Nadelstichen traktierte. Außerdem hatte ich den Mund nicht rechtzeitig zugemacht. Bäh! Es knirschte, ich spuckte – natürlich beim ersten Mal gegen den Wind – und nahm das Ganze schließlich als ein Zeichen, umzudrehen. Das Gehen war zudem ziemlich anstrengend, und es reichte mir mit der frischen Luft. Im Geschwindschritt trabte ich zurück.

Gut, irgendwo existierte möglicherweise eine Verbindung zwischen den beiden so unterschiedlichen Todesfällen, denn in einem Kaff wie Bokau ist es nun einmal mehr als unwahrscheinlich, dass es zwei auf einen Streich aus heiterem Himmel und in einem derart kurzen Zeitraum trifft. Da musste einfach etwas dahinterstecken. Ich würde eine mögliche Verflechtung bei meinen Ermittlungen auf jeden Fall im Hinterkopf behalten, mich zunächst jedoch auf Bapp konzentrieren, beschloss ich. Das war handfester als der Kuhtod Perriers. Und vielleicht ergab sich dann daraus ein neuer Aspekt ganz von selbst. Man hatte schließlich auch in Bokau schon Pferde kotzen sehen.

Ich verschnaufte einen kurzen Moment hinter einer der Fischerhütten, bevor ich den Wind erneut an mir herumzerren ließ. Er nahm immer noch zu und war wirklich eisig. Tja, ein Nordoststurm im Winter ist hier oben nun mal nie ein laues Lüftchen, sondern eine Naturgewalt, die einen zuverlässig daran erinnert, weshalb es Deiche und Dünen gibt. So, Perrier und Bapp hatte ich also fürs Erste abgehakt, aber eine Sache stand natürlich noch aus. Der Horrorclown. Wie passte der in dieses Doppelmord-Szenario hinein? Gar nicht, lautete meine intuitive Antwort. Da steckte noch etwas anderes dahinter, was nichts mit den Todesfällen, aber aller Wahrscheinlichkeit nach mit dem dreckigen Wahlkampf in Bokau zu tun hatte. Denn Rolf Bapp und seinen Kameraden von den Reichsbürgern traute ich nicht zu, ganz allein und bewusst Grauen und Panik in Bokau zu verbreiten, um die Leute zu verunsichern und nachher als Helden des freiheitlichen Preußen dazustehen. Was sämtliche Götter dieser Welt verhindern mochten. Nein, ich hielt die Bande schlicht für zu blöd für eine derartige taktische Überlegung. In dieser Hinsicht stand Arwed Klinger als Initiator der Horrorshow bei mir nach wie vor an erster Stelle. Außerdem war der Clown ja auch erst in Bokau aufgetaucht, als wir uns der heißen Phase des Wahlkampfes näherten. Das konnte kein Zufall sein.

Ich bog zum Parkplatz ab und nahm lediglich aus den Augenwinkeln wahr, dass heute tatsächlich kein Angler auf der Seebrücke stand. Diese Jungs sind sonst wirklich weder durch eisige Temperaturen noch durch Wind zu verscheuchen, doch »Sieglinde« schien auch nach ihren Maßstäben ein anderes Kaliber zu sein. Na ja, die Gischt sprühte heute mit solcher Wucht über den Brückenkopf, dass die Angler ständig geduscht und die Plattfische im hohen Bogen über das Geländer geschleudert worden wären. Mit wackeligen Knien rutschte ich hinters Lenkrad, schloss erst die Tür, dann die Augen und genoss für einen Augenblick die relative Stille und das herrliche Gefühl, dass keine Bö mehr mit aller Macht an mir zerrte oder mich umzuschmeißen versuchte.

Meine Gedanken kreisten immer noch um Arwed Klinger, den Clown und meine Beauftragung. Zugegeben, der Gedanke, dass sowohl Butenschön als auch der »Bokau tohoop«-Knabe mich offenbar für komplett unfähig hielten, nagte an mir. Das wäre wohl jedem so gegangen, auch wenn das nicht den Tatsachen entsprach. In dieser Hinsicht hatten sich nämlich beide verschätzt. Ich ließ den Motor an. Denn sei es Mord, Diebstahl, Erpressung oder Betrug – die Aufklärungsquote von Bokaus PD Nr. 1 lag auch ohne Gewerbeschein bislang bei satten einhundert Prozent. Und ich hatte keinesfalls vor, nach diesem Fall mit einer schlechteren Bilanz dazustehen.

In meiner Villa angekommen, schälte ich mich mit steifen Fingern aus meinem Winteroutfit und kochte mir wieder einmal eine Kanne heißen Tee. Dazu aß ich zwei Stullen mit Camembert und Holsteiner Katenschinken. Danach ging es mir besser. Ich fühlte mich sogar so weit wiederhergestellt, dass ich beschloss, es diesem Klinger gleich heute Abend zu zeigen und erneut auf Clown-Patrouille zu gehen.

Gegen sieben zog ich mich also wieder an, denn der Wind hatte nur unwesentlich nachgelassen und fegte immer noch heulend über die stoppeligen Felder und leeren Straßen. Es war wärmer geworden, sodass zu allem Überfluss auch noch ein feiner Nieselregen eingesetzt hatte. Mit anderen Worten: Ungemütlicher als an diesem Bokauer Novemberabend konnte es nirgendwo auf dieser Welt sein. Zunächst checkte ich wie immer seit meiner ersten Begegnung mit dem Clown das Umfeld meiner Villa, indem ich den dünnen Strahl der Taschenlampe ums Haus wandern ließ und ihm folgte. Doch da war nichts. Natürlich nicht. Die Nummer würde er nicht wiederholen, weil sie vom Schockeffekt her an die erste niemals heranreichen würde. Der Clown würde irgendwo in der City auf mich warten – wenn er mich denn heute Abend überhaupt im Visier hatte.

Im Haupthaus bei Marga war alles dunkel. Sie hatte sich vor lauter Niedergeschlagenheit doch nicht bereits ins Bett verkrochen? Ach verdammt, ich musste mich wirklich intensiver um meine Freundin kümmern, auch wenn es mir schwerfiel. Aber durchs Fische-Ausmalen allein hatte meines Wissens noch niemand das Tal der Tränen verlassen. Als ich strammen Schrittes Richtung Hauptstraße marschierte, begann ich mich innerlich für die Begegnung mit dem Clown zu wappnen, denn bei unserem zweiten Aufeinandertreffen musste ich auf jeden Fall sowohl die Nerven als auch die Oberhand behalten. Das war ich meinem Ruf schuldig.

Also: Hinter der Klinger-Maske steckt auch nur ein Mensch. Ommm … Selbst wenn der keine Pupillen zu haben scheint und wie ein Monument des Grauens dasteht. Ommm … Ich betete mir diese eigentlich selbstverständliche Erkenntnis wie ein Mantra vor. Stell ihn dir in Feinripp-Unterhose mit Eingriff vor oder als Mensch, der zur Schule gegangen ist, eine Fünf in Mathe hatte und vielleicht Rolf Bapp heißt. Ommm … Achte deshalb besonders auf den Körperbau und mögliche O-Beine in Schlabberhosen. Ommm … Der Horrorclown ist auch nur ein ganz gewöhnlicher Zeitgenosse. Ommm … Der als Kind Keuchhusten und Masern gehabt hat und – er trat mir in den Weg, als ich auf Bokaus Hauptstraße einbiegen wollte.

Wegen des Sturms war es mordsmäßig laut, der Wind zerrte an allem, was ihm Widerstand entgegenbrachte, und heulte dabei, dass einem die Ohren abfielen. Urplötzlich sprang der Clown hinter einer Eiche hervor. Ich stoppte abrupt. Es war ziemlich finster, und ich hatte arglos die Taschenlampe ausgeschaltet, weil ich dumme Nuss in diesem Moment mit all meinen Gedanken beim Ommm war, sodass ich lediglich vage seine Silhouette erkennen konnte. Ich erschrak dermaßen über die Gestalt, die da vor mir drohend die Arme ausbreitete, dass ich unwillkürlich zwei Schritte zurücktaumelte.

Es hatte schon etwas Idiotisches, ausgerechnet durch die mentale Vorbereitung dermaßen abgelenkt zu sein, dass mich die reale Begegnung mit dem Knaben völlig aus der Bahn warf. Aber hier hatte ich überhaupt nicht mit ihm gerechnet. Außerdem war das Wesen dieses Mal komplett in Schwarz gekleidet; samt Schuhen sowie dem Teil, wo eigentlich das Gesicht beziehungsweise die Klinger-Maske hätte sein müssen. Doch da war nichts, auf Kopfhöhe schaute ich direkt in ein dunkles Loch. Keine helle Wange, kein Weiß in den Augen, keine rosigen Lippen, nichts. In diesem Moment wäre ich sogar für das künstliche Konterfei Klingers dankbar gewesen.

Mit zitternden Händen schaltete ich die Taschenlampe an und richtete den Strahl auf den völlig regungslos Dastehenden, was wesentlich bedrohlicher wirkte, als wenn er herumgehampelt wäre, um mir Angst zu machen. Zumindest das Rätsel der Gesichtslosigkeit löste sich so. Denn an diesem Abend trug der Clown eine sogenannte MorphMask. Das ist so ein Ding, das man sich wie einen Strumpf über den Kopf zieht, etwa so wie die Bankräuber früherer Jahrzehnte, als in den Filialen noch bares Geld zum Rauben bereitlag und nicht im zeitschlossgesicherten Tresor gebunkert wurde. Es gibt sie unterschiedlich bedruckt und gestaltet in zig Variationen. Daniel hatte mich einmal an einem lauen Sommerabend als Horrorkürbis mit so einem Teil erschreckt, als er noch bei seinem Onkel wohnte und wir gemeinsam grillten. Da war das jedoch halb so wild gewesen, was daran gelegen hatte, dass es hell und die Atmosphäre entspannt gewesen war. Außerdem hatte das Kind bei seinem Auftritt unentwegt gekichert.

Jetzt war das anders. Der Maskierte stand völlig stumm da, und für mich war alles Mull, denn der Kopf schien wie bei einer Mumie komplett bandagiert zu sein, sodass keinerlei Gesichtszüge zu erkennen waren. Der Umwickelte hingegen konnte mich durch den dünnen Stoff hindurch durchaus sehen und meine Reaktion beobachten. Das machte ja wohl den Reiz für ihn aus, denn so eine gesichtslose Maske rührt beim Gegenüber unwillkürlich an Ängste, die ganz tief im Inneren eines Menschen sitzen. Und so war ich noch vollauf damit beschäftigt, meine Furcht im Zaum zu halten, als ich plötzlich den vagen Eindruck hatte, der Clown habe etwas gesagt. Rätselhafte Silben waberten bruchstückhaft, weil angereichert durch das Heulen des Windes, zu mir herüber.

»Wassis?«, brüllte ich gegen den Sturm an, nachdem ich mich unwillkürlich vorgeneigt hatte, um den Clown besser verstehen zu können. Tatsächlich brabbelte er völlig Unverständliches und fing dabei an zu gestikulieren. Sparsam zwar, aber schließlich deutete er direkt auf mich. Sicherheitshalber trat ich noch einen Schritt zurück.

»Tigkeit«, verstand ich trotzdem glasklar. Die nächsten Wortfetzen gingen erneut in »Sieglindes« wütendem Tosen unter. Was sollte das denn sein? Ratlos starrte ich ihn an. »Um ... Tigkeit!«, wiederholte er mit Nachdruck, während eine Bö durch die kahlen Zweige der Rotbuche neben uns fuhr und dadurch ein Geräusch wie ein lautes Winseln erzeugte. Es handelte sich eindeutig um eine Männerstimme, das immerhin konnte ich erkennen. Aber »Um Tigkeit«? Was wollte der Morph-Mann mir denn damit sagen? Vielleicht sollte ich es mal mit »Du doitsch?« versuchen.

Nein, besser nicht.

»Ich kapier's nicht«, donnerte ich stattdessen gegen den Wind an. »Das ergibt keinen Sinn.« Doch. Es durchzuckte mich wie ein Geistesblitz. Und wenn man an das Gestammel vorn eine Silbe oder zwei dranhängte? Aber ja!

»Um Ge-rech-tigkeit, meinst du? Geht's darum?«

Der MorphMasken-Mann hob den Daumen. Bingo, Hemlokk, richtig geraten. Gott, wie langweilig, schoss es mir im selben Augenblick durch den Kopf, während ich mich dabei ertappte, wie ich mein gesichtsloses Gegenüber – tja, war es mitleidig, genervt, erstaunt oder einfach nur neugierig, jedoch keineswegs mehr ängstlich – fixierte. Fiel dem Hohlkopf denn nichts Originelleres ein? Hatte Klinger diesem Einfaltspinsel von Clown in dieser Hinsicht vielleicht freie Hand gelassen, und der Maskierte verfügte nicht einmal über den Hauch von

Phantasie? Gerechtigkeit fordert schließlich jeder Hans und Franz, jeder Kanzlerkandidat, jede Diva, jeder Parteisekretär und jeder Champion. Ganz zu schweigen von Bokaus in der Dauerschleife nudelnder »Tohoop«-Schallplatte Arwed Klinger. Das kostet erst einmal nichts und war doch nun wirklich eiskalter Kaffee. Der letzte Rest meiner Furcht schmolz dahin wie ein Erdbeereis in der Julisonne.

»Wofür denn?«, schrie ich ihn aggressiv an. »Oder für wen? Soll's für etwas Bestimmtes sein? Oder geht's nur so ein bisschen um Gerechtigkeit für die Welt im Allgemeinen und für Bokau im Speziellen?«

Ich war erzürnt. Über diesen lächerlichen Maskenmann, über Klinger, über Bapp und überhaupt. Außerdem war es ziemlich frostig, ich klapperte in dem scharfen Wind und liebäugelte nach dem Nachmittag am Strand und dem vorangegangenen Schreck immer mehr mit ein bis drei wunderbar heißen Grogs, die mein vereistes Innenleben wieder auf Touren bringen würden. Stattdessen stand ich hier dumm rum, fror mir sonst was ab und versuchte mit dieser lächerlichen Vogelscheuche zu reden. Was nicht so einfach war, denn der Clown antwortete nicht, sondern drehte den Kopf zur Seite.

»Nun mach endlich den Mund auf, du Komiker«, blökte ich ihn reichlich unprofessionell an. »Wird's bald! Ich will hier keine Wurzeln schlagen!«

Wenn man es positiv sah, verriet er bestimmt etwas über sich, sobald er die Zähne auseinanderkriegte. Dann konnte ich schon auf der nächsten Klinger-Versammlung mit einem Ergebnis glänzen und lässig sagen: »Ach, übrigens, Leute, bei dem Horrorclown handelt es sich um unseren geachteten und geschätzten Bokauer Mitbürger und Nachbarn –«

»Auch Rache«, verstand ich plötzlich glasklar, weil »Sieglinde« just in diesem Moment Luft für die nächste Heulattacke holte und der Clown in ein stilles Loch der Windlosigkeit sprach. »Darum geht es. Ja, auch um Rache, das geb ich zu, aber vor allen Dingen um Gerechtigkeit!«

Himmel, das klang ja geradezu feierlich. Fehlte nur noch,

dass er die Hand aufs Herz legte und Haltung annahm wie das Klinger-Vorbild drüben in den USA beim Abspielen der Nationalhymne oder wie der Reichsbürger Bapp, bevor er zum Sturm auf die dänische Grenze ansetzte. Ich verdrehte genervt die Augen. Sollte der Schwachkopf doch ruhig sehen, dass er mir mit seinen Phrasen langsam tierisch auf den Zeiger ging. »Rache«, »Gerechtigkeit«, du lieber Himmel, was für ein Schmarrn. So sprachen ausgemachte Heroen in amerikanischen Blockbustern, aber doch keine Normalos in Bokau!

»Hör mal«, forderte ich ihn lautstark auf, »leg doch endlich diese bescheuerte Maske ab. Dann können wir in Ruhe reden. Angst hab ich sowieso nicht mehr vor dir. Du kannst dir also das ganze Getue sparen.«

Drohend trat ich einen Schritt auf ihn zu. Mittlerweile war ich die Ruhe selbst, sodass ich ihn mir jetzt begucken konnte, wie ich es bereits bei unserem ersten Zusammentreffen vorgehabt hatte. Was ich da lediglich intuitiv wahrgenommen hatte, sah ich nun direkt: Sein Körperbau verriet mir, dass es sich tatsächlich nicht um einen Jungen handelte, sondern um einen gestandenen Mann. Es fehlte komplett das Spargelige, dafür schoben wir mit einem kleinen Wohlstandsbäuchlein durch die Welt, das bei vielen erst ab den Vierzigern zu den Manneszierden gehört. Und auch der Oberkörper gehörte bei genauerer Betrachtung doch eher zu der massiveren Sorte. Der gute alte Harry lag also definitiv schief mit seiner Ist-doch-alles-halb-so-wild-weil-doch-nur-ein-Dummerjungenstreich-These.

Mein Blick wanderte weiter nach unten zu den Beinen, als der Clown erneut etwas sagte. Ich verstand die Worte jedoch wegen des lärmenden Windes wieder nicht, aber der Tonfall klang unfreundlich. Na und? Ich lachte ihn freundlich an und trat unerschrocken noch einen weiteren Schritt auf ihn zu. Von so einer Witzgestalt ließ sich Bokaus PD Nr. 1 nicht ins Bockshorn jagen.

»Komm, ich helfe dir beim Maskeablegen. Und bestell Klinger einen schönen Gruß von mir. Ich –«

Ehe ich noch realisieren konnte, was er vorhatte, senkte

er das Haupt wie ein Stier vor der unmittelbar bevorstehenden Attacke, sprintete los und katapultierte seinen nicht eben zierlichen Körper in meine Richtung – um mir seinen Schädel mit voller Wucht in den Bauch zu rammen. Ich kegelte augenblicklich um wie ein nasser Sack, japste keuchend nach Luft und strampelte mit den Beinen wie ein Maikäfer in Rückenlage. Es dauerte eine gefühlte Ewigkeit, bis ich mich wieder hochgewuchtet hatte und kurzatmig und wankend auf den Füßen stand. Der Regen peitschte mir ins Gesicht, der Wind zerrte aggressiv an meinen Nerven, meiner Kleidung und meinem Körper, und den Maskenmann hatte die Dunkelheit verschluckt. Trotzdem richtete ich mich ächzend zu meiner vollen Größe von einem Meter dreiundsiebzig auf, formte meine Hände vor dem Mund zu einem Trichter und grölte stocksauer vor Wut über meine Sorglosigkeit in die Finsternis der anbrechenden Nacht: »Wenn Klinger dich mit dieser Clowns-Maskerade beauftragt hat und meint, er könne Bokau im Handstreich erobern, dann bestell ihm einen schönen Gruß von mir. Damit kommt er nicht durch. Ich werde gewinnen. Und wir zwei sprechen uns noch, Freundchen!«

## NEUN

»Luft. Der Sack braucht mehr Luft, Hanna.« Manfreds Gesichtsausdruck war derart konzentriert, während er meine kläglichen Bemühungen an der »Bagpipe« beobachtete, wie er den Trötenbüddel ebenso konstant wie liebevoll nannte, dass es schon wieder komisch wirkte. Kein Zweifel, der Mann war Dudelsäckler mit Leib und Seele.

Wir hatten uns am folgenden Abend Punkt neunzehn Uhr im Bokauer Gemeindehaus getroffen, einem schmucklosen Bau aus den achtziger Jahren, in dem die »Speellüüd«, die plattdeutsche Theatertruppe des Dorfes, probte und die Gemeindevertretung tagte: dreizehn Leute inklusive Harry und mir. Als Leiter der »Bokau Bagpipes« hatte mich Manfred Rosen herzlich im Namen aller begrüßt und als die Nachfolgerin der verstorbenen Marlies vorgestellt. Die anderen – vier Frauen und sechs Männer im satten Ü-vierzig-Alter – hatten mich freundlich murmelnd willkommen geheißen. Manche von ihnen kannte ich bereits vom Sehen, wie Heidrun und Monika, die sowohl auf der Klinger-Veranstaltung als auch auf der FuckUp-Night gewesen waren. Sie winkten mir huldvoll zu, während sie mit ihren Instrumenten kämpften. Andere hatte ich wiederholt bei Bäcker Matulke getroffen, lediglich zwei der Männer schienen nicht aus Bokau zu kommen. Sie waren mir völlig fremd. Aber wer sagte denn, dass eine Dudelsackgruppe nur funktionierte, wenn ihre Mitglieder aus einem Ort stammten? Auch wenn sie sich »Bokau Bagpipes« nannte? Niemand. Wir töteten überregional.

Vorsichtig und sehr bewusst holte ich also unter Manfreds gestrengem Blick tiiiief Luft, um zum gefühlten neunhundertsten Mal an diesem Abend den vermaledeiten Luftsack der Dudel aufzublasen, der zwischen meinem angewinkelten linken Arm und meinem Oberkörper klemmte. Es fiel mir nicht leicht, denn der Rammstoß des Horrorclowns hatte durchaus Wirkung gezeigt. Meine Bauch- und Rippenregion war momentan ziemlich empfindlich, und wenn ich ganz großes Pech hatte, würde ich mich einige Zeit mit einem veritablen Bluterguss herumplagen müssen.

Auf den ersten Blick waren das Instrument und ich uns nicht sehr sympathisch, das muss ich zugeben. Es schien äußerst stur zu sein und führte zweifellos ein Eigenleben, das mit meinen Bemühungen herzlich wenig zu tun hatte. Es ächzte und produzierte Töne, die niemand hören wollte, weil sie einfach nur in den Ohren schepperten. Dermaßen schwer hatte ich mir das Dudelsackspielen nun doch nicht vorgestellt, aber das lag wahrscheinlich auch daran, dass ich bei entsprechenden Filmaufnahmen aus den schottischen Highlands immer mehr auf die strammen Waden und das karierte Röckchen der Spieler geachtet hatte als auf deren Kunstfertigkeit am Instrument.

»Sehr schön«, lobte Manfred mich höchst pädagogisch, während er ganz nebenbei den Sitz des Sacks unter meinem Arm korrigierte. An diesem Abend galt seine geballte Aufmerksamkeit fast ausschließlich mir als Neuling. Die anderen tuteten und dudelten weitgehend unbeaufsichtigt vor sich hin. Ich hatte den Eindruck, dass sie es genossen. Zumindest Harry neben mir. »Und jetzt drücken Sie ein bisschen mit dem Arm gegen den Sack, damit Sie nach und nach ein Gefühl dafür bekommen, wie stark Sie pressen müssen.«

Gehorsam tat ich auch das, um die Luft durch die Tröte an meiner Schulter zu schicken. Ein schauerlicher Ton entwich über meinem Haupt.

»Na also, geht doch«, sagte Manfred begeistert.

»Vielleicht solltest du auch noch die Löcher der Spielpfeife ein bisschen mehr zuhalten, Hemlokk. Sonst quietscht's.«

Das kam von Harry, der nur mit Mühe ein breites Grinsen unterdrückte. Es zuckte und ruckte in seinem Gesicht; nur ein Depp hätte nicht bemerkt, dass er sich königlich amüsierte. Manfred bedachte ihn mit einem tadelnden Blick.

»Es ist ihre erste Stunde, vergiss das nicht, Harry. Hanna soll ja nicht schon morgen im Buckingham Palace vorspielen.«

»Die würden die Hunde auf sie hetzen und sie mit Schimpf und Schande vom Hof jagen«, sagte Harry freundlich. »Die Methode ist seit Jahrhunderten erprobt.«

»Danke«, schnappte ich.

»Nun zankt euch mal nicht, Kinder.« Manfred war die Ruhe in Person. »Es sind noch keine Bagpipemeister vom Himmel gefallen. Versuchen Sie es noch einmal, Hanna. Zuerst die Luft.«

Ich schnappte gehorsam nach dem Mundstück, das auf einer Art Rohr sitzt und mit dem Sack verbunden ist, umschloss es locker mit den Lippen, holte tief Luft und blies kraftvoll hinein. Das Teil zwischen Arm und Körper nahm prompt Melonenausmaße an. Ich mochte Manfred. Er war ein absoluter Schottland-Fan, hatte Harry mir erzählt. Jedes Jahr streifte er durch die dortige Berglandschaft, zählte die Lochs und Ungeheuer und testete dabei teerige Whiskys in den Destillerien und Pubs. Er arbeitete als Sparkassenmensch in Plön, Lütjenburg oder Preetz, ich wusste es nicht so genau. Und er war seit über einem Jahr Witwer. Seine verstorbene Frau hatte seine Leidenschaft für alles Anglophile geteilt. Es war ihr Instrument gewesen, das er mir, wie versprochen, zu Beginn der Übungsstunde feierlich überreicht hatte.

»Anna hätte es so gewollt«, hatte er gemurmelt und die Augen gesenkt, als ich mich verlegen bedankte. »Sie hat das Leben geliebt. Und Dudelsackspielen war ein Teil davon. Nehmen Sie es, Hanna, und halten Sie es in Ehren.« Das versprach ich ihm. Und damit war der rührselige Moment vorbei gewesen, und Manfred war wieder ganz Lehrer geworden. »Sie müssen die Bagpipe natürlich mit nach Hause nehmen. Denn Sie müssen üben, üben und nochmals üben, sonst haben Sie keine Chance und stümpern nur vor sich hin. Das ist auf die Dauer höchst unbefriedigend. Nein, Sie sollten wirklich jede freie Minute zum Spielen nutzen.«

»Er kennt da überhaupt keinen Spaß«, hatte Harry mir zugeflüstert, als sich unser Lehrer mit leicht genervtem Gesichtsausdruck einem der Nicht-Bokauer Männer zuwandte, dessen Tonproduktion an Qualität in etwa der meinen entsprach. »Na ja, es hat sicher auch etwas mit dem plötzlichen Tod seiner Frau zu tun. Herzinfarkt, glaube ich, hat er gesagt. Seitdem ist er allein, und seitdem ist aus dem Hobby eine regelrechte Passion geworden. Kann man ja auch verstehen.«

Im Prinzip schon, ja. Aber ich war mir beileibe nicht sicher, dass ich Manfreds Leidenschaft teilte und mit dem Dudelsack das Instrument meines Lebens gefunden hatte. Außerdem war und blieb ich in erster Linie Privatdetektivin – und die setzte nun einmal andere Prioritäten, als pausenlos mit diesem Luftsack durch die Gegend zu gondeln.

»Hör mal, Gierke«, raunte ich und kam mir dabei vor wie in der siebten Klasse, wenn der Lehrer sich zur Tafel umdreht und man als Schüler sofort die Gelegenheit nutzt, um mit dem Nachbarn zu tuscheln, »ich hatte gestern Abend eine ziemlich ruppige Begegnung mit dem Horrorclown.« Niemand verstand ein Wort, denn um uns herum quäkte es zum Gotterbarmen, während Manfred jetzt mit ernstem Gesicht von einem zum anderen schritt, hier etwas an der Körperhaltung änderte und dort ein paar Tipps zur richtigen Atemtechnik zum Besten gab. Harry ließ die Spielpfeife, die er just in Stellung gebracht hatte, wieder sinken. Ich besaß seine ungeteilte Aufmerksamkeit. »Er hat mich mit dem Kopf gerammt, etwas von Recht und Gerechtigkeit gefaselt und ist dann verschwunden.«

»Er hat dich gerammt?«, fragte Harry zweifelnd. »Und danach mit dir geredet?«

»Nein, verdammt noch mal, er hat erst gesprochen, dann bin ich auf ihn zugegangen, und da hat er mich umgekegelt. Wie ein wild gewordener Bulle.«

Harry verbiss sich das Lachen, ich sah es wohl.

»Was ist denn daran so witzig?«, fauchte ich. Die ganze Nacht hatte ich mich darüber geärgert, dass der Clown mich erneut überrascht hatte und dass ich nicht darauf geachtet hatte, ob die Clowns-Beine dem Bapp'schen O entsprachen oder nicht, obwohl ich es mir doch so fest vorgenommen hatte. Ich hätte mich ohrfeigen können. Eine schöne Privatdetektivin war ich. Ich würde es niemandem erzählen.

»Nichts, Hemlokk, nichts. Ich hätte es bloß zu gern gesehen.«

Ärgerlich langte ich nach dem Mundstück, um Luft in den Sack zu blasen. Wenn es ihn lediglich amüsierte, was ich zu berichten hatte, bitte!

»Nun sei doch nicht gleich verstimmt wie eine alte Tante, Hemlokk. Es war ja nicht so gemeint. Es ist nur die Vorstellung, wie du ... Was gibt's noch zu erzählen?«

Manfred näherte sich bedrohlich. Ich musste mich beeilen. Und Schmollen liegt mir nicht.

»Dieses Mal trug er eine MorphMask, keine Klinger-Maske«, teilte ich Harry also hastig mit. »Und ich frage mich die ganze Zeit, ob er mich zufällig getroffen hat oder ob er auch dieses Mal gezielt auf mich wartete.«

»Wo hat er denn gewar–«

»Kommt, ihr zwei, quatschen könnt ihr später. Jetzt wird geübt!«

Manfred klatschte auffordernd in die Hände. Gehorsam setzten wir die Luftpfeifen an die Lippen, um den Sack mit Futter zu versorgen. Manfred konnte seine Autorität als Lehrer wahrlich nicht verleugnen. Kritisch beäugte er uns.

»Ja, so ist es gut. Sehr schön«, lobte er. »Und jetzt drückt vorsichtig auf den Sack. Denkt an das Gefühl dabei. Ihr müsst es erst entwickeln. Nachher geht das ganz automatisch. Da hat man es sozusagen im Arm.«

Er schmunzelte über seinen kleinen Scherz. Wir nicht. Wir bliesen, und zumindest Harry sah dabei aus wie ein Posaunenengel mit dicken Backen und einem Brilli im Ohr. Nur die Löckchen fehlten.

Mir gelang es nicht, gleichzeitig die Löcher der Spielpfeife zuzuhalten, geschweige denn, irgendeine erträgliche Klangfolge zu produzieren. Irgendwie waren meine Fingerkuppen an diesem Abend entschieden zu klein. Es pfiff und schrillte, von einer Melodie oder auch nur der Tonleiter war ich unendliche schottische Meilen entfernt. Und es pfiff und schrillte auch nur, weil der Luftsack gut gefüllt war und ich ihn mit dem Arm drückte. Der gibt nämlich auf diese Weise ständig Luft an die Bordune ab. So heißen die drei Pfeifen, die meistens über die Schulter des Spielers ragen, wie mir Manfred anfangs erklärt hatte. Und es gäbe Bass-Bordune, Alt-Bordune und Sopran-Bordune. Himmel, war das kompliziert. Manfred lächelte mir aufmunternd zu.

»Verlieren Sie nicht den Mut, Hanna. Ihr Freund Harry hier hat auch erst mit dem Instrument gekämpft, als wollte er ein Krokodil im Ringkampf besiegen.«

Was ein sehr schönes Bild war, wie ich fand. Ich versuchte mit den Lippen um das Mundstück herum zu sprechen, was allerdings nur ansatzweise gelang.

»Har hü an tu lant?«

»Mein Gott, Hemlokk«, blubberte Harry mich an.

Ich zog das Mundstück aus dem Mund und formulierte glasklar: »Harry ist also kein Naturtalent?«

Manfred legte so sorgfältig seine Stirn in Falten, als ob er über diese simple Frage tatsächlich nachdenken müsse.

»So direkt nicht. Nein, das würde ich nicht sagen.«

Harrys Dudelsack schrillte. Ich lachte. Es tat weh.

»Hemlokk«, knurrte Harry, »jetzt kein falsches Wort. Ich warne dich.«

»Nein, das einzige Naturtalent, das ich kenne … äh … kannte, wollte ich sagen, ist … also war unsere Marlies«, stotterte Manfred, sichtlich um Ausgleich bemüht »Und vielleicht Anna, meine Frau. Aber Marlies war noch besser.«

Ich blickte ratlos zu Harry hinüber.

»Von Marlies habe ich dir erzählt, Hemlokk. Sie ist vor einiger Zeit gestorben. Ist immer schwächer geworden, hatte irgendetwas im Inneren. Lunge, Milz, na ja, und was es da so alles gibt. Genaueres weiß man nicht, oder, Manfred?«

Oje. Mit der Instrumentübernahme trat ich da offenkundig nicht nur unter musikalischen Aspekten ein schweres Erbe an. Manfreds Miene war bekümmert.

»Nein, da war einiges nicht so ganz klar, glaube ich. Aber Marlies besaß wirklich Talent. Und sie hatte so viel Freude am

Spiel und konnte gar nicht genug bekommen. Sie hat ständig geübt. Auch nachher, als sie schon sehr schwach war.« Dabei blickte er mich so ernst an, dass mir ganz mulmig wurde.

»Ich … äh … also ich hab wirklich nicht so viel Zeit.« Manfred sah doch hoffentlich nicht die Nachfolgerin der superben Marlies in mir? Den Zahn sollte ich ihm wohl besser gleich ziehen. »Ich arbeite ja als Privatdetektivin. Der Horrorclown, wissen Sie?« Ich hätte mir am liebsten selbst einen Klaps versetzt. »Ach, natürlich wissen Sie das. Sie haben mich ja praktisch auf der Klinger-Veranstaltung dazu überredet. Tja, und das ist ein Fulltime-Job.«

»Natürlich, das glaube ich Ihnen sofort. Und ich finde es wichtig, diesem Menschen klarzumachen, dass die Leute in Bokau sich nicht einfach in Angst und Schrecken versetzen lassen. Ich hoffe wirklich sehr, Sie fassen ihn bald. Trotzdem müssen Sie sich auf das Instrument einlassen, Hanna«, ermahnte er mich eindringlich. »Dann ergibt sich früher oder später alles andere von allein. Machen Sie denn Fortschritte? Beim Clown, meine ich? Wenn ich das überhaupt fragen darf?«

»Doch, ja«, erklärte ich nach einer Schrecksekunde gewichtig. »Ich möchte nicht ins Detail gehen, aber es tut sich etwas.«

So konnte man den abendlichen Vorfall doch auch beschreiben, oder? Und ich hatte keinesfalls vor, Einzelheiten zu verraten. Das blieb vorerst Insiderwissen. Harry neben mir atmete schwer.

»Schön.« Manfred senkte gewichtig sein Haupt. »Ich drücke Ihnen die Daumen!«

»Danke.«

»Trotzdem wäre es gut, wenn Sie es schaffen könnten, immer wieder zu üben, Hanna. Marlies hat das ja mit Haut und Haaren getan. Ich habe sie dafür sehr bewundert. Sie war wirklich äußerst konsequent.« Ich unterdrückte ein Seufzen. Es war nun einmal das Leib- und Magenthema des Mannes. Was zählte da schon so ein blöder Clown, geschweige denn ein Kettensägen-Mord im Knick oder ein blutiges Ende auf einer zertrampelten Wiese?

»Tja, nur ein bisschen mit dem Dudelsack durch den Garten zu schieben, Silvia und Kuddel etwas vorzupiepen und vielleicht auch noch Marga, reicht nicht, Hemlokk«, hieb Harry in dieselbe Kerbe. »Da ist echter Einsatz gefragt.«

»Dich habe ich allerdings noch nie oben im Garten spielen hören«, entgegnete ich spitz. »Ist mir da vielleicht etwas entgangen?«

»Weil Winter ist«, wischte er meinen Einwand lässig weg. »Marga erzählt dir da bestimmt ganz andere Dinge. Die Wände im Haus sind dünn.«

Wir starrten uns stumm zwischen den Bordunen hindurch an. Sollten wir uns etwa allen Ernstes wegen eines ordinären Dudelsacks statt seines Profil-Dating-Jobs mit ungeahnten amourösen Konsequenzen entzweien? Das durfte doch nicht wahr sein. Aber irgendwie hatte ich das sonderbare Gefühl, dass dieses Instrument nicht nur über die akustische Schiene zu einem Beziehungskiller werden könnte.

»Ich übe selbstverständlich auch immer«, versuchte Manfred, die gute Seele, das Eis zwischen meinem Lover und mir erneut zu schmelzen. »Vor Annas Tod haben wir das gemeinsam getan. Das brachte viel mehr Spaß als allein.« Seine Stimme hatte plötzlich einen rauen Klang. Er blinzelte. Dann platzte er heraus: »Vielleicht könntet ihr beide ja auch zusammen …«

»Nein«, lehnte ich hastig ab.

Die Vorstellung, dass Harry und ich vor meiner Villa in trauter Zweisamkeit unsere Dudelsäcke malträtierten, hatte etwas an sich, bei dem sich mir die Nackenhaare sträubten. Und womöglich würde uns ein entzücktes Dorfkind auch noch dabei filmen und die Sache für jedermann und jederfrau auf YouTube abrufbar ins Netz stellen. Mein Ruf als Private Eye wäre mit einem Klick auf ewig dahin! Harry, der mein Mienenspiel beobachtete, feixte. Manfred bemerkte nichts.

»Marlies hat, glaube ich, öfter mit Bernd geübt. Seit ihrem Tod ist er viel schlechter geworden.« Er beugte sich vor, sodass sich unsere Köpfe fast berührten. »Das habe ich ihm selbstverständlich nicht gesagt. Er hat sie sehr gemocht.« Manfred richtete sich wieder auf. Aus der Ecke links hinten erklangen plötzlich Töne, die sogar für mein ungeübtes Ohr gar nicht so uneben waren. »Bravo, Lydia«, rief unser Lehrer begeistert und drehte sich zu der begnadeten Musikerin um. »Großartig. Warte, ich komme gleich zu dir hinüber. Ihr entschuldigt mich?«

Ich wollte schon wieder mit dem Aufblasen des Luftsacks beginnen, als Harry leise sagte: »Nun lass das doch mal. Was war das also mit dem Horrorclown?«

Ich zögerte kurz, doch dann gab ich mir einen Ruck, erzählte es ihm noch einmal flüsternd und schloss mit den Worten: »Wenn er gezielt auf mich gewartet hat, stellt sich natürlich die Frage, weshalb er das tat.«

»Klar.« Harry zielte mit dem Bass-Bordun auf mich, während er an ihm herumschraubte. »Aber so scheint es nicht zu sein, Hemlokk. Ich will dich in deiner Ehre als Privatdetektivin ja nicht kränken, doch soweit ich es mitbekommen habe, wird er auch noch anderweitig regelmäßig im Dorf gesichtet. Das spricht eher für den blanken Zufall.«

»Stimmt«, knurrte ich nicht überzeugt. Mein Verstand war zwar seiner Meinung, mein Bauch aber nicht.

»Matulkes Edith hat ihn letztens gesehen, erzählte sie mir heute Morgen, als ich mir Brötchen gegönnt habe«, fuhr Harry fort und legte den Dudelsack wieder an.

»Wann letztens?«

»Warte … Vorgestern war's.«

»Und hat er etwas zu Edith gesagt?«, erkundigte ich mich neugierig.

»Nein, ich glaube nicht. Sonst hätte sie das bestimmt erwähnt.«

»Welche Maske trug er bei der Begegnung?«

Manfred äugte missbilligend zu uns herüber, doch ich ignorierte ihn. Schließlich hatte ich ihm gerade erklärt, dass ich in erster Linie Private Eye war und keine Dudelsäcklerin. Da konnte er mich so lange mit Blicken durchbohren, wie er wollte.

»Die von Klinger vermutlich«, meinte Harry nachdenklich, »sonst hätte sie bestimmt darauf hingewiesen.«

Ich stimmte ihm innerlich zu.

»Also, bei Edith schwieg der Clown, trug die Maske von Klinger und stand nur herum und wirkte bedrohlich«, fasste ich Harrys Bericht zusammen.

»So hat sie es mir berichtet.«

»Dann zieht er zwar immer noch durchs Dorf und sucht sich wahllos Leute aus, die er erschrecken kann, aber mit mir hat er offenbar etwas anderes vor. Denn mir lauert er gezielt auf, und er verhält sich anders. Er redet und ist gewalttätig. Oder siehst du das anders?«

»Tja«, sagte Harry. »Also nein, meine ich. So gesehen, könnte da etwas dran sein.«

»Alle mal herhören«, rief Manfred enthusiastisch von der anderen Ecke des Raumes. Neben ihm stand mit rotem Kopf das Dudelsackwunder Lydia. »Die Dame hier möchte uns etwas vorspielen. Lydia, bitte.«

Die korpulente, etwa fünfzigjährige Frau trat zögerlich in die Mitte. Alle anderen Dudelsäcke waren verstummt, und wir umringten erwartungsvoll unsere Mitspielerin.

»Ach, ich denke fast, das war eben eher ein Zufall«, stammelte sie verlegen und outete sich damit umgehend als echtes weibliches Wesen.

Ein Mann hätte sich ohne Probleme bereits die ersten zwei richtigen Töne an die eigene Brust geheftet und damit allein seinem extraordinären Können zugeordnet. Manfred wedelte ihr auffordernd zu, und ich ertappte mich dabei, wie ich automatisch mit Lydia Luft holte, um den Dudelsack aufzublasen. Um es kurz zu machen: Sie konnte wirklich spielen. Gut, die Melodie kam noch nicht ganz glatt heraus, aber man erkannte immerhin, dass es eine sein sollte. Wir applaudierten begeistert, als sie strahlend aus der Mitte trat. Um uns herum setzte schlagartig das Getröte und Gedudel wieder ein.

»Hast du mal darüber nachgedacht, dass dieser bescheuerte Reichsbürger vielleicht der Horrorclown sein könnte?«, fragte

Harry. Ich hörte es an seiner Stimme: Er war mächtig stolz auf diese Idee. »Beknackt genug wäre er ja.«

»Klar«, sagte ich hochnäsig und versuchte, dabei nicht an die vermasselte Überprüfung der blöden O-Beine zu denken. »Das liegt nahe, nicht? Aber ich bin zu dem Schluss gekommen, dass es nicht so ist. Rolf Bapp ist zu dämlich für so etwas.«

»Zu dämlich, um in Bokau stumm herumzustehen?«, fragte Harry entgeistert.

»Zu dämlich, als dass er mit dieser Masche erst Angst und Schrecken im Dorf verbreitet, um dann irgendwann angesichts des Chaos als rettender Reichsbürger die Macht zu übernehmen«, korrigierte ich ihn. »So weit reicht es bei dem nicht.« Sollte ich Harry von meiner Klinger-These erzählen? Nein, er war noch nicht reif dafür.

»Aber vielleicht hat er Obere«, gab Harry zu bedenken und kam meiner Theorie damit doch recht nahe. Die Bordune unserer Dudelsäcke hingen traurig herab. »Die ihm erzählen, was er zu machen hat, und dann …«

»… hängt irgendwie alles mit allem zusammen?«, spottete ich. »Bist du jetzt auch unter die Verschwörungstheoretiker gegangen, Harry?«

»Quatsch.«

»Vielleicht ist der Clown ja eine Reinkarnation des Grafen von St. Germain.« Mit diesem halb- oder besser untoten Adligen hatte ich in meinem letzten Fall zu tun gehabt.

»Hemlokk«, stöhnte Harry. »Lass gut sein, ja? Falls du es noch nicht gemerkt haben solltest: Ich mache mir Sorgen um dich.«

»Um mich?«, echote ich verblüfft.

»Nein, um den Papst und die Jungfrau Maria«, gab Harry bissig zurück. »Tu nicht so, als ob das völlig abseitig wäre.«

Dumdidum, mein Liebster bangte um mich. Trotz seines neuen Dating-Jobs! Dann hatte er also im Zuge seiner Profil-Schreiberei noch keine Braut nach rechts in das Schapp »Mal gucken, könnte was werden, ist zumindest interessant« gewischt. Ach nein, er tinderte ja nicht. Noch nicht. Er schrieb lediglich Profile. Grundgütige, diese Art von Broterwerb schlug mir wirklich auf den Magen.

»Das tue ich nicht, Harry«, schnurrte ich geschmeichelt. »Ich packe das schon.«

»Ja, ja, ja. Das behauptest du immer. Und dann gibt es was auf die Nase. Das kennen wir doch. Der Clown hat dich angegriffen. Und zwar bislang nur dich. Das macht mir Sorgen. Das nächste Mal bleibt es vielleicht nicht bei einem Kopfstoß in den Bauch.«

Das wurde ja immer besser!

»Du meinst, wenn er mir morgen Abend ›Rache‹ ins Gesicht schreit, zückt er dabei ein Messer und sticht bei dem Ruf nach ›Gerechtigkeit‹ zu?«

»Genau das meine ich, ja.« Seine Miene blieb ernst.

»Selbst ist die Frau, Gierke«, sagte ich leise. »Das weißt du ganz genau.«

»Ja, und ich respektiere es. Aber ich weiß eben auch, wann es gefährlich werden könnte und wann es deshalb klüger ist, zum Schutz jemanden mitzunehmen.« Wumm. Das saß. Hatte er recht? Ja, hatte er wohl dummerweise. »Ich begleite dich auf deiner nächsten Clown-Patrouille, Hemlokk«, murmelte Harry sanft, sehr sanft, und das besaß weitaus mehr Überzeugungskraft, als wenn er gebrüllt hätte. »Basta.«

»Aber …«

»Basta«, wiederholte er freundlich. »Und dabei bleibt's.«

Manfred schlenderte scheinbar zufällig auf uns zu. Gute Pädagogen haben bekanntlich auch auf dem Rücken Augen und Ohren, deshalb war ihm sicher nicht entgangen, dass wir die ganze Zeit über geschwatzt hatten, statt eifrig zu üben.

»Okay«, wisperte ich, während ich das Mundstück Richtung Lippen hob, um den Luftsack zu befüllen. »Wenn das die einsamen Herzen bei ›Mr & Mrs Right‹ verkraften, habe ich nichts dagegen.« Diese Spitze konnte ich mir einfach nicht verkneifen. »Aber wenn du dich schon in den einen Fall einmischst, liebster Harry, dann kannst du mir doch auch bei dem anderen ein bisschen helfen, oder?« Eine derart prachtvolle Gelegenheit ließ ich mir natürlich nicht entgehen!

»Welchem anderen?«, fragte Harry alarmiert.

»Sven Perrier.« Ich setzte mein bestes Pokerface auf. »Ich möchte immer noch, dass du deine Beziehungen spielen lässt, um herauszukriegen, wer an dem Abend, als Perrier starb, in der ›Heuschrecke‹ angerufen hat.«

Harrys rechte Augenbraue schoss bei meinen Worten steil in die Höhe, ein Zeichen, dass er angefasst und genervt war.

»Oh Gott, Hemlokk! Manchmal bist du wirklich nichts weiter als eine verdammte Nervensäge, eine echte Landplage. Wie oft soll ich es denn noch sagen? Perriers Tod ist kein Fall, sondern ein *Un*-fall. Es sind nur zwei Buchstaben, aber die verkehren die ganze Sache ins Gegenteil. Wenn du das bitte endlich zur Kenntnis nehmen würdest.«

Ich hob die Hand. Jetzt war ich am Drücker!

»Nein. Erst wenn ich ganz sicher bin, dass die Kuh es plötzlich völlig ohne Grund über die Hörner gekriegt hat. Vorher nicht. Und deshalb möchte ich, dass du herausbekommst, ob Kellner Karl und Koch Rico über das nötige Kleingeld verfügen, um das Restaurant Perriers Erben abzukaufen. Mit anderen Worten: Ich interessiere mich für die finanzielle Situation der beiden jungen Männer. Du kennst doch da bestimmt jemanden aus deiner Schulzeit, für den so etwas ein Klacks ist.«

Harry sah wirklich gar nicht glücklich aus.

»Lass mich raten«, knurrte er aufgebracht. »Wenn ich das nicht tue, darf ich dich nicht auf der nächsten Patrouille begleiten?«

»Du hast es erfasst, Harry. Entweder man ist ein ganzer Detektiv oder gar keiner. Halbe Portionen gibt es in unserer Branche nicht.«

»Na, wie weit seid ihr zwei denn?« Unser Dudelsack-Chef blieb direkt vor uns stehen. »Wenn ihr denn jetzt die Tonleiter üben könntet, wäre das für den Anfang nicht schlecht.«

Er verpackte es wie einen Vorschlag, doch es war eine klare

Anweisung. Das verstanden sowohl Harry als auch ich. Und so ganz von der Hand zu weisen war sein Tadel ja auch nicht. Wir waren nicht hier, um über Reichsbürger, Horrorclowns und von Kühen zertrampelte Gastronomen zu reden, sondern um uns ernsthaft mit der Kunst des Dudelsackspielens zu befassen. Gehorsam steckten Harry und ich daher unsere Mundstücke zwischen die Lippen und holten wieder tiiief Luft.

»Man benötigt eine Menge Disziplin für die Bagpipe«, bemerkte Manfred, während er uns kritisch beim Pusten, Drücken des Sacks und dem Versuch, gleichzeitig auch noch die verdammten Löcher auf der Spielpfeife irgendwie dicht zu kriegen, zuschaute. »Meine Anna und Marlies haben sie gehabt.«

Und beide Frauen sind tot, schoss es mir aufsässig durch den Kopf. Menschenskind, war das schwer. Ich war mir ziemlich sicher, dass meine Wangen mittlerweile vor Anstrengung brannten. Ich linste zu Harry hinüber. Mein Lover und Ermittlungskumpel sah auch nicht gerade tiefenentspannt aus. Im Gegenteil, seine rechte Augenbraue schoss immer wieder nach oben, während er mit dem ständig von seiner Schulter rutschenden großen Bass-Bordun, dem Luftsack und seinen Fingern rang.

Zwei tote Frauen, überlegte ich trotzig weiter, während ich am Luftsack herumpresste. Denn das war zumindest gewohntes Terrain. Wenn ich schon nicht als begnadete Dudelsäcklerin in die Bokauer Chronik eingehen würde, dann doch als hartnäckigstes und brillantestes Private Eye, das im Dorf jemals ermittelt hatte. Ob der Tod dieser beiden Damen vielleicht etwas mit den »Bokau Bagpipes« zu tun hatte? In diesem Moment war ich mir ganz sicher. Wahrscheinlich hatten die Frauen sich unter Manfreds strengen Blicken einfach totgedudelt. Mittlerweile produzierten Harry und ich Geräusche, die man mühelos zum Foltern hätte einsetzen können.

Nein, dieses Instrument trug keinesfalls zur menschlichen Gesundheit bei. Weder zu der der Umgebung noch zur eigenen.

## ZEHN

Am nächsten Vormittag betrachtete ich verdrießlich erst den bleigrauen, schweren Himmel, dann den so unschuldig in meinem Schaukelstuhl herumhängenden Dudelsack. Brav hatte ich mich bestimmt eine ganze Stunde mit ihm trotz Zwackens in der Bauch- und Rippenregion abgemüht – tiiieeef Luft holen, reinblasen, drücken, spielen – und rang nun mit mir, ob es für heute schon genug der Qual sein dürfe. In dem Moment klingelte das Telefon. Gerettet. Eine weitere Übungseinheit hätte meine Laune vollends zum Absturz gebracht. Es war meine Mutter.

»Geht's dir gut, Kind?«

»Na ja, wie man es nimmt. Ich versuche gerade, Dudelsackspielen zu lernen, werde von einem Horrorclown gestalkt und überlege, wie ich in das Wohnzimmer eines dänophoben preußischen Reichsbürgers komme, der mich ums Verrecken da nicht haben will«, nörgelte ich.

»Aha«, sagte Mutti. »Es steht also nicht zum Besten mit deiner Laune. Aber apropos Reichsbürger. Hast du den neuesten Tweet eures Bürgermeisterkandidaten gelesen?«

Meine Mutter liebte ihr Smartphone und konnte sich ein Leben ohne Computer gar nicht mehr vorstellen. Für sie wäre Malte Wiesheus Anregung auf der FuckUp-Night, doch die Posts per digitalem Assistenten liken zu lassen, damit man als Mensch endlich wieder mehr frei hätte, ein Graus. Sie stand mit eineinhalb Beinen im Netz.

»Du folgst diesem Dussel?«

»Beiden. Butenschön auch, obwohl die langweiliger ist als er. Also zumindest tweetmäßig.« Ich hätte es mir denken können. »Na ja, Klinger gibt ja manchmal auch nur Volksmusikempfehlungen von sich. Oder faselt über das Wetter. Aber ich muss doch wissen, was bei euch da oben in Bokau los ist.«

Was auch wieder wahr war.

»Nein, ich habe den nicht gelesen«, musste ich zugeben.

»Ich hab mir mal wieder eine kurze Follower-Auszeit genommen. Die Butenschön und der Klinger benutzen mich nämlich für ihren Wahlkampf. Mich nervt das total.«

»Ja, klar, das kann ich gut verstehen. Trotzdem solltest du ein Auge darauf behalten. In ›Bokau tohoop‹ soll es ja plötzlich vor Reichsbürgern nur so wimmeln, schreibt der Klinger. Er führt das auf die lasche Politik der alten Parteien zurück. Stimmt das?«

»Blödsinn. Alles Fake News. Wir haben hier einen, nein zwei von der Sorte, um genau zu sein. Die zweite ist die Gattin des ersten. Klinger übertreibt wieder einmal maßlos. Der will um jeden Preis Aufmerksamkeit erregen. Mehr nicht.«

»Den Eindruck habe ich auch. Trotzdem hatte ich mir ein bisschen Sorgen um dich und Marga gemacht. Aber dann ist ja gut. Hör mal, ich habe zwei Anliegen.«

Traute war schon immer geradlinig gewesen und stets wie ein Stier auf das Tuch des Toreros losgegangen. Belangloses Geplänkel lag ihr nicht. Wie mir. Das war nur zu Zeiten unserer Sprachlosigkeit anders gewesen. Da hatte Dorle Bruhaupt, eine Klassenkameradin aus meiner Grundschulzeit mit einem äußerst bewegten Leben, unsere Konversation beherrscht. Doch das war Gott sei Dank vorbei.

»Ich mache mir Sorgen um Marga. Seit drei Tagen habe ich jetzt nichts mehr von ihr gehört. Sie geht einfach nicht ans Telefon.«

Marga und Traute hatten sich bei einem meiner Fälle kennengelernt und nach einigen Startschwierigkeiten wunderbar zusammengearbeitet. Seitdem waren sie befreundet und heckten so manchen Unsinn aus. Ich sage nur: DePP, Die echte PiratenPartei.

»Ja … öhm … Es geht ihr nicht so gut.«

»Und das ist noch untertrieben«, sagte Mutti scharf. »Habt ihr Krach gehabt, oder kümmerst du dich einfach nicht genug um sie?«

Mutti Traute neigte wahrhaftig nicht zu seichten Tönen, wenn ihr etwas auf der Seele brannte.

»Doch, natürlich tue ich das. Also, hin und wieder, weil ich viel zu tun habe.« Das war schwach, ich gebe es zu.

»Das reicht nicht. Sie braucht offenbar richtig Hilfe. Und sie mauert. Ich habe sie bekniet und bekniet, mir zu sagen, was los ist, aber deine Freundin macht den Mund einfach nicht auf.«

»Sie ist auch deine Freundin«, erinnerte ich sie.

»Aber du bist näher dran«, konterte sie. »Deshalb musst du etwas unternehmen, Kind. So geht das nicht weiter. Marga hat mir bei unserem letzten Telefonat allen Ernstes etwas von Malbüchern und Fischen erzählt. Marga, stell dir das einmal vor! Wenn sie es wenigstens mit Algen machen würde. Um die ist es nämlich richtig schlecht bestellt.« Trautes Herz hing mittlerweile fast genauso am Wohl der Meere wie ehemals Margas; sie hatte als spät gezündeter Computer-Nerd an deren Aktion gegen die Tanker und Containerschiffe ohne Abgasfilter teilgenommen – was fast schiefgegangen war.

»Sie hat eine Depression, fürchte ich«, sagte ich leise und fing an, mit dem kleinen Finger in der Telefonschnur zu ringeln. Es ist wirklich eine dumme Angewohnheit, ich weiß.

»Möglich, aber es könnte natürlich auch etwas ganz Handfestes dahinterstecken«, meinte Mutti, die Pragmatikerin. »Das könnte doch durchaus sein. Alle Welt vermutet heute immer gleich eine psychische Krise, wenn man mal einen Tag die Decke über den Kopf zieht und genau diese Welt nicht mehr sehen will. Aber wenn nun tatsächlich etwas Schlimmes passiert ist, das Margas Rückzug ausgelöst hat? Nein, ich erwarte von dir, dass du der Sache auf den Grund gehst, Hanna. Und ich meine das ernst.«

»Ja«, murmelte ich hilflos. Wie, um Himmels willen, sollte ich das denn wohl anstellen? Marga vielleicht einen Teller mit Gulasch vorbeibringen, gewürzt mit einer ordentlichen Portion diverser Stimmungsaufheller? Oder meine Dudelsack-Übungsstunde direkt unter ihrem Fenster abhalten? Es stand zu befürchten, dass zumindest Letzteres das Gegenteil bewirken würde.

»Gut«, sagte Mutti, die nichts von meinen Überlegungen ahnte, »dann wäre das also geklärt. Du nimmst das in die Hand. Wie geht es Gustav?«

Sie hing ebenso wie ich an dem blöden Kröterich. Na ja, mein Vater hatte ihn vor Urzeiten gekauft, und meine Eltern hatten uns zusammen großgezogen. Mein Blick wanderte zur Kiste. Der Problemfall döste mit halb geschlossenen Lidern vor sich hin. Gefressen hatte er nichts.

»Schlecht«, sagte ich wahrheitsgemäß.

»Das habe ich mir gedacht.« Mutti klang plötzlich verdächtig eifrig. »Pass auf, ich habe mir gestern die Haare schneiden lassen und dabei einmal nicht nach deinen Liebesgeschichten gesucht« – auch zwischen uns herrschte Konsens darüber, dass man Schmalzheimer offiziell lediglich beim Coiffeur oder im Wartezimmer eines Zahnarztes liest – »sondern ich kam gleich mit der Frau neben mir ins Plaudern. Und sie hat auch Schildkröten und kennt sich da aus. Was glaubst du, was sie mir geraten hat, als ich ihr Gustavs Fall schilderte?«

»Ich bin Detektivin, keine Hellseherin, Traute.«

»Sperr ihm das Maul auf, stopf ordentlich trockenes Heu hinein und presse ihm die Kiefer aufeinander. Irgendwann schluckt er dann schon, weil er gar nicht anders kann. Und mit etwas Glück springt er dann wieder an.«

Zunächst schluckte erst einmal unwillkürlich ich.

»Das klingt ziemlich brutal.«

»Ja, das habe ich auch gesagt«, pflichtete sie mir bei. »Aber die Frau meinte, das sei wirklich die einzige Methode, um ihn wieder zum Fressen zu bringen. Die sanfte Tour führe zu gar nichts und sei nur teuer.«

Das stimmte zweifellos. Ich dachte an die mehreren hundert Euro, die mich das Viech bereits gekostet hatte. Mutti schwieg auffordernd. Ging das überhaupt? Vielleicht nicht grundsätzlich, aber meine Mutter beherrschte diese Technik perfekt.

»Okay«, gab ich schließlich nach, »ich mach's. Viel schiefgehen kann ja nicht. Wenn Gustav gar nicht will, spuckt er es eben wieder aus, wenn ich ihn loslasse.« Und dass Hals und

Luftröhre frei waren, hatten die sündhaft teuren Untersuchungen ergeben – ersticken konnte er also durch die Stopfaktion nicht.

»Du wirst sehen, einen Tag später reißt er dir die Salatblätter aus der Hand.« Für Mutti war Gustav anscheinend schon wieder so gut wie gesund. »Du, ich muss los. Ich habe einen Termin mit Kai.« Das war ihr neuer Computerlehrer. Sie wechselte die Jungs wie andere ihre Unterhosen, weil sie denen im Handumdrehen etwas vormachte und eine neue Fachkraft brauchte. »Deshalb erzählst du mir das mit dem Horrorclown später, ja? Aber was euren dänemarkfeindlichen Reichsbürger da oben betrifft, zu dem du aus welchen Gründen auch immer unbedingt ins Wohnzimmer willst, habe ich eine Idee, Kind. Versuche es doch einmal mit dem Danebrog. In so einem Fall hast du ja zwei Möglichkeiten. Entweder du schleimst dich bei diesen Deppen ein, oder du überrumpelst und provozierst sie. Ich denke, die zweite Variante wird dir besser gefallen. Ich kenne doch meine Tochter.«

»Ich hab schon beides versucht. Na ja, so richtig eingeschleimt habe ich mich nicht.« Das ging bei einem derart rechtslastigen Populisten nicht einmal im Dienste der hehren Sache, fand ich.

Mutti lachte. Es klang so fröhlich und unbeschwert, wie seit Jahren nicht mehr. Als Computer-Nerd ging es ihr eindeutig besser als nur als Hausfrau und Rentnerin.

»Tja, dann bleibt dir nur, dich in eine dänische Flagge zu wickeln, dir eine Horrormaske aufzusetzen, bei dem Herrn freiweg aufs Grundstück zu spazieren, dich vor seine Tür zu stellen und auf dem Dudelsack die dänische Nationalhymne zu spielen. Dann wird er schon reagieren und dich vor Schreck in die gute Stube lassen.«

Oder auf mich schießen. Nach längerer Überlegung und einer Kanne Tee in meinem Schaukelstuhl mit Blick auf den ruhig daliegenden Passader See verzichtete ich deshalb auf den Dudelsack und sicherheitshalber auch auf die Maske, damit Bapp mich gleich erkannte. Noch ein Todesfall in unserem Dorf machte sich einfach nicht gut. Schon gar nicht, wenn es dabei das weit über die Grenzen Bokaus hinaus bekannte Private Eye Hanna Hemlokk traf. Und die Geräusche, die ich vorerst auf dem Dudelsack zustande brachte, hatten bekanntlich weder mit der dänischen Nationalhymne noch mit einer anderen erkennbaren Tonfolge – von einer Melodie ganz zu schweigen – etwas zu tun. Aber die Idee mit dem Danebrog und der Tür war gar nicht so schlecht. Zumindest fiel mir nichts Besseres ein. Also stürzte ich den Rest des Tees ab und fuhr nach Kiel zu einem der Schiffsausrüster, um dort die größte dänische Flagge zu erwerben, die der Laden im Angebot hatte. Sie besaß fast Lakenformat und eignete sich wunderbar zum Einwickeln eines menschlichen Körpers, selbst wenn der in einer dicken Daunenjacke steckte, um nicht zu erfrieren. Mittlerweile schneite es nämlich leicht, und als ich zurückkam, sah die Landschaft wie mit Puderzucker überzogen aus.

Ich vertrieb mir die kurze Zeit, bis es dunkel wurde, mit zwei Bechern Kaffee und dem Versuch der Maulöffnung bei Gustav. Denn einen kleinen Beutel mit Heu für Heimnager wie Meerschweinchen oder Kaninchen hatte ich von meinem Ausflug in die Landeshauptstadt auch mitgebracht. Mein Kröterich fand das erwartungsgemäß gar nicht gut und gab sich widerspenstig. Ich hatte schon Schwierigkeiten, überhaupt seinen Kopf festzuhalten, damit er ihn nicht einzog. Und gewalttätig wollte ich – noch! – nicht werden. Na ja, eine gewisse Bockigkeit war zu erwarten gewesen. Doch nun hatte der Kerl bereits mehrere Wochen die Nahrung verweigert, da kam es auf einen Tag mehr oder weniger auch nicht an. Ich brach den Versuch ab, setzte mich in meinen Schaukelstuhl und gönnte mir noch einen Becher Kaffee. Die Bapp-Aktion durfte natürlich erst mit dem Einsetzen der Dämmerung starten, denn ein hüpfender Danebrog im Hellen, zudem auf jungfräulichem Schnee, sticht zwar durch seine rote Farbe wunderbar vom Hintergrund ab, hat aber eher etwas Lächerliches. In der Dunkelheit hingegen war das schon etwas ganz anderes, siehe die

Aktivitäten des Horrorclowns. Ja, da wirkte ein rotes Hüpf-Gespenst mit weißem Balken um die Taille gleich ungemein bedrohlicher.

Gegen vier Uhr brach ich auf. Ich steckte die Flagge sowie sicherheitshalber mein schärfstes Messer in den Rucksack, klopfte Gustav zum Abschied forsch auf den Panzer, um ihn daran zu erinnern, dass wir es morgen erneut mit dem Heu probieren würden, und machte mich auf die Socken. Ich wollte versuchen, mich von hinten an das Grundstück heranzuschleichen. Derart gesichert, wie das Haus bestimmt war, hatte Bapp den Vorgarten aller Wahrscheinlichkeit nach mit Bewegungsmeldern, heulenden Sirenen und Schussanlagen zugepflastert. An der Hinterfront war das jedoch möglicherweise anders. Denn diese Alarmdinger kosten nun einmal ihren Preis. Und der Mann fürchtete sich ja nicht vor Einbrechern, sondern verachtete die bundesrepublikanische Staatsmacht. Die aber klingelt im Normalfall an der Eingangstür und schleicht nicht durch den Garten, wenn sie etwas von ihren Bürgern will, hatte ich mir überlegt.

Und siehe da – an der Hinterfront des Bapp'schen Heims war es kein Problem, über den Zaun zu steigen. Keine Sirene gellte los, kein Schäferhund schlug an, kein Schuss peitschte durch den Bokauer Abend. Alles blieb still, nur der Schnee rieselte leise. In aller Ruhe checkte ich die Lage. Rolf Bapp und seine Gattin waren zu Hause.

Im gut einsehbaren Wohnzimmer brannte die Deckenlampe und leuchtete alles bühnenmäßig aus. Die Schrankwand in Gelsenkirchener Barock, die riesigen grünlichen, auf Repräsentation getrimmten Sessel eines Herrenzimmers aus einer anderen Zeit, die Schale mit drei Mandarinen und einer Handvoll Walnüssen auf dem Tisch und der abgewetzte Teppich, der vielleicht einmal ein Perser gewesen war, jetzt aber nur noch aussah wie ein mottenzerfressenes Etwas, schufen ein ebenso stimmiges wie beklemmendes Ensemble. Das Reichsbürgerpaar guckte fern auf einem Bildschirm, der fast die gesamte rechte Wand einnahm. Kinofeeling bei der Schlacht um die

Düppeler Schanzen in historischen Kostümen samt Erklärungen eines selbst ernannten, stramm auf Linie liegenden Historikers von der DVD aus einem einschlägigen Onlineshop? Oder Live-TV mit DSDS? Gleich würde ich es wissen.

Ich zerrte die Flagge aus meinem Rucksack, wickelte mich sorgfältig darin ein und befestigte sie oben, unten und in der Mitte mit drei Sicherheitsnadeln. Lange brauchte die Kostümierung ja nicht zu halten. Ich wollte schon losschleichen, als Bapp plötzlich aufstand, zur Terrassentür ging, sie öffnete, heraustrat und auf einen kleinen Schuppen im hinteren Teil des Gartens zueilte. Mir blieb fast das Herz stehen, als ich mit meinem Danebrog hastig hinter eine Waldkiefer hopste. Bapp blieb nicht lange dort. Nach wenigen Minuten latschte er zurück und nahm wieder am TV-Geschehen teil. Merkwürdig. Ob sich in dem unauffälligen Holzschuppen vielleicht die Druckerpresse für die Ausweise oder die neuen Geldscheine des noch zu gründenden preußisch-reichsbürgerlichen Freistaates befand und Bapp nur einmal rasch hatte schauen wollen, ob die Maschine auch zuverlässig arbeitete? Sollte ich vielleicht, überlegte ich … Nein, das konnte warten. Jetzt ging es erst einmal um Malte Wiesheu und seinen abscheulichen Tod.

Entschlossen näherte ich mich von der Seite her der Terrasse und linste ins Wohnzimmer. Prima, auch kein wachsamer Dackel lag dort zu Herrchens Füßen, der mich durch lautes Gebell verraten konnte. Also holte ich tief Luft, als wollte ich einen Dudelsack aufblasen, und sprang mit einem kriegerischen Schrei direkt vor die Fensterfront. Und da stand ich nun in meinem Danebrog-Kostüm und blickte grimmig in die erschrockenen Gesichter von Rolf und Helga Bapp. Als sie mich nach Bruchteilen von Sekunden erkannten, verwandelte sich ihre Furcht in blanke Wut. Mit drei Schritten war Bapp an der Terrassentür und riss sie auf. Ein Schwall von Zigarettenmief waberte mir entgegen.

»Das ist Hausfriedensbruch und unbefugtes Betreten eines fremden Staatsgebietes. Das widerspricht klar den Regeln der –«

»Nun halten Sie mal die Luft an, Herr Bapp.« Es kam ganz intuitiv heraus. Der Mann wirkte nicht bedrohlich, sondern nur lächerlich. Ich hörte Helga hinter ihm laut nach Luft schnappen, als sie ebenfalls aufsprang.

»Was soll das?«, kreischte sie mit ihrer hellen Stimme, die so melodisch sein konnte, krallte sich mit der rechten Hand am Unterarm ihres Gatten fest, während sie mit der linken so entsetzt auf den Danebrog deutete, als handelte es sich dabei um eine verweste Ratte in ihrem Kühlschrank. »Entfernen Sie das. Auf der Stelle. Das ist die Flagge des Feindes.«

»Tüdelkram«, entgegnete ich kalt. »Können wir diese Phrasendrescherei nicht mal lassen? Ich muss mit Ihnen über Malte Wiesheu sprechen. Und ich werde nicht eher gehen, bis Sie mir Rede und Antwort gestanden haben. Ich will dabei allerdings nicht erfrieren.« Mit einer energischen Handbewegung und einer entschlossenen Körperhaltung scheuchte ich die beiden verdatterten Reichsbürger zurück ins Wohnzimmer und trat unaufgefordert ein. Die Bapps starrten mich entgeistert an. Ich setzte mich. Danke, Traute. »So. Ich schlage vor, Sie schließen die Tür. Sonst heizen Sie den Garten, und das wird teuer.«

Helga kam meiner Aufforderung schließlich zögernd nach, nachdem sie ihren Mann per Kurzblick konsultiert hatte. Rolf Bapp war bleich. Seine Kiefer mahlten, auf seiner Oberlippe hatten sich Schweißtropfen gebildet, und sein Blick saugte sich hilfesuchend an der Zigarettenschachtel fest, die auf dem Tisch neben dem vollen Aschenbecher lag. Doch er widerstand.

»Ich protestiere auf das Schärfste«, quietschte er schwer atmend.

»Tun Sie das.« Ich war die Ruhe selbst. »Am besten, Sie bestellen dafür den Botschafter der Bundesrepublik ein und beschweren sich bei dem mit einer hübschen Protestnote. Und nun setzen Sie sich endlich und machen die Glotze aus.«

Hatte ich erwähnt, dass sie tatsächlich einen »Feindsender« sahen, wie es damals bei Adolfen geheißen hatte? DSDS war es nicht, aber irgendeine dieser hirnverkleisternden Doku-Soaps, in denen gekocht, ausgewandert, geheiratet oder geshoppt wird.

»Also«, ich fixierte beide mit stählernem Blick, als sie mir tatsächlich gegenübersaßen wie das mausgraue depressive Ehepaar aus einem der Loriot-Filme, »Sie, Herr Bapp, haben Malte Wiesheu mit der Motorsäge getötet. Und um gleich mit der Tür ins Haus zu fallen: Ich stand direkt neben Ihnen und hatte den Eindruck, dass das kein Unfall war.«

»Was wollen Sie denn damit sagen?«

Bapp erhob sich halb und drohend von der Couch. Helga grapschte nach seinem Arm und hielt ihren Gatten fest.

»Mord«, beschied ich ihn knapp. Er plumpste ächzend zurück. Wie eine Gummipuppe, der man die Luft abgelassen hatte. »Meiner Ansicht nach haben Sie den Mann gezielt umgebracht. Und ich möchte wissen, weshalb. Deshalb bin ich hier.« Zack. Noch Fragen?

»Aber es war doch ein Unfall«, sprang Helga hektisch ihrem nunmehr stummen Mann bei, dessen Hand zur Zigarettenschachtel wanderte, dann jedoch auf halbem Weg innehielt. Ihr Gesicht war gerötet, und das arierblonde Haar klebte heute strähnig und wie tot an ihrem Kopf. »Die Polizei weiß das. Deshalb ist Rolf ja auch zu Haus und nicht in Untersuchungshaft.«

»Wo er eigentlich hingehört«, knurrte ich drohend. »Sie wissen das. Alle beide. Und ich weiß es auch.«

»Die Polizei …«

»… kann sich irren. Punkt.«

»In diesem Fall nicht.« Helga streckte mir kampflustig ihr Kinn entgegen. »In diesem Fall liegen die Staatsorgane der Bundesrepublik Deutschland nämlich ausnahmsweise nicht daneben. Rolf ist unschuldig.«

»Na, da schau her«, sagte ich.

Helga schnaubte vielsagend durch die Nase, und wir fixierten einander wie zwei Duellanten im Morgengrauen auf einer taubenetzten Wiese.

»Ich war selbst einmal Bulle«, erklärte Bapp unvermutet. Seine Atmung ging wieder etwas ruhiger. »Die … äh … ehemaligen Kollegen wissen, was sie tun. Also in dem Fall schon.«

Er stierte mich dabei herausfordernd an.

»Aha«, sagte ich zuckersüß. »Verstehe ich das jetzt richtig: Wenn es um den Beweis Ihrer Unschuld geht, ist die Polizei des von Ihnen nicht anerkannten Deutschland okay, sonst ist sie eine Gaunertruppe und natürlich des Teufels? Was für eine kranke Logik. Läuft es darauf hinaus, Herr Bapp?«

»Ziehen Sie doch Ihre Schlussfolgerungen, wie Sie wollen, junge Frau. Ich hab nichts mehr mit denen zu tun. Ich bin jetzt Frührentner. Die Bandscheiben, wissen Sie.«

»Rolf hat damals bei der Polizei gekündigt«, mischte sich Helga ein. »Aus politischer Überzeugung. Die letzten Jahre hat er bei einem Sicherheits- und Wachdienst gearbeitet.«

»Wow«, ätzte ich, »Ihr Mann hat also tatsächlich für sein Reichsbürgertum Nachteile in Kauf genommen? Ich meine, als Polizist sind Sie ja Beamter und versorgt bis in alle Ewigkeit.« Mir schwante etwas. »Oder haben die Ihnen etwa nahegelegt zu kündigen, als sie merkten, welches Ei da in ihrem Nest liegt?«

»Das geht Sie alles überhaupt nichts an«, schnappte er. »Was wollen Sie von mir? Ich kannte den Wiesheu doch gar nicht.« Bapp fixierte mich streng. Er hatte sich augenscheinlich berappelt. »Ich habe den Mann nie vorher gesehen. Da können Sie fragen, wen Sie wollen. Ich hatte gar kein Motiv!«

Verdammt, meine Blase fing an zu zwicken. Ausgerechnet jetzt. Ich hätte den dritten Becher Kaffee nicht mehr trinken sollen. Nun war es zu spät.

»Das wird sich ja zeigen«, entgegnete ich unkonzentriert. »Die Polizei hat wahrscheinlich gar nicht richtig hingeschaut, weil sie gleich von einem Unfall ausging. Aber ich werde auf jeden Fall in dieser Richtung ermitteln. Darauf können Sie sich verlassen.«

»Bitte«, sagte Bapp, und es klang unangenehm spöttisch und plötzlich sehr selbstsicher. »Tun Sie das. Recherchieren Sie, wenn es Ihnen Spaß macht. Sie werden keine Verbindung zwischen Wiesheu und mir finden.« Wie bei unserer ersten Begegnung vor dem Haus zielte er plötzlich mit dem Zeigefinger auf mich, als sei der ein Pistolenlauf. Eine wahrhaft unsympathische Angewohnheit. »Und überhaupt haben Sie doch in den Himmel geschaut, als es … geschah. Sie können mir also gar nichts.«

»Wie? Ja.« Verdammt, ich musste wirklich mal. Und zwar äußerst dringend. Aber doch nicht ausgerechnet jetzt. Reiß dich zusammen, Hemlokk! »Genau darauf haben Sie gewartet, stimmt's? Sie wollten keine Zeugen, als Sie ihn töteten. Genauer gesagt, Sie wollten keine ganz direkten Tatzeugen, aber durchaus möglichst viele ›Unfallzeugen‹ unmittelbar danach.«

Ich unterdrückte ein Stöhnen. Wenn ich nicht bald das stille Örtchen aufsuchte, war es um den Bapp'schen Kunstperser geschehen. So eine verdammte Pleite, denn damit waren das Überraschungsmoment und mein Vorteil dahin. Ein Private Eye mit einem gewaltigen Druck auf der Blase wirkt alles andere als kompetent und souverän. Trotzdem – es führte kein Weg daran vorbei. Alles andere musste warten. Ich erhob mich.

»Ihr Klo. Wo finde ich es?«

Einen kurzen Moment waberte eine eigentümliche Stille durch das Wohnzimmer. Als stünde die Zeit still.

»Nein«, sagten Rolf und Helga dann gleichzeitig wie aus der Pistole geschossen.

Bitte? Was hieß hier »nein«? Das gab es nicht! Auch bei den Reichsbürgern gelten doch wohl die Mindeststandards der Zivilisation!

»Das … äh … geht nicht«, fügte Helga zögerlich hinzu, als sie mein entgeistertes Gesicht sah. Hah, das würden wir ja sehen!

»Okay.« Ich bückte mich, lüpfte den Danebrog bis zur Taille und fing an, ebenso entschlossen wie gut sichtbar an meinem Hosenbund zu nesteln. »Dann werde ich eben auf den Teppich …«

»Oh Gott, Rolf«, murmelte Helga drängend.

Er zögerte noch immer. Ich öffnete den Knopf und ruckelte am Reißverschluss. Endlich stand Bapp auf. Halleluja!

»Es ist draußen.«
»Wie jetzt?«, entfuhr es mir verblüfft.
Bapp schlurfte zur Terrassentür, öffnete sie und blickte mich auffordernd an.
»Draußen, im Schuppen. Wegen der ganzen Rohre. Kommen Sie.«
Wollte er mich etwa auf den Arm nehmen? Ich musste wirklich dringend. Einerseits. Andererseits begehrte ich genauso dringend zu erfahren, was der Mann mit diesen kryptischen Worten meinte.
»Was denn für Rohre?«, stupste ich ihn an, während ich hinter ihm her durch den Schnee zu dem Schuppen trabte, in dem er selbst vorhin gewesen war. Er drehte sich zu mir um, das Gesicht todernst.
»Damit kommen die mühelos in jedes Haus. Durch die Rohre. Die Kanalisation ist ja ein riesiges unterirdisches Netz. Das müssen Sie sich mal klarmachen. Nur wenige tun das. Ich habe da einen Plan gezeichnet. Es ist wirklich schauderhaft. Da stecken überall Roboter und Wanzen drin, um uns alle zu überwachen.«
»In der ganzen Scheiße?«, fragte ich erschüttert, während er mir galant – plötzlich durch und durch Gentleman – die Tür zum Örtchen aufhielt.
»In der ganzen Scheiße. Genau da« wiederholte er mit einer Stimme, die keinen Zweifel an der Ernsthaftigkeit seiner Worte zuließ. »Ich sage ja, niemand glaubt es. Aber genau das wollen die da oben erreichen.«
Er deutete mit der Rechten auf eine Taschenlampe, die innen neben der Tür stand. Ich bückte mich und knipste sie an. Es war ein jämmerlicher Strahl, aber zum Pinkeln auf diesem cremefarbenen Monstrum von Klo würde es reichen. Es war saukalt in dem Bretterdings. Hoffentlich fror ich nicht auf der Brille fest. Ich ging hinein, schloss die Tür und griff zum Klodeckel, als Bapp ohne Vorwarnung »Tüte!« bellte. Zumindest meinte ich, genau dieses Wort verstanden zu haben, auch wenn es nicht allzu viel Sinn machte. Erschrocken zog ich

meine Hand zurück, öffnete die Tür wieder und schaute ihn entgeistert an.

»Sie müssen eine Tüte nehmen, weil es sonst schmutzig wird«, ergänzte er mit ruhigerer Stimme, während er gleichzeitig auf einen weißen Stapel deutete, der neben dem Trumm lag. Die Tüten sahen aus wie größere Kaffeefilter. Ich bückte mich gehorsam. Bapp machte keine Anstalten zu gehen. »Die Dinger sind beschichtet und fangen alles auf. So wird das Metall der … äh … Kammer nicht schmutzig. Und wenn Sie fertig sind, pressen Sie diesen Hebel hier hinunter. Dann öffnet sich unten die Klappe und … äh … die Sache fällt in die Verbrennungskammer. Und sehen Sie daneben das Display? Ja? Da drücken Sie anschließend bitte auf BIG. Nicht SMALL, also das tun Helga und ich nie. BIG ist sicherer. Für größere Sachen, Sie verstehen?«

Ich nickte geplättet.

»Es ist ein schwedisches Fabrikat«, erklärte Bapp, in diesem Moment nichts weiter als ein stolzer Toilettenbesitzer, »das mit Verbrennung statt mit Wasserspülung arbeitet. Fünfhundertfünfzig Grad Celsius schafft es, und alles ist weg.« Ich bemerkte, dass ich anfing, dümmlich zu grinsen. Bapp hob den Zeigefinger. Es war eine Geste des Triumphes. »Dieses Klo ist autark, verstehen Sie? Darum geht es. Deshalb haben wir es ausgesucht. Offiziell ist es in Schweden natürlich einfach nur für all die Ferienhäuser gedacht, die nicht an die Kanalisation angeschlossen sind. Aber für uns ist entscheidend, dass so keine Verbindungen mehr zur Außenwelt durch irgendwelche Rohre bestehen.«

»Und die Toilette im Haus?«, erkundigte ich mich schwach. Mein Harndrang war vor lauter Verschwörungstheorie tatsächlich ein bisschen zurückgegangen. Oder war der Architekt ebenfalls ein Reichsbürger gewesen und hatte sie aus Sicherheitsgründen gleich weggelassen? Nein, hatte er nicht.

»Die haben Helga und ich in einer Nacht-und-Nebel-Aktion selbst zugemauert.« Klar, wie denn auch sonst? Untergrundkampf gegen die geheime Kanalbrigade. Darauf hätte ich auch von allein kommen können. »Ich warte draußen. Beeilen Sie sich.«

Ich knallte die Tür von innen zu, hob hastig den Deckel des schwedischen Verbrennungswunders, legte mit zitternden Händen die Tüte ein, zog den Danebrog hoch, die Hosen runter und setzte mich. Aaaah!

»Sind Sie bald fertig?«, drängelte Bapp bereits nach kurzer Zeit.

»Moment noch«, rief ich zurück, während ich neugierig die Balken und die reichlich vorhandenen Spinnweben ableuchtete. Weshalb ich das machte? Aus blanker Intuition und keinem bestimmten Grund. Aber bekanntlich befindet sich eine Privatdetektivin immer im Dienst. Auch wenn sie auf dem Töpfchen sitzt.

»Mein Gott, wie lange dauert es denn noch? Mir ist kalt«, nölte er.

»Gehen Sie ruhig ins Haus zurück. Ich finde den Weg schon allein.«

»Nein. Das könnte Ihnen so passen! Ich warte.«

Na, dann eben nicht; dem Mann fehlten wirklich alle Socken in der Schublade. Hatte er etwa Angst, dass ich sein kostbares Feuerklo demolieren würde, damit er sich zumindest zeitweise wieder ans hochgefährliche Invasions-Rohrsystem der Bundesrepublik anschließen musste? Sollte er, mir war das egal. Dann vereiste er eben ein bisschen. Ich brachte die Kloaktion zu Ende, drückte den schwarzen Knopf auf seinem Metallstab hinunter, wodurch ganz mechanisch die ebenfalls metallene Klokammer geöffnet wurde, und linste neugierig der Tüte mit meiner Hinterlassenschaft hinterher, die vorschriftsmäßig in die Brennkammer fiel.

Mit dem Drücken des finalen BIG-Knopfes zögerte ich jedoch. Denn auch wenn ich keinen Tropfen Urin mehr in der Blase hatte, sagte sie mir doch, dass ich dieses hölzerne Herzhausen besser gründlich ableuchten sollte, bevor ich mich wieder mit den Bapps beschäftigte. Denn der Mann erschien mir auffallend nervös und fror sich offenkundig lieber sonst was ab, statt im gemütlichen Heim auf mich zu warten beziehungsweise die Gelegenheit zu nutzen, mir die Terrassentür vor der Nase zuzuschlagen.

Sorgfältig begann ich, die Wände, den Boden und die Decke abzuleuchten. Und siehe da – auf einem der oberen Querbalken lugte etwas Weißes hervor, das dort nicht hingehörte.

Ich trat neugierig näher, stellte mich in meinem danebrogumwickelten Körper auf die Zehenspitzen und zupfte zart daran. Ein Zweihundert-Euro-Schein segelte mir entgegen.

»Verdammt noch mal, was machen Sie denn so lange da drinnen?«

Bapp klang aufgescheucht. Ich betrachtete den Schein in meiner Hand.

»Bei Damen geht das nicht so schnell«, improvisierte ich rasch. »Und manchmal geht es eben noch ein bisschen langsamer. Sie sind doch verheiratet.«

»Äh … ja, aber was … ach so.« Der Groschen war gefallen.

Ich zupfte energischer an dem weißen Zipfel und hatte kurz darauf eine Plastiktüte in der Hand.

»Erdbeerwoche«, schob ich hastig hinterher, um ihn nicht noch misstrauischer zu machen.

Flüssigkeiten in und aus weiblichen Körpern flößen vielen Jungs ja trotz aller Aufklärung erfahrungsgemäß mächtig Unbehagen, wenn nicht gar Angst ein. Manchmal hatte das auch sein Gutes.

»Ja doch, ich hab schon verstanden«, brummte er peinlich berührt.

Na also.

Hastig öffnete ich die Tüte und hätte fast laut aufgeschrien. Sie war vollgestopft mit Geldscheinen. Einhunderter, Zweihunderter, Fünfhunderter. Bündelweise. Rasch überschlug ich die Summe. Es musste sich grob über den Daumen gepeilt um bummelige fünfzigtausend Euro handeln.

# ELF

Einen Moment hatte ich wie erstarrt in dem muffigen Klohäuschen gestanden und auf das Vermögen in meinen Händen geglotzt. Fünfzigtausend Mäuse. Grundgütige. Das war eine Menge Knete, einmal vorausgesetzt, es handelte sich bei den Scheinen nicht um Blüten. Aber davon ging ich nicht aus. Weil es einfach nicht passte. Nein, das Geld war bestimmt echt. Nach kurzer Überlegung – den Bruchteil einer Sekunde sah ich Johannes' ungläubiges Gesicht vor mir, wenn ich ihm auf der nächsten FuckUp-Night lässig die Tüte mit den Worten »fürs Dach« überreichen würde – hatte ich den Plastikbeutel sorgfältig wieder oben auf dem Balken deponiert, das BIG-Atomisierungsknöpfchen an der Toilette gedrückt, woraufhin das Klo mit einem zarten Piepston sein Geschäft aufgenommen hatte, und war hinausgetreten.

»Na endlich«, hatte Bapp vor Kälte schnatternd geschnauft, während er von einem Fuß auf den anderen trat und dabei rhythmisch mit den Armen um den Oberkörper schlug. Kleine Dampfwölkchen entstiegen seinen Nasenlöchern sowie dem Mund. »Ich dachte schon, Ihnen gefällt meine schwedische Errungenschaft so gut, dass Sie dort einziehen wollen.« Bei diesen Worten hatte er mich voller Misstrauen beobachtet, was mir keineswegs entgangen war.

»Och nö«, hatte ich scheinbar gleichgültig erwidert, als er sich auch schon umdrehte und eilig Richtung Haus strebte.

Wenn die Blase nachts um drei drückte, ein Schneesturm im Anmarsch war und das Thermometer minus zehn Grad zeigte, musste dieser Gang zum stillen Außen-Örtchen eine wahre Freude sein. Mal ganz abgesehen von der arktischen Temperatur der Brille. Aber ein echter Reichsbürger kennt wahrscheinlich keinen Schmerz, wenn er der Bundesrepublik ein Schnippchen schlagen kann. Um keinerlei Verdacht zu erregen, hatte ich dann noch ein bisschen Verhör gespielt, denn mein psychologischer Vorteil war durch die Pinkelpause in der Tat dahin gewesen. Beide Bapps hatten sich inzwischen gefangen und saßen mir nun mit verschränkten Armen und störrischen Gesichtern gegenüber.

Ich begann mit dem Horrorclown und fragte sie, ob sie Näheres wüssten. Nein, nichts, lautete die vorhersehbare Antwort. Wie ich denn überhaupt darauf käme, regte sich Helga auf. Ich wollte ihnen da doch wohl nichts unterstellen? Und, ach, treibt der denn immer noch sein Unwesen?, gab Bapp die Unschuld vom Lande. Das sei ja wirklich unerhört. Ich glaubte ihnen selbstverständlich kein Wort und fragte Bapp ganz direkt, ob er vielleicht selbst der Clown sei. Aber nicht doch. Niemals! Er spielte den Empörten ziemlich gut. Das sei ja wohl eine infame Unterstellung und wieder einmal typisch für diesen Scheißstaat, der sich Bundesrepublik Deutschland nenne. Nichts als haltlose Verdächtigungen gegen Unschuldige, und die wahren Verbrecher lasse man laufen. Ich ließ das so stehen. Es hatte keinen Sinn, mit ihm zu diskutieren. Stattdessen wollte ich als Letztes wissen, ob eine wie auch immer geartete Verbindung von ihm oder den Reichsbürgern zu Klinger bestehe.

Er stutzte kurz. Dann rang er sich zu einem knappen Nein durch. Das war alles.

Letztlich war ich ja aber ohnehin davon ausgegangen, dass der Mann nicht das Geringste zugeben würde, und war deshalb bald darauf aufgebrochen, denn ich musste dringend über diesen sensationellen Zufallsfund nachdenken. Fünfzigtausend Euro sind kein Pappenstiel. Und dass sie in einer Plastiktüte in einem Klohäuschen lagerten und nicht etwa im Eichenschrank oder auf dem Konto geparkt wurden, legte die Vermutung mehr als nahe, dass es sich bei diesem Geld um die Bezahlung für … einen Mord handelte? Einen Auftragsmord, den niemand als solchen erkannte, weil er äußerst geschickt ausgeführt worden war und Täter und Opfer sich nachweislich niemals zuvor gesehen hatten? Mein Fund im Klohäuschen unterstützte zumindest diese These. Und ich war die Einzige, die diese Zusammenhänge erkannte. Wenn also Wahrheit und Gerechtigkeit in diesem Fall eine Chance haben sollten, dann lag es an mir und niemand anderem, der Sache auf den Grund zu gehen.

Doch am nächsten Morgen hatte mein Körper den Stecker gezogen. Jeder Muskel und jeder Knochen tat mir weh, mein Kopf drohte zu platzen, ich schwitzte und fror gleichzeitig und lag mit bleischweren Gliedern im Bett wie eine Tote. Dabei hustete und schniefte ich zum Gotterbarmen. Ich hatte mir eindeutig irgendwo eine Kombination aus Grippe und Bronchitis eingefangen und den Viren und Bakterien durch den Strandspaziergang sowie mit dem Einsatz auf Bapps Eisklo auch noch ideale Bedingungen zum Gedeihen geboten. Merde!

Ich brühte mir literweise Tee auf, schleppte mich zurück ins Bett und fühlte mich dabei, als sei ich der alleinige Mensch auf Gottes Erdenrund. Einsam, verwaist und freundlos. Mein Hirn war völlig wattiert und produzierte keinen einzigen vernünftigen Gedanken zum Thema Bapp, sondern rührselige Weihnachtsbilder, in denen Harrys tropfnasser Rentierpullover eine Rolle spielte, Daniel mit seinem Onkel plauderte, als gäbe es kein Morgen, und Berge von Päckchen mit fünfzigtausend Euro unter einem monströsen lila Weihnachtsbaum aus Plastik pausenlos den Besitzer wechselten. Am dritten Tag meiner Malaise wuchtete ich mich in einem Anfall völliger Selbstüberschätzung aus dem Bett, um Gustav ein Salatblatt vorbeizubringen, Hannelore und die Brut in ihrem Kühlschrank draußen im Schuppen zu lüften und mir einen Eierpfannkuchen zu backen. Ich kam bis zum Schaukelstuhl. Dort musste ich eine Pause einlegen, und nach dem Gang aufs Klo samt anschließender Dusche war ich völlig k.o. Den Pfannkuchen aß ich nur zur Hälfte auf.

Erst am fünften Tag ging es mir so weit besser, dass ich Harry etwas auf den Anrufbeantworter krächzen konnte. Er hatte sich die ganze Zeit über nicht gemeldet, was zwar nicht ungewöhnlich war, in dieser Situation zur Hebung meiner

Laune jedoch nicht gerade beitrug. Sooo beschäftigt konnte doch auch ein Autor von Dating-Profilen im Netz nicht sein, selbst wenn Millionen Singles und unglücklich Verbandelte seiner Dienste bedurften! Mit grantiger Stimme teilte ich ihm mit, dass ich Grippe hätte, es äußerst dringend sei und er sofort kommen müsse.

Doch statt dass er nun endlich mit fliegenden Fahnen, einem schlechten Gewissen sowie einem Topf nahrhafter Hühnersuppe ans Krankenlager geeilt kam, um voller Besorgnis nach seiner Liebsten zu schauen – antwortete er mit einer Mail! Es tue ihm wirklich leid, aber er könne es einfach nicht riskieren, sich anzustecken. Außerdem sei er zurzeit nicht im Lande, sondern befände sich auf Recherchetour. Das verstünde ich doch sicher. Waaas? Nein, verdammt, das tat ich nicht. Das heißt, einerseits schon, denn wir lebten ja bekanntlich beide unser eigenes Leben. Doch andererseits empfand ich sein Verhalten als Verrat und war bitter enttäuscht, denn er hatte sich natürlich nicht nur um seine kranke, hustende und schniefende Freundin kümmern sollen, sondern auch um die Bapp'sche Knete. Irgendjemand musste sie schließlich im Auge behalten, sonst war sie am Ende weg, und ich würde das Intermezzo im Schweden-Klo selbst noch für eine Fata Morgana halten. Einmal ganz abgesehen davon, dass mir niemand glauben würde, wenn sich die Plastiktüte in Luft auflöste. Na gut, und ein bisschen eifersüchtig war ich außerdem, was meiner Laune auch nicht gerade zuträglich war.

Harry datete also herum, ich hatte es ja kommen sehen. Denn wie sah wohl eine »Recherchetour« in diesem Gewerbe aus? Na? Genau. Was dabei herauskam, ahnte man doch. Ich mied den Blick in den Spiegel, denn ich wusste, was mir entgegenstarren würde: ein käsiges Wesen mit schlaffen Gesichtszügen und strähnigem Haar, während er wahrscheinlich mit einem Geschöpf herumturtelte, das aussah wie … wie … nicht einmal das wollte mir einfallen. Mir ging es wirklich ziemlich schlecht.

»Schöner Lover und Co-Detektiv«, teilte ich Gustav am

nächsten Vormittag gnatterig mit, als ich mit zittrigen Knien durch meine Villa wankte. Mein Kröterich döste in seiner Kiste, und prompt meldete sich bei mir das schlechte Gewissen. In den letzten Tagen hatte ich ihn fast völlig vergessen. Aber ich fühlte mich einfach noch zu schwach, um es mit einer widerspenstigen Kröte aufnehmen zu können. Also bezog ich lediglich mühsam mein verschwitztes Bett neu, als es an der Tür klopfte. Ich hatte vorsichtshalber abgeschlossen.

»Moment«, krächzte ich misstrauisch.

Wer wollte da etwas von mir? Der Horrorclown vielleicht? Und ich dumme Pute öffnete ihm die Tür, und schwupps verabreichte er mir eine ordentliche Tracht Prügel? Oder wollte Rolf Bapp vielleicht kurz hereinschauen, weil er trotz aller Vorsicht entdeckt hatte, dass ich sein Klo-Geheimnis kannte? Dann wäre ich in zwei Minuten tot.

»Schätzelchen, ich bin's. Nun komm schon, beeil dich. Wir haben November, und es ist verdammt kalt heute Morgen.«

Marga! Ich drehte rasch den Schlüssel um und riss die Tür auf.

»Hühnersuppe«, sagte sie, drängte sich an mir vorbei und stellte den Topf schwer atmend auf den Herd. »Frisch gekocht.«

Ich hob den Deckel und schnupperte. Wunderbar. Die reine Seelennahrung. Ich hätte es nicht für möglich gehalten, aber ich aß zwei ganze Teller, ohne auch nur einmal zu husten oder zu schniefen. Marga schaute mir schweigend dabei zu. Danach fühlte ich mich entschieden besser.

»Danke«, sagte ich aus vollem Herzen. »Das habe ich gebraucht.«

»Gern geschehen. Harry meinte, du hättest dich auf dem AB so komisch angehört. Und auf seine Mail hättest du auch nicht geantwortet. Deshalb sollte ich mich mal um dich kümmern.«

»Er selbst hat ja anscheinend keine Zeit«, bemerkte ich spitz.

»Nein«, erwiderte Marga ruhig. »Die hat er momentan nicht. Das kann passieren. Aber er macht sich Sorgen um dich.«

Immerhin. Und indem er mir Marga schickte, hatte er wahrscheinlich gleich drei Fliegen mit einer Klappe schlagen wollen: Ich war versorgt, er war aus dem Schneider, und Marga kam mal von ihren Buntstiften und Quastenflossern weg.

»Geht es dir denn ein bisschen besser?«, erkundigte ich mich vorsichtig bei ihr.

Sie brachte tatsächlich ein beidseitiges Heben der Mundwinkel zustande. Es war lau, zugegeben, aber ein erster Ansatz. Das war seit Wochen nicht passiert, und ich hatte es sehr vermisst.

»Tja, ich denke, in dieser Hinsicht liegen wir momentan etwa gleichauf«, lautete die lakonische Antwort.

Von da an schritt meine Genesung voran. Ich schlief zwar immer noch viel, und von kriminalistischen Gedankenspielen war ich nach wie vor ebenso überfordert wie von der Observierung des Autark-Klos oder deren Besitzer. Aber sollte ich etwa Marga bitten, im reichsbürgerlichen Garten Wache zu schieben? Nein, das kam nicht in Frage. Ein derartiges Ansinnen war an sich schon eine Zumutung, und meine Freundin war noch nicht so weit. Die Tüte auf dem Balken musste einfach ausharren, bis ich wieder fit war. Doch das sagte sich so leicht. Nichtstun und sich in Geduld zu üben hatte noch nie zu meinen ausgewiesenen Stärken gehört. Grundgütige, lass mich nicht hängen, bettelte ich daher sicherheitshalber jeden Morgen und jeden Abend, während ich mir die Zähne putzte und Harry verfluchte. Stattdessen bat ich Marga, für Gustav einen frischen Salat zu besorgen. Was sie auch ohne Murren tat. Denn jetzt fühlte ich mich wieder kräftig genug für den Showdown mit meinem widerspenstigen Kröterich. Ich kniete mich neben Gustavs Kiste. Wir waren allein.

»So, mein Süßer«, sagte ich zu ihm. »Dann wollen wir doch einmal sehen, ob Trautes Friseurbekanntschaft tatsächlich eine Reptilien-Flüsterin ist. Friss oder stirb, heißt die Devise. Und ich meine das genau so, wie ich es sage, hörst du!«

Zu allem entschlossen, langte ich nach seinem Kopf und

hielt ihn fest. Das fand der Kröterich naturgemäß gar nicht gut und produzierte ein Geräusch, das entfernt nach einem Fauchen klang. Inzwischen dank des Internets noch kundiger, ließ ich mich jedoch davon nicht beirren, sondern packte da, wo der Unterkiefer an seinem oberen Gegenstück eingeklinkt ist, feste zu und drückte mit Daumen und Mittelfinger auf die Gelenkansätze. Gustav ruckelte und zuckte mit allen Vieren, aber musste sein Maul leicht öffnen. Sofort nutzte ich die Gelegenheit und schob die Spitze meines Zeigefingers wie einen Keil hinein. Da kann nichts weiter passieren, denn so eine Kauleiste – Schildkröten haben keine Zähne, sondern beißen mit den Kieferkanten – ist ja nicht rasiermesserscharf. Außerdem war Gustav von der langen Fastenzeit entkräftet; der Arme hatte also nicht den Hauch einer Chance gegen seine rabiate Pflegerin. Jetzt kam der große Moment. Behutsam stopfte ich ihm mit der anderen Hand eine kleine Portion Heu ins Maul und zog dann meinen Fingerkeil aus dem Kaubereich. Gustav klappte sein Maul zu. Ich wartete gespannt. Er verharrte. Nichts rührte sich. Ich fing an zu schwitzen.

»Nun mach schon«, murmelte ich. »Sei ein lieber, braver Junge und fang verdammt noch mal endlich an zu schlucken. Sterben kannst du auch später noch.«

Und da, endlich, geschah tatsächlich ein Wunder. Des Kröterichs Ober- und Unterkiefer bewegten sich. Langsam zwar, aber sie bewegten sich! Und dann – ich sah es deutlich an seinem Hals – schluckte er!

»Heureka!«, ächzte ich begeistert, klopfte ihm auf den Panzer und schob eilig eine Salat-Ladung hinterher.

Er beroch das Blatt ausgiebig, verharrte, schnupperte erneut – und begann zu fressen. Ja, er schlang geradezu. Ich war glücklich und in den folgenden Tagen zunehmend baff bis baffer. Denn von da an war das Vieh gesund. Es war sozusagen wieder angesprungen. Es fraß. Und wie. Als sei nichts geschehen. Die erste Zeit beobachtete ich Gustav noch voller Misstrauen, aber es gab keinen Zweifel: Mein Lebensgefährte benahm sich endlich wieder wie ein stinknormaler Kröterich.

Niemand wusste zwar, warum. Ich am allerwenigsten, aber das war mir auch schnurzpiepegal. Voller Begeisterung rief ich meine Mutter an, berichtete ihr von dem Wunder und bat sie, über ihre Friseuse der unbekannten Krötenspezialistin meinen herzlichsten Dank auszurichten. Was sie natürlich gern tat. Von dem Bapp'schen Geld berichtete ich ihr nicht. Allerdings lobte ich sie für ihren Danebrog-Einfall, der wunderbar funktioniert habe. Und ja, Marga gehe es besser.

Tja, und was machte ich sonst noch in dieser Phase der erzwungenen Untätigkeit? Ich gestehe, ich versuchte mich kurz an einem eigenen Dating-Profil. Spaßeshalber natürlich nur, um Harry zu zeigen, wie einfach das ging. Doch irgendwie klappte es nicht. Ich kam über die »charakterstarke Vierzigerin mit Geist und Humor« nicht hinaus. Was weder elegant noch witzig war, sondern irgendwie altbacken und ziemlich nach Pilcherine klang. Na ja, tröstete ich mich, das lag bestimmt an meinem Kranksein. In so einem Zustand ist man einfach nicht ironisch und geistvoll. Deshalb gönnte ich ja auch Vivian eine Pause.

Stattdessen dachte ich verschärft über Weihnachtsgeschenke für die Lieben nach, denn das Fest der Feste nahte unerbittlich. Wobei Gustav mit zwei dicken, fetten Salatköpfen schnell abgehakt war. Aber Marga? Ein besonders ausgefallenes Malbuch voll mit Seeanemonen und exotischen Algen vielleicht, obwohl ich schon den Eindruck hatte, dass es ihr tatsächlich ein wenig besser ging? Und auch hier fühlte ich mich komplett unerleuchtet, weshalb das so war. Ich fragte vorsichtshalber nicht nach. Hauptsache, es war so. Oder Harry? Ein romantisches Wochenende in einem Luxushotel vielleicht? Mit mir als Dreingabe, damit er die ganzen hochattraktiven Tinderellas vergaß? Oder wie wäre es mit einem neuen Bordun für seinen Dudelsack?

Schwierig, schwierig. Ich schob die Entscheidung auf. Daneben bagpipte ich so intensiv, dass Manfred stolz auf mich sein konnte. Erstaunlicherweise ging das ganz gut, denn der Husten ließ ein bisschen nach. Also Luft holen, Sack füllen, den Armdruck verstärken, die Löcher der Spielpfeife verrammeln; Luft holen … immer wieder und wieder. Es hatte etwas schwer Kontemplatives. Wie Abwaschen, wenn man sich nicht innerlich dagegen sperrt. Nach und nach stellte ich fest, dass die Beschäftigung mit dem Instrument nicht nur vordergründig als technisch-musikalische Übung funktionierte, sondern so ganz nebenbei auch meine Gedanken wunderbar in Schwung brachte.

So trötete ich also selbstvergessen vor mich hin, während ich über Malte Wiesheu und Rolf Bapp, das Geld auf dem Schweden-Klo und des Reichsbürgers möglichen Auftraggeber, die Motive aller Beteiligten und die Person des Horrorclowns sowie Sven Perrier, die Kuh und die Rolle Karls und Ricos sinnierte. Lauter lose Enden tanzten durch mein Hirn. Ich kombinierte die Übernahme der »Heuschrecke« mit den FuckUp-Nights, setzte Karl, den Kellner, in Beziehung zu den Reichsbürgern und hielt eine Zeit lang Malte Wiesheu für den Horrorclown, bis mir einfiel, dass er bei meiner letzten Begegnung mit dem Clown bereits tot gewesen war.

Es ergab alles wenig Sinn. Und wenn Bapp nun gar nichts von der Knete auf seinem Donnerbalken wusste? Wenn die jemand anderes dorthin gepackt hatte? Ganz ohne sein Wissen? Theoretisch möglich wäre es natürlich. Aber wer? Und vor allen Dingen, weshalb? Nein, Hemlokk, da war es schon weitaus wahrscheinlicher, dass es sich zwar um Bapps Euros handelte, die da lagerten, dass sie jedoch gar nichts mit Wiesheus Tod zu tun hatten. Vielleicht hatte ich ja durch Zufall die stille Reserve der Reichsbürger entdeckt, den finanziellen Grundstock, mit dem sie die Rathäuser stürmen und dermaleinst die Macht in der Probstei übernehmen wollten. Nein, den Jungs traute ich eine derartig komplex-revolutionäre Planung eigentlich nicht zu, dafür waren die zu spinnert. Da führte die Malte-Wiesheu-Spur schon eher weiter. Fünfzigtausend Euro für einen Mord. Das schien mir eine anständige Bezahlung für eine derart miese Tat zu sein, auch wenn ich die Preise in diesem Genre nicht kannte. Bapps Auftraggeber musste der

Tod des Eventmanagers also sehr am Herzen gelegen haben. Aber führte mich diese Überlegung in irgendeiner Weise zu ihm? Nein, gestand ich mir ein. Vorerst nicht. Allerdings gelangte ich im Laufe meiner Dudelei mehr und mehr zu der Überzeugung, dass all diese scheinbar nicht zusammenhängenden Ereignisse, die Bokau in letzter Zeit aufgewühlt und erschüttert hatten, auf eine Ursache zurückzuführen waren und dieser Kern im Dorf selbst lag. Woher ich das wusste? Keine Ahnung, aber ich wusste es.

Nach etlichen weiteren langen Dudelsack-Übungseinheiten samt abstrusen Gedankenspielen – der Nikolaus stand mittlerweile vor der Tür – hatte ich nicht nur ein feines Gespür für das Instrument entwickelt, sondern fühlte mich endlich, bis auf den hartnäckigen Husten, auch wieder richtig gesund. Marga hatte mich in dieser Zeit mehrmals mit Essen versorgt, Harry hatte zwar hin und wieder angerufen, war jedoch erst zum Ende meiner Rekonvaleszenz leibhaftig in der Villa erschienen. Ich hatte ihn kühl begrüßt, was ihm nicht entgangen war, und ihm kein Sterbenswörtchen von den fünfzigtausend Euro erzählt, was ihm naturgemäß nicht aufgefallen war. Ich würde die Sache selbst in die Hand nehmen. Jetzt hatte ich zwangsweise schon so lange warten müssen, da kam es auf ein paar Stunden mehr oder weniger auch nicht mehr an. Harry hatte ein bisschen herumgedruckst und sich dann ganz schnell verabschiedet. Sei's drum. Wahrscheinlich hatte er durch die ganze Dating-Profilerei mittlerweile sowieso in jeder Stadt eine andere! Da interessierte ihn diese langweilige Landpomeranze in Bokau überhaupt nicht mehr.

Den ersten Arbeitstag begann ich höchst vernünftig und als verantwortungsbewusste Bürgerin Bokaus mit dem Checken der Butenschön- und Klinger-Tweets – nichts als heiße Luft, unhaltbare Versprechen und grobe Pöbeleien. Man konnte sie samt den eingestreuten Witzen auf unterirdischem Niveau allesamt getrost vergessen. So weit zu Klinger, Butenschön hingegen verbreitete eine Langeweile, dass einem die Socken einschliefen. Anschließend widmete sich Vivian Richard, dem gottgleichen Chirurgen mit den begnadeten Händen und der Schlange in Gestalt einer vollbusigen Krankenschwester an seiner Seite. Denn wenn die LaRoche und ich uns nicht aus Rolf Bapps Plastiktüte bedienen wollten, mussten wir zwei Hübschen dringend ein bisschen schmalzen und Camillas Herzeleid ob der bösen, bösen Rivalin vorantreiben. Außerdem hielt ich es für klüger, mich erst im Schutz der Dämmerung um das Geld zu kümmern.

»Also, Gustav, alter Schwede«, sagte Vivian daher tatendurstig zu unserem Kröterich, als der Cursor auf dem leeren Bildschirm des Laptops sie auffordernd anblinkte, »was machen wir nun mit dem Herrn Doktor und seiner neuen Mieze?«

Doch Gustav war ein Kröterich mit Manieren. Er sprach nicht beim Fressen, deshalb blieb er stumm. Schiet. Gedankenverloren beobachtete ich eine Schneeflocke, die sich der Schwerkraft gehorchend langsam einen Weg auf meiner Scheibe Richtung Boden bahnte. Wettermäßig versäumte ich nichts. Die ganze Zeit über hatte es abwechselnd geregnet, geschneit, oder die Wolken hatten eine Mischung aus beidem abgesondert. Ob ich den Mediziner vielleicht auf einer Datingplattform anmelden sollte? Weil er sich im tiefsten Grunde seines Herzens so einsam fühlte ohne sein Camillchen? Trotz der Nymphe Nora?

In etwa so vielleicht? »Ich, begnadeter Chirurg in den allerbesten Jahren, besitze Herz, Verstand und Witz. Ich hasse Strandspaziergänge, Rotwein und Kaminfeuer sowieso. Ich bin blond aus Überzeugung und suche einen One-Night-Stand (maximal 25 Jahre) mit ellenlangen Beinen und einer super Figur. Hirn zweitrangig.« Nee, ein Weißkittel, dem die Welt vertraut, tat so etwas nicht. Zumindest nicht in den abgeschlossenen Liebesromanen der Yellow Press. Und ihn gegen die Herzenskälte in seiner abgrundtiefen Verzweiflung über sich selbst, die rattenscharfe Nora sowie sein grundgutes Camillchen auf dem Dudelsack tröten zu lassen, ging auch nicht. Im richtigen Leben spielen Mediziner ja als Ausgleich zum Job oft ein Instrument. Aber so ein Dudelsack kommt eher schräg daher, und unser Richard war selbstverständlich ein höchst seriöser Heiler, da boten sich das Klavier oder die Geige weitaus eher an. Na also.

Ich erinnerte mich dunkel, dass ich noch eine CD mit Walzern besitzen musste, die mir einmal irgendeine ältere Tante zu Weihnachten geschenkt hatte. Die suchte und fand ich, und Vivian legte schwungvoll im Dreivierteltakt zur schönen blauen Donau los. Um zwei waren wir mit der Folge fertig: Der doofen Camilla zerriss es schier das Herz, als Göttergatte Richard ihr per Skype ein wenig stockend zwar, aber doch erkennbar »Remember you're mine« von Pat Boone vorfiedelte, und fing tatsächlich an, ihre Liebe zu ihm, dem Einzigen, noch einmal zu überdenken. Vivian hingegen speicherte die Schmonzette sorgfältig ab, fuhr den Laptop herunter und klappte den Deckel zu.

Dann kochte Hanna sich einen – kleinen! – Becher Tee, aß dazu zwei Brote belegt mit einem kräftigen Tilsiter und spielte anschließend noch eine Runde auf dem Dudelsack. Tiiieeef Luft holen, und los ging's. Langsam machte mir das richtig Spaß, auch wenn ich noch lange keine Konzertreife besitzen würde. Selbst bei wohlwollendstem Hinhören konnte kein Zweifel daran bestehen, dass es noch nicht einmal für den gefürchteten Marsch durch Bokau anlässlich der Prämierung der besten Strohfigur gereicht hätte, die die Dörfer in der Probstei im Spätsommer bastelten. Aber egal. Es war wirklich sehr nett von Manfred gewesen, mir das Instrument seiner Frau zu leihen. Leicht fiel ihm das bestimmt nicht.

Als es so gegen drei anfing zu dämmern, brach ich die Übungsstunde ab und zog mich extra warm an, denn ich wollte gesundheitlich nichts riskieren, und der steife Nordost war wieder einmal eisig und pfiff einem gnadenlos um die Ohren. Dicke Jacke, Strumpfhose unter den Jeans, was ich hasse, aber in diesem Fall ging es nichts anders, Mütze, Schal, Fäustlinge, Taschenlampe, mein Etui mit den Schraubenziehern und Dietrichen, das ich mir im letzten Sommer zugelegt hatte, vervollständigten die Ausstattung. Und für den Fall der Fälle steckte ich sicherheitshalber zwei solide Büroklammern ein. Ich erinnerte mich nicht mehr genau, aber es konnte ja sein, dass Bapps Herzhausen grundsätzlich abgeschlossen war und ich ein bisschen nachhelfen musste, um nach dem Geld Ausschau zu halten.

Ich ging zu Fuß, es war ja nicht so weit. Außerdem hielt ich es für unauffälliger, wenn mein Wagen nicht in der Nähe des Hauses gesichtet wurde. In der »Heuschrecke« waren fünf Tische besetzt, Karl nahm gerade mit einem hochherrschaftlichen Gesicht Bestellungen auf, als ich vorbeitrabte. Von dem Horrorclown war weit und breit nichts zu sehen; der Mann hatte eindeutig eine Pause in seinen Schreckensbemühungen eingelegt. Oder ob Klinger ihn endgültig zurückgepfiffen hatte? Ich schlich mich erneut von der Rückseite an das Bapp'sche Grundstück heran, schaute mich kurz um – niemand in Sicht – und kletterte rasch über den Zaun. Es schneite mittlerweile ziemlich heftig, was ein Segen war, denn die weiße Pracht würde meine Fußspuren zuverlässig und recht schnell wieder verdecken.

Rasch sondierte ich die Lage. Im Wohnzimmer leuchtete nur das rote Stand-by-Signal des Riesenfernsehers, ansonsten war es stockfinster bei den Reichsbürgern. Rolf und Helga waren also nicht zu Hause. Prima. Das machte mir die Arbeit entschieden leichter. Trotzdem schnürte ich in geduckter Haltung auf die Holzhaustoilette zu – und fluchte kurz darauf leise in mich hinein. Ein kräftiger Metallriegel mit Vorhängeschloss sicherte die Tür. Hastig kramte ich im Schein der Taschenlampe in meinem Rucksack nach den beiden Büroklammern und bog sie so zurecht, wie ich es kürzlich in einem YouTube-Video gesehen hatte. Auch Bokauer Private Eyes bilden sich eben ständig fort. Bei dem Schloss handelte es sich zwar um ein billiges Fabrikat, trotzdem brauchte ich eine gefühlte Ewigkeit, bis ich es mit meinen beiden Selfmade-Instrumenten geknackt hatte. Schnell schlüpfte ich hinein und richtete den Strahl der Taschenlampe auf den Balken.

Mir fiel ein Stein vom Herzen. Die Plastiktüte lag an ihrem Platz. Ungeduldig zerrte ich sie herunter und linste hinein. Schwein gehabt, das Geld war offenbar auch noch komplett da. Mit einem Seufzer der Erleichterung sank ich aufs schwedische Verbrennungswunder, um darüber nachzudenken, was ich jetzt tun sollte. Zu Hause war ich mir nicht schlüssig gewesen. Sollte ich die fünfzigtausend Euro einsacken, um sie doch zur Polizei zu bringen und denen zu erzählen, was ich vermutete? Aber die Beamten würden mir höchstwahrscheinlich nicht glauben, mir das Geld abnehmen und mich – wenn sie mir wohlwollten – mit der Ermahnung nach Hause schicken, mich in Zukunft auch nicht einmal vorübergehend an fremdem Eigentum zu vergreifen. Wenn Herr Bapp den Banken nicht traue und sein sauer Erspartes auf dem Klo verstecke, sei das ganz allein sein Bier. Ich konnte die in pädagogisch-vorwurfsvollem Tonfall geäußerten Worte direkt hören. Denn Wiesheus Tod galt nun einmal hochoffiziell als Unfall, und Bapp war nicht so doof, dass er sich nicht irgendwie herausreden konnte, falls doch jemand gezielter nachfragen sollte. Die Plastiktüte samt Inhalt einfach mitzunehmen, kam natürlich nicht in Frage. Ich wollte mich ja nicht bereichern, und ermittlungstechnisch gesehen brachte das nichts. Bapp würde zwar zweifellos stinkwütend sein, wenn er bemerkte, dass sein Notgroschen fehlte. Und dann? War sein Gebrülle bestimmt nett anzuhören, aber mehr auch nicht. Also schien es mir am besten zu sein, das Geld zwar auf dem Balken zu lassen, aber gleichzeitig den nichtsahnenden Besitzer scharf im Auge zu behalten.

Plötzlich meinte ich gedämpfte Stimmen zu vernehmen. Ich sprang auf und lauschte. Verdammt, sie kamen eindeutig aus Richtung der Terrasse. Reichsbürgers waren nach Hause gekommen! Und wohin führt der erste Gang, wenn man das Heim nach einem längeren Ausflug wieder erreicht? Genau. Zum Pott. Jetzt hörte ich Helga auch schon etwas in ihrer melodiösen Stimmlage sagen, was ich jedoch nicht verstand. Doch der Tonfall war alles andere als freundlich.

»Nein«, widersprach Rolf Bapp laut und klar. »Das kommt überhaupt nicht in Frage. Wir werden dieses Jahr Weihnachten nicht bei deinen Eltern verbringen. Und wenn du dich auf den Kopf stellst, meine Liebe. Ich kann deinen Bruder mit seinen scheißliberalen Ansichten nicht ausstehen, wie du weißt. Außerdem schlürft der immer so komisch, wenn er die Suppe isst. Und die, die deine Mutter kocht, mag ich sowieso nicht.«

Die Stimme kam unzweifelhaft näher. So ein Mist! Ich saß wie eine Ratte in der Falle.

»Was hast du gesagt, Helga? Das meinst du doch jetzt nicht ernst. Meine Schwester ist zwar ein riesengroßes Kamel, sträflich naiv, ja durchaus, und manchmal kann sie auch ein richtiges Arschloch sein, aber sie ist keinesfalls so ein … so ein …«

Bapp klang jetzt höchst verärgert, doch das war mir egal. Er entfernte sich offenbar wieder, denn seine folgenden Worte, die bestimmt ebenfalls dem ach so gemütlich-familiären Weihnachtsfest galten, verstand ich nicht mehr. Unendlich erleichtert seufzte ich in mich hinein. Auch bei Reichsbürgers verursachte das Fest der Feste also bereits im Vorfeld Bauchschmerzen, ganz wie im richtigen Leben. Wunderbar. Vielleicht kriegten sich Rolf und seine Helga ja so in die Haare, dass ich während des Gefechts rasch verschwinden konnte. Doch ausgerechnet in diesem Moment spürte ich einen unwiderstehlichen Hustenreiz. Er suchte sich kitzelnd, zäh und unaufhaltsam von ganz unten in der Lunge den Weg nach oben ins mündische Freie. Ich versuchte Spucke zu produzieren und schluckte das bisschen verzweifelt herunter, um die Kehle zu ölen. Doch es half nichts. Natürlich nicht, es war ja auch die falsche Röhre. Ich hustete.

»Nanu«, hörte ich Rolf Bapp sogleich sagen. »Nun halt mal für eine Sekunde die Klappe, Helga. Da ist was im Klo.«

Jetzt drehte er wahrscheinlich um und stapfte erneut direkt auf das Häuschen zu. Ich packte die Taschenlampe fester, drückte mich an die rückwärtige Bretterwand, winkelte das rechte Bein an und stemmte den Fuß dagegen, um im Notfall Schwung zu bekommen. Dann senkte ich den Kopf, bereit, mein Leben zu verteidigen. Zur Not würde ich es eben dem Horrorclown oder der Perrier-Kuh nachmachen und Bapp mit meinem Hartschalen-Schädel rammen, bevor ich ihm mit der Taschenlampe das Licht ausknipste und das Weite suchte.

»Sei bloß vorsichtig, Schatzi.« Das war Helga. Die Drehzahl in ihrer Stimme war deutlich erhöht. »Du weißt, die Schlapphüte sind überall und nicht zimperlich. Die haben uns im Visier.«

»Ja doch«, sagte Schatzi ungeduldig und – ja – auch ein wenig ängstlich. »Wahrscheinlich habe ich mir nur etwas eingebildet.«

Jahaa, genau, Rolfie-Baby, so ist's brav. Alles nur Einbildung. Nicht der Rede wert. Das machst du ganz wunderbar. Und jetzt kehrst du schön um und verziehst dich ins warme, gemütliche Wohnzimmer. Zumindest so lange, bis ich aus dieser verdammten Bretterbude … Oh Gott, es fing schon wieder in meiner Kehle an zu kratzen. Ich würgte und schluckte, schluckte und würgte und hüstelte voller Verzweiflung in meine Armbeuge. Es half alles nichts. Der Hustenreiz wurde immer stärker. In dieser Hinsicht war es mir eindeutig schon einmal besser gegangen. Ich hustete also, und zwar für meine Ohren geradezu explosionsartig.

»Es hört sich an wie ein Tier«, meinte Bapp. Er klang erleichtert. »Das wird nur eine Katze sein, die sich da irgendwo durchgezwängt hat.«

»Soll ich dir das Gewehr bringen?«, bot Helga an.

Ich stöhnte erschrocken auf und hielt mir fast augenblicklich die Hand vor den Mund. Natürlich besaß so ein Irrer wie Bapp eine Waffe. Hatte Johannes nicht auch erzählt, dass er gesehen hatte, wie Bapp im Garten mit einem Schießprügel herumhantierte? Da war es völlig wurscht, ob das illegal war oder ob der Mann tatsächlich einen Waffenschein besaß. Ein Loch ist ein Loch zwischen den Rippen, und genau so eines würde er mir in den Pelz brennen, wenn er direkt vor mir stand und abdrückte.

»Nee, lass mal, Helga. Ich habe den Schlüssel für den Schrank an meinem Bund. Und du kannst ja damit nicht so gut um.« Die Stimme wurde wieder leiser. »Ich hole es mir selbst. Pass du inzwischen auf.«

Noch nie hatte ich eine Macho-Haltung derart begrüßt wie in diesem Moment. Helga, das kleine Frauchen mit der verwundbaren Seele und den zarten Händen, das vor so einem groben Männerdings wie einer Waffe zurückschreckte. Jetzt oder nie. Ich öffnete die Klotür einen Spalt und linste hinaus. Sie stand in der offenen Terrassentür, stierte zum Bretterschuppen herüber und schob wie befohlen brav Wache. Rolf war im Haus. Ich zog meine Mütze tiefer ins Gesicht, holte Luft, ohne zu husten, und hechtete hinaus.

»Schatziiiii!«, schrillte Helga augenblicklich los. »Komm schnell, Schatziiii, da ist jemand in unserem Garten!«

Ich rannte so schnell ich konnte und hüpfte mit einem Satz über den Zaun, nicht ohne meiner Jeans einen satten Riss zu verpassen. Die Tage der körperlichen Untätigkeit hatten eindeutig ihre Spuren hinterlassen. Mein Puls raste, und meine untrainierten Beinmuskeln zitterten, als ich auf dem Bürgersteig stand.

»Wo? Wer?«, hörte ich Rolf schreien. Hoffentlich ballerte er nicht ziellos in der Dunkelheit herum und schoss auf alles, was sich bewegte. Sicherheitshalber suchte ich Deckung hinter einem Auto. Denn verfolgen würde er mich bestimmt nicht. Da war ich mir ziemlich sicher. Der Mann war eine Bangbüx. Ich wartete deshalb ein paar Minuten einfach still ab. Dann schlich ich vorsichtig außerhalb des Zauns wieder dichter an den Ort des Geschehens heran.

»Ist er noch da?«, hörte ich Helga ängstlich fragen. Der Lautstärke der Stimme nach zu urteilen, hatte sie ihren Beobachtungsposten an der Terrassentür verlassen und stand mittlerweile direkt neben ihrem Gatten vor der Bretterbude.

»Ja«, antwortete Bapp bedächtig. »Er ist noch da. Auf dem Bürgersteig bewegt sich nichts. Und so schnell wegrennen konnte er nicht. Dann hätte ich ihn gesehen.«

Bapp schwieg, während ich innerlich frohlockte. Beide

hielten mich automatisch für einen Mann. Weil Männer aktiv und Frauen passiv sind und nicht im Dunkeln wildfremde Klohäuschen mit Verbrennungskammer inspizieren. Das tun echte Damen nur im Hellen, um des ganzen Drecks gewahr zu werden und ihn auf der Stelle wegputzen zu können. Als weibliches Wesen kann man ja gar nicht anders, ein derartiges Verhalten ist quasi angeboren. Manchmal hat so ein Denken in Klischees doch auch sein Gutes. Die Toilettentür klappte, dann knisterte es vernehmlich. Die Plastiktüte!

»Wir haben den Typen eindeutig gestört und das Schlimmste verhindert«, fuhr Bapp jetzt bedächtig fort. Es raschelte wieder. »Doch wenn ich das richtig überblicke, fehlt kein Schein. Aber wenn wir nicht früher zurückgekommen wären … So ein elender Schweinehund!«

»Du meinst …?«, fragte Helga atemlos.

Bapp knallte voller Wut seine geballte Rechte oder Linke in die offene andere Hand. Die Plastiktüte plumpste hörbar auf den Boden.

»Der Druide, genau. Er ist der Einzige, der etwas von dem Geld wissen kann. Sonst hab ich ja niemandem davon erzählt. So ein mieses Stück Dreck! Ich habe ihm vertraut. Wir sind doch Kameraden! Na, der kann was erleben! Dem ziehe ich die Haut bei lebendigem Leib ab, wenn ich ihn erwische.«

Ich frohlockte innerlich. Denn damit war gleich zweierlei geklärt. Bei den fünfzigtausend Euro handelte es sich nicht um Falschgeld – es sei denn, die Gauner betrogen sich untereinander –, und sie gehörten den Bapps. Er hatte sie tatsächlich als Mörder-, Schweige- oder Bestechungsgeld bekommen. Und es existierte ein Unbekannter im Hintergrund, ein geheimnisvoller Druide, ein »Kamerad«. Der Bapp den Auftrag erteilt hatte, Wiesheu umzubringen und als Horrorclown durch Bokau zu ziehen?

Hatte ich also Arwed Klinger die ganze Zeit über Unrecht getan, weil der Mann gar nichts mit Bapp zu tun hatte? Mhm. Oder aber hatte Bapp lediglich in einer schwachen Stunde einen bislang als vertrauenswürdig eingeschätzten Freund und

Kumpel in den perfiden Mordplan eingeweiht und mit dem Geld geprahlt? Möglich war beides. Obwohl die Höhe der Summe eindeutig für die Mordsalärthese sprach. Die Clownsgeschichte kostete bestimmt weniger. Und wenn Clown und Wiesheu-Mord nun doch gar nicht zusammenhingen, dann war Klinger wieder mit im Spiel.

Ob ich einmal ganz offen mit dem Mann über meinen Verdacht gegen ihn sprechen sollte? Nein, das war keine gute Idee. Klinger würde nur mauern, mich auslachen und die ganze Sache per Twitter ausschlachten. Außerdem wäre er dann gewarnt. Himmel, war das kompliziert! Aber ich würde schon noch herausfinden, um wen und was es sich bei dem Druiden und dem Geld handelte. Doch nicht jetzt und nicht heute. Denn ich war fix und fertig und wollte nur noch eins: ins Bett fallen und drei Wochen lang durchschlafen.

# ZWÖLF

Völlig ausgeknockt schlummerte ich zwölf Stunden am Stück, erwachte jedoch am nächsten Vormittag frisch und voller Tatendrang. Gut, die Muskeln spannten, und der Bauch war dort, wo der Kopf des Clowns mich gerammt hatte, immer noch empfindlich. Aber ansonsten ging es mir gut. Endlich tat sich etwas!

Nach einer ausgiebigen Dusche bereitete ich Gustav und mir ein opulentes Frühstück. Für ihn regnete es Salatblätter vom Villen-Himmel, für mich gab es eine Schale Obst, Joghurt, zwei Brötchen, Heringshappen in Dill, Käse, Marmelade, Honig und ein Ei. Wir speisten mit Genuss. Erst mit der letzten Tasse Tee setzte ich mich an den Computer. So viel Zeit musste einfach sein, gerade wenn man mitten in einer Ermittlung steckte. Ich googelte den »Druiden«. Zwar wusste ich in etwa, was sich hinter diesem Begriff verbarg, doch »in etwa« reicht in meinem Job eben nicht. Da muss man die Dinge genau kennen, sonst kann vieles schiefgehen. Und Harrys flapsige Bemerkungen zu Druiden, die in ostholsteinischen Wäldern Sonnenwendtänze um uralte Eichen veranstalteten, halfen da auch nicht wirklich weiter. Nun lernte ich also, dass so die Priester, Richter und Heiler der ollen Kelten bezeichnet wurden.

Und so einen von der neueren Sorte kannte Rolf Bapp höchstpersönlich? Na denn. Harrys Worte genau im Ohr, tippte ich sofort auf einen noch durchgeschosseneren Reichsbürger, als Bapp selbst es war. Vielleicht handelte es sich bei dem Druiden-Knilch ja um den Religionsminister und Glaubenswächter im zukünftigen freiheitlichen Preußenstaat. Dann brachten wir bald wieder Menschenopfer dar, huldigten dem Schädelkult und spalteten den Briten eher die Häupter, als sie aus der EU ziehen zu lassen, denn ein freier Zugang zu Stonehenge wäre selbstredend unumgänglich.

Dumm nur, dass der Herr Minister in spe offenbar zum Klauen neigte, wie Bapp jetzt annehmen musste. Doch das galt »unter Kameraden« in der Regel ja als zu vernachlässigendes Manko. Es sei denn, man war selbst betroffen, wie Bapps spontaner Wutausbruch angesichts des vermeintlichen Diebstahlversuchs gezeigt hatte. Schwungvoll leerte ich die letzte Tasse Tee in einem Rutsch. Tja, ich würde ihn keinesfalls eines Besseren belehren.

Doch eindeutig ziemlich blöd war, dass meine Phantasie in der Frage völlig versagte, weshalb der Keltenknabe möglicherweise Bapp beauftragt haben könnte, Malte Wiesheu zu beseitigen. Vielleicht weil der seine Kompetenz in Frage gestellt und sich über neuzeitliche Druiden lustig gemacht hatte? Oder war der Eventmanager in einem früheren Leben möglicherweise selbst einmal einer von ihnen gewesen, bis der Herr Hirn vom Himmel geschmissen und direkt auf ihn, Malte Wiesheu, hatte fallen lassen? Grundgütige. Ich verdrängte den Gedanken mit aller Macht, ob und wie möglicherweise auch noch Sven Perrier in dieses Szenario passte. Es brachte nichts – außer schlechte Laune.

Nein, in diesem ganzen Kuddelmuddel half nur eins. Ich musste Rolf Bapp beschatten, um in all diesen Fragen weiterzukommen. Der Mann war der Schlüssel zu allem. Aber das war mir sowieso klar gewesen. Davon versprach ich mir mittlerweile weitaus mehr, als bei Wiesheu selbst anzusetzen. Denn irgendwann würde Bapp mich bestimmt zu seinem Auftraggeber führen. Ich musste mich lediglich in Geduld üben und mich an ihn heften wie ein Kaugummi an eine Schuhsohle.

Gesagt, getan. Und so folgte ich den beiden selbst ernannten Reichsbürgern gleich an diesem Vormittag nach Kiel – zum Weihnachtsshoppen. In der Einkaufsmeile am Bahnhof, dem Sophienhof, pirschte ich hinter ihnen her und verfolgte sie durch etliche Schnickschnackläden, die alles feilboten, was der Mensch nicht braucht. Die Ware blinkte, glitzerte und dudelte zum Gotterbarmen und war vorwiegend in Lila oder Rosé gehalten. Die Krönung stellte ein verunglückter Weihnachtswichtel dar, bei dessen plastiliner Pressung irgendwo im Asiatischen der Pinselarm der Maschine verrutscht war. Der arme Wicht schielte dermaßen, dass mir ganz schwummerig wurde. Helga Bapp schien zunächst interessiert, doch Rolf lehnte mit einer unwirschen Bewegung ab. Es war das erste Mal, dass ich so etwas wie Sympathie für den Mann empfand. Wahrscheinlich hätte er diese verunglückte Kreuzung zwischen Rumpelstilzchen und Osterhase lediglich für seine Schwiegermutter, deren Suppe er so hasste, erworben.

Wir schlenderten über den nach Zimt, Bratwurst, gebrannten Mandeln und Zuckerwatte duftenden Weihnachtsmarkt, der eindeutig nicht zu der immer hipper werdenden veganen Variante gehörte, wurden klangmäßig mit Potpourris aus »Süßer die Glocken nie klingen«, »White Christmas« und »Leise rieselt der Schnee« beschallt und beguckten Erzgebirgsschnitzereien, skandinavische Rentiervariationen und endlose Pulloverstapel mit Weihnachtsmotiven. Daniel hätte seine helle Freude gehabt, sein Onkel wahrscheinlich weniger.

Damit hier keine Missverständnisse aufkommen: Ich bin keine Weihnachtshasserin. Ich mag bloß diese übertriebene Gefühligkeit nicht, die einem zum ersten Advent allerorten gnadenlos übergestülpt wird. Und der mit jedem Fest schlimmer werdende Konsumrausch ist auch nicht so mein Ding. Trotzdem mache ich es mir zum Fest gern gemütlich mit einem Minibaum, etlichen Kerzen, einem guten Essen und wahlweise meinen Freunden oder meiner Familie.

Vom Druiden entdeckte ich in all dem Gewimmel und Gewusel keine Spur. Wir bummelten durch die abtörnende, weil mittlerweile reichlich verkommene Holstenstraße hoch zum Alten Markt und wieder zurück. Die Bapps ahnten nicht, dass sie verfolgt wurden, und schauten sich kein einziges Mal um; deshalb machten sie es mir nicht allzu schwer. Ich langweilte mich, daher warf ich nebenbei einen Blick auf Klingers Twitter-Account. Gestern Abend hatte er Schnee für das Wochenende angekündigt und besorgt gemahnt, ganz »Bokau tohoop« möge sich doch bitte, bitte vorsehen. Er liebe jeden Einzelnen von uns.

Nein, das hatte er nicht geschrieben. Immerhin, sonst hätte ich auf nachdrücklichen Maßnahmen bestanden, denn dieser Mann liebte mich ganz sicher nicht ungestraft! Heute Vormittag war es dann mit der besorgten Landesvater-Nummer auch schon wieder vorbei gewesen: Er hatte gegen die »Heuschrecke« gehetzt, weil die Engerlinge und Insekten nicht aus deutscher Produktion stammten, sondern aus asiatischer. Stattdessen empfahl er Hausmannskost, möglichst in »Bokau tohoop« produziert. Ach Gottchen. Gab's nichts Neues unterm wolkenverhangenen norddeutschen Himmel? Natürlich hatte Butenschön gleich höchst politisch korrekt zurückgetwittert, dass die Bokauer weltoffen seien und keine Deutschtümelei wollten. Du lieber Himmel, dieser Wahlkampf, wenn er denn überhaupt diese Bezeichnung verdient hatte, war wirklich zum Abgewöhnen. Wie die Shoppingrunde der Bapps. Nein, ein Gutes hatte mein Blick in die Bokauer Twitterrunde immerhin. Die Erwähnung der »Heuschrecke« erinnerte mich prompt an Karl und Rico. Die beiden Herzchen hatte ich angesichts der neuen Entwicklung und meiner Krankheit ein bisschen aus den Augen verloren. Also schrieb ich Harry eine SMS, wo denn seine versprochenen Informationen zum Kontostand von Koch und Kellner blieben und wie es mit der erbetenen Telefonnummer stünde. Zugegeben, ich hielt den Text bewusst sachlich, und er simste nicht gleich zurück. Sein Verhalten versetzte mir einen Stich. Natürlich, der Junge hatte ja seit Neuestem Besseres zu tun und trieb sich bestimmt schon wieder irgendwo in den Weiten der Republik herum, um … Ach, lass es, Hemlokk.

Missgelaunt latschte ich weiter hinter den Bapps her. Die beiden hatten offenbar keinerlei Plan, was sie den Lieben zum Fest zukommen lassen konnten, sondern hofften auf Inspirationen. Doch da inspirierte weit und breit nix, und ihre Mienen wurden finster und finsterer. Stress pur. Die Psychologen, die sich so regelmäßig, wie Stare alljährlich ihren Flug ins sonnige Überwinterungsquartier antreten, jedes Jahr zum Fest in den Zeitungen zu Wort melden, um vor zu hohen Erwartungen an Liebe und Gemütlichkeit zu warnen, hätten ihre helle Freude an den beiden gehabt. Und an mir. Denn da es mittlerweile überall nach Glühpunsch und Bratwurst roch, bekam ich einen Mordshunger. Aber eine Detektivin im Dienst kann ihre Arbeit und sich natürlich nicht blockieren, indem sie senfbekleckert und mit einer halben Wurst zwischen den Zähnen hinter ihrem Zielobjekt herrennt. Zu auffällig.

Kurzum, am ersten Tag der Beschattung der Bapps geschah – nichts. Kein Druide weit und breit, wenn er sich denn nicht in ein Weihnachtsmann- oder Nikolauskostüm gezwängt hatte. Völlig unterzuckert und desillusioniert kehrte ich in die Villa zurück, nachdem ich meine Beschattungsobjekte an ihrer Haustür abgeliefert hatte. Ich war dermaßen gefrustet, dass ich sogar vergaß, die Umgebung nach dem Horrorclown abzuchecken. Das fiel mir erst auf, als ich meine Tür aufschloss. Hektisch blickte ich mich um. Doch ich hatte Glück gehabt, da war nichts außer Silvias mit Schneematsch bedeckter Wiese und dem leise vor sich hin plätschernden Passader See. Langsam wurde ich in dieser Hinsicht wirklich ein bisschen nachlässig, was selbstverständlich keineswegs gutzuheißen war. Die nächste Patrouille stand natürlich – wie heißt es heute, wenn man »bald« meint? – genau, zeitnah an. Hatte der gute alte Harry in einem fernen Leben nicht darauf bestanden, unbedingt mitzukommen, um mich zu beschützen? Doch, ja, das hatte er zumindest angeregt, ich erinnerte mich dunkel. Darum gebeten hatte ich ihn allerdings nicht. Nun ja, ich würde keinesfalls auf ihn warten, wenn es so weit war, beschloss ich.

Rasch bereitete ich mir einen Berg frischer Spaghetti mit geriebenem Parmesan und einer ordentlichen Ladung schwarzem Pfeffer zu und schnappte mir anschließend den Dudelsack. Nach zwei Stunden intensiven Übens hatte sich meine Laune so weit gehoben, dass ich mich tatsächlich dabei ertappte, wie ich »Stille Nacht, heilige Nacht« zu tröten versuchte. Eindeutig eine Spätfolge der Bapp'schen Shoppingtour, die wiederum prompt einen Hustenanfall zur Folge hatte. So ganz gesund war ich anscheinend immer noch nicht. Na ja, es war aber auch ziemlich nasskalt und daher reichlich ungemütlich gewesen, als ich heute Vormittag zuschaute, wie die Bapps sich nicht entscheiden konnten.

Am nächsten Morgen legte ich mich erneut vor der reichsbürgerlichen Haustür auf die Lauer, nur um nach etlichen Ausflügen zur hinteren Terrassentür Stunden später feststellen zu müssen, dass es manchen Menschen offenbar mühelos gelingt, den ganzen Tag vor der Glotze abzuhängen. Niemand kam zu Besuch. Niemand rief an. Das Ehepaar sprach wenig miteinander. Der Druide schien auf einen anderen Planeten ausgewandert zu sein, in Bokau war er zumindest nicht.

Geschlagene vier Tage hielt ich das durch: Morgens bezog ich Posten im reichsbürgerlichen Garten, wo nichts geschah, außer dass beide Bapps in regelmäßigen Abständen ihr Schweden-Klo besuchten, nicht nur um nach den fünfzigtausend Euro zu schauen. Ich mümmelte derweil immer verbissener an einer Stulle herum und trank zwei Tassen Tee aus der Thermoskanne. Das war alles an Aktivität. Abends ließ ich den geballten Frust am Dudelsack ab, indem ich übte, übte und nochmals übte. Manfred wäre stolz auf mich gewesen, denn ich stand kurz davor, meine Vorgängerin, das Bagpipewunder Marlies, zu überflügeln.

Harry rief in der ganzen Zeit nur einmal an. Das Gespräch war kurz, und er brach es ab, als ich ihn auf meine SMS zu Karl, Rico und der Telefonnummer ansprach. Noch nicht dazu gekommen, sorry, Hemlokk. Na ja, Priorität hatten meine Anfragen sicher nicht für ihn. Das wusste ich ja. Trotzdem war ich verdrossen, gereizt und enttäuscht gewesen, denn ein bisschen Mühe hätte er sich schon geben können, fand ich. Marga meldete sich gar nicht.

Am fünften Tag rief ich Johannes an, um mir die Adresse von Malte Wiesheus Eltern geben zu lassen. Wenn sich bei den Reichsbürgern ums Verrecken nichts tat, musste ich es eben doch mit dem anderen Ende des Falls versuchen.

»Was soll das, Hanna?«, fragte er misstrauisch.

»Das willst du gar nicht wissen«, bügelte ich ihn unwirsch,

weil zunehmend genervt, ab. Mein Freund war bekanntlich eine äußerst zarte Seele, und ich hatte deshalb keinesfalls vor, ihn in meine Ermittlungsarbeit einzuweihen. Das würde nur Ärger geben.

»Ich denke, du solltest Maltes Eltern in Ruhe lassen. Sie trauern.«

»Das ist mir klar«, erwiderte ich ungeduldig und wartete.

Johannes seufzte.

»Du lässt nicht leicht locker, mhm, Hanna?«

»Das weißt du doch.«

Wieso sollte ich etwas abstreiten, was sowieso zutraf und jeder wusste, der mit mir befreundet war? Johannes seufzte noch einmal, dann gab er klein bei.

»Aber ich gebe sie dir nur unter einer Bedingung: Du gehst vorsichtig mit ihnen um und tust ihnen nicht weh.« Übergangslos fügte er hinzu: »Meinst du, es wäre total pietätlos, wenn ich mit den FuckUp-Nights jetzt schon weitermachen würde? Ich brauche das Geld einfach, und ich habe bereits eine Menge Anfragen.«

»Nein«, beruhigte ich ihn. »Ich denke, das geht. Es ist ja nicht auf Hollbakken passiert. Maltes Angehörige werden das sicher verstehen. Aber du suchst dir doch jemanden, der –«

»Nein, ich wollte die Moderation dieses Mal eigentlich selbst übernehmen«, fiel er mir hastig ins Wort. »Beim ersten Mal, da war das anders. Aber ich habe ja jetzt bei Malte gesehen, wie so etwas läuft.«

»Johannes«, brummte ich warnend.

Das konnte nur sagenhaft in die Hose gehen. Er überschätzte sich total. Bei unserem ersten Gespräch über die FuckUp-Nights hatte er das noch gewusst. Aber sagt man so etwas einem Freund in aller Deutlichkeit? Ja, das tat man, wenn man ihn nicht ins offene Messer laufen lassen wollte.

»Lass es. Das packst du nicht, Johannes«, legte ich daher entschlossen los. »Und du willst doch Hollbakken retten und nicht irgendwann selbst als armes Würstchen dort oben auf der Bühne stehen und den Leuten erzählen, wie und was alles schiefgegangen ist und weshalb du da jetzt nur noch als Gast des neuen Besitzers auftrittst, und alle johlen. Such dir einen professionellen Moderator. Der kann das besser.«

Das war deutlich, zugegeben, und eine ganze Weile schwieg mein Freund. Derweil ringelte ich nervös mit dem kleinen Finger in der Telefonschnur herum und sah dem rieselnden Schneeregen zu, der sich nicht entscheiden konnte, was er sein wollte: Schnee oder Regen.

»Tja«, begann Johannes schließlich leise. Und noch einmal: »Tja.« Ich wartete. Und ringelte. Er räusperte sich. »Wenn ich es recht bedenke, stimmt das wohl, was du sagst, Hanna. Ich werde mir einen Nachfolger für Malte suchen. Das ist wohl tatsächlich besser.«

»Ja«, bestätigte ich erleichtert.

»Danke«, sagte er mit Wärme in der Stimme. »Du bist wirklich eine gute Freundin. Andere hätten gekniffen.«

Das stimmte wohl. Man hielt sich allgemein lieber aus allem raus. Ich hatte das noch nie getan und war stolz auf mich.

»Willst du nicht übermorgen zum Adventskaffee herkommen? Gustav geht es wieder gut. Ich backe auch einen Kuchen«, lud ich ihn spontan ein. Mir war entschieden nach einem Freund. »Und einen Punsch hätte ich wohl auch noch zu bieten.«

»Wenn ich nicht singen muss«, frotzelte er.

»Nur, wenn du magst«, gab ich großzügig zurück. »Ansonsten schnacken wir eine Runde, essen dabei eine Höllenmenge Kuchen und gucken einfach in die Kerzen.«

Er nahm meine Einladung an, und wir schieden in bestem Einvernehmen.

Malte Wiesheus Eltern empfingen mich freundlich, aber ratlos. Und ihre Gesichter wurden immer ratloser, je mehr Fragen ich – wie versprochen äußerst behutsam – stellte. Nein, soweit sie wussten, hatte ihr Sohn niemals mit irgendwelchen Reichsbürgern oder Gruppierungen, die diesen ideologisch nahestanden, zu tun gehabt. Zumindest habe er ihnen nichts davon erzählt. Und sie hätten eigentlich ein gutes Verhältnis zueinander gehabt und sich auch durchaus des Öfteren über politische Themen ausgetauscht. Ihr Sohn sei kein Spinner gewesen, bekräftigte die Mutter, eine kleine, drahtige Frau, deren Gesicht von Kummerfalten durchzogen wurde wie ein ausgetrocknetes Flussbett von Rissen. Malte habe fest auf dem Boden der Tatsachen gestanden. So hätten sie ihn erzogen.

Der Vater, ein großer, schwerer Mensch mit einem Hang zu Bluthochdruck, wie das rote, grobporige Gesicht mit den geplatzten Äderchen auf den Wangen verriet, hatte zunächst geschwiegen und das Gespräch seiner Frau überlassen. Jetzt mischte er sich ein. Seine Stimme klang wie angerostet. Sein Sohn sei aus dem Alter heraus gewesen, in dem man auf der Straße herumkrakeelte und alles ungerecht fand. Nein, Malte habe zwar einige Brüche und Turbulenzen in seinem Dasein aushalten müssen, aber das sei doch heutzutage normal. Niemand erlerne mehr nur noch einen Beruf, arbeite zeitlebens bei einer Firma und sinke nach vierzig Dienstjahren ins Grab. Niemand. Sein Junge habe das Leben geliebt. Und jetzt durch diesen furchtbaren Unfall sei plötzlich alles nichtig und sinnlos geworden. Aus und vorbei. Der Vater unterdrückte ein Schluchzen, die Mutter blickte bei den Worten ihres Mannes starr geradeaus. Ich schwieg.

Den Eindruck, dass es sich bei Malte Wiesheu um einen ausgeglichenen Charakter gehandelt hatte, der weitgehend mit sich im Reinen gewesen war, hatte ich bei unseren gerade mal zwei Begegnungen ebenfalls gehabt. Trotzdem tastete ich mich nach mehreren Anstandssekunden behutsam an die Druidenthematik heran. Ob Malte vielleicht Neigungen in diese Richtung …? Mutter und Vater Wiesheu schüttelten synchron den Kopf und schienen ernsthaft zu überlegen, ob sie mich in eine Zwangsjacke stecken sollten.

»Nein, ganz bestimmt nicht. Mit so etwas hatte Malte nichts am Hut.« Vater Wiesheu schaute mich jetzt fast ein bisschen mitleidig an. »Es war ein Unfall, Frau Hemlokk«, fügte er sanft hinzu. »Es ist schwer zu ertragen, glauben Sie mir, uns geht es nicht anders, aber es war ein Unfall. Meine Frau und ich werden uns damit abfinden müssen, so bitter es auch ist, wenn ein Kind vor den Eltern stirbt.«

»Meinem Mann und mir tut der Herr Bapp leid«, fügte Frau Wiesheu leise hinzu. »Er hat so schwere Schuld auf sich geladen, auch wenn er das nicht wollte. Der arme Mann muss fürchterlich leiden.«

Ich bot alle Kraft auf, um dem nicht zu widersprechen. Denn das tat der eben ganz und gar nicht!

»Doch manchmal gibt es eben furchtbare Zufälle, die einen Tod völlig sinnlos erscheinen lassen.« Jetzt wandte Maltes Mutter den Kopf ab und verknotete die Finger ineinander, als bekäme sie dadurch Halt. »So furchtbar sinnlos«, wiederholte sie an niemand Speziellen gerichtet. Sie weinte nicht, doch ich merkte ihr an, dass sie das Gespräch eine enorme Kraft kostete.

Ich musste mich daher regelrecht zwingen, die beiden letzten Fragen zu stellen, die mir auf der Seele brannten, aber es half nichts. Ich steckte sonst hoffnungslos in einer Sackgasse. Verzeih mir, Johannes, dass ich mein Versprechen breche.

»Kannte Ihr Sohn Rolf Bapp? Also nicht als Reichsbürger, meine ich«, präzisierte ich, »sondern vielleicht noch aus der Schule? Als ehemaligen Nachbarn oder aus dem Sportverein?«

Die beiden Alten blickten mich stumm und bekümmert an. Dann schüttelten sie erneut die Köpfe. Dieses Mal antwortete der Vater.

»Nein, unser Junge hat diesen Namen nie erwähnt. Die beiden sind das erste Mal an diesem unseligen Knick aufeinandergestoßen. Oder behauptet Herr Bapp etwas anderes?«

»Nein«, musste ich zugeben. »Das tut er nicht.«

Den Teufel würde er tun. Doch das behielt ich für mich. Stattdessen schloss ich die Befragung mit der Frage aller detektivischen Fragen ab und kam mir dabei selbst höchst albern vor.

»Hatte Ihr Sohn Feinde? Frau Wiesheu? Herr Wiesheu?«

Irgendwo in einem anderen Zimmer des Hause schlug eine Standuhr. Es war ein tiefer, beruhigender Ton.

»Unser Malte war ein lieber Junge«, sagte Vater Wiesheu

nach dem vierten Gong und stand auf. »Er hätte keiner Fliege etwas zuleide getan. Alle mochten ihn. Alle.«

Ich erhob mich ebenfalls. Einer nicht, davon war ich nach wie vor fest überzeugt, doch ich folgte meinem unfreiwilligen Gastgeber brav zur Tür. Hier gab es nichts mehr für mich zu tun. Ich verabschiedete mich, stieg in den Wagen und rollte vorsichtig gen Bokau. Schneeregen auf einer halb gefrorenen Straße sorgt bekanntlich zuverlässig dafür, dass sich der Asphalt in eine Eis- und Rutschbahn verwandelt. Ich brauchte fast eine Stunde, bis ich am Haupthaus ankam. Nein, in dieser Hinsicht war der Winter wirklich nicht mein Ding. Es behagte mir weitaus mehr, wenn ich nicht stets und ständig mit eingezogenem Hals vor die Tür treten musste, um den kalten Winden und der Nässe zu trotzen. Aber half das Nölen in diesem Fall weiter? Die Antwort konnte ich mir sparen.

Ich erkannte ohne psychologische Unterstützung, dass es momentan mit meiner Laune nicht zum Allerbesten stand. Nichts rührte sich. Alles schien ein unentwirrbares Knäuel zu bilden, aus dem weit und breit kein loser Faden herauslugte. Einen derartigen Zustand gibt es in jedem Fall. Das wusste ich. Trotzdem ging er mir jedes Mal wieder gehörig auf den Geist! Eher nachlässig checkte ich die Clownslage, als ich aus dem Auto stieg und vorsichtig zur Villa hinuntertrabte. Nichts. Na gut, vielleicht mochte er auch keine Glätte. Zumindest Gustav fühlte sich offenbar blendend, er fraß, als ich die Tür aufschloss, und nahm mich überhaupt nicht zur Kenntnis. Wie Harry, der irgendwelche Dating-Miezen in Sonstwo umgarnte und sich überhaupt nicht mehr blicken ließ, was ich ihm zunehmend übel nahm. Und Marga war nach ihrer Hühnersuppenphase augenscheinlich wieder in ihrer Depression versunken. Es herrschte Funkstille zwischen uns beiden. In der »Heuschrecke« ging dagegen alles seinen gewohnten Gang, und Sven Perrier war im Dorf fast vergessen. Niemand sprach mehr über den Mann, das Lokal schien seit Urzeiten Karl und Rico zu gehören. Schwamm drüber. Und dieser verdammte namenlose Druide, der irgendwie mit den fünfzigtausend Euro zu tun hatte, hauste zwar zweifellos irgendwo, nur nicht in Bokau. Ach Mist, ich kam einfach keinen Millimeter voran!

Halt, eine letzte Möglichkeit blieb mir noch. Die Idee kam mir – richtig – beim Dudelsackspielen. Sauerstoff umschmeichelt eben nicht nur Luftröhre und Bronchien, sondern auch die Hirnzellen. Ich hustete mich kurz frei, besorgte im Netz rasch die Nummer und griff zum Telefon, denn ich wollte keinesfalls selbst bei Bapp aufschlagen, damit er mich ja nicht mit dem Einbruchsversuch in seinem Schweden-Klohäuschen und der seltsamen Gestalt im Garten in Verbindung brachte.

»Bapp«, bellte der Reichsbürger nach dem dritten Klingelton in die Muschel.

»Siehe, das preußische Reich ist nah«, säuselte ich geheimnisvoll mit tiefergelegter Stimme und einem Taschentuch auf der Membrane. Ich weiß, dass das etwas Albernes hat. Aber es wirkt. Und nur das zählt. »Hoch lebe unser Freistaat. Er lebe hoch, hoch, hoch«, setzte ich hauchend hinzu. Hatte ich übertrieben? Ich kannte mich in esoterischem Druiden-Reichsbürger-Sprech nicht besonders gut aus. Nein, hatte ich nicht.

»Was ist? Wer ist denn da?« Er klang lediglich verwundert. Ich an seiner Stelle hätte auf der Stelle den Hörer aufgelegt.

»Preußen lebt«, teilte ich ihm wispernd mit. »Und der Däne ist so gut wie tot. Es wird nicht mehr lange dauern, bis diese Donald-Duck-Republik an ihrer eigenen Unfähigkeit krepiert. Dann sind wir dran. Und die wahren Werte werden wieder zählen.« Ich brach ab und ließ es sacken. Brachte dieses Gefasel etwas?

»Bist du das?«, keuchte Bapp endlich. Klar war ich das, wer denn sonst? Nun komm schon, ich brauche einen Namen, du Idiot!

»Am achtzehnten Tag des abnehmenden Mondes schlagen wir los. Hörst du, Bapp, alter Reichsbruder? Der achtzehnte Tag des abnehmenden Mondes ist unser Tag.«

Du liebe Güte, es war gar nicht so leicht, einen derartigen Unsinn zu produzieren. Ich hätte mir wirklich ein paar Floskeln mehr vorher überlegen sollen.

»Reichsbruder? Was soll das denn? Und wieso Donald Duck? Wer ist da?«, herrschte Bapp mich an.

Hatte ich tatsächlich »Donald Duck« statt »Micky Maus« und »Reichsbruder« statt »Reichsbürger« gesagt? So ein Mist.

»Du weißt, finstere Mächte sind unter uns und überall«, improvisierte ich tapfer drauflos, um die Scharte auszuwetzen. »In den Schwingungen der Luft und in der Kanalisation. Sie lassen nicht locker. Deshalb sage ich nur: Hüte dein Schweden-Klo wie deinen Augapfel. Hüte es, Bruder. Die kennen kein Pardon. Besonders dann nicht, wenn der große Tag anbricht.«

»Äh, der Achtzehnte«, wiederholte Bapp aufgeregt.

Das war also gerade noch einmal gutgegangen. Wahrscheinlich inspizierte er im Geiste schon seine Waffensammlung für die große Stunde.

»Im abnehmenden Mond, ja. Du hast es erfasst, Bruder und Bürger des gewesenen Donald-Duck-Staates. Hüte es!«, mahnte ich noch einmal voller Dramatik.

Wenn er jetzt immer noch nicht mit einem Namen rüberrückte, konnte ich nichts mehr machen.

»Ich … Nein, so geht das nicht. Paul?«, raunte Bapp verschwörerisch, als ob das Flüstern im Abhörfall tatsächlich etwas bewirken würde.

Mann, war dieser Simpel neben der Spur. Aber da war er endlich, der Name, den ich brauchte.

Ich schwieg wohl einen Tick zu lang, oder ich hätte jetzt ein Codewort von mir geben müssen, denn mein Gesprächspartner fuhr plötzlich laut und ärgerlich fort: »Du, lass den Scheiß. Das ist jetzt überhaupt nicht komisch. Ich glaube dir nämlich kein Wort. Ich werde die anderen fragen. Du willst doch nur ablenken. Ich weiß nämlich, was du hier im Garten wolltest. Helga und ich haben dich gesehen.« Er holte tief Luft. »Lass dich besser nie wieder bei uns blicken. Du weißt, warum. Wenn ich dich noch einmal in der Nähe unseres Toilettenhäuschens erwische, brenne ich dir eins über.«

Und – klack – hatte Bapp aufgelegt. Puh. Ich wischte mir den Schweiß von der Stirn. Reichsbruder statt Reichsbürger und Donald Duck statt Micky Maus. Ich warf Gustav übermütig eine Kusshand zu. Er sonnte sich dick und rund unter seiner Heizbirne. Grundgütige, Hemlokk, das wäre fast schiefgegangen. Aber immerhin, ich wusste jetzt, dass der Druide mit bürgerlichem Namen Paul hieß. Es war ein Ansatz. Immerhin. Mehr jedoch nicht.

»Und jetzt?« Ich beugte mich zu dem dösenden Kröterich hinunter. Seine Kiste war ratzeputz leer gefressen, obwohl ich heute Morgen vier Salatblätter hineingeschmissen hatte. Mein Lebensgefährte hob den Kopf und blinzelte mich an. Exakt wie Harry, wenn er müde war.

»Du meinst, ich sollte …?«

Gustav blinzelte erneut. Danke, Junge. Langsam konnte er Silvia mit ihren freundschaftlichen Ratschlägen wirklich das Wasser reichen. Denn »Paul« und »Reichsbürger« zu googeln, schien mir nicht sonderlich zielführend zu sein. Etwas anderes fiel mir jedoch ums Verrecken nicht ein. Und Harry Gierkes Überlegungen hatten sich in der Tat bereits in so manch festgefahrener Situation als hilfreich erwiesen. Außerdem konnte ich ja nicht ewig schmollen und mir ob seines vermaledeiten Dating-Profil-Jobs die Haare raufen. Vielleicht sah ich auch alles nur rabenschwarz, und das Harry-Schätzchen hatte schlicht und ergreifend wirklich keine Zeit, weil es die Suchenden und zukünftig Liebenden hingebungsvoll zueinander schrieb, während es selbstlos treu wie Gold war.

Eher nachlässig peilte ich wieder einmal die Lage vor der Villa – die Luft war rein –, bevor ich beschwingt zum Haupthaus hinaufeilte. Bei Harry rührte sich jedoch auf mein Klopfen nichts. Die Stille hinter der Wohnungstür war dermaßen tief, dass ich sofort wusste, mein Lover musste ausgeflogen sein. Schon wieder. Na gut, ich versuchte mir nichts dabei zu denken – noch nicht –, denn wir klebten schließlich nicht aneinander wie zwei verliebte Saugschnecken. Harry war mir zu nichts verpflichtet und ich ihm umgekehrt ebenfalls nicht. So lautete bekanntlich die Theorie. In der Praxis allerdings … Halt! Stopp, Hemlokk, befahl ich mir selbst. Und eingedenk der Mahnung meiner Mutter, mich ein bisschen mehr um Marga zu kümmern, überlegte ich nicht lange und klopfte an der Tür gegenüber. Sie war zu Hause.

»Schätzelchen«, begrüßte sie mich zurückhaltend, als ich ins Wohnzimmer rauschte.

»Hallo, Marga. Harry ist nicht da«, stieß ich hervor. Tja, das Gen, das im menschlichen Hirn die Fähigkeit zum Small Talk steuert, war bei mir schon immer unterentwickelt gewesen.

Marga spitzte kurz die Lippen, wie immer, wenn sie kurzzeitig irritiert war, erwiderte jedoch nichts. Sie hatte sich einen ihrer alten Sessel ans Fenster geschoben, daneben die Leselampe postiert und eine Kerze angezündet! Ein aufgeschlagenes Buch lag auf ihren Knien. Na wunderbar, die totale Malphase hatte sie also offenbar überwunden.

»Möchtest du einen Kaffee?«, erkundigte sie sich höflich.

»Nein danke. Weißt du zufällig, wo Herr Gierke sich rumtreibt?«, fragte ich angestrengt lässig. Zu lässig.

Sie zögerte. Jemand, der sie nur flüchtig kannte, hätte es sicherlich nicht bemerkt. Aber Marga Schölljahn war meine beste Freundin, ich hatte es sehr wohl mitbekommen, und augenblicklich schrillten bei mir die inneren Alarmglocken los. Irgendetwas war hier im Busch!

»Marga«, bedrängte ich sie.

»Nun setz dich doch erst einmal hin«, versuchte sie auszuweichen. »Es ist so ungemütlich, wenn du stehst.« Umsonst. Nicht mit mir!

»Marga, mach den Mund auf. Was wird hier gespielt?«, wiederholte ich drohend und trat einen Schritt auf sie zu. Sie blickte mir furchtlos in die Augen.

»Nein, Schätzelchen. Ich möchte es dir eigentlich nicht sagen.«

Rumms. Ich hatte das unangenehme Gefühl, einen punktgenauen Schwinger in die Magengrube bekommen zu haben. Wie bitte? Ich war ihre Freundin, Harry war mein Lover, und sie wollte mir nicht verraten, was sich da gerade abspielte? Schwer ließ ich mich auf die Couch plumpsen, die mit einem protestierenden Quietschen auf diese Misshandlung reagierte. Ich war enttäuscht. Ziemlich enttäuscht sogar.

»Aber du weißt, wo Harry ist und was er dort macht?«, erkundigte ich mich mit flacher Stimme.

Marga musste ja nicht gleich mitbekommen, dass mir das dermaßen an die Nieren ging. Sie ruckelte unruhig in ihrem Sessel hin und her. Doch nicht nur ich war mit ihr befreundet und kannte sie deshalb verdammt gut. Umgekehrt wurde eben auch ein Schuh draus.

»Du hast keinen Grund, dich dermaßen aufzuregen, Schätzelchen«, versicherte sie. »Gar keinen.« Hah! »Aber ich will dich nicht anlügen. Ja, ich weiß es.«

Mehr nicht. Keine Erklärung, keine Entschuldigung, kein Ausweichen. Am liebsten wäre ich aufgesprungen und hätte sie geschüttelt. Denn ich war ja nicht blöd, obwohl sie mich dafür zu halten schien. Selbstverständlich wusste ich genau, was sie da so ungeschickt vor mir zu verbergen suchte: Das, was ich befürchtet hatte, war eingetreten. Harry hatte eine andere. Eine? Wahrscheinlich waren es wirklich gleich mehrere. Und da erzählt mir meine beste Freundin, ich bräuchte mich nicht aufzuregen! Das durfte doch nicht wahr sein!

Ich fing an zu husten, um meine Gefühle in den Griff zu bekommen und gleichzeitig Marga nichts, na ja, jedenfalls möglichst wenig von dem Aufruhr in meinem Inneren merken zu lassen. Sie stand in dieser Sache eindeutig nicht auf meiner Seite. Meine ehemalige Vertraute beobachtete mich mitleidig, und ich hatte das dumpfe Gefühl, sie wusste genau, wie ich litt. Ich wandte mich um und hustete in die andere Richtung. Nur die Ruhe, Hemlokk, ermahnte ich mich. Das ist kein Weltuntergang. Betrogen und verlassen zu werden, passiert fast allen Leuten x-mal im Leben. Das gehört heute fast schon zum guten Ton. Alles andere ist oberspießig.

»Harrys Abwesenheit hat mit seinem Job für ›Mr & Mrs Right‹ zu tun, vermute ich«, sagte ich ihr auf den Kopf zu, als ich mich wieder ein bisschen beruhigt hatte. »Dieser Husten macht mir doch noch ziemlich zu schaffen.«

»Ja, das sehe ich«, erwiderte Marga ausdruckslos. »Und ja, indirekt besteht da schon ein Zusammenhang. So könnte man es nennen. Mhm, ja, so ist es wohl.« Sechs Worte, die mich trafen wie Keulenschläge. »Möchtest du wirklich keinen Kaffee, Schätzelchen? Ich könnte uns rasch einen aufbrühen.«

»Nein«, knurrte ich, holte tief Luft, verschluckte mich, musste diesmal wirklich husten, stand auf und beugte mich über den Tisch zu Marga hinüber. »Wo ist er?« Unsere Nasen berührten sich fast.

»Nein«, sagte Marga. Ihre Stimme klang fest und entschlossen. »Es hat nichts mit dir, also mit euch zu tun. Glaub mir doch, Schätzelchen.«

Bullshit. Sie hielt zu Harry und log wie gedruckt!

»Wo ist er, Marga? Und mit wem?« Ich konnte ebenfalls verdammt hartnäckig sein. Und zäh. Und wütend. Und verletzt. Um meinen Worten den gebührenden Nachdruck zu verleihen, donnerte ich mit der flachen Hand auf den Tisch, sodass die Schale mit den Nüssen ins Hüpfen kam. Eine schaffte es über den Rand und sprang gleich weiter auf den Teppich. Ich ließ sie liegen. »Ich bleibe so lange auf deiner Couch sitzen, bis du es ausgespuckt hast.«

Marga begann theatralisch zu seufzen. Sollte sie doch. Mein Herz fühlte sich an wie ein Stein. Ich wartete. Endlich legte sie das Buch auf den Tisch, wuchtete sich aus ihrem Sessel, wackelte dabei immer wieder bühnenreif mit dem Kopf und murmelte: »Ach, Schätzelchen, du verlangst zu viel.«

Nix da. Ich versank in der Couch, verknotete die Arme vor der Brust und wartete stumm.

»Er recherchiert in der Lüneburger Heide für … äh … einen Artikel«, bequemte sich Marga endlich zu sagen.

»Haha«, machte ich.

Wollte sie mich für dumm verkaufen? Wer sollte das denn wohl glauben? Harry schrieb doch gar keine Artikel mehr, sondern nur noch rattenscharfe Profile beziehungsweise Profile für rattenscharfe Kundinnen. Und ausgerechnet in der Lüneburger Heide sollte die Recherche stattfinden? Also wirklich. Zumindest touristenmäßig war das ein reines Rentnergebiet. Wen hatte der gute alte Harry denn wohl da aufgetan? Oder stand er etwa seit Neuestem auf knackige Seniorinnen? Außerdem benahm sich meine Freundin hier wie die Mutter aller Geheimniskrämerinnen schlechthin. Nein, Marga log mich an, und das tat weh.

»Es ist wirklich nicht so, wie du zu denken scheinst, Schätzelchen.«

Ach ja? Ich fixierte sie stumm und stinkwütend.

»Himmelherrgott, du bist wirklich eine Plage, Hanna.« Sie verdrehte die Augen. Hanna, aha! Es hatte sich ausgeschätzelt. Das allein sagte mir mehr als tausend Worte! »Also gut. Harry ist zu mehreren Interviews dorthin gereist. Glaube es mir doch. Die Leute suchen alle einen neuen Partner und wollen die Dienste von ›Mr & Mrs Right‹ in Anspruch nehmen. Und Harry ist in diesem Fall nicht als Profilschreiber, sondern als Journalist an ihren Motiven, ihren Erfahrungen, ihren Wünschen und Hoffnungen, ihrem Alter und so weiter und so fort interessiert. Das gäbe einen tollen Artikel, hat er gemeint. Weil er quasi als Insider schreiben könne.«

»Wie überaus originell«, bemerkte ich mit beißendem Sarkasmus in der Stimme. »Solche Artikel gibt es ja auch kaum. Ich schätze mal, ihre Zahl beträgt in etwa einhunderttausend allein in der Bundesrepublik. Oder sind es noch ein bisschen mehr? Wieso hat er mir nichts davon erzählt?«

»Du warst in letzter Zeit ziemlich mit dir selbst beschäftigt. Und krank warst du auch, schon vergessen?« Plötzlich blickte die alte Marga zu mir herüber, mächtige Gewitterwolken umkränzten ihr Haupt. »Verdammt noch mal, Schätzelchen, nun zieh doch hier nicht so eine Show ab. Man könnte ja meinen, die blöde Vivian samt der noch blöderen Camilla ist in dich gefahren.«

Ein zweiter fehlgeleiteter Kaffeeschluck verhinderte die schon angesetzte scharfe Erwiderung.

»Marga!«, gelang es mir schließlich zu röcheln.

»Du solltest wirklich bald zum Arzt gehen. Wenn so was

erst in die Bronchien zieht …«, lautete die ungerührte Antwort.

»Marga!« Ich kreischte jetzt fast.

»Ich bin nicht taub, Schätzelchen. Kannst du mir und Harry nicht einmal vertrauen? Es ist alles … na ja … in Ordnung. Wirklich.«

Aha. Dieses »na ja« verriet doch wohl alles. Ich war keineswegs milde gestimmt und nicht bereit, mir Sand in die Augen streuen zu lassen. Ich nicht, da konnte sie lange warten! Mein Freund und Lover Harry traf sich mit irgendeiner Tinderella in der Lüneburger Heide, und Marga hatte den Auftrag, mich hinzuhalten, falls ich ihm auf die Schliche kommen sollte. So einfach war das. Und so daneben!

»Wenn das alles so furchtbar harmlos ist, kannst du mir doch auch sagen, wo er ist, nicht wahr?«, fragte ich lauernd.

Ich sage sonst niemals »nicht wahr«. Eine derartige Floskel gehört einfach nicht in meinen Wortschatz. Marga begann mit den Händen zu fuchteln.

»Hanna Hemlokk, du bist einfach unmöglich.«

»Ja«, sagte ich und nahm es als Kompliment. »Also?«

»Du willst mir nicht glauben?«

»Nein«, gab ich klar und deutlich zu Protokoll. »Ich kann nicht, und ich will nicht. Weil ich es überhaupt nicht schätze, wenn man mich anlügt. Das weißt du, Marga. Das darfst du auch Harry gern bestellen.«

In diesem Moment war mir unser freundschaftliches Verhältnis so was von scheißegal. Margas Miene hatte sich bei meinen Worten in eine starre und abweisende Maske verwandelt. Wenn ich es richtig interpretierte, konnte ich ihr momentan ebenfalls für die nächsten zehntausend Jahre gestohlen bleiben.

»Also gut, du hast gewonnen. Aber ich protestiere gegen dein Benehmen auf das Schärfste, nimm das bitte zur Kenntnis.«

»Wir sitzen in deinem Wohnzimmer. Nur du und ich, Marga. Und dein Wohnzimmer ist kein internationales Konferenzzentrum, wenn ich dich daran erinnern darf«, schoss ich zurück.

Marga verdrehte die Augen. Das konnte sie unnachahmlich gut.

»Er wohnt in einer Pension in Celle.«

Sollte das etwa alles sein? So billig kam sie mir nicht davon.

»Eine etwas genauere Angabe wäre schon nett. Im Norden, Süden, Osten oder Westen der Stadt? Und wie wäre es andeutungsweise mit einer Straße und einer Hausnummer?« Ich klatschte mir mit der flachen Linken gegen die Stirn, als hätte mich soeben eine sensationelle Idee heimgesucht. »Ja, darauf soll man erst mal kommen: Gib mir einfach seine Adresse! Die hast du doch, mhm?«

»Ja, die habe ich.«

»Spuck sie aus, Marga. Ich rühre mich hier nicht von der Stelle, bis du sie herausrückst. Ich habe das vorhin ernst gemeint, und ich meine es jetzt genauso ernst.«

Mir war weder nach Spielchen noch nach Höflichkeiten zumute. Sie kniff missbilligend die Augen zusammen.

»Du bist eine alte Nervensäge, Hanna Hemlokk. Ich muss Traute bei Gelegenheit mal fragen, ob du schon als Kind so bockig warst. Deine arme Mutter.«

»Lenk nicht ab und lass Traute aus dem Spiel«, fauchte ich. »Die Adresse, Marga, und dann gehe ich.«

»Hoffentlich«, knurrte sie. »Also gut, du hast gewonnen.« Und dann nannte sie mir tatsächlich Namen und Anschrift von Harrys Liebesnest.

»Die Firma Hemlokk dankt«, schnarrte ich und sprang auf. Ich kannte meine Freundin Marga. Auch wenn ich sie aufs Rad geflochten hätte, hätte sie den Mund nicht weiter aufgemacht und mir den Namen der aktuellen Tinderella verraten. Aber den brauchte ich auch nicht. Wozu arbeitete ich schließlich seit Jahren erfolgreich als Private Eye? Ich würde Harry einfach beschatten und in null Komma nichts die Identität seiner neuen Mieze lüften. Und dann gnade dir die Grundgütige, Harry Gierke!

## DREIZEHN

Erst auf der Höhe von Bad Segeberg kam ich wieder zur Besinnung. Was tat ich hier eigentlich? Bretterte wie ein kopfloses Huhn in die Lüneburger Heide, um meinem Noch- und Ex-Lover die Meinung zu geigen und der neuen Frau in seinem Leben mindestens die Augen auszukratzen. Das war doch nun wirklich billig – und reichlich melodramatisch. Einen kurzen Moment erwog ich ernsthaft, umzudrehen, aber ich hatte bereits ein Drittel der Strecke zurückgelegt, dann konnte ich das jetzt auch durchziehen. Denn, das musste ich zugeben, ich war nicht nur tierisch sauer, sondern auch ziemlich neugierig auf Harrys neue Braut. Und meine Fälle würden meine Abwesenheit allesamt verkraften, weil ich da ja momentan ohnehin nicht weiterkam. Dann hilft nach meiner Erfahrung nur Warten und Ruhebewahren, bis ein Mosaiksteinchen ganz von selbst ins Rutschen kommt und an die richtige Stelle fällt. Und Gustav, dem ich alles erklärt und einen halben Salatkopf als Einsamkeitstrost spendiert hatte, ging es prachtvoll. Außerdem ist auch ein Private Eye kein Roboter, sondern besitzt ein Privatleben und hat Gefühle. Tja, und last, but not least gestand ich mir auf der Höhe von Bad Oldesloe zähneknirschend ein, dass ich über diesen eifersüchtigen Wesenszug in meinem Charakter selbst ziemlich überrascht war. Ich hatte mich bislang eigentlich eher für den coolen, abwägenden Typ gehalten. Tja, Pustekuchen, Hemlokk.

Bei Lauenburg überquerte ich die Elbe Richtung Lüneburg, um von dort über Uelzen nach Celle zu fahren. Im Sommer musste das eine wirklich schöne Strecke sein. Jetzt im tiefsten Winter war auch hier alles nur kalt, abweisend und grau. Es schneeregnete die ganze Fahrt über, sodass ich den Scheibenwischer keine Minute ausschalten konnte. Mich störte das allerdings nur mäßig, entsprach diese nasskalte Witterung doch exakt meiner miesen Laune. Nein, es gab einfach keine zwei Meinungen: Harry hätte den Mund aufmachen und etwas über die veränderte Situation sagen müssen. Das wäre er sich, mir und unserer langjährigen Freundschaft schuldig gewesen. Aber sich klammheimlich davonzustehlen, um mich schnöde zu betrügen wie ein x-beliebiger Feld-, Wald- und Wiesen-Lover und zu allem Überfluss auch noch Marga dafür einzuspannen – das ging ja wohl gar nicht!

In Celle folgte ich den »Zentrum«-Hinweisen und fuhr schier endlos auf einer dieser gesichtslosen Einfallstraßen in die Stadt hinein. Auf einem der kostenfreien Parkplätze stellte ich meine alte Mühle ab, schnappte mir meine Tasche und marschierte los Richtung Innenstadt. Es war nicht weit. Natürlich würde Marga Harry warnen, da machte ich mir nichts vor. Aber, und darauf baute ich, sie würde keinesfalls auf die Idee kommen, dass ich sofort losgesaust war, um bereits vier Stunden später in der Innenstadt von Celle zu stehen und nach dem Schild »Touristeninformation« Ausschau zu halten. Nein, nicht um mir Tipps zur Erkundung der Stadt zu holen, sondern um mir einen Stadtplan zu besorgen, mit dessen Hilfe ich Harrys Pension fand.

Auch im Zeitalter von Fußgänger-Navi und Google Maps bevorzuge ich wenn irgend möglich den altmodischen Papierfältling, der weder einen günstigen Sonnenstand für die Lesbarkeit des Displays noch einen rechtzeitig aufgeladenen Akku benötigt, um seine Aufgabe zu erfüllen. Auf dem Weg zu meinem Ziel hatte ich mich immerhin wieder so weit abgeregt, dass ich die zahllosen Fachwerkhäuser wahrnehmen konnte, die die Altstadt von Celle prägen. Wirklich hübsch, wenn man hier im Mai bei Sonnenschein entspannt und mit guter Laune herumbummelte. Die hatte ich jedoch bekanntlich nicht; außerdem zog es wie Hechtsuppe, und heftige Böen ließen die weihnachtlichen Lichterketten schaukeln wie Blätter im Wind, während die Passanten mit Bergen von prall gefüllten Taschen und Tüten sowie zumeist gehetzten Gesichtern an mir vorbeidrängten. Tja, Weihnachtsshopping ist nichts für Feiglinge. Weder in Kiel noch in Celle.

In der Touristeninformation schnappte ich mir einen Stadtplan und würgte das Mädchen hinter dem Tresen, das mangels Publikum dankbar und umgehend zu einer Erläuterung der lokalen Sehenswürdigkeiten ansetzen wollte, rigoros ab. Aha, Harrys Pension lag in der Fußgängerzone. Zweimal links, einmal rechts, dann wieder links, und ich stand vor einem der eher nachlässig restaurierten Fachwerkhäuser. Ein nobles Etablissement sah anders aus, lediglich ein kleines Schild rechts neben der Tür verriet, dass ich hier richtig war. Egal, ich war schließlich nicht zu einem Wellness-Wochenende angetreten. Jetzt kam es nur darauf an, dass die auch für mich noch ein Zimmer frei hatten. Und das hatten sie mitten im Winter natürlich.

»Ach«, bemerkte ich wie nebenbei zum Portier, als ich mich der Treppe zuwandte, die ins Obergeschoss führte. »Bei Ihnen wohnt doch ein Herr Gierke. Harry Gierke.« Ich formulierte es bewusst nicht als Frage, damit der Empfangsmensch gar nicht erst auf dumme Gedanken kam. »Ist er zufällig auf seinem Zimmer?«

Dabei lächelte ich den älteren Mann hinter dem Tresen vertraulich an und legte gleichzeitig den Zeigefinger auf meine Lippen. »Nichts verraten, bitte. Ich möchte ihn überraschen.«

»Verstehe«, lispelte er verschwörerisch und tat genau das todsicher nicht. »Meine Lippen sind versiegelt.«

Dann drehte er sich hüftaufwärts leicht nach hinten, um einen Blick auf das Schlüsselbrett zu werfen. Es war tatsächlich kein topmodernes Haus, das das Harry-Schätzchen sich da für sein Romantikabenteuer ausgesucht hatte. Aber vielleicht logierte *sie* ja komfortabler und kuscheliger, und man traf sich bei ihr auf ein flottes Schäferstündchen. Oder auch zwei. Knurr.

»Ihr Bekannter ist da. Zimmer acht.«

Ich dankte ihm und eilte die Treppe hinauf. Sie entsprach dem Stil des Hauses, war ziemlich durchgetreten und passte zu dem abgewetzten Teppichboden. Zimmer sechs war mein Ziel. Ich schmiss meine Tasche aufs Bett, machte rasch Pipi, wusch mir Hände und Gesicht und bezog anschließend Posten hinter meiner einen Spalt weit geöffneten Tür. Jacke, Mütze, Schal und Rucksack lagen griffbereit neben mir auf einem Stuhl.

Ich brauchte nicht lange zu warten. Bereits eine halbe Stunde später trat Harry aus seinem Zimmer, eingemümmelt in seine alte Lieblingsjacke, die so gut roch. Ich schluckte unwillkürlich, weil ich das idiotischerweise als besonderen Verrat empfand. Er wusste genau, wie sehr ich die Jacke mochte. Jetzt fehlte nur noch, dass er darunter den hässlichen Weihnachtspullover mit dem bekloppten Rudolph trug. Besonders schuldbewusst sah er auch nicht aus, fand ich, sondern eher … dynamisch. Ja, das war das zutreffende Wort. Harry Gierke sah aus, als bräche er zu neuen Ufern auf. Na ja, genauso war es ja auch. Mir wurde der Hals eng, und ich spürte, wie ein Huster die Luftröhre entlang ins Freie zu kriechen drohte. Nur mit Mühe konnte ich ihn in ein Räuspern verwandeln. Ich ließ Harry einen Vorsprung von drei Sekunden. Als er um die Ecke Richtung Treppe verschwunden war, schlüpfte ich in Windeseile in meine Jacke, zog die Mütze tief ins Gesicht und drapierte den Schal locker über den Mund. Das musste als Tarnung reichen. Dann griff ich nach meinem Rucksack und machte mich an die Verfolgung meines verfließenden Liebsten. Dem Portier winkte ich lässig zu, als wir an ihm vorbeischritten. Ich hätte Gustav darauf verwettet, dass er uns mit offenem Mund nachschaute.

Seltsamerweise schien Harry nicht genau zu wissen, wohin er wollte, und so schlenderten wir als Tandem durch die Altstadt von Celle, beguckten Fachwerkhaus um Fachwerkhaus sowie die Auslagen der Kettengeschäfte, die auch hier – wie mittlerweile in jeder bundesdeutschen Stadt – das Bild prägten: Schuhe, Restaurants mit Einheitsangeboten, Drogerien, Schnickschnack- und Klamottenläden; allesamt mit Knusperhäuschen, Schneelandschaften und Weihnachtswichteln dekoriert. Wir kamen an einem »Bomann-Museum« vorbei, kreuzten eine breite Straße und umrundeten das ganz in Weiß gehaltene Schloss, Harry stets voran, ich in gebührendem Abstand hinterher. Wir waren offenbar zu früh. Mrs Right war anscheinend noch nicht bereit für das Date. Im Schlosspark schaute Harry mehrmals auf die Uhr. Dann schlenderten wir in die Altstadt zurück. Und endlich, endlich steuerte er eines der zahlreichen Kneipenrestaurants an. Ich hätte mittlerweile sowohl meine Mutter als auch meinen Vater für einen quietschheißen Tee verkauft.

Als Harry hinter der Tür verschwunden war, wartete ich etwa fünf Minuten, bis ich sicher sein konnte, dass er seinen Platz gefunden und sich gesetzt hatte. Dann pirschte ich mich ans Fenster und linste durch die Scheibe. Er saß mit dem Rücken zu mir an einem leeren Tisch. Allein und ohne Weihnachtspullover. Natürlich, das Mäuschen kam bestimmt ganz bewusst zu spät, um ihn ein bisschen hinzuhalten und einen großen Auftritt abzuziehen. Nervös fing mein Ex-Liebster jetzt an, mit den Fingerkuppen auf dem Tisch herumzutrommeln. Ich kannte ihn gut. Seine rechte Augenbraue hatte er bestimmt auch hochgezogen. Himmel, tat das weh.

»Das Lokal ist in Ordnung. Wenn Sie einfach hineingehen, könnten Sie sich davon überzeugen.«

Die Stimme gehörte einem älteren Herrn. Ich drehte mich wütend um, denn er besaß tatsächlich die Frechheit, mir bei seinen Worten auf die Schulter zu tippen. Und ich hasse es, ohne Vorwarnung von fremden Leuten angetatscht zu werden.

»Finger weg«, schnauzte ich ihn an.

»Na, na, junge Frau.«

Er drohte mir schelmisch mit dem Finger. Und ich hasse es ebenfalls, wenn man mich als »junge Frau« tituliert. Wie der blöde Bapp. Da hatte ich lediglich aus ermittlungstechnischen Gründen die Klappe gehalten. Hier waren derartige Rücksichten nicht vonnöten.

»Ich bin keine zwanzig mehr«, knurrte ich ihn an.

»Was man Ihnen keineswegs ansieht.«

Herrgott im Himmel, so ein Sülzbaron hatte mir gerade noch gefehlt. Vor mir stand ein Mann um die siebzig, der ganz eindeutig zum Typ Dandy gehörte. Sein maßgeschneiderter dunkelgrauer Mantel war vielleicht einen Tick zu eng, aber sichtbar aus feinstem Stoff. Er reichte ihm bis zu den Waden. Den hellgrauen Seidenschal hatte er betont lässig um den Hals geschlungen, sodass ein Ende im frostigen Dezemberwind flatterte. Doch die Krönung war der Hut: Auf dem Haupt des Seniors prangte ein schwarzer Borsalino; das ist so ein Ding mit gebogener Krempe und Band mit Schleifchen ums Oberteil. Woher ausgerechnet ich das weiß? Mein Onkel, der Bruder meiner Mutter, hatte mal eine Borsalino-Phase gehabt und war mächtig stolz auf seinen Kopfschmuck gewesen. Jedem, der es hören wollte oder auch nicht – die waren eindeutig in der Überzahl –, erklärte er fortan, dass wirklich nur Ziegenhaar das ultimative Hutmaterial sei. Bei uns in der Probstei tragen lediglich Großstädter solche Dinger. Wer derart gewandet auf dem Deich herumspaziert, ist garantiert ein Hamburger oder Berliner. Und es macht Spaß, ihnen dabei zuzusehen, wie sie das teure Stück entweder verzweifelt festhalten oder gar hinter ihm herrennen. Denn am Wasser pfeift nun einmal der Wind, weshalb man bei uns mit einer Pudelmütze meist weitaus besser bedient ist. Was allerdings zugegebenermaßen für einen gewissen Männertyp auch nicht unbedingt passend wirkt.

»Ich meine es ernst«, sagte ich drohend. »Ich möchte weder angefasst noch als ›junge Frau‹ angeredet werden.«

Woraufhin der dösige Pomuchelskopp, wie so ein Wichtigtuer auf Platt heißt, tief und sonor lachte, komplett mit sich im Reinen. Ob man eine derartige Tonlage üben konnte? Wahrscheinlich.

»Aber, aber, meine liebe … äh … Dame.« Prompt kam ich mir vor wie eine Hundertzehnjährige mit Perlenkette. »Was ist uns denn für eine Laus über die Leber gelaufen? Das Leben ist zu schön, um es sich mit schlechter Laune zu vermiesen.« Er zwinkerte mir schelmisch zu. »Und zeigen Sie der Welt doch Ihr Gesicht. Sie müssen sich bestimmt nicht hinter einem Schal verstecken. Verzeihen Sie einem alten Mann, aber das habe ich immer noch im Gefühl.«

Mannomann, konnte dieser Knilch Süßholz raspeln. Dagegen verblasste wirklich jeder Richard. Und ich dachte nicht im Traum daran, seine kokette Selbsteinschätzung zu korrigieren, wenn er darauf gehofft haben sollte. Er war zweifellos ein alter Mann. Punkt.

»Und Ihnen einen schönen Tag noch«, brummte ich.

Er stutzte kurz, dann lüpfte er schmunzelnd seinen Hut, drehte sich um und schritt gemächlich auf die Eingangstür des Restaurants zu. Kaum war er drinnen, presste ich erneut die Nase gegen die Scheibe. Nur um wenig später entgeistert nach Luft zu schnappen, was prompt einen kräftigen Hustenanfall auslöste. Der ältliche Charmeur hatte sich nämlich kurz umgeschaut, Harry entdeckt und strebte nun schnurstracks auf dessen Tisch zu. Und mein Ex-Lover schien keineswegs überrascht zu sein, sondern rückte im Gegenteil einladend einen Stuhl für diesen Knaben zurecht. Ich hingegen benötigte gefühlte zehn Minuten, bis sich mein Mund wieder schloss. Was war das denn? Hatte ich etwa mit meiner Eifersucht komplett danebengelegen? Hatte Marga mich also gar nicht angelogen? Mir wurde gleichzeitig warm und kalt, während ich hastig überlegte, was jetzt zu tun war. Hier draußen zu warten, bis das Gespräch zwischen den beiden Männern beendet war, kam selbstverständlich nicht in Frage. Erstens hielt ich es keine Minute länger in dieser Kälte aus, einmal ganz zu schweigen von dem penetranten Weihnachtsgedudel, das aus dem Schuhgeschäft von nebenan erklang, und zweitens bekam ich dann logischerweise nicht mit, worüber die beiden Jungs sprachen.

Also näherte ich mich zögernd der Eingangstür und öffnete sie mit kälteklammer Hand. Ein Schwall warmer Luft schwappte mir entgegen, der auch noch verheißungsvoll nach Pizza, Pasta und Knoblauch roch. Unwillkürlich sog ich den Duft tief in meine Lungenflügel. Kein Hustenreiz. Herrlich. Dann trat ich entschlossen ein.

»Hallo, Harry«, sagte ich höflich, als ich an seinem Tisch vorbeischlenderte, um meine Sachen an die Garderobe zu hängen.

»Na also«, rief der Borsalino-Träger mir hinterher. »Was habe ich gesagt? Hier drinnen ist es doch wirklich gemütlicher. Und wenn mein Freund und ich mit unserem Gespräch fertig sind, lade ich Sie zu einem Glas Wein ein. Und dann sehen wir weiter. Wie wäre das?« Dabei beobachtete ich aus den Augenwinkeln, wie er sich kurz über das nicht mehr vorhandene volle Haar strich. Lackaffe.

»Hemlokk?« Endlich war Harry aus seiner Erstarrung erwacht. »Was um alles in der Welt machst du denn hier?« Marga hatte also noch nicht angerufen und ihn ins Bild gesetzt. Insoweit war mein Plan aufgegangen. Alles andere würde sich zeigen. Ich hängte meine Jacke an den Haken, behielt Schal und Mütze jedoch an, weil es mir irgendwie widerstrebte, mich unaufgefordert mit an den Tisch zu setzen. Harry nahm mir die Entscheidung ab. »Nimm doch Platz. Oder haben Sie etwas dagegen, Herr Schölljahn?«

Er sprach den Namen mit Nachdruck aus. Was er gar nicht gebraucht hätte. Ich hatte ihn auch so verstanden. Schölljahn? Das gab es doch nicht. Bislang kannte ich nur einen Menschen mit diesem Nachnamen. Nämlich meine Freundin Marga.

»Aber keineswegs«, versicherte der zweite Schölljahn in meinem Leben herzlich. »Ihre Freunde sind auch meine Freunde. Und gegen charmante weibliche Gesellschaft hatte ich noch nie etwas einzuwenden.«

Wie betäubt sank ich auf einen Stuhl, den mir Harry eiligst in die Kniekehlen schob, damit ich mich nicht vor Schreck auf den Boden setzte.

»Geht's denn, Hemlokk?«, erkundigte er sich heuchlerisch. Er amüsierte sich wie Bolle. Mechanisch bewegte ich den Kopf auf und nieder, sodass es aussah wie ein Nicken. Der Borsalino-Träger hieß Schölljahn! Ich hatte mich bestimmt nicht verhört. Aber Margas Gatte, von dem sie nie sprach, war doch tot! Das hatte ich zumindest immer angenommen. Ich hatte vermutet, dass er früh verstorben war, denn er schien in ihrem Leben seit Jahrzehnten keine Rolle mehr zu spielen. Und jetzt das. Ich starrte den Wiederauferstandenen perplex an. Oder handelte es sich bei diesem Prachtexemplar von Mann gar nicht um Margas Gatten, sondern vielleicht um einen Bruder oder Cousin?

»Nein«, sagte Harry bestens gelaunt und bewies wieder einmal, dass er mich manchmal besser kannte, als mir lieb war. »Darf ich dir den rechtmäßig angetrauten Ehemann unserer Freundin Marga vorstellen? Karl-Werner Schölljahn.«

KW, ich hätte schwören können, dass er sich von Hinz und Kunz so nennen ließ, erhob sich halb und reichte mir die gepflegte Rechte.

»Angenehm«, säuselte er dabei und zwinkerte mir zu. »Sehr angenehm sogar. Wir kennen uns ja schon ein bisschen. Und Sie sind also eine Freundin von meiner Margarethe und wohnen ebenfalls im schönen Bokau?«

»Von wem?«, rutschte es mir fassungslos heraus.

»Von Marga«, erklärte Harry mit einem so feisten Grinsen, dass ich versucht war, Hand an seine Mundwinkel zu legen, um sie merkeln zu lassen.

»Ah«, sagte ich. »Äh … ja, wir wohnen alle im schönen Bokau.«

Harry lüpfte wortlos meine Mütze vom Haupt und wickelte mich kunstvoll aus dem Schal, während er leise vor sich hin gluckste. Margas Gatte beobachtete diese Vertraulichkeit interessiert.

»So«, sagte Harry, als er mir beides in den Schoß legte, »ich denke, mit offenem Visier sieht die Welt gleich besser aus.« Und an Margas Mann gewandt: »Sie spricht sonst mehr. Hem… Hanna ist offenbar ein bisschen … überrascht. Sehen Sie es ihr nach. Herrgott, wer ist denn das schon wieder?«

Das galt dem Handy, das in den Tiefen seiner Hosentasche anfing zu dudeln.

»Marga, ich grüße dich«, meldete er sich nach einem Blick aufs Display, lauschte kurz, ehe er unsere Freundin mit den Worten »Sie sitzt neben mir. Aber danke für die Warnung« wohl zu stoppen versuchte. Marga sprach jedoch unbeirrt weiter, und Harrys Grienen wurde immer breiter. »Na, da schau her«, sagte er schließlich. »Es wird schon alles werden. Wie? Ja, der ist auch hier. Tschüss, Marga.«

»Gierke«, polterte ich los, als ein fröhlich summender Harry anfing, das Handy umständlich wieder in seiner Hose zu verstauen. »Sprich mit uns.«

Schölljahn und ich wechselten einen Blick des Einverständnisses; es war das erste Mal, dass wir so ziemlich einer Meinung waren.

»Ja«, unterstützte er mich. »Was hat sie gesagt?«

Harry blickte mich unverwandt an. In seinen Augen lag ein Funkeln, das mich augenblicklich an Vivians Wunderknaben Richard erinnerte.

»Vor Eifersucht wie von Sinnen, hat sie gesagt.« Mein Lover gluckste erneut. »Nicht aufzuhalten, das Schätzelchen, hat sie gemeint. Schon mit einem Fuß in Celle, da hätte sie noch nicht einmal die Hälfte der Adresse preisgegeben. Notgedrungen natürlich. Und unter immensem Druck. Der arme Gustav.«

»Dem geht es gut. Und Marga übertreibt maßlos«, murmelte ich verlegen und senkte den Kopf.

»Das hat sie schon immer getan«, versuchte sich Margas Ex-Gatte in das Gespräch einzumischen.

Harry und ich beachteten ihn nicht. Weil wir ganz und gar damit beschäftigt waren, uns wie Richard und Camilla in die Augen zu schauen. Vivian LaRoche hätte ihre helle Freude an uns gehabt. Wenn wir allein und an einem anderen Ort gewesen wären, wären wir garantiert im Bett gelandet. Himmel, konnte der Kerl gucken. Ach, Harry. Entschuldige, dass ich dich verdächtigt habe, fremdzugehen. Ich hätte es wirklich besser wissen müssen. Vor lauter Gefühl musste ich husten, was uns beide umgehend erdete.

»Sie sind also gar nicht tot«, wandte ich mich an Margas Mann, nachdem mir Harry burschikos auf den Rücken geklopft hatte.

»Oh nein, ich lebe, und es geht mir gut«, versicherte er mit aufgesetzter Fröhlichkeit.

Ratlos linste ich zu Harry hinüber. Wieso traf sich ausgerechnet mein Lebensgefährte in Celle mit diesem Mann? Was zum Donnerwetter steckte dahinter?

»Herr Schölljahn«, begann Harry plötzlich ganz förmlich, »erpresst unsere Freundin Marga seit geraumer Zeit.«

Er brach ab, weil die Bedienung an unseren Tisch trat und nach unserem Begehr fragte. Die Männer bestellten zwei Pott Kaffee, ich brauchte etwas Stärkeres und entschied mich für eine Spinat-Knoblauch-Pizza mit einem Kännchen Tee.

»Das ist nicht wahr«, protestierte Schölljahn, kaum dass das Mädchen außer Hörweite war.

»Nein? Sie sehen es anders?«, entgegnete Harry, wobei pfundweise Sarkasmus aus jeder Silbe troff.

Mein Blick pendelte zwischen den beiden Männern hin und her.

»Jawohl. Das ist eine infame Unterstellung«, beharrte Schölljahn mit empörter Miene. Ich hatte den Eindruck, er sah das wirklich so.

»Tatsächlich?«, knurrte Harry gefährlich ruhig. Er war ernsthaft wütend, ich hörte es an seiner Stimme. »Und wie würden Sie es dann bezeichnen, was Sie da getrieben haben, wenn ich fragen darf? Als eine Art Freundschaftsbesuch im hohen Norden vielleicht?«

Mein Kopf ruckte hin und her, als Margas Ex, nein, eben Nicht-Ex, sondern ihr Noch-Gatte, wie es schien, schwieg.

»Was hat er denn gemacht, und was hat er vor?«, fragte ich schließlich in die ungemütliche Stille hinein, nachdem unsere Getränke gekommen waren. Schölljahn war ein ganz Süßer und schmiss umgehend drei Saccharin-Pillen in den Kaffee. Brrr.

»Oh, das kann ich dir verraten. Herr Schölljahn droht Marga damit, nach Bokau zu ziehen, um ihr dort die Hölle heiß zu machen«, erklärte Harry. Er trank seinen Kaffee schwarz. »Er hat sich zwar noch nicht genau geäußert, wie er das anstellen will, aber er werde Marga in Bokau komplett unmöglich machen, hat er ihr erklärt. Wenn er mit ihr fertig sei, werde sie heilfroh sein, wenn sie Bokau verlassen könne.

Diese Drohung hat er mir gegenüber bei unserem ersten Treffen wiederholt. Und zwar in aller Deutlichkeit.« Harry gönnte sich zwecks Hebung der Spannung einen weiteren Schluck Kaffee, bevor er bedächtig fortfuhr.

»Tja, es sei denn, hat der feine Herr gesagt, es sei denn, die arme Frau stelle ab und an ein gewisses Sümmchen für ihn bereit, damit er seinen gewohnten Lebensstil aufrechterhalten könne. Denn die Rente reiche dafür bedauerlicherweise nicht. Das nenne ich Erpressung.«

»Aber das muss man doch nicht so ernst nehmen. Ich ... mir ging es zu der Zeit nicht gut, und ich war verzweifelt. Und Erpressung ist so ein hässlicher Ausdruck.« Auf Schölljahns Zuckersuppe bildeten sich langsam hässliche Schlieren.

Harry zielte mit dem Zeigefinger auf ihn. Ganz wie der alte Reichsbruder Bapp. Doch in diesem Fall störte mich das nicht.

»Der es jedoch genau trifft, Herr Schölljahn. Reden Sie doch nicht drum herum!« Harrys Hand sank hinunter. »Wenn Sie jetzt im Alter nicht genug Geld haben, um Ihren gewohnten Lebensstil aufrechterhalten zu können, ist das Ihr Bier. Stehen Sie dazu, Mann. Sie können doch nicht einfach hingehen, Margas Leben zerstören und wegen eines alten, vergilbten Fetzens Papier so tun, als sei das auch noch Ihr gutes Recht. Ihre Ex-Frau hat mir erzählt, dass Sie sich vor über vierzig Jahren getrennt haben.«

»Aber wir sind nicht geschieden«, entgegnete Schölljahn flink. »Irgendetwas muss ihr also noch an mir liegen.«

Harry gab einen Ton von sich, in dem sein gesamtes Missfallen zum Ausdruck kam. Dabei rührte er derart energisch in seinem Becher, dass der Kaffee überschwappte.

»Nein, tut es nicht. Ich habe Marga gefragt. Sie meint, der Aufwand mit der Scheidung hätte sich für sie nie gelohnt. Das sei der Grund, weshalb sie sich nie darum gekümmert habe. Und Sie wüssten das ganz genau. Also kommen Sie mir nicht so, ja!«

Ich hatte dem Schlagabtausch mit großen Ohren gelauscht. Der Mann wurde mir immer unsympathischer. Ich bedachte

Schölljahn mit einem angeekelten Blick. Irgendwie passte das alles zu ihm und seiner schnieken, aber sichtbar schon länger getragenen Kleidung. Er hatte zweifellos sein Leben gelebt, was ihm zu gönnen war; erst als es eng wurde und er offenbar nicht mehr weiterwusste, hatte er sich wieder an seine Verflossene erinnert. Was zumindest in dieser Form absolut nicht in Ordnung war. Meine Pizza kam. Sie duftete wunderbar, aber ich hatte nicht mehr allzu viel Appetit. Wieso wusste ich von all dem nichts? Marga hätte mir doch etwas sagen müssen. Ich war ihre Freundin, und ich hatte sie oft genug gefragt, was denn los sei. Doch das würden wir später klären. Jetzt ging es erst mal um dieses miese Gottesgeschenk an alle Frauen dieser Erde.

»Seit wann geht das schon so?«, fragte ich Harry und wusste die Antwort, bevor er sie aussprach.

»Seit Marga dasitzt und Fische ausmalt.«

Natürlich. Von wegen Depression, die aus heiterem Himmel und völlig ohne Grund über sie gekommen zu sein schien. Der Grund saß mir hier, in Celle, direkt gegenüber! Traute-Mutti hatte also den richtigen Riecher gehabt, als sie vermutete, dass etwas Handfestes hinter Margas Durchhänger steckte.

Ich richtete mich unwillkürlich auf. Denn wieso musste Harry sich mit diesem Knilch bereits zum zweiten Mal treffen? Ich vermutete stark, dass er, als ich krank gewesen war und ihn um Hilfe angemorst hatte, ebenfalls mit Herrn Schölljahn beschäftigt gewesen war. Offenbar hatte er in der Angelegenheit bisher nichts Gescheites zustande gekriegt. Na dann! Hier war eindeutig die Hemlokk'sche Methode gefragt. Sorgfältig legte ich Messer und Gabel neben den Pizzateller, beugte mich zu Schölljahn hinüber und nagelte ihn mit einem stahlharten Blick auf dem Stuhl fest.

»Hemlokk«, mahnte Harry besorgt. »Marga möchte das Problem friedlich lösen. So lautet mein Auftrag.«

Ich wedelte seinen Einwand mit einer lockeren Handbewegung in den Orkus. Friedlich konnten wir auch noch später werden. Nach meiner Erfahrung mussten solche Burschen empfindlich eins auf die Nase bekommen. Sonst kapierten die gar nichts.

»Hör jetzt gut zu, alter Mann«, begann ich daher leise und drohend. Denn genau das war er, und nichts weiter: ein alter, mieser Gauner.

»Hemlokk!«

»Ruhe, Harry. Spitzen Sie die Ohren, Herr Schölljahn. Ich sage das nicht ein zweites Mal.«

»Hemlokk! Bitte!«

Ich beachtete meinen Wieder-Lover überhaupt nicht.

»Wenn Sie es tatsächlich wagen sollten, auch nur einen Schritt über die Elbe zu tun und Marga im schönen Bokau, wie Sie es formulierten, zu belästigen, dann werden Sie uns und unser Dorf kennenlernen: zuallererst mich, und ich bin kein zartes Pflänzchen, sondern eine erfolgreiche Privatdetektivin mit höchst … öhem … eigenwilligen Methoden, will ich mal sagen.« Ich ließ es klingen, als hätte ich die fünfjährige Ausbildung zum staatlich geprüften Folterknecht mit Bravour bestanden. Schölljahn wurde einen Tick blasser. Sein Kaffee schlierte weiter unberührt vor sich hin. Na bitte, ging doch. »Dann haben wir den guten alten Harry hier, der als Journalist ein ziemlich cleveres Kerlchen ist und über etliche nützliche Verbindungen verfügt … in alle Bereiche der Gesellschaft, wenn Sie verstehen, was ich meine. Deine letzte große Reportage beschäftigte sich doch mit der Gewalttätigkeit und Brutalität unter Rockern, nicht?«

Harry antwortete nicht. Stattdessen langte er nach zwei Teelöffeln und drapierte sie sinnend zu einem Kreuz. Schölljahn erblasste womöglich noch ein bisschen mehr unter der künstlichen Sonnenbräune.

»Tja, und dann gibt es da natürlich auch noch Margas Freund Theo, der berühmt für seinen Gerechtigkeitsfimmel ist. Unser Theo kann Erpresser genauso wenig leiden wie Johannes und vor allem Krischan. Der wohnt übrigens direkt unter Marga, die beiden sind dicke Freunde, auch wenn Krischan ein paar bummelige Jahre jünger ist als Marga. Tja, der Junge ist ein tüchtiger Kickboxer und ein bisschen unbeherrscht. Das Alter, Sie verstehen? Da spielen die Hormone noch eine entscheidende Rolle, sodass die Faust schon einmal ausrutschen kann, bevor er den Mund aufmacht. Habe ich noch jemanden vergessen? Oh ja, unser Bauer Plattmann. Der ist ein richtiges Ass mit der Mistgabel und spießt alles Eklige auf, was ihm vor die Forke kommt. Schlechte Angewohnheit, das.« Ich postierte meine Hand vertraulich auf Schölljahns Unterarm. »Und letztens hat doch eine brave Kuh bei uns im Dorf so einen aus der Stadt zu Brei zertrampelt. Tot, der arme Kerl. Genau wie der, dem es mit der Motorsäge ans Hosenbein ging. Der ist verblutet. Natürlich waren das alles bedauerliche Unfälle. Aber so etwas kommt halt vor auf dem Land. Da kann man nichts machen. Ihr Kaffee wird kalt, Herr Schölljahn. Wollen Sie uns trotzdem besuchen?«

»Ich … also …«, stammelte er.

Ich beugte mich noch ein bisschen mehr zu ihm hinüber, sodass ich sein Aftershave riechen konnte. Es roch teuer. Bald würde er billiger duften.

»Bokau wird Ihnen die Hölle heiß machen«, fuhr ich in freundlichem Tonfall fort. »Sie werden nachts kein Auge zutun, sich auch tagsüber nicht auf die Straßen wagen, weder an einer Veranstaltung teilnehmen noch mit jemandem einen netten Plausch abhalten. Wir werden Sie behandeln, als wären Sie ein Paria oder tot, kapiert? Begraben und vermodert. Mit anderen Worten, Herr Schölljahn: Sie werden bei uns im Dorf kein Bein an Deck kriegen, denn Marga ist eine von uns und ziemlich beliebt.«

»Hemlokk, Marga wollte wirklich im Guten …« Es war ein letzter schwacher Versuch von Harry, mich zu bremsen. Ich ignorierte auch ihn.

»Und wenn Sie irgendeine krumme Nummer übers Netz versuchen sollten, dann hetze ich Ihnen meine Mutter auf den Hals. Traute ist total gut vernetzt und absolut top in den sozialen Medien und auch sonst im Computerbereich. Die inszeniert gegen Sie ruckzuck eine Kampagne, danach können

Sie sich nicht einmal mehr im hintersten Tasmanien blicken lassen. Und wenn Sie das alles immer noch nicht davon abhalten sollte, Marga weiter zu belästigen, wird irgendwann garantiert Ihre Wohnung unter Wasser stehen, und Ihr Auto wird ständig kaputt sein. Und das ist keine vollständige Aufzählung der Dinge, die Ihnen bedauerlicherweise widerfahren werden. Da fehlt noch etwas.« Seine Kiefer mahlten, und er schwitzte. Gut. Ich holte zum ultimativen Schlag aus. »Ach ja. Wie konnte ich das bloß vergessen? Ich bin ja nicht nur Privatdetektivin, sondern auch ziemlich gut mit der Schere und habe etwas gegen sündhaft teure Klamotten. Muss irgendwie an meiner Kindheit liegen. Die war nicht leicht.« Zur Illustration meiner Worte sprang ich auf, griff nach dem Pizzamesser, riss blitzschnell den Borsalino vom Haken und hielt ihn unter seine Nase. »Ritsch, ratsch und das gute Stück taugt nur noch zum Ausbau eines Mäusenests.«

»Aaargh«, grunzte Schölljahn erstickt, während er versuchte, mir den Hut aus den Händen zu winden.

»Ich sehe, Sie haben verstanden, worauf ich hinauswill, Herr Schölljahn«, kommentierte ich höflich seine Bemühungen und ließ den Borsalino los, der durch das Gezerre … tja … ein wenig gelitten hatte. Margas Verflossener erhob sich wankend und schaute mit einer herrlich belämmerten Miene auf Harry und mich herab.

»Auf Wiedersehen sage ich lieber nicht.«

»Nein«, entgegnete ich verständnisvoll und griff nach der Gabel. Schölljahn trat einen Schritt zurück. »Ein ›Tschüss und auf Nimmerwiedersehen‹ ist in diesem Fall eindeutig angebrachter. Vielleicht besuchen Sie mal eine FuckUp-Night. Das kann ich Ihnen nur wärmstens empfehlen. Für die Seele und so. Es sind ja schon etliche andere mit ihren hoffnungsvollen Projekten gescheitert. Aber tun Sie es nicht auf Hollbakken, kapiert! Das ist zu nah an Bokau dran. Das Alpenvorland scheint mir in diesem Fall als Location weitaus angebrachter zu sein.«

Dabei legte ich meine Zahnreihen zu einer Art Grinsen frei,

das ihn zweifellos an einen Hai mit knurrendem Magen erinnerte.

»Hemlokk«, murmelte Harry geradezu respektvoll, als sich die Restauranttür hinter dem fliehenden Schölljahn geschlossen hatte, »das war ja zum Fürchten. Aber ich glaube, ich liebe dich glatt noch ein bisschen mehr für diese ausgefeilte Rede.«

## VIERZEHN

Harry und ich blieben noch zwei Nächte in der schönen alten Residenzstadt Celle und feierten unsere Freundschaft. Die verband uns nämlich im Kern, außerdem mag ich das Wort Beziehung nicht. Es klingt so technisch. Und Liebe … das ist ein großes Wort für ein großes Gefühl, das zunächst einmal Vivian LaRoche vorbehalten bleibt. Ich gehe damit lieber sparsam um.

Während wir also abends und nachts mit uns beschäftigt waren, schauten wir uns tagsüber die Fachwerkhäuser genauer an und veranstalteten einen Wettbewerb, wer die schönsten Schnitzereien an ihren Balken entdeckte. Alle drei Stunden wärmten wir uns bei einem Heißgetränk – bevorzugt Kakao mit Schuss und Sahnehäubchen – wieder auf, und so erfuhr ich peu à peu, wie Herr Schölljahn erneut in Margas Leben geplatzt war. Eines Tages im Spätsommer hatte er sie aus heiterem Himmel morgens um halb zehn angerufen, hatte zunächst den Wolf im Schafspelz gegeben und freundlich mit ihr geplaudert und an die gemeinsamen alten Zeiten erinnert, sodass sie nichts Böses ahnte, um anschließend knallhart seine Drohung loszuwerden. Sie sei ja immer eine geradezu bewundernswert vorausschauende Frau gewesen, weshalb sie ihm bestimmt »ein klein wenig in finanziellen Dingen unter die Arme greifen« könne.

Marga habe sich strikt geweigert, berichtete Harry, und sei ziemlich ausfallend geworden, um ihren Ex loszuwerden. Daraufhin habe der ihr ebenso unverblümt wie unverschämt gedroht. Und zwar mehrmals. Woraufhin Marga sich von allem und allen zurückgezogen habe und geradewegs in eine Depression gerauscht sei.

»Ich kann den Kerl nicht ausstehen«, knurrte ich bibbernd, während ich vergeblich ein Schaufenster zu ignorieren versuchte, das an Weihnachtsschrott nicht zu toppen war: blinkende Rentiere, sich dauerdrehende Weihnachtsmänner, rieselnder Plastikschnee und schartig gepresste Tannen über

Tannen, hinter denen es vor herzigen Rehlein nur so wimmelte. Camilla wäre begeistert gewesen und hätte das für den Inbegriff der Gefühligkeit gehalten. Ich, wie gesagt, nicht. Ich liebe das Fest schlichter. »Allein für dieses ›unterstützen‹ sollte man ihm einen Tritt in den Hintern versetzen.«

Es war mal wieder eindeutig Zeit für ein Heißgetränk. Ich steuerte die nächste Kneipe an. Harry folgte mir.

»Und ich dachte, Schölljahn wäre genau deine Kragenweite, Hemlokk.«

Wortlos erklomm ich die Stufen zum Lokal. Diese Bemerkung war keine Erwiderung wert. Mir blieb es ein Rätsel, was Marga jemals an diesem Heiopei gefunden hatte. Auch in jungen Jahren waren solche Knilche doch nicht grundlegend anders. Einmal Dandy, immer Dandy. Und meine Freundin war eine Frau, die mit beiden Beinen fest im Leben stand. Weshalb also hatte sie sich ausgerechnet in KW, diesen Smartie für Arme, verguckt? Weil er so hübsche grüngraue Augen besaß und ein tierisch Flotter gewesen war? Vergnügt pellte ich mich aus Jacke, Schal und Mütze. Oder weil Frau Schölljahn als Zwanzigjährige eine hochromantische Ader gehabt und zu rosa Tüllkleidern geneigt hatte? Haargenau wie Vivians Camillchen? Eines war jedenfalls so sicher wie das sprichwörtliche Amen in der Kirche: Sobald ich wieder in Bokau war, würde ich zwei Flaschen eines richtig guten Riojas oder Barolos erwerben, und dann würden wir einen zünftigen Mädelsabend durchziehen, auf dem es lediglich ein Thema gab: KW Schölljahn und Margas irregeleitete Gefühle für ihn.

Harry und ich bestellten zwei Becher Kakao mit Rum und Sahne. Nach den ersten zwei kleinen heißen Schlucken, bei denen ich mir prompt die Lippen verbrannte, stellte ich ihm endlich die Frage, die mich schon seit Stunden beschäftigte.

»Wieso hat sie eigentlich dich und nicht mich als Profi mit der ganzen Sache beauftragt?« Es sollte nach »so ganz nebenbei und keinesfalls beleidigt« klingen. Tat es aber nicht. Ich hörte es selbst. Na ja, das war kein Wunder, denn ich *war* beleidigt.

Harry gönnte sich noch einen Schluck, bevor er antwortete.

»Weil ich durch Zufall auf Schölljahn gestoßen bin. Von selbst hätte sie mir auch nichts erzählt, da bin ich mir ziemlich sicher. Aber ich musste einen Profiltext formulieren, den ein gewisser KW Schölljahn bei ›Mr & Mrs Right‹ in Auftrag gegeben hatte. Und da bin ich natürlich sofort stutzig geworden. So gewöhnlich ist der Name ja nicht, wie etwa Meier oder Müller oder –«

»Ich hab schon verstanden, Harry. Du kannst dir den ›Schulze‹ sparen. Margas Ex tummelt sich also auf Online-Dating-Plattformen?«

Das passte zu so einem Hirschen wie ihm. Mich wunderte das nicht. Der ließ auch im Alter nichts anbrennen.

»Tut er«, bestätigte Harry. »Er hatte das kleine Paket bestellt. Für einhundertfünfzig Eier.«

»Klar, selbst ist der Mann in Liebesdingen. Der braucht nur den Anschub, alles andere macht er selbstredend allein. Er hat ja Erfahrung. Darf ich fragen, was er für sein Profil als Richtung vorgegeben hat? Oder gehört das zu den Geschäftsgeheimnissen von ›Mr & Mrs Right‹?«

»Nö.«

»Nö?«

»Nö!«

Wir versanken kurzzeitig augenmäßig ineinander. Für Außenstehende klang das völlig bekloppt, für uns war es ein Spaß.

»Aha. Hat er also Vorgaben gemacht, oder warst du in der Profilgestaltung völlig frei?« Es interessierte mich wirklich, obwohl ich mir schon denken konnte, wohin der Hase hoppelte.

»Nein, es gab Vorgaben. Schölljahn wollte sich physisch als ziemlich attraktiv dargestellt wissen.« Klar doch, ein toperhaltener Siebziger, der sich innerlich wie fünfzig fühlt. »Und als Gentleman suchte er eine Dame mit Charakter und Chic.«

»Und vor allen Dingen Geld, nehme ich an«, ergänzte ich meines Liebsten Worte. »Wie hast du denn das zurechtgelogen?«

»Na ja.« Harry wand sich. »Ich hab halt geschrieben, dass ihn die unvermeidlichen Niederlagen im Leben und in der

Liebe nicht haben resignieren lassen, sondern dass er ein Löwenherz besitze, das sich nun im Herbst des Lebens nach einer finanziell unabhängigen Frau sehne, die er lieben und beschützen könne.«

»Hach, wie süß. ›Herbst des Lebens‹«, zirpte ich. Das am Nachbartisch vor sich hin schweigende Paar guckte dankbar und interessiert zu uns herüber. Endlich mal eine Abwechslung. »Und wenn das mit dem Lieben und Beschützen in ihrer Dreißig-Zimmer-Villa, am Pool oder in der hauseigenen Bar passiert, ist die Sache geritzt. Dann braucht er nur noch einen Zugang zu ihrem Konto.«

»Ja, so in etwa. Aber das ist nicht mehr mein Zuständigkeitsbereich. Können wir das jetzt nicht lassen, Hemlokk?«

»Sicher«, stimmte ich großmütig zu. Mann, dagegen war meine Schmalzheimerei ja richtig harmlos. Ich verkaufte mit meinen Sülzletten die reinste Zuckerwatte, und jeder wusste es. Harry hingegen verkaufte mit seinen Profilen und Mails ein Mittelding zwischen Phantasie und Realität. Das würde ich mir merken, wenn er noch einmal über Vivian, Camilla und Richard lästerte. »Ich war nur neugierig.«

»Aha.« Er mühte sich um einen neutralen Tonfall, was ihm allerdings nicht so direkt gelingen wollte. »Bei der Bearbeitung des Auftrags fiel mir also der Name Schölljahn ins Auge. Wobei das natürlich eine Panne war, denn normalerweise gibt die Agentur die Namen ihrer Kunden nicht weiter. Das läuft alles anonym.«

»Du bist dann sofort rüber zu Marga.«

»Genau. Sie war dermaßen überrumpelt und geschockt, dass sie mir alles erzählt hat.«

»Dass es ihr so schlecht geht, weil sie erpresst wird«, stellte ich zur Sicherheit noch einmal klar. Aber wieso, zum Henker, hatte sie sich in dieser Situation nicht schon früher an mich gewandt – ihre alte Freundin, die zudem seit Urzeiten äußerst erfolgreich als Private Eye arbeitete? Ich hätte dem Kerl doch in null Komma nichts das Handwerk gelegt, und Marga hätte sich viel erspart. »Hör mal, Harry, weißt du –«

Er legte beschwichtigend seine Hand auf meinen Unterarm.

»Weil Marga die Angelegenheit im Guten regeln wollte und ein Gespräch von Mann zu Mann für aussichtsreicher hielt. Du bist kein Mann, Hemlokk – gepriesen sei der Herr dafür –, und das Diplomatisch-Zurückhaltende liegt dir auch nicht unbedingt. Das musst du zugeben.«

Nö. Oder vielmehr, ja, das tat ich. Aber war das etwa ein Grund, mich wochenlang in der Luft hängen zu lassen? Ich hatte mir ebenso wie Traute Sorgen um sie gemacht. Ziemliche Sorgen sogar. Und wenn ich Harry nicht aus einem anderen Grund verfolgt hätte, wäre ich noch länger uneingeweiht geblieben. Denn von allein hätte sie den Mund bestimmt nicht aufgemacht. Nein, es blieb dabei: Ich war empört, verstimmt und verletzt.

»Ich hätte auch von dir zumindest einmal eine Andeutung erwartet.«

Er schnipste einen Bierdeckel zur Seite, reagierte nicht schnell genug, und schwupps landete das Rund auf dem Boden. Harry tauchte ab.

»Gierke«, sagte ich drohend zur Tischplatte. »Ich rede mit dir. Mach den Mund auf.«

Er tauchte samt Deckel wieder auf.

»Also, wir haben uns das schon genau überlegt, Marga und ich. Aber sie meinte, nachdem ich mich das erste Mal mit Schölljahn getroffen hatte –«

Sieh an, hatte ich es doch geahnt.

»Das war, als ich mit der Bronchitis und dem Schnupfen daniederlag und dich bat zu kommen, richtig?«, fragte ich nach, damit wir das ebenfalls aus dem Weg räumen konnten.

»Richtig. Da war ich in Celle, und Schölljahn schien mir ganz vernünftig und zugänglich zu sein. Wir trafen uns mehrmals. Ich sprach mit ihm, er gab sich einsichtig, aber das hinderte ihn nicht daran, sich bereits drei Tage später wieder bei Marga zu melden, um ihr erneut zu drohen. Die Situation habe sich nochmals geändert, hat er zu ihr gesagt. Ihm stehe das Wasser jetzt bis zum Hals, daher müsse er auf seiner Forderung bestehen.« Harry orderte für uns beide noch zwei Becher Kakao. Meine Bäckchen glühten mittlerweile, aber meine Füße und Hände waren immer noch eiskalt. Da kam mir ein weiteres Heißgetränk gerade recht. »Der alte Knabe hat einfach einen miesen Charakter und meint, die Welt und Marga seien ihm etwas schuldig. Wofür auch immer.«

»Das weiß nur er selbst«, brummte ich, keineswegs besänftigt. »Aber wir wissen, dass er jetzt weiß, was Sache ist. Wenn er sich noch einmal muckst, drehen wir ihn durch den Wolf.«

Harry griente und bedachte mich mit einem liebevollen Blick.

»Du hättest dich in der Tat nicht prägnanter ausdrücken können, Hemlokk. Herr Schölljahn hat es kapiert und macht fortan garantiert einen weiten Bogen um Bokau, damit niemand eine Kuh auf ihn hetzt oder ihn mit der Motorsäge und der Forke attackiert. Wenn du mich fragst, haben Marga und ich einen Fehler begangen, als wir dich aus der Sache rausgehalten haben. Du hättest ihr wirklich viel Kummer erspart.«

»Danke«, sagte ich erfreut über das ehrlich gemeinte Kompliment, denn Harry gehörte in dieser Hinsicht zu den ausgeprägten Geizkragen. Und weil er selbst die Kuh erwähnt hatte, nutzte ich die unverhoffte Chance und hakte schnell nach: »Was ist eigentlich mit der Überprüfung des Kontostandes von Karl und Rico? Hast du dich darum gekümmert? Und wie sieht es mit der Telefonnummer aus? Hast du meine SMS nicht gekriegt?«

»Doch, doch, habe ich. Und ich habe meine Leute gefragt. Aber so schnell geht das nicht. Außerdem ist das illegal. Meine Kontaktpersonen kommen in Teufelsküche, wenn man sie erwischt.«

»Aber ich brauche beides«, beharrte ich störrisch. »Sonst trete ich auf der Stelle.«

So einfach war das.

»Hemlokk«, stöhnte Harry.

»Die bin ich. Du mühst dich weiter, ja? Tritt deinen Leuten

ab und zu auf die Zehen oder in den Hintern, wenn dir das lieber ist. Das wirkt manchmal Wunder.«

Seine Mundwinkel hoben sich leicht.

»Du bist unmöglich, Detektivin meines Herzens. Ich tue, was ich kann. Willst du eigentlich Marga die frohe Botschaft verkünden, oder soll ich es tun?«

Die Bedienung brachte die zweite Lage. Genüsslich schlürften wir den getunten Kakao durch die Sahne, was ein wenig von dem Geruch ablenkte, der mittlerweile durch das gesamte Lokal waberte: nämlich der von feuchten Jacken und Mänteln, die in der warmen Luft ihren ganz speziellen Mief ausschwitzten. Kalter Zigarettenqualm wetteiferte mit süßlichem Parfüm und der Dampf von Knoblauch mit dem Staub der Jahrzehnte und mottigen Kleiderschränken.

»Ach, mach du das lieber.« Ich schluppte mit der Zunge in die Sahnehaube. »Dich hat sie mit dem Job beauftragt, deshalb solltest du ihr auch Bericht erstatten.«

Wortlos fischte Harry sein Handy aus der Hosentasche und drückte. Es tutete zweimal, dann meldete sie sich.

»Ja, Harry hier, hallo Marga. Willst du erst die gute oder erst die schlechte Nachricht hören?«

Er lauschte.

»Okay, wird gemacht. Also, Hemlokk sitzt neben mir. Sie hat gestern mit deinem Ex Klartext gesprochen. Wie …?« Er prustete los. »Na ja, nicht direkt enteiert, aber sie ist schon ziemlich deutlich geworden. Herr Schölljahn ist abgezischt wie eine Rakete, als sie mit ihm fertig war. Wir glauben nicht, dass er dich noch einmal belästigt.« Marga redete, er nahm einen Schluck Kakao, dann meinte er in meine Richtung: »Bist ein echter Schatz, Schätzelchen, soll ich dir von Marga bestellen.«

»Die Firma dankt«, erklärte ich, ohne eine Miene zu verziehen. Schwamm drüber und weiter im Text, als sei nichts geschehen? So einfach würde ich es Marga Schölljahn nicht machen. Da musste sie schon ein bisschen mehr zu Kreuze kriechen.

»Was noch?«, fragte Harry, während er zu mir herüberschielte. »Ach so, ja, die schlechte Nachricht. Tja, das Schätzelchen hier ist darüber not amused, dass du ihr mit keinem Ton verraten hast, was Sache ist. Und außerdem findet sie es völlig daneben, dass du mich nach Celle geschickt hast und nicht sie. Und wenn ich die Reaktion deines Herrn Schölljahn –« Autsch, voll daneben, Harry, ich hätte es dir sagen können. »Wie? Ja doch, so war das nicht gemeint. Ja, natürlich ist er nicht mehr dein Herr Schölljahn. Ja, das habe ich verstanden. Schon lange nicht mehr. Und wird es auch niemals mehr sein. Klar. Ja, ja, ja.«

»Sie soll sich warm anziehen, wenn ich nach Hause komme«, beendete ich sein Gestammel. »Sehr warm sogar. Sag ihr das.«

Das brauchte er nicht, sie hatte es auch so gehört. Doch ich war einfach wütend über ihr mangelndes Vertrauen in – ja, was? Meine detektivischen Fähigkeiten? Meine Durchsetzungskraft? Mein diplomatisches Geschick? Hielt sie möglicherweise genauso wenig davon wie der »Bokau tohoop«-Papagei Klinger? Meine Laune drohte in den freien Fall abzugleiten, und ich verdrängte den Gedanken an unseren Bürgermeisterkandidaten, den Horrorclown und die Bapps dieser Welt mit aller Macht.

Was mir tatsächlich gelang. Denn die Nacht sowie der zweite Tag gehörten weder Marga noch irgendwelchen detektivischen Überlegungen oder kniffligen Fällen, sondern ganz allein Harry und mir. Nach einer ausgiebigen Knuddelrunde und einem kurzen Telefonat mit Johannes, denn ich musste natürlich unseren adventlichen Kerzen- und Kuchennachmittag absagen, gingen wir fürstlich frühstücken. Danach schlenderten wir zwei Stunden lang Hand in Hand an der winterlichen Aller entlang, und am Nachmittag fuhren wir in das nahe gelegene Kloster Wienhausen. Dort ruhte zwar alles im vorweihnachtlichen Tiefschlaf, aber dafür hatten wir den Park und die Klosteranlage ganz für uns. Es war ein rundherum schöner Tag, so einer für die Seele, an den man sich noch in zehn Jahren erinnern würde, obwohl nichts Spektakuläres passiert war. Vielleicht lag es gerade daran. »Weißt du noch, als wir damals in Celle ...?«

Mir war daher fast ein bisschen wehmütig zumute, als wir am nächsten Morgen aufbrachen. Harry und ich verabschiedeten uns mit einem leidenschaftlichen Kuss voneinander, der den Portier höflich auf seine Anmeldebögen blicken ließ, dann stiegen wir beide in unsere Autos. Lüneburg, Lauenburg, Schwarzenbek, Bad Segeberg und rechts ab über Preetz zurück nach Bokau. Wir hatten verabredet, nicht in einer Zweierkolonne zu fahren, weil wir unterschiedliche Fahrweisen haben. Harry liebt es zu gondeln, mich macht das wahnsinnig. Ich fahre lieber zügig meinem Ziel entgegen.

Sein Wagen war daher noch nicht da, als ich meinen vor dem Haupthaus abstellte. Einen kurzen Moment trug ich mich mit dem Gedanken, die Sache mit Marga sofort auszufechten, doch dann entschied ich mich dagegen. Wegen der gestrigen Stunden war meine Stimmung ausgesprochen friedlich, und auch wenn es sich um eine mega-abgelutschte Weisheit handelt: Morgen war auch noch ein Tag.

Summend schnappte ich mir Tasche und Rucksack, schloss das Auto ab und trabte den Pfad zu meiner Villa hinunter. Der Blick war herrlich. Auf dem Passader See kräuselten sich leicht die Wellen, der Wind pfiff nicht allzu stark, und die Temperaturen pendelten um den Gefrierpunkt. In den sonnenabgewandten Ackermulden und Böschungen lag Schnee. Nicht viel zwar, aber vielleicht würde es dieses Jahr doch endlich einmal wieder ein weißes Weihnachtsfest geben. Dann würden Harry und ich Schlittschuhlaufen gehen und es uns bei einem Gänsebraten unter einem richtig großen, festlich geschmückten Weihnachtsbaum gemütlich machen. Johannes, Marga und Krischan würden ebenfalls eingeladen werden. Und vielleicht auch meine Eltern, um dieses Jahr einmal in richtig großer Runde zu feiern. Ich freute mich schon darauf.

Der Horrorclown sprang mir praktisch direkt vor die Füße,

sodass ich unwillkürlich schreiend vor Schreck zurücktaumelte, was prompt zu einem Hustenanfall führte. Offenbar hatte er hinter dem kahlen Fliederbusch gelauert. Jetzt versperrte er mir breitschultrig den Weg. Ich war derart in Gedanken versunken gewesen, dass ich überhaupt nicht mit ihm gerechnet hatte. Ob er ganz gezielt auf mich gewartet hatte? Klar, was machte er wohl sonst hier? Meine Gedanken überschlugen sich. Du meine Güte, nein, er konnte doch nicht ahnen, dass ich in Celle gewesen war und gerade jetzt zurückkehren würde. Oder hatte Johannes vielleicht mit irgendwem in aller Unschuld darüber geplaudert? Ja, so musste es sein, denn nur er und Harry wussten, wann ich wieder in Bokau aufschlagen würde.

»Finden Sie das etwa immer noch lustig?«, herrschte ich ihn wütend an, nachdem sich meine Bronchien und die Lunge wieder einigermaßen erholt hatten. »Das Ganze ist ziemlich infantil, finde ich. Und wenn Sie schon wieder vorhaben, mir in den Bauch zu springen, ist das eine richtig fiese Nummer.«

Mir fiel es nicht leicht, ihn so anzugehen. Gerade weil er mich beim letzten Mal körperlich angegriffen hatte. Am liebsten hätte ich mich in ein Mauseloch verkrochen. Aber auch jetzt galt wieder, dass in so einem Fall Angriff nun einmal immer noch das Beste ist, was man tun kann, um sich zu schützen. Ängstliches Flehen und Betteln bewirkt das Gegenteil und reizt den Täter nur noch mehr oder wiegt ihn in Sicherheit.

Und ich hatte Angst, keine Frage. Ich weiß auch nicht, warum. Lag es an der Körperhaltung? Oder an der Kostümierung? Denn der Clown steckte diesmal in einem klassischen Weihnachtsmannkostüm und hätte also eigentlich gar nicht bedrohlich wirken dürfen. Aber er tat es, trotz roter Zipfelmütze mit weißem Bommel und langem rotem Mantel. Unter dessen pelzbesetztem Saum waren jedoch die festen, derben Stiefel nicht zu übersehen, mit denen man wunderbar zutreten konnte. Erst jetzt richtete sich mein Blick auf sein Gesicht, und unwillkürlich lief mir ein Schauder über den Rücken. Er hatte sich für die Maske eines runzeligen alten Mannes entschieden, der listig lächelte und wohl gerade dadurch eigentlich sympathisch wirken sollte. Doch das tat er hier keineswegs. Es lag an den Augen, die durch die Sehschlitze starrten und dabei völlig seelen- und leblos wirkten. Wirklich wie tot.

Automatisch ließ ich meine Tasche fallen und nahm die klassische Verteidigungshaltung ein, das heißt, ich stellte mich breitbeinig hin, zog das linke Bein etwas zurück, beugte den Oberkörper leicht vor und winkelte die Arme an. Falls er tatsächlich noch einmal auf die Idee kommen sollte, mich mit einem Rammstoß zu Boden zu werfen, war ich wild entschlossen, ihm vorher zumindest ein blaues Auge zu verpassen.

Der Clown reagierte immer noch nicht.

»Also, was wollen Sie? Was soll das? Reden Sie doch endlich, Mann, sonst stehen wir noch Ostern hier, und dann kommt schon Ihr Kollege mit den langen Ohren«, fauchte ich ihn in meiner Verzweiflung an.

Ob Harry bald auftauchen würde? Weil er den wunderbaren Gedanken hatte, dass wir doch eigentlich auch diese Nacht zusammen in meiner Villa verbringen könnten? Er hatte mich nach der zweiten Begegnung mit dem Kerl schließlich geradezu angefleht, mich sicherheitshalber auf der nächsten Patrouille begleiten zu dürfen, weil er den Clown für gefährlich hielt. Und wo war er jetzt? Jedenfalls nicht da, wenn man ihn brauchte. Ich dachte nicht mehr logisch, das wusste ich. Ob Marga mich hören würde, wenn ich nur laut genug brüllte? Ich bezweifelte es. Und bis sie hier wäre, hätte der Clown sein Werk schon vollendet und mich krankenhausreif geschlagen. Oder Schlimmeres mit mir veranstaltet. Nein, ich war auf mich allein gestellt.

Ohne Vorwarnung ging plötzlich ein Ruck durch den Körper des Weihnachtsmannes, ganz so, als habe jemand einen Schalter umgelegt. Was hatte er vor? Nun setzte er sich in Bewegung und kam direkt auf mich zu. Scheiße, Hemlokk. Durch die Bronchitis und das ewige Gehuste machte ich körperlich noch nicht viel her.

»Halt, warten Sie!«, keuchte ich daher und hob abwehrend beide Hände. »Man kann doch über alles sprechen. Das hilft meistens mehr als Gewalt. Und was habe ich Ihnen eigentlich getan?«

»Nein.«

Die Stimme klang dumpf und nasal, was wahrscheinlich an der Maske lag. Kam sie mir bekannt vor? Handelte es sich etwa um die von Rolf Bapp, der mir eine Lektion à la Reichsbürger erteilen wollte? Der lange Mantel ließ blöderweise nicht erkennen, ob sich darunter verräterische O-Beine verbargen. Aber jetzt kam es ohnehin in erster Linie darauf an, mein Gegenüber am Reden zu halten: Wer redet, der schlägt nicht.

»Was bedeutet das ›nein‹? Was wollen Sie damit sagen?«

Er war jetzt lediglich wenige Schritte von mir entfernt.

»Das ist alles Schwachsinn.« Die Stimme klang belegt, heiser und – ja, ziemlich wütend klang sie ebenfalls. »Man kann nicht über alles sprechen. Das ist Humbug, und es hilft nicht. Bei manchen Dingen ist es sogar falsch, wenn man nur labert. Laber, Rhabarber, ich kann das nicht mehr hören. Zum Kotzen. Nein, da gibt es nur eine Lösung.«

Verdammt, ich kannte die Stimme. Aber ich konnte sie nicht zuordnen. Bapp war es jedoch wohl nicht, auch wenn er sich Mühe geben sollte, sie zu verstellen. Seine Stimmlage war höher und nicht so gepresst.

»Doch«, beharrte ich, »Reden hilft immer.«

»Nein.«

Er tat zwei weitere Schritte auf mich zu, da waren es höchstens noch drei, die uns trennten.

»Hören Sie –«

»Nein. Sie hören mir besser zu. Es gibt nämlich Dinge zwischen Himmel und Erde, die machen einfach sprachlos. Verschließen auf ewig den Mund, kapiert? So einfach ist das.«

Ich überlegte fieberhaft. Wovon redete dieser Mensch bloß? Sicher, er hatte ja recht, solche Sachen gab es zweifellos, doch ein philosophisches Seminar konnten wir auch im Warmen, etwa in meinem Wohnzimmer oder bei Bäcker Matulke, abhalten. Und wenn er schon in Rätseln sprach, musste das ja nicht mit Drohungen und Gewalttätigkeiten einhergehen. Wir waren doch zivilisierte Menschen!

Ich öffnete den Mund, um ihm Entsprechendes vorzuschlagen, als er ohne jede Vorwarnung auf mich zuschoss. Dieses Mal rammte er mir seinen Kopf nicht in den Magen, sondern krallte sich an meinen Schulterblättern fest und versuchte mich umzuschmeißen. Was ihm auch glückte. Ich knallte schmerzhaft mit dem Rücken auf den Boden, und wir kegelten eine Weile auf dem Weg hin und her, bis es ihm gelang, mir mit dem Knie einen Wumms in die Rippen zu versetzen. Ich jaulte laut auf, zog dabei jedoch instinktiv das rechte Bein hoch und trat mit voller Wucht zu. Jetzt war er es, der aufheulte. Keine Ahnung, wo ich ihn getroffen hatte. Ich versuchte es mit einem weiteren gezielten Tritt, doch er bekam mein Bein zu fassen und setzte sich rittlings auf beide Unterschenkel. Himmel, tat das weh, denn dabei verdrehte er irgendetwas in meinem rechten Knie.

»Das wird Ihnen noch leidtun«, drohte ich wider besseres Wissen.

Natürlich reizt nur ein ausgemachter Trottel einen brutalen Schläger, der auf einem sitzt und damit alle Trümpfe in der Hand hält. Das ist oberdämlich. Aber ich war so wütend und kam mir dabei gleichzeitig so hilflos vor, dass ich einfach nicht an mich halten konnte.

»Ist mir mittlerweile alles egal«, keuchte er. »Scheißegal, um genau zu sein.«

Mann, konnte so ein Knie wehtun. Die Schmerzen schossen am Rückgrat hoch, geradewegs in meinen Schädel hinein und wieder zurück. Denk nach, verdammt noch mal, Hemlokk! Das ist deine einzige Chance. Benutz deinen Verstand, mit Körperkraft kommst du hier nicht weiter. Sonst macht der Irre Mus aus dir.

»Und was ist mit der Gerechtigkeit?«, ächzte ich also. Es war das Einzige, was mir einfiel. »Das Wort haben Sie bei unserer letzten Begegnung benutzt, wenn mich mein Gedächtnis nicht trügt. Da ging es darum. Um Gerechtigkeit«, wiederholte ich verzweifelt. »Und wieso müssen Sie deshalb mein Knie verdrehen und mich verprügeln?«

»Gerechtigkeit?«, echote er. Es klang zwar bitter und spöttisch zugleich, doch er rutschte tatsächlich auf meine Oberschenkel. »Ja, da ist was dran. Darum geht's wohl. Aber die blanke Rache ist auch dabei. Das gebe ich gern zu.« Das Wort hatte er bei unserer zweiten Begegnung ebenfalls benutzt, erinnerte ich mich. »Und wissen Sie was? Das tut richtig gut!«

Woher kannte ich bloß diese Stimme? Die blöde Weihnachtsmannmaske ließ sie viel dumpfer erscheinen, als sie in echt war. Doch da klingelte einfach nichts bei mir. Ich taxierte ihn. Und wenn ich nun mit meinem Oberkörper hochschnellte, um ihm mit beiden Zeigefingern in die Augen zu piksen? Das half eigentlich immer, denn jeder schützt instinktiv seine Sehorgane, hält sie zu oder wendet sich ab, wenn Gefahr droht. Aber die Sehschlitze waren wirklich winzig. Ich hatte nur einen Versuch und sollte besser verdammt gut zielen. Tja, da half nur eins, analysierte ich glasklar meine missliche Lage: Ich musste ihm zunächst die Maske vom Gesicht reißen, bevor ich ihm in die Augen stechen konnte.

Ich überlegte nicht lange, denn meine Kraft ließ in Windeseile nach, und mir schwante außerdem, dass mir nicht mehr viel Zeit blieb. Was immer auch dieser Kerl mit mir vorhatte. Also holte ich tief Luft, schnellte mit einem zittrigen Schrei hoch, griff mit beiden Händen nach der Maske und begann wie wild an ihr zu zerren.

»Du heimtückisches Biest«, grunzte er, während er gleichzeitig versuchte, meine Hände abzuwehren. Wir rangelten, und er bekam tatsächlich meinen rechten Arm zu fassen. Wie ein Schraubstock schlossen sich seine Finger um mein Handgelenk. Aber meine Linke war noch frei! Ich holte aus und knallte sie ihm mit voller Wucht gegen die Wange. Sein Kopf flog zur Seite, wobei er röhrte wie Silvia, wenn ihr etwas gegen den Strich ging. Ich verpasste ihm gleich noch einen Schlag in die Visage, wodurch die Maske zwar ein bisschen verrutschte und ich einen freien Blick auf sein Ohrläppchen bekam – es war riesig, behaart und angewachsen –, doch das war auch schon alles, was ich erreichte.

»Du Miststück!«, schrie er.

»Selber«, entgegnete ich gepresst durch die Zähne, denn in diesem Moment gelang es ihm, auch meinen linken Arm einzufangen. Schwer atmend starrten wir uns an. Er von oben, ich von unten. Dann bog er aufreizend gemächlich meine beiden Arme auf den Boden und setzte seine schweren Stiefel darauf. Schachmatt, Hemlokk.

»So«, sagte er und klang dabei geradezu widerlich zufrieden. »Dich hab ich. Nun kannst du jedem im Dorf erzählen, dass der Clown keine halben Sachen macht und es sehr, sehr ernst meint. Tust du das?«

Ich schwieg verstockt. Mir tat alles weh.

»Tust du das?«, wiederholte er, wobei er den Druck seiner Stiefel auf meinen Oberarmen leicht verstärkte und mit seinem restlichen Körper noch ein bisschen näher an mein marodes Knie heranrückte.

»Ja«, hauchte ich lammfromm.

Der Kerl hatte eindeutig nicht alle Latten am Zaun, und ich wusste, wann ich verloren hatte. Ich traute mich nicht einmal, ihn zu fragen, was er denn um Himmels willen mit seinen kryptischen Worten meinte.

»Braves Mädchen. Es tut mir leid.«

»Was tut Ihnen leid?«, nuschelte ich, augenblicklich aufs Höchste alarmiert. »Sie werden doch jetzt nichts Unüberlegtes tun und eine wehrlose Frau ermorden? Das gibt lebenslänglich, und das wollen Sie doch nicht, oder? Hören Sie, wenn Sie mich laufen lassen, kann man Ihnen lediglich die Maskerade als Clown vorwerfen«, plapperte ich drauflos. »Und das wird bestimmt nur mit einer Verwarnung –«

Er antwortete nicht. Das heißt, er antwortete nicht mit Worten. Stattdessen holte er mit der Rechten aus und versetzte mir einen harten Schlag ins Gesicht. Ich verlor auf der Stelle das Bewusstsein.

## FÜNFZEHN

Auf wackeligen Beinen schleppte ich mich zur Gartenpforte, nachdem ich mich vergewissert hatte, dass der Weihnachtsmann weg war. Mein Kopf fühlte sich an, als wäre er mit einer Eisenfaust kollidiert: Die Wangen brannten, mein Kinn schien sich aus der Verankerung gelöst zu haben, und das Hirn schwappte als nutzloser Brei durch meinen Schädel. Ich war heilfroh, als ich die Tür zur Villa aufgeschlossen hatte und mich ächzend, fluchend und stöhnend auf meine rote Couch fläzen konnte. Geschafft. Nein, doch nicht ganz. Ich wuchtete mich wieder hoch und sauste, na ja, wankte zur Tür, um sie abzuschließen. Sicher ist sicher, obwohl ich nicht glaubte, dass es der Horrorclown in derart kurzer Zeit ein zweites Mal versuchen würde. Er hatte sein Ziel ja erreicht und mich ziemlich eingeschüchtert.

Dann langte ich nach dem Telefon und rief Harry an. Er stand auf der A 21 bei Wahlstedt im Stau. Vollsperrung wegen eines Unfalls auf beiden Seiten. Ein Sattelschlepper habe die Leitplanke touchiert, etliche Wagen gerammt und sich dann quer gestellt. Harry schätzte, dass er erst nach Weihnachten wieder in Bokau eintrudeln würde.

»Marga«, sagte er, nachdem er eine geschätzte Viertelstunde lang über meinen bodenlosen Leichtsinn, meine geradezu kindliche Unvorsichtigkeit, meine bescheuerte Naivität und die skrupellose Brutalität des Clowns geflucht hatte wie ein enthemmter Bierkutscher. Ich verstand das schon richtig. Er machte sich Sorgen um mich. »Die ist da und wird sich um dich kümmern. Die rufst du jetzt auf der Stelle an. Sonst mache ich es.«

»Nein«, wehrte ich ab.

Ausgerechnet Marga Schölljahn, die treulose Tomate, musste ich in dieser Situation nun wirklich nicht um mich haben. Da schaffte ich es besser allein.

»Hemlokk.« Harry sprach mit zusammengebissenen Zähnen, was immer ein Zeichen dafür war, dass er es bitterernst meinte. »Du machst jetzt hier keinen Zirkus. Entweder du rufst auf der Stelle deine alte und zuverlässige Freundin an, oder wir sind geschiedene Leute. Dich mit ihr herumzanken kannst du auch noch nächste Woche. Jetzt brauchst du erst einmal jemanden, der nach dir guckt.«

Ich linste zu Gustav hinüber. Mein Kröterich pennte, den Reptilienkopf auf das letzte verbliebene Salatblatt gebettet. Ganz klar, er überließ mir die Entscheidung. In Beziehungsfragen hielt er sich raus.

»Hemlokk!«, bellte Harry. Ich zuckte zusammen. Ein derartiges Gebrüll konnte mein lädiertes Oberstübchen gar nicht gut vertragen. »Das ist kein Spiel. Der Mann ist gefährlich. Das nächste Mal bringt er dich vielleicht um. Und wir wissen dann nicht einmal, weshalb.«

Das war auch wieder wahr – und ziemlich unbefriedigend für die, die nachblieben. Das sah ich ein.

»Also gut«, stimmte ich zu. »Ich rufe Marga nachher an.«

»Nein«, sagte Harry. »Dir traue ich nicht. Ich melde mich lieber selbst bei ihr.«

Und ehe ich noch protestieren konnte, hatte er mich aus der Leitung geschmissen.

Es dauerte keine zehn Minuten, da hörte ich eilige Schritte den Weg zur Villa hinabstürmen. Marga war im Anmarsch. Ich erhob mich vorsichtig, um wieder aufzuschließen, und prallte erschrocken zurück, als es auch schon mächtig an der Tür donnerte.

»Schätzelchen, mach auf, ich bin's«, teilte sie mir mit einer Stimme mit, als wäre ich nicht bloß verhauen worden, sondern auch noch stocktaub. Ich öffnete.

»Komm rein«, sagte ich grantig, drehte mich um und trabte zurück zur Couch. Vorsichtig ließ ich mich nieder. Marga folgte mir und beugte sich über mich. Ein Gutes hatte das Ganze ja: Sie schien mir wieder ganz die Alte zu sein. Zu allem entschlossen und durch nichts aufzuhalten. Die Zeit der Malerei und der bunten Kiemenfreunde war eindeutig vorbei.

»So, nun lass dich als Erstes gründlich untersuchen. Harry meinte, der Clown hat dir heftig eins auf die Nuss gegeben.« Behutsam nahm sie meinen Kopf in beide Hände und drehte ihn vorsichtig. »Ich kann nichts sehen. Äußerlich ist alles in Ordnung. Na ja, ein bisschen geschwollen ist die Wange vielleicht.« Sie hielt mir eine Hand vors Gesicht. »Wie viele siehst du? Siehst du sie doppelt oder dreifach? Und haben die Finger vielleicht alle gezackte Ränder?«

»Nö. Eine Hand, fünf Finger, und alles ist klar umrissen.«

Sie nickte so bedeutsam und ernst zu meinen Worten, als wäre sie die Weise von Bokau.

»Also können wir mit ziemlicher Sicherheit eine Gehirnerschütterung ausschließen.« Trotzdem beäugte sie mich weiter kritisch. »Tut sonst noch etwas weh?«

»Das Knie. Aber da hilft wohl ein kaltes Handtuch.«

»Der Kopf ist wichtiger. Aha. Die Farbe kehrt auch allmählich wieder in die Wangen zurück.«

Ich wackelte probehalber mit dem Haupt. Es fiel nicht ab, immerhin.

»Stellst du die Heizung höher, bringst du mir ein nasses Handtuch und kochst uns einen Tee?«, bat ich sie. »Das wird fürs Erste schon mal helfen.«

»Mache ich doch gern, Schätzelchen.«

Marga wusste, wo in meiner Küchenzeile alles stand und lag, deshalb war der Tee in fünf Minuten fertig. Sie schenkte uns ein, legte den auf dem Schaukelstuhl thronenden Dudelsack auf den Boden und zog den Stuhl so herum, dass wir uns nur vom Couchtisch getrennt gegenübersaßen. Mein Knie war ein bisschen geschwollen, aber nicht sehr. Sie prostete mir gerade mit der Teetasse zu, als mein Telefon bimmelte. Harry.

»Ja, sie ist hier. Ich lebe. Und mir geht es besser«, meldete ich mich.

»Und Marga lebt auch noch?«, erkundigte sich mein Lover hörbar erleichtert.

»Willst du sie sprechen?« Aus dem Hörer ertönten fröhliche Erwachsenen- und Kinderstimmen.

»Aber nicht doch. Ich vertraue dir. Wenn du das sagst, ist es so. Mensch, hier ist was los. Ich stehe immer noch im Stau. Die Leute veranstalten Schneeballschlachten zwischen den Autos.«

»Das ist auf jeden Fall besser, als sich vor lauter Stress an die Gurgel zu gehen. Mach doch mit. Das wärmt und vertreibt die schlechte Laune.« Ging es mir wieder besser? Eindeutig ja, würde ich mal sagen.

»Haha.« Dem Harry-Schätzchen war jedoch genauso eindeutig nicht nach Spielen zumute.

»Gut, dann bleib eben sitzen und muffel vor dich hin. Tschüss, Harry.«

Marga schenkte sich nach. Dann blickte sie zu mir herüber.

»Na, du bist ja nur noch wenige Zentimeter von deiner alten Form entfernt, Schätzelchen. Beim nächsten Mal kriegst du den Clown bestimmt und kannst ihn den Bokauern zum Fraß vorwerfen.« Sie gnuckerte vergnügt. »Erst heute Morgen hat der Klinger getwittert, was denn wohl mit Hanna Hemlokk und dem Horrorclown los sei. Er erwarte Ergebnisse. Aber pronto. Weil ihm ›Bokau tohoop‹ so am Herzen liege.« Jetzt schmunzelte Marga so breit wie in alten Tagen. »Was für ein blöder Hund. ›Bokau tohoop‹. Wer fällt denn auf so etwas rein? Sobald dieser Wahlkampf vorbei ist, kann das niemand mehr hören.«

»Oder es steht auf allen Plakaten und Formularen Bokaus«, unkte ich. »Wie geht es dir, Marga?« Die Frage war ich ihr schuldig, fand ich.

»Weitaus besser als die Wochen davor.« Sie stellte die Teetasse auf den Tisch und blickte mir geradewegs in die Augen. »Und bevor du mich mit Vorwürfen zuschüttest: Es tut mir leid, du hättest den Job von Anfang an besser erledigt als Harry, aber mir ging es einfach so was von dreckig, als Schölljahn wieder aus der Mottenkiste auftauchte. Deshalb habe ich nicht richtig nachgedacht.«

Ups! Das kam für Margas Verhältnisse einer Totalkapitulation gleich. Und – muss ich es noch betonen? – das war ganz und gar nicht ihr Ding.

»Jö nun«, brummte ich daher verdutzt.

»Jö nun – ich nehme die Entschuldigung an? Oder Jö nun – du kannst mich mal?«, erkundigte sie sich im Konversationston, der jedoch nicht einmal ihre alte Tante getäuscht hätte. Und schon gar nicht mich. Sie wollte die Sache ehrlich vom Tisch haben.

»Die erste Variante«, sagte ich, »aber nur, wenn du mir noch eine Frage beantwortest.«

Woraufhin Marga aufstand und wortlos die Schranktür öffnete, hinter der sich meine Bar befand. Ebenso wortlos schenkte sie uns beiden einen Lagavulin ein. Und zwar einen ordentlichen Schluck.

»Cheers«, sagte sie dann. »Und ich weiß es nicht, Schätzelchen. Ich weiß es wirklich nicht. Schölljahn muss bei unserer ersten Begegnung einen Zaubertrank in meine Brause gekippt haben. Ich fand ihn einfach umwerfend und komplett unwiderstehlich. Dermaßen unwiderstehlich sogar, dass ich ihn schon nach drei Wochen geheiratet habe, weil ich dachte, ich hätte das große Los mit ihm gezogen.«

»Wow«, sagte ich, geplättet von so viel Offenheit.

Sie kannte mich wirklich ziemlich gut. Wie Harry. Marga gönnte sich einen zweiten Whisky, ich lehnte ab. Mein Kopf schmerzte zwar nicht mehr so wie anfangs, doch es war ganz sicher keine gute Idee, ihn zu sehr mit Alkohol zu vernebeln. Plötzlich lag auf ihrem Gesicht ein geradezu träumerischer Ausdruck.

»Weißt du, Schölljahn war einfach hinreißend charmant, ungemein großstädtisch, so höflich, so sexy, so witzig und so intelligent. Der Mann konnte einem die ganze Geschichte des Abendlandes in nur zwei Stunden, aber in allen Facetten erklären. Mühelos. Man hatte das Gefühl, das erste Mal in seinem Leben einen komplizierten Sachverhalt richtig verstanden zu haben. Ich hing an seinen Lippen.«

»Wie Camilla an Richards«, bemerkte ich trocken.

Marga zuckte zusammen, widersprach aber nicht. Normalerweise wäre sie bei so einer Bemerkung wie eine Rakete durch die Decke meiner Villa geschossen. Denn meine Freundin hält bekanntlich nicht viel von Vivian LaRoche und der ganzen Sülzheimerei. Als überzeugte Altachtundsechzigerin findet sie dieses Genre volksverdummend, komplett unnötig und literarisch minderwertig. Na ja, über Letzteres gab es keinen Streit. Und das waren noch die netteren Ausdrücke, die sie mir zu Beginn unserer Freundschaft an den Kopf geschmissen hatte.

»Ich habe Schölljahn in den ersten beiden Wochen unserer Ehe angebetet. Dann ertappte ich ihn das erste Mal beim Schummeln, Aufschneiden und Betrügen. Tja, und seitdem ging es bergab mit uns. So kann man die nächsten drei Jahre in aller Kürze zusammenfassen. Dann habe ich ihn an die Luft gesetzt.«

Ich nippte an meinem Tee und spähte über die dampfende Tasse zu ihr hinüber.

»Ich wollte eigentlich nur wissen, ob meine Vermutung stimmt und er sich von allen KW nennen lässt«, bemerkte ich heiter. Mir ging es zwar noch nicht ausgesprochen gut, dafür zwackten Beine, Arme und das Knie zu sehr, aber eindeutig besser.

»Lügnerin«, erwiderte Marga zärtlich. »Und ja, KW fand er stark.«

In schönstem Einverständnis grienten wir uns an. Der Wind hatte erneut aufgefrischt und pfiff ums Haus. Die Heizung bollerte, und ich warf einen sehnsüchtigen Blick auf meinen kalten dänischen Kaminofen. Wenn dieser Fall gelöst war und ich mich erneut dem Holzmachen zuwenden konnte, würden wir endlich so richtig warm miteinander werden. Aber hallo!

Ich hielt Marga die leere Tasse hin. Sie füllte sie umgehend.

»Ich kenne die Stimme, Marga.«

»Die des Clowns?« Meine Freundin war wirklich nicht auf den Kopf gefallen.

»Jupp.«

»Aber du bist dir nicht sicher, wo du sie hintun sollst?«

»Jupp. Rolf Bapp ist es nicht. Das weiß ich genau, obwohl ich die O-Bein-Frage nicht gelöst habe«, führte ich nicht ganz logisch aus.

»Wer?«

Ich hatte ganz vergessen, dass sie ja die letzten brisanten Entwicklungen komplett in ihrem Zimmer versessen und ich ihr schon lange nichts mehr erzählt hatte. Also setzte ich zu einer längeren Erklärung an.

»Und den hast du mir verschwiegen, Schätzelchen?«, fragte sie fassungslos, als ich geendet hatte. »Einen preußisch-antidänischen Reichsbürger mit fünfzigtausend Euro auf dem Donnerbalken? Schäm dich.« Irrte ich mich, oder hatte sich sogar ihr grauer Schopf vor Entrüstung ein bisschen strammer aufgestellt?

»Du hättest es ebenso wenig witzig gefunden wie diesen jammernden Anders mit seiner Oma und deren Stricksocken auf der FuckUp-Night, Marga. Also damals, meine ich.«

»Mhm, stimmt schon«, gab sie nach kurzer Überlegung und einem weiteren Whisky zu. »Wohl nicht. Aber Johannes macht weiter?«

»Ja. Er will sogar einen neuen Moderator anheuern.«

»Na, da bin ich dann dabei! Also nicht als Moderatorin«, fügte sie hastig hinzu, als sie meine entsetzte Miene sah, »als Zuhörerin natürlich nur. Hör mal, es ist doch eigentlich ziemlich klar, weshalb der Reichsbürger das Geld auf dem Klo bunkert. Wenn der Mann schon dem Staat nicht traut, traut er natürlich auch keiner Bank und keiner Sparkasse. Die hält er alle für Gauner. Na ja …«

»Keine blöden Pauschalurteile«, wies ich sie streng und politisch korrekt zurecht. »Wir sind doch trotz ›Bokau tohoop‹ liberal, offen und tolerant im Dorf – auch gegenüber Finanzhaien, Pardon, Bankern. Es sind Menschen wie du und ich.«

Marga schwenkte die Whiskyflasche vor meinem Gesicht. Ich deutete auf mein leeres Glas. Auf zwei Beinen steht der Mensch schließlich auch manchmal noch ziemlich wackelig.

»Selbstverständlich sind sie das, Schätzelchen.« Marga lächelte versonnen, während sie den Lagavulin in ihrem Glas kreisen ließ. War das ihr dritter oder vierter? Ich hatte den Überblick verloren. Mein Schlückchen schmeckte jedenfalls köstlich und ließ mich von innen erglühen. »Zumindest wenn man sie persönlich kennt und weiß, dass es eben keine fiesen Finanzhaie sind. Wieso hältst du diesen Bapp zwar nicht für den Clown, aber für einen Mörder?«

Ich erklärte es ihr.

»Er könnte seine Stimme verstellt haben«, schlug Marga daraufhin vor. So ganz fit schien sie doch noch nicht zu sein. Denn darauf war ich ja auch schon gekommen, trotzdem hatte ich ihn aussortiert. »Leg dich auf die Couch, Schätzelchen. Mach die Augen zu, denk an etwas Schönes und entspann dich.«

»Ommm«, sagte ich heiter, während ich brav auf die Couch sank. So ein, zwei Whiskys lockern wirklich ungemein. Und zwar alles. »Verrätst du mir, was das jetzt soll?«

»Ganz einfach. Wir versuchen, das Wissen um die Stimme deinem Unterbewusstsein zu entreißen. Sie kommt dir bekannt vor. Also heißt das logischerweise, du musst sie mit einer Person, einem Ort oder einer bestimmten Situation irgendwo in deinen doch reichlich vorhandenen Hirnzellen abgespeichert und verknüpft haben.«

»Die Nadel im Heuhaufen«, gab ich aufsässig zu bedenken. Mhm, lag sich das gut!

»Hast du eine bessere Idee?«

Nein, hatte ich nicht. Deshalb streckte ich brav die Beine aus, faltete die Hände über dem Bauch und schloss die Augen.

»So. Und jetzt konzentriere dich auf deinen Nabel und die innere Mitte. Oder channele eine Runde mit dem Grafen von St. Germain.«

Auch Marga war der angeblich untote Adlige aus meinem letzten Fall, der mich mitten in die Gemeinde der Esoterik-Fans geführt hatte, offenbar prägend in Erinnerung geblieben.

»Wo hast du das denn her?«, stichelte ich.

Marga war bekanntlich ein Mensch der Tat, der es zumindest bislang nicht so mit Entspannungsübungen gehabt hatte. Und mit dem bewussten Grafen schon gar nicht. All die bunten Fischlein da auf ihren Malbögen mussten wirklich tief in ihr Unterbewusstes eingedrungen sein.

»Ruhe. Tu einfach, was ich dir sage!«

Das war die alte Marga. Ich entschied mich gegen den Bauchnabel und für England. In Hollingbourne, Kent, hatten Harry und ich im Sommer letzten Jahres ein paar wundervolle Tage verbracht. Er hatte dort beruflich zu tun gehabt und mit einer Waffenexpertin angebändelt. Ich war ihm gefolgt. Wir hatten uns versöhnt und Bier im Pub getrunken, waren gemütlich über die Hügel Kents gelaufen und hatten unsere Herzen an den malerischen Friedhof dieses Miss-Marple-Ortes verloren. Ich hatte schon den Geruch von Fish and Chips und eines anständigen Pints Lagerbier in der Nase beziehungsweise auf der Zunge, als Marga gespannt fragte: »Und? Tut sich was?«

Ich öffnete ein Auge und warf ihr einen vernichtenden Blick zu.

»Jetzt nicht mehr.«

»Wie? Ach so. Entschuldige. Ich werde schweigen wie ein Grab.«

Ich versuchte mich erneut mit England zu entspannen, doch es wollte einfach nicht mehr klappen. Also ließ ich meine Phantasie nach Schweden reisen. Harry, sein Neffe Daniel und ich waren dort im letzten Frühherbst gemeinsam quasi auf Dienstreise gewesen. Das Kind war begeistert gewesen und hatte weitaus mehr als »Ja«, »Nein«, »Weiß nicht« von sich gegeben. Im Gegenteil, es hatte richtig gesprochen und seinem Onkel und mir mit seiner liebenswert-vorwitzigen Art echte Freude bereitet. Wir hatten direkt an einem See in einer kleinen roten Hütte mit weißen Fensterrahmen genächtigt; keine Zivilisationsgeräusche hatten die Stille gestört. Lediglich die Blätter an den Bäumen hatten gerauscht, die Wellen hatten gegluckst, und Kraniche hatten geschrien. Das ist zwar laut, aber wunderschön. Ich hatte den unverwechselbaren Duft von Moos und nassem Waldboden in der Nase, von Pilzen und feuchtem Laub, während ich den Wolkentupfern am ansonsten blauen Himmel hinterherschaute.

Dieses Mal katapultierte mich das Telefon zurück in die Bokau'sche Realität.

»Schiet«, fluchte Marga laut und undamenhaft. »Wir hätten es fast geschafft.«

Na ja, wenn sie meinte. Ich langte zum Hörer.

»Hemlokk, ich bin's. Geht's dir immer noch gut? Ist Marga da?«

Harrys Stimme klang angespannt und besorgt. Im Autoradio verlas ein Sprecher die Nachrichten.

»Es ist immer noch alles in bester Ordnung, Harry«, beruhigte ich ihn. »Wir trinken Whisky und machen gerade Konzentrationsübungen, weil mir die Stimme des Clowns bekannt vorkommt, ich sie aber nicht zuordnen kann. Marga meint, das sei das Beste. Ommm. Ich war eben in Schweden. Weißt du, in der Hütte am See und –«

»Der Schlag war heftig, was, Hemlokk? Gib mir doch einmal Marga.«

Ich hasse es, wenn Harry so onkelhaft auftritt. Daniel kann diesen Tonfall auch nicht ausstehen.

»Herrgottsakra«, stöhnte ich und rollte mit den Augen. »Ich mache Witze. Das ist nicht nötig.«

»Sie ist völlig okay«, brüllte Marga in Richtung Hörer. Die Wirkung ihrer verbalen Beruhigungspille wurde allerdings durch einen mächtigen Schluckauf abgemildert.

»Da hörst du es.« Ich war die Geduld in Person.

»Ja. Ich höre«, gab Harry trocken zurück. »Ihr scheint euch ja prächtig zu amüsieren.«

»Sag ich doch.«

»Mhm, ja, ich wollte dir eigentlich auch nur mitteilen, dass sich der Stau jetzt langsam auflöst und ich es bis heute Abend zur Dudelsackgruppe schaffe. Ich werde also da sein. Und wie du dich anhörst, wird es für dich auch kein Problem sein.

Außer vielleicht durch den Whisky. Aber den kann man ja wegschlafen.«

Probehalber wackelte ich noch einmal mit dem Kopf. Tatsächlich, Harry hatte recht, da tat nichts weh. Es war eindeutig mehr der Schock gewesen, der mich zeitweise lahmgelegt hatte.

»Okay, ich komme. Der Whisky ist kein Problem. Um sieben bin ich da. Sonst ist Manfred noch traurig. Und das geht ja gar nicht. Tschüssi, Harry!«

Na ja, vielleicht sollte ich doch vorher noch eine Mütze voll Schlaf nehmen.

»Manfred Rosen?«, fragte Marga mit Blick auf den hinter ihr liegenden Dudelsack, als ich aufgelegt hatte. Das Instrument sah mit seinen unkoordiniert in die Luft staksenden Bordunen aus wie ein erschossenes Tier.

»Mhm«, grunzte ich und sank zurück auf die Couch.

»Wie geht's ihm denn? Das war ja damals alles nicht leicht für den armen Mann, als seine Anna bei diesem Herzinfarkt auf der Tankstelle starb. Sie war noch gar nicht so alt. Na ja, sie hätte es sicher auch überlebt, wenn sie schneller in die Klinik gekommen wäre. Wir haben alle mit ihm gefühlt. Und du spielst jetzt Dudelsack?«

»Mit Harry«, brummte ich schläfrig. Klar, auch mein musikalisches Debüt war ja an ihr vorübergegangen.

»Seit wann denn schon?«

»Seit ein paar Wochen. Om«, murmelte ich, legte mich wieder hin und musste prompt husten. »Om … om … om …« Im Liegen war der Reiz immer besonders heftig. »Er macht eigentlich einen ganz guten Eindruck. Also Manfred, meine ich. Er hat mir Annas Dudelsack geborgt. Nett, nicht?«

»Ja, das ist es. Aber du solltest dich besser einmal abhorchen lassen, Schätzelchen. So langsam müsste der Husten nämlich weg sein. Du hast doch nichts auf der Lunge?« Marga klang ehrlich besorgt.

»Nein. Und irgendwann gehe ich bestimmt zum Onkel Doktor. Im neuen Jahr vielleicht. Ich schreibe das gleich auf den Zettel für die höchst vernünftigen Vorhaben. Können wir jetzt weitermachen?« Ungeduldig tippte ich auf meine Uhr. »Ich will mich nämlich wirklich noch ein bisschen hinlegen und auch noch etwas essen, bevor ich zur Dudelsackgruppe gehe.«

Doch meine Freundin hatte auf Durchzug gestellt. Sie war ganz in Gedanken versunken, glaste in die Ferne und hörte mir nicht zu.

»Die Marlies Stoll ist ja nun auch tot. Ich fand sie eigentlich immer ganz nett. Wir haben uns manchmal auf dem Markt in Schönberg getroffen und über dütt un dat geredet. Also nichts Weltbewegendes, eher so über das Wetter und den neuesten Klatsch. Sonst hatte ich nicht viel Kontakt zu ihr. Sie war deine Vorgängerin am Dudelsack, soweit ich weiß.« Ihre Augen stellten sich wieder scharf. »Tja, so kann man sich täuschen, denn das hätte ich ihr wirklich nicht zugetraut. Na ja, niemand hat das. Da könnte man schon auf die Idee kommen, dass es so etwas wie ein Schicksal gibt, nicht?«

Himmel, die alte Marga schwafelte schon so ein nebulöses Zeugs wie der Horrorclown zusammen. Mich machte es langsam ganz kirre, dass ich diese Stimme einfach nicht zuordnen konnte. Dabei lag das Wissen um sie nur einen Zehntelmillimeter hinter meinem Frontallappen. Nur ein kleiner Schubs, und – zack – da wäre es.

»Marga, bitte!«, schnaubte ich daher gereizt. Außerdem hatten mich die ein bis drei Whiskys wirklich ein bisschen müde gemacht.

»Wie? Ach so. Ja. Ich soll ja die Klappe halten.«

Und das tat sie, doch auch das half nichts mehr. Ich war einfach raus. Frustriert brach ich den Versuch schließlich ab.

Es goss wie aus Kübeln, als ich mich am Abend auf den Weg machte – erfrischt und whiskybereinigt durch ein paar Mützen voll Tiefschlaf. Der Wind hatte gedreht, und ein Atlantiktief schob dicke dunkelgraue Wolkenbänke von der Nord- herüber zur Ostsee. Mit viel, viel Regen. Ich wickelte den Dudelsack in mehrere gelbe Müllsäcke und checkte sorgfältigst die Umgebung der Villa, obwohl ich nicht glaubte, dass der Clown zweimal an einem Tag zuschlagen würde. Aber sicher ist sicher. Auch am Haupthaus wartete er nicht auf mich.

Als ich steifbeinig humpelnd im Gemeindehaus ankam – das verdammte Knie war gar nicht so das Problem, aber die Arme und die Oberschenkel zwackten heftig –, war die Übungsstunde bereits in vollem Gange. Es klang alles in allem und wie immer ziemlich schauderhaft und wenig melodisch, aber mein mittlerweile auf Dudelsack getrimmtes Gehör meinte dieses Mal durchaus schräge Liedansätze zu erkennen.

»Hemlokk«, begrüßte mich Harry, während er mich kritisch musterte. Dort, wo der Clown hingelangt hatte, war meine Wange gerötet und geschwollen. Als wäre ich bei einem schlechten Zahnarzt gewesen, der eine misslungene Wurzelverödung vorgenommen hatte. Dabei hatte sich meiner noch nie verbohrt. »Lass mal sehen.« Er umrundete mich wie ein Hütehund seine Schafherde, was uns nicht nur von Heidrun und Monika interessierte Blicke eintrug.

»Harry«, flüsterte ich angestrengt. »Lass das. Mir geht es gut. Bist du noch zu Hause gewesen?«

»Ja.« Harry, der alte Fuchs, ließ sich nicht so leicht ablenken. »Wenn da innerlich nichts ist, dann bist du wohl tatsächlich okay.«

»Sag ich doch. Hallo, Manfred.«

Unser Lehrer nickte uns freundlich zu, während ich den Dudelsack aus seiner Müllsack-Umhüllung zu befreien versuchte.

»Es soll ja nicht nass werden, das gute Stück«, bemerkte ich in seine Richtung.

»Ja, das ist schon ein Schietwetter. Aber was will man im Dezember anderes erwarten? Und ändern kann man sowieso nichts. Das ist auch gut so, wenn ihr mich fragt.«

Na bitte, damit hatten wir alle gängigen Wetterklischees in einem Rutsch durch. Doch das war es nicht, was mich vollkommen erstarren ließ. Es war die Stimme. Sie klang zwar nicht so gepresst und drohend wie beim Horrorclown, aber Anklänge von Ähnlichkeit meinte ich deutlich zu hören. Rasch bückte ich mich erneut und nestelte weiter an der Plastikhülle herum, sodass er mein Gesicht nicht sah.

Aber konnte das sein? Spielte meine Phantasie mir da nicht einen Streich? Ausgerechnet der brave Bürger, Schottland- und Dudelsackliebhaber Manfred Rosen sollte den Horrorclown geben, der Bokau und mich in Angst und Schrecken versetzte? Dieser bedauernswerte Witwer, der großzügig das geliebte Instrument seiner verstorbenen Frau verlieh?

Das war gelinde gesagt höchst unwahrscheinlich. Einmal ganz abgesehen von der Frage, weshalb er so etwas tun sollte. Was hatte er davon, wenn er unter Bokaus Bürgern Panik hervorrief und mich tätlich angriff? Und weshalb sollte ausgerechnet er das möglicherweise auch noch im Auftrag Klingers tun? Die beiden Männer verband absolut nichts, soweit ich es beurteilen konnte: keine gemeinsame Vergangenheit, keine politische Überzeugung, kein Verwandtschaftsverhältnis, keine Sandkastenfreundschaft. Nein, ich musste mich irren. Das ergab überhaupt keinen Sinn.

Als ich sicher war, meine Gesichtszüge wieder unter Kontrolle zu haben, richtete ich mich langsam auf. Und stöhnte unwillkürlich, denn ich spürte Teile meiner Rückenmuskulatur, die bislang ohne viel Aufhebens ihre Arbeit verrichtet hatten. Harry warf mir einen irritierten Blick zu, sagte jedoch nichts.

Manfred schickte sich an weiterzugehen.

»Äh … ach … noch eine Frage«, improvisierte ich rasch. Denn auch wenn es unwahrscheinlich war, dass Manfred als Clown durch Bokau geisterte, gab ich mich so leicht nicht geschlagen. »In Schottland … Sie sind doch öfter dort. Gibt es das Ungeheuer von Loch Ness wirklich nicht? Ich meine, ich hab mich das schon immer gefragt. Äh, seit meiner Schulzeit.«

Er blieb stehen. Verdutzt sah er mich an. Harry ebenfalls.

»Nein, ich glaube nicht. Es ist eher eine Sage. Ein Mythos, denke ich.«

»Und ein Touristenmagnet, oder, Manfred?«, ergänzte Harry, der zumindest kapiert hatte, dass mir aus irgendeinem Grund daran lag, ihn nicht so schnell gehen zu lassen.

»Ja.« Unser Lehrer lachte. »Manche Leute kampieren direkt am Loch, stellen sich tatsächlich mit dem Feldstecher hin und beobachten den See tagelang.«

»Immer auf der Jagd nach verdächtigen Rückenflossen und seltsam geformten Saurierköpfen?«, sponn Harry den Faden flugs weiter, während ich mich auf den Klang von Manfreds Worten konzentrierte.

»Genau. Es ist schon eine verrückte Welt.« Er wandte sich erneut zum Gehen.

»Nicht nur in Schottland«, bemerkte Harry schnell.

»Nein, sie wird überall zunehmend verrückter.«

»Ja, wenn man genau hinschaut, scheint –«

Ich bremste Harry aus, indem ich ihm sanft auf den Fuß trat. Denn ich hatte mich wohl geirrt. Das war nicht die Stimme des Horrorclowns. Sicher, Ähnlichkeiten gab es. Wie er das G aussprach zum Beispiel, das klang bei beiden wie eine Mischung zwischen K und G. Oder der landestypische Zungenschlag, bei dem »Kiel« unweigerlich zu »Kiiööll« wird. Aber das war auch schon alles, und »Kiiööll« kam sozusagen in den besten norddeutschen Familien vor. Schätzungsweise jeder dritte Eingeborene sprach den Namen der schleswig-holsteinischen Landeshauptstadt so aus.

»Ihr kommt allein klar? Dann kümmere ich mich mal um die anderen.«

»Ja«, sagte Harry.

Ich starrte Manfred hinterher. Verdammt, jetzt hörte sich die Stimme doch wieder haargenau wie die des Clowns an!

»Harry«, wisperte ich daher aufgeregt, als Manfred sich endgültig unserer Nachbarin zuwandte. »Seine Stimme. Es könnte die des Clowns sein.«

»Und Heiligabend glauben wir alle an den Weihnachtsmann. Spinn hier nicht rum, Hemlokk. Das war die Ohrfeige. Ist wohl doch etwas hängen geblieben.«

Harry begann, in aller Seelenruhe seinen Dudelsack aufzublasen.

»Es könnte seine sein«, beharrte ich.

Jetzt ließ Harry das Instrument einen quietschenden Ton ausstoßen, in dem sein ganzer Unglaube lag. Dann ließ er es sinken.

»Hemlokk.« Er seufzte wie ein genervter Vater, der seinem Kind zum einhundertsten Mal erklärt, dass es heute keine Zitronenspeise zum Nachtisch gibt. »Das ist mit Verlaub totaler Quatsch. Wieso sollte ausgerechnet der arme Manfred als Horrorclown herumlaufen und Leute erschrecken? Denk doch mal nach. Das ergibt keinen Sinn.«

»Das mag auf den ersten Blick so sein«, flüsterte ich. »Und ich sehe auch nicht, weshalb er das tun sollte. Trotzdem meine ich da eine Ähnlichkeit festzustellen.«

Harry klemmte sich mit einem Achselzucken den Dudelsack wieder unter den Arm. »Du bildest dir da etwas ein, wenn du meine ehrliche Meinung hören willst. Das ist schlichter Unfug.«

»Nein, ist es nicht«, widersprach ich heftig, während ich Manfred nicht aus den Augen ließ: ein älterer, netter, von allen geschätzter Witwer. Der nach dem Tod seiner Frau vielleicht ein bisschen versponnen wirkte, aber ansonsten total in Ordnung war.

Ich zweifelte erneut an meiner Wahrnehmung und pflichtete Harry im Stillen bei; es war wirklich mehr als unwahrscheinlich, dass unser Lehrer der Clown war. Doch in diesem Moment geschah es. Ich schnappte unwillkürlich nach Luft, presste meinen linken Arm gegen den Dudelsack, der daraufhin knarrend protestierte.

»Harry«, quiekte ich. »Da! Sieh nur! Das ist der Beweis!«

Denn in diesem Moment zupfte Manfred Rosen erneut kurz an seinem Ohrläppchen herum, während er einer schüchternen jungen Frau aus dem Neubaugebiet wort- und gestenreich etwas erklärte. Ich hatte dieses Zupfen schon oft bei ihm beobachtet. Das tat er unbewusst und immer dann, wenn ihm etwas wichtig war. Wie das korrekte Aufblasen des Dudelsacks. Sie perlte damenhaft. Er schmunzelte zufrieden und ließ seinen Arm sinken, als er sich dem nächsten Schüler zuwandte.

Ich aber stierte immer noch völlig gebannt auf seinen Ohrlappen: Er war riesig, behaart und angewachsen. Ich blinzelte. Nein, es war keine Fata Morgana, und es bestand keinerlei Zweifel. Dies war das Ohr meines mittäglichen Angreifers, und damit handelte es sich bei Manfred Rosen ohne jeden vernünftigen Zweifel um den Horrorclown.

## SECHZEHN

»Und du bist wirklich ganz sicher?«, fragte Harry zweifelnd, nachdem ich ihm meine Beobachtung zischelnd mitgeteilt hatte. Ich antwortete nicht, weil ich verschärft nachdachte. Sollte ich Manfred zu verstehen geben, dass ich wusste, was er in seiner Freizeit so trieb? Oder hielt ich die Stunde durch, ließ mir nichts anmerken und machte mich hinterher umgehend daran, ihn zu beschatten, um ihn auf frischer Tat ertappen zu können? Vielleicht auch gleich noch in trauter Zweisamkeit mit unserem Bürgermeisterkandidaten und Twitter-Hirsch Arwed Klinger, der seine Ambitionen auf den Posten dann ja wohl vergessen konnte?

»Hemlokk?«

»Pscht. Ich denke nach.«

Doch als Manfred erneut auf uns zutrat und freundlich meinte: »Was ist denn heute bloß los mit euch beiden? Ihr ratscht und tratscht und übt ja überhaupt nicht. Habe ich da vielleicht etwas versäumt?«, entschied ich mich spontan für den Königsweg der Andeutung. Das würde ihm zusätzlich Feuer unterm Hintern machen.

»Oh, ich hab irrsinnige Kopfschmerzen«, improvisierte ich also und presste zur Untermalung meiner Malaise theatralisch die Hand auf die Stirn. Harry neben mir sog scharf die Luft ein.

»Nanu«, bemerkte Manfred in neutralem Tonfall. Nichts weiter. Kein »Tut mir leid« oder »Ja, ja, so etwas kenne ich«, wie es sich gehört hätte. Nur dieses nichtssagende, völlig neutrale »Nanu«, das mich umso mehr reizte.

Instinktiv beugte ich mich daher zu ihm hinüber und blickte ihm direkt in die Augen.

»Ich hatte heute Mittag eine Begegnung mit dem Horrorclown. Er hat mich angegriffen, bedroht und bewusstlos geschlagen. Daher die Kopfschmerzen.«

Meine gedämpft ausgesprochenen Worte zeigten auf der Stelle Wirkung. Manfreds Adamsapfel begann hektisch zu hüpfen; sonst hatte er sich allerdings eisern in der Gewalt. Kein entsetztes Nach-Luft-Schnappen, keine zerknirschte Miene verrieten ihn. Doch auch Harry entging der auf und nieder hopsende Kehlkopf nicht. Achtung, Gefahr!, signalisierte sein Unterbewusstsein offenbar, was dazu führte, dass er näher an mich heranrückte.

»Was Sie nicht sagen.« Manfreds Stimme klang jetzt merkwürdig flach und damit völlig ausdruckslos, ganz so, als habe man einen Roboter zum Leben erweckt. »Das ist ja furchtbar.«

»Ja. Ich habe mich ziemlich erschrocken. Und es tut mir manches weh. Der Clown ist nicht zimperlich.« Ich blickte ihn ernst an. »Der Kerl ist gefährlich. Das ist kein Spaß mehr, wenn es denn überhaupt jemals einer war. Ich denke, ich gehe deshalb gleich morgen zur Polizei und zeige ihn an.«

So. Und jetzt wollten wir doch mal sehen, was passierte. Nach einem kurzen Zögern, das wohl auch Harry auffiel, stimmte Manfred mir zu, dass das sicher das Beste sei. Dann verabschiedeten wir uns von ihm und den anderen, obwohl die Dudelsackstunde eigentlich noch nicht zu Ende war. Aber mir fehlte jetzt schlichtweg die innere Ruhe zum Tröten.

»Und was jetzt, Hemlokk?« Harry flüsterte, obwohl wir allein draußen im Nieselregen standen und niemand uns hören konnte.

»Verstauen wir erst einmal unsere Dudelsäcke«, entgegnete ich hibbelig. Endlich tat sich etwas. Mein Adrenalinspiegel war so hoch, dass er gegen meine Schädeldecke schwappte. »Und dann sehen wir, was passiert. Denn ich habe ihn eben ganz klar aufgescheucht. Er wird in irgendeiner Form reagieren. Heute Nacht hefte ich mich auf jeden Fall an seine Fersen.«

»Mhm«, machte Harry nachdenklich. »Ich will ja nicht als alte Unke in dieser Geschichte dastehen. Aber was soll er denn tun? Ich meine, es kann doch auch sein, dass er einfach nach Hause geht und sich unter der Decke verkriecht.«

»Unwahrscheinlich«, befand ich knapp. »Er ist beunruhigt und hat Angst. Das hast du doch auch gespürt. Und Manfred Rosen ist kein abgebrühter Krimineller, sondern auf dem Gebiet ein Amateur, soweit ich weiß. Dem geht die Muffe. Da legt man sich nicht seelenruhig ins Bett. Außerdem will ich endlich wissen, wieso ausgerechnet Rosen Bokau als Horrorclown terrorisiert. Das passt doch gar nicht zu ihm.«

»Nein«, stimmte Harry mir nachdenklich zu. »Das tut es nicht, da bin ich ganz deiner Meinung. Aber gerade deshalb ist der Mann unberechenbar und höchst gefährlich.«

»Das weiß ich. Sonst noch was?« Ich hatte momentan wirklich keine große Lust auf Harrys Bedenkenträgerei. Die Tür des Gemeindehauses öffnete sich. Monika und Heidrun winkten uns zu, als sie in ihre Autos stiegen. Wir wedelten in bester »Kommt gut nach Haus«-Manier zurück.

»Ja«, sagte Harry. Er klang plötzlich so bedrückt, als seien ihm Oma, Opa, Nichte und Neffe gleichzeitig gestorben. »Hast du an Klinger gedacht? Da könnte doch eine Verbindung bestehen.«

»Ich denke die ganze Zeit an nichts anderes, Gierke. Der muss einfach etwas damit zu tun haben. Und ich werde heute Nacht herausfinden, was das ist.«

Harry schwieg und machte dazu ein höchst griesgrämiges Gesicht. Plötzlich hieb er mit der geballten rechten Faust in die Luft. »Ach verdammt. Ich kann dich nicht begleiten, Hemlokk, sonst verliere ich meinen Job. Bis spätestens morgen früh muss ich zehn Profile fertig haben, und durch Margas KW-Gockel und unsere Romantikeinlage in Celle habe ich schon verdammt viel Zeit verloren. Aber ich bin zu Hause. Wenn er dir an die Wäsche geht oder dich abmurkst, rufst du an, hörst du? Ich lasse dann alles stehen und liegen und eile herbei, um dich zu retten.«

Das war der Grund für seine akute Miesepetrigkeit? Ach, Harry. Das Schätzchen wusste doch genau, dass ich meine Fälle liebend gern allein zu Ende brachte. Wo also lag das Problem? Ich hatte keins damit, dass ich Rosen allein beschatten musste. Nur mit Mühe unterdrückte ich ein Lächeln. Mein Ritter, mein Held.

»Ja, Harry«, sagte ich im bravsten Tonfall, der mir zur Verfügung stand. »Ich rufe an, sobald ich keine Luft mehr kriege oder er mir ein Messer zwischen die Rippen rammt.«

»Nimm das ja nicht auf die leichte Schulter«, fauchte er. »Das ist schon der erste Fehler, der in diesem Fall auch gleich der letzte, weil tödlich sein kann.«

»Ja, Harry.«

»Hemlokk!«, knurrte mein Liebster aufgebracht. »Du bringst mich noch ins Grab mit deiner bescheuerten Art.«

»Oh, das will ich keinesfalls.« Ich hob feierlich die Hand zum Schwur. Mir ging es ausgesprochen gut. Endlich tat sich etwas in diesem vermaledeiten Fall. »Und ich verspreche dir deshalb, vorsichtig zu sein. Und ich verspreche dir ebenfalls anzurufen, falls ich dich brauche. Okay?«

»Okay. Aber –«

»Lass gut sein, Harry. Ich bin kein Zuckerpüppchen, das weißt du.«

Wie oft hatten wir diese Diskussion schon geführt? Richtig. Bei jedem neuen Fall kamen wir unweigerlich irgendwann an diesen Punkt.

»Ja, das weiß ich«, entgegnete das Harry-Schätzchen. »Aber es wäre wirklich zu blöd, wenn Gustav und ich eine reine Männer-WG aufmachen müssten. Da würde uns beiden entschieden etwas fehlen. Na gut, Gustav hätte noch seine Hannelore, aber ich?«

Nach diesem Kompliment – denn es war eins, kein Zweifel, eben ein Gierke'sches – küsste er mich feste auf die Wange. Ich küsste zurück, dann stieg ich ins Auto und sauste nach Hause, um mir schichtweise T-Shirts, Pullover, Jacken und Hosen an-, unter- und überzuziehen sowie eine Kanne Tee zu kochen, um die ärgste Kälte zu bekämpfen. Dann bretterte ich wieder zum Gemeindehaus zurück und kam gerade noch rechtzeitig.

Rosen schloss just die Tür ab, als ich auf den Parkplatz

rauschte. Er beachtete mich überhaupt nicht, sondern machte sich daran, zu Fuß nach Hause zu gehen. Ich stieg aus und folgte ihm in gebührendem Abstand. Zügig marschierten wir durch halb Bokau. Rosen legte ein gewaltiges Tempo vor – ganz wie ein Mann, der noch etwas sehr Dringendes zu erledigen hatte. Mir kam das sehr zupass. Von wegen ins Bett und sich unter der Decke verkriechen. Mitnichten, lieber Harry, mitnichten! Da tat sich etwas!

Der Horrorclown wohnte in einer der alten, von Zugezogenen um- und ausgebauten Katen am Rand von Bokau, bei denen im Laufe der Zeit bis auf das äußere Gemäuer praktisch alles entkernt und erneuert worden war. Sicherheitshalber suchte ich Deckung hinter einem Rankelgitter an einem offenen Unterstand, der als Garage diente. Von dort aus beobachtete ich, wie das Licht im Haus hinter drei Fenstern gleichzeitig anging. Aha, das war also das Wohnzimmer. Einen kurzen Moment blickte ich in den Raum hinein wie auf eine Bühne, doch bevor sich meine Augen an die Helligkeit gewöhnt hatten, zog Rosen die Vorhänge zu. Mist! Lediglich schemenhaft tauchte er jetzt immer wieder auf. Der Mann tigerte offenbar wie ein gefangener Löwe hin und her. Weil er verzweifelt darüber nachgrübelte, was er nun tun sollte?

Um für alle Eventualitäten meinen Kreislauf in Schwung zu halten, begann ich, auf der Stelle zu treten, bis meine Füße in den Stiefeln anfingen zu qualmen. Das Knie gab dankenswerterweise keinen Mucks von sich. Da! Rosens Körperhaltung ließ vermuten, dass er telefonierte, denn er hatte den rechten Arm angewinkelt und presste etwas ans Ohr. Ich überlegte nicht lange, brach meine Hüpfübungen ab und schlich zu einem der Fenster. Vielleicht gehörte er ja zu der Sorte Mensch, die meint, lauter sprechen zu müssen, damit der Partner am anderen Ende der Leitung sie auch bestimmt versteht. Ich hatte Glück im Unglück sozusagen.

»Ja. Sofort«, hörte ich seine Worte glasklar. Dann drehte er mir den Rücken zu. Verdammt! »Weiß ich nicht … gefährlich werden … hängen Sie mit drin … Drohung? … Ja, könnte man so auffassen … muss noch heute Abend geschehen … Verdacht geschöpft … sofort sehen.«

Ich hätte beinahe wie einer von Jogis Jungs in Jubelpose die Arme hochgerissen. Der Mann telefonierte ja wohl eindeutig mit Arwed Klinger! Seinem Hintermann. Dem Auftraggeber der ganzen Clownerie. Mit wem denn sonst? Dumdidum, ich hatte ihn. Den Twitter-Knilch war Bokau los! In diesem Moment verspürte ich nichts als grenzenlose Erleichterung. Denn Bokau war ohne Wenn und Aber mein Dorf und mein Zuhause, und gerade deshalb wollte ich es nicht in die Hände eines solchen Narzissten fallen lassen.

Rosens rechter Arm sank jetzt nach unten, und ich beeilte mich, wieder hinter das Rankelgitter zu kommen. Wenig später ging das Licht im Wohnzimmer aus. Dann geschah eine ganze Weile nichts, bis endlich eine Lampe hinter der hölzernen Haustür mit dem großen Glasfenster eingeschaltet wurde. Der Ex-Clown zog sich die Jacke über und griff dann nach einem Stoffbeutel, der an einem Garderobenständer baumelte und mir bislang nicht aufgefallen war. Es war einer von Matulke; ich erkannte das Logo auf Anhieb – eine Art Kleeblatt aus Brezeln – und wusste, dass auf der anderen Taschenseite eine Cremeschnitte prangte. Der Beutel war prall gefüllt.

Mein Beschattungsobjekt vergewisserte sich, dass es den Haustürschlüssel in der Hosentasche hatte, und trat hinaus. Die Außenbeleuchtung ging an, und ich zog automatisch den Kopf ein. Rosen wirkte bedrückt und sorgenvoll, und ich meinte, ihn so etwas wie »Ach, Anna« seufzen zu hören.

Wir trabten genau den gleichen Weg zurück, den wir vor einer halben Stunde genommen hatten. Wir waren völlig allein unterwegs. Wären die meisten Fenster nicht erleuchtet gewesen und hätte man in den dahinter liegenden Zimmern nicht die dort wohnenden Menschen gesehen, hätte man glauben können, durch eine Geisterstadt zu laufen, die ausschließlich von Lichterketten und blinkenden Sternen bevölkert wurde. Keiner der Lebenden verspürte offenbar den Wunsch, an diesem kalten, nassen, bögigen und stockdunklen Dezemberabend einen Spaziergang durch Bokau zu unternehmen.

Ich folgte Rosen in gebührendem und nicht allzu weitem Abstand, was durch den Wind erleichtert wurde, da der zuverlässig sämtliche Geräusche übertönte. Der Horrorclown drehte sich kein einziges Mal um. Offenbar kam er gar nicht auf den Gedanken, dass er beschattet werden könnte. Wir näherten uns jetzt der hell erleuchteten »Heuschrecke«. Er wollte doch wohl nicht einfach essen gehen? Nein, das war mehr als unwahrscheinlich. Aber bald würden wir den Ortsausgang von Bokau erreicht haben. Und was wollte Rosen auf einer feuchten, einsamen Wiese, denn mehr gab es dort nicht?

Natürlich fiel mir auf der Stelle Perrier ein. Ob Rosen dasselbe Schicksal ereilen sollte? Auch er hatte telefoniert, bevor er losging. Genau wie Sven Perrier. Ich würde Harry die Hölle heiß machen, wenn etwas passierte. Hätte er sich bloß früher um die Telefonnummer gekümmert! Aber nein, seine Beziehungen hatten ja keine Zeit für diesen Freundschaftsdienst gehabt. Nur die Ruhe, Hemlokk, versuchte ich mich runterzuregeln. Sicherheitshalber legte ich allerdings einen Zahn zu. Klinger würde die Nummer mit der Kuh doch nicht wirklich bei Rosen wiederholen? Nein, damit käme er nicht durch. Das musste ihm einfach klar sein. Zwei Fälle dieser Art würden selbst den tumbsten Polizisten hellhörig machen.

Und wenn Rosen auf der Wiese vielleicht gar nicht Klinger, sondern einen anderen Menschen treffen wollte, um ihm den Stoffbeutel mit dem geheimnisvollen Inhalt zu übergeben? Ja, das war die einzige Erklärung. Nein, war es nicht. Denn jetzt verlangsamte er kurz seinen Schritt und bog hinter der »Heuschrecke« scharf rechts in einen unscheinbaren Weg ab. Beinahe hätte ich einen lauten Pfiff ausgestoßen. Die Sache wurde ja immer besser. Denn am Ende dieser kleinen Stichstraße wohnte der selbst ernannte Reichsbürger Rolf Bapp.

Und tatsächlich eilte Rosen schnurstracks auf dessen Haus zu. Mehrere Scheinwerfer schalteten sich ein und erleuchteten den Vorgarten taghell, als er ohne zu zögern die Gartenpforte öffnete; gleichzeitig ertönte ein gellender Pfeifton, der von der Frequenz her dermaßen unangenehm war, dass mir eine Gänsehaut über den Rücken lief. Rosen stand starr, die Haustür wurde mit einem heftigen Ruck aufgerissen, und Bapp höchstpersönlich erschien in Schlabberhose und Karohemd auf der Schwelle.

»Geh einfach weiter. Da passiert nix«, rief er Rosen zu.

So weit also zur Grenzsicherung im künftigen freiheitlich-preußischen Reichsbürger-Staat. Nichts als Fake und Schein und keinerlei Substanz, wie alles bei diesen Leuten.

Rosen schritt hastig durch den Vorgarten, der Pfeifton hörte abrupt auf. Die Männer gaben sich wortlos die Hand, Rosen trat ein, dann schloss sich hinter ihnen die Tür. Ich sauste ums Haus herum, hopste ohne Rücksicht auf meinen angeschlagenen Körper wieder einmal über den Gartenzaun und bezog an meinem Lieblingsbaum Posten, das Bapp'sche Wohnzimmer sowie das agentenröhrenfreie Schweden-Klo fest im Blick.

Helga war auch da. Das Ehepaar hatte ferngesehen. Als ihr Gatte mit Rosen erschien, langte sie unverkennbar widerwillig zur Fernbedienung und stellte den Ton leiser. Das Bild lief weiter. Es ist ja auch ärgerlich, wenn unangemeldeter Besuch einem den Krimi zersiebt.

Die Männer beachteten die Frau überhaupt nicht. Bapp deutete mit der Hand auf einen der Sessel. Rosen blieb jedoch steif wie ein Gardesoldat stehen, Bapp wies erneut auf das Möbel, dieses Mal energischer und sichtbar verärgert. Diesmal gab Rosen nach und setzte sich endlich, wenn auch nur auf die Kante des Sessels. Aha, allzeit fluchtbereit, dachte ich. Den Stoffbeutel stellte er direkt neben seine Füße. Man bot ihm nichts an. Alles ließ darauf schließen, dass dies kein netter Plausch unter Freunden werden würde. Aber was waren die Männer dann? Geschäftspartner in Sachen Mord und Totschlag vielleicht? Klingers Handlanger? Oder Reichsbrüder im Geiste?

Denn irgendetwas trieb sie ziemlich um. Die Unterhaltung wurde immer gestenreicher und lebhafter und entwickelte sich in Windeseile zu einem erregten Streitgespräch. Ich verstand nichts, obwohl ich meine Deckung verlassen hatte und mittlerweile seitwärts auf der Terrasse stand. Die Fenster waren einfach zu gut isoliert.

Schließlich schwiegen sie beide mit verbiesterten Gesichtern. Helga linste verstohlen zu ihrem Gatten hinüber, machte aber keine Anstalten, sich einzumischen. Worum es bei diesem Streit ging, war eindeutig Männersache. Mittlerweile hätte ich meine Villa dafür gegeben, wenn jemand bloß den Ton angedreht hätte. So tappte ich nach wie vor völlig im Dunkeln, und wenn Rosen sich jetzt einfach verabschiedete, war ich so schlau wie zuvor.

Doch das tat er nicht. Jetzt sagte er etwas zu Bapp, langte mit einem entschlossenen Griff nach dem geheimnisvollen Stoffbeutel zu seinen Füßen und erhob sich. Bapp zögerte kurz, Rosen schob mit wütender Miene noch ein paar Worte hinterher, Bapp hob in einer resignierten Geste die Hände, dann stand er ebenfalls auf. Wenn ich seinen Gesichtsausdruck richtig deutete, war er entschieden genervt, hatte jedoch gleichzeitig kapituliert. Die beiden Männer steuerten die Terrassentür an. Grundgütige! Mit allem hatte ich gerechnet, damit nicht. Was sollte das denn werden? Die Jungs wollten doch nicht etwa Hand in Hand aufs Töpfchen?

»Gott verdamm mich!«, murmelte ich, während ich in Windeseile rückwärts in den Garten schnürte, dabei einen leeren Blumenkübel touchierte und ihn umschmiss. Es schepperte unüberhörbar.

Bapp, Rosen und ich erstarrten wie ein Mann. Dann brüllte Bapp aus der offenen Tür mit einer Stimme, als wollte er den nordischen Göttervater Odin nebst Sohnemann Thor und Höllenhund Fenrir aus ihrem mythologischen Schlaf erwecken: »Paul, wenn du schon wieder in meinem Garten herumschleichst, breche ich dir das Genick und drehe dir den Hals um!«

Paul, der Druide, reagierte nicht. Wie auch? Er war ja nicht da.

»Wer ist Paul?«, keuchte Rosen voller Entsetzen, während ich mich behutsam drei weitere Schritte von der Terrasse entfernte. »Wir müssen unbedingt allein sein. Ich kann keinen Zeugen gebrauchen.«

»Nun scheiß dir mal nicht gleich in die Hose, Mann. Der hat nichts mit dir zu tun. War mal ein Kumpel, der inzwischen nicht mehr weiß, was sich gehört und gut für ihn ist.« Bapp rülpste deutlich hörbar. »Aber höchstwahrscheinlich war es sowieso nicht Paul, sondern nur der Wind. Oder eine Katze. Die treiben sich hier rum, weil Helga sie füttert.«

Mein Atem beruhigte sich langsam. Das war knapp gewesen. Bapp und Rosen setzten sich in Marsch und hielten stramm auf das Gartenhäuschen zu. Mir war es nach wie vor ein Rätsel, was die beiden Männer da wollten. Etwa die fünfzigtausend Euro abholen? Oder trug Rosen im Stoffbeutel weitere fünfzigtausend mit sich herum, die er ins Klodepot geben wollte?

Geduckt schlich ich hinter den Männern her, nachdem ich mich vergewissert hatte, dass von Helga keine Gefahr drohte. Sie hatte den Ton des Fernsehers wieder laut gestellt und litt sichtbar mit einem Blondchen, das ratlos in einer riesigen, edelstahlgesättigten Luxusküche stand und linkisch an einer Zwiebel herumwerkelte.

Die Tür der Hütte knarrte. Beide Gestalten verschwanden. Ich huschte hinterher und presste mein Ohr an die Rückwand des Etablissements in der Hoffnung, dass die Bretter nicht allzu dick waren. Und dieses Mal hatte ich tatsächlich Glück. Am Holz hatte Bapp gespart. Ich konnte jedes Wort verstehen, das gesprochen wurde.

»Sie sagten doch damals etwas von fünfhundert Grad, richtig?« Das war Rosens Stimme.

»Ja, aber ich weiß nicht, ob es auch … Also mit SMALL geht es auf gar keinen Fall. Wenn es funktioniert, dann nur mit BIG. Aber ich glaube eigentlich nicht –«

»Ich habe keine Wahl«, schnitt Rosen dem Stammler das Wort ab. »Und Sie hängen ziemlich tief mit drin, Herr Bapp, wenn ich Sie daran erinnern muss.«

Drei Sekunden war es still in dem kleinen Kabuff. Dann fauchte Bapp: »Du wagst es tatsächlich, mir zu drohen, Kumpel? Das glaub ich jetzt nicht. Überleg dir das gut, du kleiner Scheißer. Ich kann nämlich auch andere Saiten aufziehen.«

Ich hörte, wie Rosen tief Luft holte.

»Es war mehr als Erinnerung gedacht.«

»Wer's glaubt«, knurrte Bapp. »Dann erinnere ich dich mal eben kurz daran, dass es keinen Beweis gibt. Es war ein Unfall. Ganz hochoffiziell und mit Brief und Siegel. Das glauben die Bullen. Und wenn die erst mal was glauben, sind die nicht mehr so leicht davon abzubringen. Ich kenne mich da aus.«

»Es sei denn, ich mache den Mund auf. Dann ist es Mord«, entgegnete Rosen ruhig.

Das musste man ihm lassen: Der Mann besaß Courage. Ganz allein mit Bapp in dieser Bretterbude hätte ich den Reichsbürger nicht dermaßen gereizt.

»Arschloch«, sagte Bapp. Es klang nicht einmal unfreundlich. »Dann hängst du aber auch komplett mit drin. Du wirst schon sehen, was du davon hast, wenn du mich reinreitest. Dann stecke ich nämlich der Bullerei, dass du mich mit den fünfzigtausend Euro für den Mord an Wiesheu bezahlt hast. Das Geld hab ich noch. Da sind deine Fingerabdrücke drauf. Darauf hab ich bei der Übergabe geachtet. Und Helga kann sowieso alles bezeugen, und nicht nur, weil sie meine Ehefrau ist.«

In meinem Hirn summte es mittlerweile wie in einem Bienenstock. Der scheinbar so harmlose und nette Witwer Rosen, den alle Welt bemitleidete und grundsympathisch fand, betätigte sich also nicht nur als Horrorclown und versetzte ganz Bokau in Angst und Schrecken, sondern beauftragte auch andere Leute, für ihn zu morden? Ich lupfte meine Mütze, steckte meinen Zeigefinger ins Ohr und bohrte ein bisschen darin herum. Dann zog ich ihn wieder heraus. Nein, mein Gehör funktionierte einwandfrei. Und es kam noch besser. Meine Wangen glühten mittlerweile vor Aufregung, obwohl es richtig kalt war.

»Außerdem gebe ich der Ordnungsmacht dieser sogenannten Bundesrepublik auch gern einen Hinweis in der Perrier-Sache, falls du kapierst, was ich meine. Denn das warst du doch auch, oder?«

Bapp klang jetzt richtig gemütlich. Mich hauten seine lässig dahingeworfenen Worte regelrecht um.

»Tun Sie das.« Rosen hörte sich plötzlich nicht mehr ängstlich oder verschreckt an, sondern nur noch müde und ausgelaugt. »Mir ist mittlerweile sowieso alles egal. Der Kerl ist begraben. Ich habe mein Ziel erreicht. Alle sind tot. Und wenn ich jetzt für den Rest meines Lebens ins Gefängnis muss, kümmert mich das auch nicht allzu sehr.«

Bapp hustete und steckte mich damit umgehend an. Mein Hals fühlte sich plötzlich an wie ein zugesotteter Schornstein, und irgendwelche Kleinstteile – vielleicht auch nur psychische – versuchten durch meine Luftröhre ins Freie zu gelangen. Ich räusperte mich vorsichtig.

»Stell dir das im Knast mal nicht allzu gemütlich vor«, warnte Bapp. »Und so abgeklärt, wie du jetzt tust, bist du garantiert nicht, Mann.«

Rosen antwortete nicht.

»Sonst würdest du doch nicht die Clownsmasken unbedingt in meiner Toilette beseitigen wollen, heh? Nee, dir geht der Arsch auf Grundeis, Kumpel. Und ich hab auch keine Lust, wegen der Wiesheu-Sache dran zu glauben. Also, gib den Beutel schon her. Ich mache das.«

## SIEBZEHN

Was hier direkt vor meinen Ohren vor sich gehen sollte, war ja wohl mehr als eindeutig. Es handelte sich unzweifelhaft um die bevorstehende Vernichtung von Beweismaterial! Ich überlegte keine Sekunde, umrundete den Bretterbau und riss mit einem Ruck die Tür auf.

»Halt!«

Die beiden Männer, die schon den Beutel mit den Masken in die Toilettenschüssel gelegt hatten und nun darüber gebeugt standen, wobei sich Bapps Rechte bereits auf den schwarzen Knopf zubewegte, um das Ganze in die Brennkammer fallen zu lassen, schossen herum.

»Her mit dem Beutel. Aber dalli!« Auffordernd streckte ich ihnen meine Hand entgegen. Rosen war dermaßen verdattert, dass er ihn tatsächlich wieder aus der Schüssel zog und mir gab.

»Hanna. Frau Hemlokk«, stotterte er und machte einen unsicheren Schritt auf mich zu.

Ich reagierte blitzschnell, trat instinktiv zurück, schmetterte die Tür in den Rahmen und verriegelte sie mit dem soliden Metallbügel, der normalerweise noch mit dem mir schon vertrauten Vorhängeschloss gesichert war. Denn wenn ich richtig gehört hatte, standen hinter dieser Tür zwei Mörder, die bestimmt keinerlei Hemmungen hatten, auch noch einen weiteren »Unfall« zu produzieren. Aber nicht mit mir, meine Herren! Ich war so von der Rolle, ich hätte auf der Stelle kotzen können. Stattdessen entlud sich meine Anspannung in einem kolossalen Hustenanfall, der erst nach einiger Zeit abebbte. Im Haus klingelte das Telefon. Das kam wie gerufen. Dann war Helga beschäftigt und störte uns nicht.

»Warum, Herr Rosen?« Ich fragte das so sachlich, wie es mir angesichts mehrerer Toter und meines keuchenden Atems möglich war.

»Sie haben gelauscht.« Es war eine Feststellung, keine Frage.

»Ja, das habe ich. Sie sind der Horrorclown. Herr Bapp hat Malte Wiesheu in Ihrem Auftrag mit der Kettensäge ermordet. Und Sie selbst haben damals die Kuh derart gereizt, dass die auf Sven Perrier losgegangen ist und ihn totgetrampelt hat. Deshalb frage ich Sie noch einmal: Weshalb haben Sie diese beiden Menschen getötet, Herr Rosen?«

»Drei«, korrigierte er mich zu meiner Überraschung. »Es waren genau genommen drei.«

»Drei?«, echote ich ratlos.

Verhört hatte ich mich nicht, aber offenbar war mir da entschieden etwas entgangen. Bapp murmelte vor sich hin. Ich verstand es nicht.

»Na ja, Marlies Stoll gehört natürlich ebenfalls dazu.« Rosen stockte. »Was wollen Sie, Bapp? Ach was, wieso soll ich nicht reden? Es ist doch jetzt eh alles egal.«

Aha, der Reichsbürgereinwurf hatte nicht mir gegolten.

»Sie meinen meine Vorgängerin, die Frau aus der Dudelsackgruppe, die vor ein paar Wochen gestorben ist?«

»Genau die«, bestätigte er.

Ich runzelte verwirrt die Stirn. An deren Tod war nun wirklich nichts Auffälliges gewesen. Zumindest hatte niemand auch nur den Hauch eines Verdachts geäußert. Was hatte Harry damals doch gleich erzählt? Genau, von einem Lungenversagen war die Rede gewesen. Oder war es die Milz gewesen? Ich erinnerte mich nicht mehr. Jedenfalls war es ein völlig normaler Tod gewesen, das wusste ich noch. Tragisch, aber nicht ungewöhnlich. Ob also Manfred Rosen verrückt war? Und sich alles nur einbildete? Weil er über den Tod seiner Frau vor Kummer den Verstand verloren hatte?

»Sie war genauso ein Miststück wie die beiden anderen«, bemerkte Rosen leidenschaftslos. »Ein durch und durch mieser Charakter. Ein moralisch verkommener Mensch. Deshalb musste sie sterben. Der Tod war die einzig angemessene und gerechte Strafe für sie und die anderen.«

Ich verstand kein Wort.

»Herr Rosen …«, sagte ich daher bittend.

»Hören Sie«, übernahm Bapp energisch das Ruder, »es geht hier um Gerechtigkeit. Um echtes Recht und nicht solche Wischiwaschi-Regeln, wie sie in dieser Bundesrepublik gelten, die sich Staat schimpft. Das ist sie nämlich nicht, und das wird in diesem Fall sehr deutlich, weil –«

»Herr Bapp«, unterbrach ich ihn drohend. Seinen kruden Politik-Mix konnte er anderswo loswerden. Jetzt ging es um drei Menschen, die gewaltsam zu Tode gekommen waren.

»Hier wird doch niemand mehr richtig verknackt«, nölte er weiter. »Keiner übernimmt mehr Verantwortung für seine Taten. Alle sind in der Jugend vom Wickeltisch gefallen und können auf Milde hoffen. Ja, wo sind wir denn?« Voller Verachtung schnaubte er durch die Nase. »Und schert sich jemand auch nur einen Deut um die Opfer? Nein. Niemand. Die können nämlich sehen, wo sie bleiben, weil dieser sogenannte Staat –«

»Herr Bapp!« Der Typ war ja geradezu besessen von seinem Hass auf die Bundesrepublik.

»Aber es ist doch wahr. Machen Sie die Augen auf, junge Frau. Sie werden hier von vorn bis hinten beschissen. Dieser Staat ist ein Fake. Eine Luftnummer. Legt keinen Wert auf Wehrhaftigkeit, hat eine Luschen-Justiz und Politiker –«

»Herr Bapp!«, brüllte ich enthemmt. »Halten Sie endlich die Klappe. Sülzen Sie Ihre Gesinnungsgenossen voll, aber nicht mich. Und ich bin nicht Ihre ›junge Frau‹, hören Sie? Ich heiße Hemlokk, Hanna Hemlokk.«

»Na, das weiß ich doch. Nun regen Sie sich doch nicht so auf, junge Frau. Das bekommt Ihnen nicht.«

Ich knirschte mit den Zähnen und ballte die Fäuste. Gleichzeitig. Hätte ihn nicht die Schweden-Butze geschützt, hätte ich ihm mit einem kräftigen Schwinger die Schneidezähne nach hinten gedrückt.

»Für mich gelten die Gesetze dieser GmbH jedenfalls nicht.« Bapp klang ungemein selbstzufrieden. »Nur das will ich Ihnen sagen. Ich bin nur an meine eigenen gebunden.«

Ommm, befahl ich mir selbst. Denk an deine innere Mitte und dass der Weltgeist uns alle lieb hat. Om … Om … Und nochmals Om, verdammt. Doch es half.

»Weshalb Sie auch für sich das Privileg in Anspruch nehmen, mal so eben Urteile im Alleingang zu fällen und Lynchjustiz zu üben«, gelang es mir tatsächlich voller Sarkasmus zu bemerken. Der Mann hatte ja einen kompletten Hau! Aber war das etwas Neues?

»Wiesheu meinen Sie?« Er leugnete es nicht einmal. »Das Schwein hatte den Tod verdient. Und der war noch viel zu schade für den. Ging viel zu schnell.«

So kamen wir nicht weiter.

»Herr Rosen, bitte sagen Sie mir doch –«

»Wir bieten Ihnen fünfundzwanzigtausend Euro, wenn Sie uns hier rauslassen und den Mund halten.« Das war erneut Bapp.

»Nein.«

»Denken Sie doch erst einmal nach, bevor Sie ablehnen, junge Frau. Fünfundzwanzigtausend Euro sind eine Stange Geld. Da können Sie sonst was mit machen. Klamotten bestellen. Verreisen. Shoppen gehen und kaufen, was das Herz begehrt.«

»Ja«, stimmte ich zu. »Könnte ich alles. Will ich aber nicht. Mich interessiert momentan eher, weshalb Sie meinten, Malte Wiesheu umbringen lassen zu müssen, Herr Rosen.«

Wieder murmelte Bapp etwas Unverständliches. Dann räusperte er sich laut. Zu laut. Vernahm ich daneben etwa so etwas wie ein Schaben? Ein leichtes Kratzen an der Hinterwand? Versuchte er mich zu linken? Auf Zehenspitzen umrundete ich das Bretterklo und scannte sorgfältig die Wand. Doch da war nichts. Kein Loch weit und breit. Trotzdem ging da drinnen irgendetwas Ungutes vor.

»Es ist alles wegen meiner Frau. Meiner Anna.« Rosen klang plötzlich gedämpft und ganz weit weg, wie in Trance. »Sie haben sie einfach auf der Tankstelle liegen lassen, nachdem sie ihr Rad noch zu der Bank geschoben hatte und dann mit dem Herzinfarkt zusammengebrochen war. Sie ist ganz langsam von der Bank heruntergerutscht, aber niemand hat reagiert. Sie haben alle weggeguckt auf ihrem Weg zur Zapfsäule. Die Überwachungskameras haben das alles deutlich aufgezeichnet.« Seine Stimme schwankte. »Perrier hat nur einmal kurz zu ihr hingeschaut, dann hat er mit den Achseln gezuckt und seelenruhig seine Vorderscheibe geputzt. Wiesheu hat sich zwar kurz umgedreht, als sie zusammensackte. Doch dann hat er abwechselnd auf seine Uhr und auf die Zapfsäule gestarrt, ist in seinen Wagen gestiegen, hat die Scheibe runtergelassen und zu der Stoll, die direkt neben ihm tankte, gemeint: ›Sie kümmern sich doch um die Alte, nicht?‹ Das hat so ein Lippenleser beim Prozess gesagt. Aber geblieben ist er nicht, um Anna zu helfen. Und niemand von diesen Leuten ist auf die Idee gekommen, einen Rettungswagen zu alarmieren und sich neben sie zu setzen und ihre Hand zu halten. Niemand. Und dabei hatte sie bestimmt solche Angst.«

»Die haben sich alle drei exakt so schweinisch verhalten wie diese Figuren, die damals den hilflosen alten Mann im Vorraum einer Sparkasse haben sterben lassen«, meinte Bapp düster. »Die sind sogar über seinen Kopf hinweggestiegen, als er dalag. Nur um an den Geldautomaten zu kommen. Das ist ja damals durch die Presse gegangen. Aber ist dadurch etwas passiert? Hat sich etwas geändert?«

Ich erinnerte mich. Der Fall hatte mich genauso abgestoßen und fassungslos gemacht wie die zunehmende Zahl der Gaffer, die bei einem Unfall erst filmen und dann auch noch die Rettungskräfte behindern und zu allem Überfluss von keinerlei Unrechtsbewusstsein über ihr unterirdisches Verhalten angekränkelt sind. Trotzdem …

»Und Marlies Stoll?«, tastete ich mich beklommen weiter vor.

»Ach, Marlies Stoll«, stieß Rosen erbittert hervor. »Die liebe, nette Marlies. Die war eine ganz besondere Nummer. Die hat so getan, als sähe sie meine Frau da neben der Bank gar nicht, nachdem Wiesheu weggefahren war. Als wäre sie eine

Schabe, die irgendwo in einer uneinsichtigen Ecke vor sich hin vegetiert. Dabei ist meine Anna direkt vor ihren Augen gestorben! Sie ist gestorben, und keiner von diesen dreien hat ihr geholfen. Keiner hat den Rettungswagen gerufen. Keiner hat ihr Beistand geleistet«, wiederholte er. »Sie haben sie behandelt, als wäre sie ein wertloses Stück Müll. Meine Anna. Meine Frau. Die Frau, mit der ich fünfunddreißig Jahre lang verheiratet war. Die lachen konnte wie keine andere. Die so gern ins Theater ging, die die Natur und das Wandern schätzte und ein Ass im Schachspiel war. Die aus tiefster Überzeugung hilfsbereit war und für jeden ein gutes Wort übrig hatte. Die Neider hasste und das Leben und ihre Enkel über alles liebte. Und mich auch.«

Er verstummte. Ich blinzelte. Es war eine der ergreifendsten Totenreden, die ich je gehört hatte.

»Menschliche Schweine sind das; alle, wie sie da sind«, tönte Bapp. »Vom Charakter her völlig deformiert. Verstehen Sie den Mann jetzt? In einem preußischen Freistaat hätten Leute wie die nichts zu suchen. Wir wüssten schon, wie wir mit solchem Ungeziefer umgingen. Und was kriegen die hier, in diesem Scheißstaat?«, wütete er, während Rosen schluchzte. Ich konnte es deutlich hören. »Da geht es nicht um Mord. Oh nein, auf die Idee kommt so ein bescheuerter Staatsanwalt nicht. Nein, eine niedliche kleine Anzeige wegen unterlassener Hilfeleistung ist dabei herausgekommen. Das gibt dann, wenn es hoch kommt, ein ›Dududu, das macht man aber nicht‹ des Richters und vielleicht eine Strafzahlung von fünfzig Euro an die Gemeindekasse. Mehr nicht. Das nenne ich, nein, das nennen wir Reichsbürger Straffreiheit für Mörder. Deshalb werden wir –«

»Kennen Sie das Strafmaß denn so genau, Herr Bapp?«, unterbrach ich ihn scharf.

Darüber konnte man sicher diskutieren und geteilter Meinung sein. Aber mich trieb dieser Reichsbürger mit seinem selbstgerechten Geschwafel einfach zur Weißglut.

»Klar. Die kriegen doch nix. Die haben die arme Frau verrecken lassen und machen sich ein schönes Leben. Da verwette ich meinen Hut drauf.«

»Sie mutmaßen also nur so vor sich hin, wie Perrier, Wiesheu und Stoll bestraft worden sind«, stellte ich klar.

»Aber das weiß man doch so«, knarzte er. »Das brauche ich nicht im Detail zu wissen.«

»*Man* weiß es vielleicht, aber *Sie* wissen es nicht«, ranzte ich ihn an. »Sie vermuten doch nur, was Ihnen in den Kram passt.«

»Wiesheu hat dreitausendsechshundert Euro zahlen müssen, die Stoll zweitausendachthundert und Perrier zweitausendvierhundert«, meldete sich Rosen mit schleppender Stimme zu Wort. »Damit gelten alle drei als nicht vorbestraft. Weil es ein ›Augenblicksversagen‹ gewesen sei, hat der Richter bei der Urteilsbegründung ausgeführt. Deshalb sei die Strafe so milde ausgefallen.«

»Bekloppt«, knurrte Bapp. »Aber die da oben klüngeln doch alle zusammen. Den Tätern passiert einfach nix. Und das ist ein Skandal, wenn Sie mich fragen.«

Das tat ich zwar nicht, denn Müll bleibt Müll, auch wenn man es noch so oft wiederholt. Doch in einem stimmte ich dem Reichsbruder rückhaltlos zu. Das Ganze war in der Tat ein Skandal erster Güte, wenn es tatsächlich so gewesen war. Denn es zeugte von einer unglaublichen gesellschaftlichen Verrohung, eine sterbende Frau zu ignorieren, ohne sich um sie zu kümmern, weil man gerade keine Lust hatte oder keine Zeit zu haben meinte. Ganz eindeutig. Die Sache mit dem Strafmaß war allerdings komplizierter. Darüber musste ich in einer ruhigen Minute noch einmal verschärft nachdenken. Jetzt nicht.

Denn mich trieb etwas anderes um. Weshalb wusste ich von dem ganzen Drama nichts? Das musste doch mächtig im Blätterwald und im Netz gerauscht haben. Oder versuchten die beiden Männer etwa, mir Sand in die Augen zu streuen? Bapp grummelte schon wieder etwas, was ich nicht verstand. Sicherheitshalber umrundete ich die Bretterbude noch einmal. Doch da war nach wie vor kein Loch weit und breit. Sanft, damit meine Gefangenen es nicht mitbekamen, ruckelte ich an den einzelnen Latten herum. Sie waren fest, soweit ich es beurteilen konnte.

»Wieso habe ich von dem Vorfall nichts erfahren, Herr Rosen?«, fragte ich ihn, als ich wieder vor der Tür stand.

»Wie soll er das wissen?«, schnappte Bapp. Womit er auch wieder recht hatte.

»Wann genau ist Ihre Frau denn gestorben?«, versuchte ich es andersherum.

»Im September letzten Jahres. Am sechzehnten, so gegen einundzwanzig Uhr«, lautete die prompte Antwort.

Aha. Das erklärte einiges. Zu dieser Zeit war ich mit Harry durch Kent gewandert und hatte versucht, den Linksverkehr zu überleben. Als wir wiederkamen, war die Einbruchsserie im Neubaugebiet das Megathema gewesen. Daran erinnerte ich mich noch ganz genau. Und Marga? Sie war zwar in Bokau gewesen, als Anna Rosen gestorben war. Doch in den letzten Wochen war meine Freundin bekanntlich durch Herrn Schölljahn außer Gefecht gesetzt worden. Und diese nebulösen Andeutungen zu Manfreds Frau hatte sie erst heute Nachmittag bei unserem gemeinsamen Versuch gemacht, die Clownsstimme an eine Person zu binden. Ommm. Ich hatte es nicht verstanden. Außerdem war es da auch bereits zu spät gewesen.

»Perrier hat sich bei der Verhandlung damit herausgeredet, dass er es furchtbar eilig gehabt und deshalb nicht so genau hingesehen habe.« Rosens Stimme klang spröde. »Wiesheu hat Anna für eine alte Schnapsdrossel gehalten. Eine Obdachlose, die da immer mal wieder herumsäße. Dabei hat Anna nie mehr als zwei Gläser Wein getrunken. Und Marlies Stoll meinte, sie sei schon tot gewesen. Da hätte man sowieso nichts mehr tun können, es sei zu spät gewesen. Außerdem seien ja auch noch andere Leute dort gewesen, und sie leide unter äußerst schwachen Nerven und sei geschockt gewesen. Sie hat sich sogar bei mir entschuldigt. Wofür?, habe ich mich gefragt. Für ihren beschissenen Charakter?«

Manfred Rosen, in dessen Wortschatz das Wort »beschissen« mit Sicherheit neu war, tat mir aufrichtig leid. Diese Untersuchung musste eine Qual für ihn gewesen sein. Die reinste Folter, wenn man solche fadenscheinigen Argumente hörte. Wie die Täter wohl mit ihrer Schuld gelebt hatten? Oder hatten sie sich ihr verstörendes Verhalten schöngeredet und mit der Zeit selbst an ihre Ausflüchte geglaubt? Durchaus möglich. Dabei hatten Perrier und auch Wiesheu so normal auf mich gewirkt. So nett. Zwei Menschen wie du und ich, denen ich ein solches Verhalten niemals zugetraut hätte.

»Also, wie ist es nun mit den fünfundzwanzigtausend Euro?«, dröhnte Bapp. »Sie wissen jetzt, was Sache ist und dass es kein Mord war, sondern um echte Gerechtigkeit ging. Ich schlage deshalb vor, wir besprechen alles ganz in Ruhe in unserem Wohnzimmer.«

»Ich höre Sie, Herr Bapp. Sie müssen nicht so schreien.« Bei unseren letzten Begegnungen war ich es gewesen, die unbedingt ins Bapp'sche Heim gelangen wollte. Jetzt versuchte er, mich damit zu ködern. Verdammt, irgendetwas braute sich hier zusammen. »Und wenn Sie krumme Dinger durchziehen wollen, rufe ich die Polizei. Außerdem weiß mein Freund Bescheid, wo ich bin.«

»Schiss, junge Frau?«, fragte er spöttisch.

»Nur Realistin«, entgegnete ich kühl. »Sie beide sitzen in dem Schweden-Klo wie die Maus in der Falle. Ich kann mir denken, dass Sie das gern ändern würden.«

»Also dreißigtausend?«, schlug er vor. Ich hörte ihm an, dass er sich auf der sicheren Seite wähnte.

»Weshalb dann nicht gleich Nägel mit Köpfen machen?«, erwiderte ich. »Die ganzen fünfzigtausend würden mir besser zu Gesicht stehen.«

Einen kurzen Moment war es totenstill auf dem Autark-Örtchen. Dann meinte Bapp verdrießlich: »Sie waren das also damals im Garten und gar nicht Paul.«

»Richtig, ich war das«, bestätigte ich. Es kam ja nicht mehr darauf an. »Ihr Gesinnungsgenosse ist zumindest in dieser Beziehung ein Ehrenmann.«

Bapp ging nicht auf meine Spitze ein.

»Also gut, Sie kriegen die kompletten fünfzigtausend, wenn Sie uns hier rauslassen und versprechen, den Mund zu halten.«

»Nein danke«, lehnte ich ab. »Ich wollte nur mal sehen, wie weit Sie mit Ihrem Angebot gehen. An diesen Scheinen klebt Blut. Das ist nicht mein Ding.«

»Es war eine gerechte Sache«, beharrte er. »Das haben wir Ihnen doch erklärt.«

Ja, das hatten sie. Es war allerdings ihre verquere Sicht auf die Dinge. Meiner entsprach das keineswegs.

»Es war Lynchjustiz, also schlicht und einfach Mord. Im Gegensatz zu Ihnen fühle ich mich an die Gesetze der Bundesrepublik Deutschland gebunden, Herr Bapp«, beschied ich ihn deshalb ziemlich hochtrabend. »Weil ich diese Regeln nämlich im Kern für sinnvoll und vernünftig halte.«

»Du arme Irre«, hörte ich Bapp deutlich murmeln. »Das ist doch alles nur Lug und Trug.«

Ich wischte mir seufzend eine Schneeflocke von der Stirn. Was für ein endloses Gelaber. Dabei begriff ich immer noch so vieles nicht in diesem Fall.

»Herr Rosen, was ist mit Sven Perrier und Marlies Stoll passiert?«, nahm ich daher entschlossen den Faden wieder auf. Eine derart günstige Gelegenheit wie diese, um Licht in die Dunkelheit rund um Anna Rosens Todesumstände zu bringen, käme für mich nicht wieder. Das wusste ich.

»Ich würde den Mund halten, Kumpel.«

Schon wieder dieser verdammte Bapp!

»Herr Rosen!«, drängte ich energisch.

»Den Perrier hat ja die Kuh zertrampelt«, brummelte er.

»Ja, das weiß ich«, sagte ich geduldig. »Ich will wissen, wie Sie das angestellt haben.«

»Das mit der Kuh?«

»Ja. Das mit der Kuh.«

»Och, das war ziemlich einfach, wenn man erst einmal kapiert hatte, wie der Perrier tickte. Ums Geld ging es ihm.

Der wollte groß rauskommen und viel, viel Geld machen mit seinem Heuschreckenladen. Da habe ich angesetzt.«

»Aber wie, Herr Rosen? Sven Perrier wäre niemals von sich aus auf die Idee gekommen, im Stockdunkeln auf einer Kuhwiese herumzuturnen.«

»Darüber habe ich mir auch den Kopf zerbrochen. Ich bin deshalb mehrmals bei ihm im Lokal gewesen, habe ihn beobachtet und mit ihm gesprochen, um seine Schwachstellen auszuloten.« Irrte ich mich, oder kicherte der Mann jetzt allen Ernstes? »Ich mag Engerlinge, Heuschrecken, Maden und so 'n Kram nämlich nicht, eine schöne Bratwurst mit Sauerkraut und Kartoffelpüree ist mir allemal lieber. Aber ich habe es runtergewürgt. Und dieser Perrier hat da immer von einem Lokal in London, New York oder Dubai geredet – und von dem Anfangskapital, das er dafür leider nicht habe. Aber wenn es denn dermaleinst so weit sei, würde er seinen Traum sofort in die Tat umsetzen, hat er immer wieder gesagt.« Das zumindest konnte ich bezeugen. »Na ja, und da habe ich ihm eben gesteckt, dass ich eine Millionenerbschaft in Aussicht hätte und am Überlegen sei, was ich mit dem Geld anfangen könnte. Es gäbe ja heutzutage keine Zinsen mehr.« Jetzt lachte Rosen tatsächlich rau auf. Oder war es ein Schluchzen? »Niemand wisse bislang davon. Alles sei noch topsecret, hab ich ihm eingeschärft. Und ich hielte es für besser, dass es dabei zunächst bleibe. Wegen der ganzen Neider.«

»Und das hat er Ihnen geglaubt?«, rutschte es mir fassungslos heraus. »Wie doof war der denn?« Perrier hatte eigentlich immer recht intelligent und im Übrigen völlig normal auf mich gewirkt und keineswegs wie ein hirnloser Raffzahn.

»Nicht doof«, korrigierte mich Rosen grimmig. »Nein, doof war der Mann bestimmt nicht, aber eben sehr an Geld interessiert, um es vorsichtig zu formulieren. Dafür tat der alles.«

Mir wollte das einfach nicht in den Kopf. Diese hanebüchene Millionärsstory war das eine, doch da gab es ja wohl noch ein anderes klitzekleines Problem.

»Aber Perrier wusste doch, dass er Ihre Frau hatte sterben lassen. Also, er war doch nicht dermaßen blöd. Er muss sich doch bewusst gewesen sein, dass Sie nicht gut auf ihn zu sprechen waren.« Und das war noch die Untertreibung des Jahres!

Rosen produzierte ein Geräusch, das irgendwo zwischen einem verächtlichen Schnauben und einem abfälligen Grunzen lag und die Bitterkeit sowie das Elend des Mannes akustisch noch unterstrich.

»Oh, anfangs war er mir gegenüber in der Tat etwas reserviert. Das stimmt. Er hat etwas von einem Missverständnis gefaselt und dass es ihm unendlich leidtue und dass er alles geben würde, um meine Anna wieder lebendig zu machen. Alles Lüge natürlich. Aber ich habe ihm großmütig vergeben und mich mit ihm bei zwei Thaibier versöhnt. Er wollte das nun einmal gern glauben. Alles nur irgendwie dumm gelaufen, wie es heute so schön heißt. Also Schwamm drüber, mehr nicht. Meine Anna gegen zwei Flaschen Bier. Und dabei mochte sie gar kein Bier, sondern lieber Wein.«

Rosen schwieg. Nach den Tönen zu urteilen, die aus dem Klohäuschen drangen, schien er Probleme mit seiner Atmung zu haben. Ich ließ ihn. Die Gespräche zwischen diesen beiden Männern mussten geradezu gespenstisch gewesen sein. Der eine angesichts seiner Tat geradezu sträflich leichtgläubig und nicht ahnend, in welch eine Falle er gelockt werden sollte, der andere genau kalkulierend und sich dabei freundlich und verzeihend gebend, bis er sein Ziel erreicht hatte: den Mörder seiner Frau durch ein an sich friedliebendes Rindvieh in einen blutigen Fleischklumpen verwandeln zu lassen.

»Um Perrier war es wirklich nicht schade«, fuhr Rosen mit erhobener Stimme fort; es hörte sich ein bisschen an wie das Pfeifen im Walde. »Er war ein Egomane und ein geldgieriger Mensch und ging davon aus, dass ich ähnlich gestrickt bin. Solche Leute tun das. Die können sich gar nicht vorstellen, dass einem eine Ehefrau wichtiger sein könnte als noch so viele Euros. Ich habe ihm einen ziemlich satten Gewinn in Aussicht gestellt.« Rosen gab ein abschätziges Prusten von sich, in dem seine geballte Wut über den geldgeilen Wirt der »Heuschrecke« steckte. »Wissen Sie, der Perrier war wie einer dieser Zahnärzte, die immer wieder auf ein Renditeversprechen von zwanzig, dreißig oder noch mehr Prozent hereinfallen. Dass das an sich und besonders in unserer Zeit der Niedrigzinsen nicht sein kann und unseriös sein muss, weiß jeder mit ein bisschen Hirnschmalz. Aber wenn die Gier über den Verstand triumphiert ...«

»Ist selbiger im Arsch«, assistierte Bapp mit so ernster Stimme, als habe er soeben die Weltformel gefunden, während ich mir in diesem Moment schwor, niemals wieder das Wort »Arschloch« in den Mund zu nehmen. Durch Bapp war es für mich auf ewig verbrannt!

Doch so langsam ergab alles endlich einen Sinn. Rosens nächste Schritte waren daher ohne Schwierigkeiten nachzuvollziehen.

»Und weil das mit der Millionenerbschaft alles furchtbar geheim bleiben musste, haben Sie ihn zu einem konspirativen Treffen auf der Wiese gebeten?«, mutmaßte ich.

»Ganz genau. Erst schlug er ein Restaurant in Kiel vor. Aber da habe ich ihm von immer wieder vorkommenden unliebsamen Zufällen erzählt wie dem, wo auch jemand gedacht habe, eine Pizzeria sei für solch eine Verabredung doch ideal. Doch dann läuft einem abends um elf auf der Toilette des Italieners ausgerechnet die Großcousine der Schwiegermutter väterlicherseits über den Weg, weil sie an diesem Tag Unterhosen und Pralinen für ihren Großneffen zum Weihnachtsfest kaufen musste und sich jetzt bei einer gepflegten Flasche Wein mit Scampi erholt.«

»Sie haben also das Blaue vom Himmel heruntergelogen.«

»Es hat funktioniert«, sagte er schlicht. »Der Trottel hat es geglaubt, weil er es glauben wollte.«

»Sie haben ihm aber auch eine mächtig große Leberwurst vor die Schnauze gehalten«, verteidigte ich Perrier unwillkürlich.

»Der Mann sollte zur Wiese kommen und sterben«, knurrte

sein Mörder. »Mehr nicht. Und als er dann tatsächlich erschien, habe ich ihm ohne viel Federlesens eins übergebraten, ihn auf die Wiese gezerrt und die Kuh ihre Arbeit machen lassen.«

»War das nicht riskant?«, warf ich ein.

»Ach was, nicht sehr«, meinte Rosen wegwerfend. »Man schätzt ja allgemein, dass jeder zweite Todesfall, der nicht auf natürlichem Weg eintritt, hierzulande trotzdem als normales Sterben durchgeht. Ich habe das mal nachgeguckt. Meistens heißt es Unfall oder Altersschwäche, Herzversagen oder Embolie. Da guckt niemand so genau hin, weil das viel zu teuer ist. Costa quanta gilt eben auch im Leichenschauhaus. Nein, wenn Sie jemanden risikolos umbringen wollen, haben Sie in Deutschland gute Chancen.«

Ja, das hatte ich auch gelesen. Für Mörder, die sich nicht allzu dusselig anstellten, gab es durchaus berechtigte Hoffnung, mit ihren Taten durchzukommen.

»Schau an, wer hätte das gedacht?«, bemerkte Bapp milde. »Dieser wunderbar organisierte Staat, der –«

»Und die Kuh?«, fuhr ich dem Reichsbürger grob in die Parade. »Die Tiere sind friedlich. Die gehen nicht ohne Grund auf einen Menschen los.« Diese Lanze musste ich einfach für Silvia und ihre Artgenossinnen brechen.

»Stimmt, tun sie nicht«, räumte Rosen ein. »Da habe ich mich ebenfalls schlaugemacht und mit ein paar Bauern gesprochen. So ganz nebenbei auf dem sommerlichen Dorffest und übers Gatter, versteht sich. Damit niemand etwas merkt.«

Er schwieg. Im Klohäuschen polterte etwas.

»Keine Tricks, Jungs«, knurrte ich. »Ich warne euch.«

»Ja, Mami«, kam es von Bapp.

Natürlich. Der Mann war einfach unausstehlich.

»Die Kuh«, erinnerte ich Rosen. Ich fror mittlerweile erbärmlich und wollte es zu Ende bringen.

»Oh ja, also, ich habe das Kalb schon im Hellen mit einem Strick eingefangen und am Gatter angebunden. Dass da jemand Ende Oktober vorbeikommt, ist ja mehr als unwahrscheinlich. Der Bauer macht morgens seine Runde. Das kriegt niemand mit. Und als es dann so weit war, habe ich das Lütte von der Mutter weggezogen. Das mag die gar nicht.«

»Mit einem Lasso? Im Dunkeln?« Ich glaubte ihm kein Wort.

»Man kann alles üben. Nicht nur das Dudelsackspiel. Ja, mit einem Lasso und mit Hilfe einer Taschenlampe«, wiederholte er. »Ich habe das Lütte aus dem Gatter gezogen und es dann außerhalb der Wiese direkt hinter dem bewusstlosen Perrier am Zaun angebunden. Die Alte war außer sich, als das Kalb anfing zu blöken und sie nicht zu ihm konnte. Die ist ohne viel Federlesens auf Perrier, der ja zwischen Mutter und Kind lag, losgegangen. Und das war's dann.«

»Und Sie haben die ganze Zeit danebengestanden und zugeschaut, wie die Kuh einen hilflosen Menschen zertrampelt?«, fragte ich Manfred, meinen Dudelsacklehrer, voller Abscheu.

»Nicht irgendeinen Menschen, sondern Sven Perrier, den Mörder meiner Frau«, verbesserte Rosen mich scharf.

»Der bei der schwachsinnigen Justiz in diesem Staate mit zwei bis drei Tausendern davonkommt. Das zahlt der doch aus der Portokasse. Das merkt der nicht einmal.«

Bapp. Schon wieder. Langsam war ich so weit, dass ich ihn mir neben Perrier am Gatter liegend gewünscht hätte. Doch das war natürlich höchst unprofessionell. Als professionell konnte ich mich dagegen in anderer Hinsicht fühlen: Genau so, wie ich es bei meiner Tatortbesichtigung vermutet hatte, war es tatsächlich gewesen. Niemand hatte es für nötig befunden, direkt nach dem »Unfall« den Boden, auf dem sich das Drama abgespielt hatte, näher in Augenschein zu nehmen. Sonst hätte man Fußspuren von Rosen und Trampelspuren des Kalbs außerhalb der umzäunten Wiese bemerken müssen, einmal abgesehen von den Hinweisen am Gatter, die der Strick in Form von Fasern hinterlassen haben musste. Nein, die umgehend geäußerte Unfallthese – sowie die leeren staatlichen Kassen? – hatte eine gründliche Untersuchung verhindert. Und als ich den Tatort ausgekundschaftet hatte, war es eben leider zu spät gewesen. Da hatten sich alle Spuren längst im

Regen aufgelöst. Doch mein Gefühl hatte stets etwas anderes gesagt. Und ich hatte recht behalten. Warum sollte ich es bestreiten: Ich war stolz auf mich.

»Und Marlies Stoll?«, bohrte ich weiter, ohne den Reichsbürger zu beachten. »Die haben Sie auch umgebracht?« Manfred Rosen und ich waren noch nicht fertig miteinander. Ausgerechnet in diesem Moment kratzte es wieder einmal in meiner Kehle. Ich hüstelte unterdrückt in meine Armbeuge, um ihn nicht abzulenken.

»Sehen Sie«, sagte Rosen erfreut. »Es wirkt schon. Bei der Stoll hat's wunderbar funktioniert. Es hat zwar ein bisschen gedauert, aber das war mir nicht wichtig. Hauptsache, es schlug an.«

»Was schlug an?«

War ich denn total vernagelt? Meine zeitweilige Hochstimmung hatte sich schlagartig verabschiedet. Dieser Fall machte mich noch ganz kirre. Alle schienen in Rätseln zu sprechen.

»Na, der Dudelsack natürlich«, antwortete Rosen in einem Ton, als wäre dies das Selbstverständlichste auf der Welt, und nur ausgemachte Blödmänner und -frauen würden nicht darauf kommen.

»Herr Rosen, bitte«, fauchte ich gereizt.

»Tja, also ich habe Annas Instrument ordentlich mit Schimmelpilzen infiziert und nach ihrem Ableben darauf geachtet, dass er nicht mehr gereinigt wurde. Wenn das nämlich nicht geschieht, atmet man mit jedem Atemzug die giftigen Sporen ein und nähert sich so langsam, aber sicher dem Ende. Anna und ich haben noch gemeinsam darüber den Kopf geschüttelt, als wir die Meldung damals in der Zeitung lasen. Und als sie dann nicht mehr war und ich über Marlies' Bestrafung nachdachte … Es schien mir die naheliegende Lösung zu sein. Geradezu perfekt für die Dame.«

»Sie haben die Frau mit dem Dudelsack ermordet?«, fragte ich erschüttert.

Der Funken von Mitleid, den ich bislang für Rosen hegte, erlosch auf der Stelle. Denn der vermeidbare Tod Anna Rosens war die eine Sache, mein geplantes Sterben die andere! Mir wurde abwechselnd heiß und kalt. Aber schon im nächsten Moment spürte ich, wie sich ein heißer, unverstellter Zorn in mir breitmachte: Dieser Mann hatte nicht nur Perrier, Wiesheu und Stoll ermordet, sondern wollte auch mich ins Jenseits befördern! Und alle, auch ich, hatten es ausgesprochen reizend gefunden, dass Rosen das Instrument seiner geliebten Frau so selbstlos an die Stoll und danach an mich verliehen hatte. Hätte ich es noch länger benutzt, wäre ich das vierte Opfer geworden.

»Clever, nicht?« Rosen klang jetzt richtig stolz. »Ich habe mir für jeden von Annas Mördern etwas Besonderes ausgedacht.«

Unwillkürlich ballte ich die Fäuste und atmete tief durch.

»Aber auch mir hatten Sie dasselbe Schicksal zugedacht wie Marlies Stoll. Weil ich Ihnen auf die Schliche zu kommen drohte, Herr Rosen? Sie liehen mir den versifften Dudelsack und brauchten nur abzuwarten, bis meine Lunge vor den Schimmelpilzen kapitulierte und ich mich tothustete. Das ist ziemlich heimtückisch und gemein. Ich habe Ihnen nichts getan.«

»Sie ist sauer«, erkannte Bapp, das Sensibelchen, messerscharf.

Das war noch kein Ausdruck. Ich war fuchsteufelswild und so wütend wie eine gereizte Kobra.

»Ja«, knirschte ich, »sie ist sogar stinkesauer. Sie hätten mich ohne mit der Wimper zu zucken umgebracht, Manfred.«

»Es hat sich irgendwie so … ergeben«, druckste Rosen herum. Ach so, war halt einfach passiert! Mensch, klang das lahm. »Da hat sich wohl etwas verselbstständigt. Ich hielt das für eine gute Idee.«

»Na toll«, schnaubte ich.

Bapp fing fröhlich an zu summen. »Morgen kommt der Weihnachtsmann«, wenn ich mich nicht irrte. Ich hätte ihm den Hals umdrehen können.

»Es schien mir eine genauso gute Idee zu sein wie die mit dem Horrorclown«, fuhr Rosen kleinlaut fort.

Himmel, den hatte ich bei den ganzen Toten beinahe vergessen.

»Was ist mit ihm?«, schnauzte ich in Richtung Brettertür. Bapp ging vom Summen zum Singen über, wodurch nichts besser wurde. Eher im Gegenteil. »Wenn Sie hier Psychoterror betreiben wollen, Herr Bapp …«

»Ich singe, weil ich ein fröhlicher Mensch bin.«

»Der nebenbei für fünfzigtausend Euro Menschen mit der Kettensäge massakriert, weil er sich nicht an Gesetze gebunden fühlt«, stellte ich die Sache richtig. »Wie krank ist das denn?«

»Ich habe es nicht für Geld getan«, korrigierte er mich sanft. »Sondern aus einem gesunden Gerechtigkeitsempfinden heraus. Der Lohn war nur eine … äh … zugegeben nette Nebensache.«

Am liebsten hätte ich mir die Ohren zugehalten. Diese beiden Männer waren ja total neben der Spur. Ich musste mich beeilen, lange hielt ich diesen Irrsinn nicht mehr aus.

»Was ist nun mit dem Clown, Herr Rosen?«

»Was soll mit ihm sein?« Mein ehemaliger Dudelsacklehrer schien ehrlich erstaunt. »Er sollte natürlich die Bokauer und auch gerade Sie von dem eigentlichen Motiv ablenken. Und es hat ja auch wunderbar geklappt. Von meiner Anna sprach niemand mehr. Die war tot und vergessen. Aber der Clown, vor dem sich alle fürchteten, war in aller Munde.« Plötzlich kicherte er wie ein kleiner Junge, der einen lustigen Streich ausgeheckt hat. Es hörte sich gespenstisch an. »Ich habe ihn ja auch richtig schön gruselig angelegt. Ohne Pupillen bei der Klinger-Maske. Das waren natürlich Kontaktlinsen. Ohne Gesicht bei der MorphMask. Und dann als lieben netten Weihnachtsmann, der leider ein bisschen haut.«

»Ja«, sagte ich schwach, weil mich ein ganz anderer Gedanke beschäftigte. »Arwed Klinger hat also mit dem Ganzen nichts zu tun?«

»Klinger? Nein. Wie kommen Sie denn darauf?« Rosen schien ehrlich erstaunt. »Der Mann ist ja nicht ganz dicht mit seiner unentwegten Polemik. Den wähle ich ganz bestimmt nicht.«

Als ob es darauf noch ankommen würde. Damit war das letzte Puzzleteil in diesem vertrackten Rätsel an seinen Platz gefallen. Ich fror und fühlte mich müde, ausgelaugt und erschöpft. Die menschliche Dimension dieses Falles, das wusste ich jetzt schon, würde mir auch in Zukunft schwer zu schaffen machen. Ich würde etliche Gespräche über Recht und Gerechtigkeit, Rache und Großmut, Mitleid und Gleichgültigkeit mit Marga und Harry, mit Traute und Johannes benötigen, um das alles zu verdauen: drei Morde und ein Anschlag auf mein Leben wegen einer geliebten Ehefrau, um die sich in ihrer Sterbestunde niemand gekümmert hatte.

»Was hätte Ihre Frau wohl von alldem gehalten, Herr Rosen?«

Ich musste einfach wissen, ob er darüber einmal nachgedacht hatte. Außerdem bekam die tote Frau so ein Gesicht für mich. Und das war das Mindeste, was sie verdient hatte.

»Anna?«

Er wiederholte ihren Namen dermaßen erstaunt, dass es eindeutig war: Dieser Gedanke war ihm im Zusammenhang mit seinen abscheulichen Taten noch nie gekommen. Es war ihm ausschließlich um seine Befindlichkeit und um Rache unter dem Deckmantel der Gerechtigkeit gegangen.

»Ja, Herr Rosen. Was hätte Ihre Frau von drei Leichen und einer Beinahe-Toten gehalten, die zudem völlig unschuldig ist? Das würde ich gern aus Ihrem Mund hören.«

Bapp hatte aufgehört zu singen. Rosen schwieg. Es war ein tiefes Schweigen. Selbst der Wind fegte nur mit halber Kraft durch den Garten.

»Manfred?«, sagte ich leise.

»Anna hätte …« Er brach ab, schwieg, versuchte es dann ein zweites Mal. »Nichts. Rein gar nichts hätte Anna davon gehalten«, erwiderte er schließlich ebenso gedämpft, und in diesen Worten lag endlich die glasklare Erkenntnis, dass er sich in seiner maßlosen Wut, seinem Kummer, seiner Einsamkeit, seiner Verzweiflung und seiner Verletztheit furchtbar verrannt hatte. Plötzlich stand hinter dieser Brettertür wieder der alte, echte Manfred Rosen, der Mann mit dem grundsätzlich friedlichen Charakter, der er vor dem schrecklichen Tod seiner Frau einmal gewesen war. Die nächsten Worte bestätigten meinen Eindruck.

»Passen Sie auf, Hanna«, schrie er plötzlich. »Bapp hat –« Ein dumpfer Schlag ließ ihn verstummen. Ich hörte ihn schmerzerfüllt aufstöhnen.

»Herr Rosen!«, schrie ich entsetzt, als ich im selben Moment hinter mir einen Luftzug spürte. Es war mehr der Hauch einer Intuition, doch ich wirbelte augenblicklich herum. Das war mein Glück. Helga hatte ein gusseisernes Monstrum von Bratpfanne bereits im Anschlag. Mit beiden Händen hielt sie das schwere Teil hoch über ihrem Kopf, Bruchteile von Sekunden später hätte sie es mir mit voller Wucht über den Schädel gezogen. Und so ein Schlag hätte nicht nur ein Brummen im Hirn verursacht. Ich hechtete instinktiv zur Seite. Keine Sekunde zu früh. Die Pfanne sauste nieder – und mit ihr Helga Bapp, die gnadenlos von deren Schwung mitgezogen wurde. Ohne zu zögern, warf ich mich auf sie, als sie am Boden lag.

»Helga!«, brüllte Bapp im Klo. »Mach sie fertig!«

Helga antwortete nicht. Das konnte sie auch nicht, weil ich ihr den Mund zuhielt, während ich es mir auf ihrem Oberkörper bequem machte und mich gleichzeitig in der Kunst übte, so viel Lebendgewicht wie möglich auf ihren Brustkorb zu bringen.

»Helga!«, schrie Bapp erneut. »Was ist denn? Nun komm schon, Mädel. Lass mich endlich aus diesem Scheiß-Haus raus.«

»Na, na«, gab ich gütig zurück. »Wir wollen doch zum Schluss nicht ordinär werden, mhm?«

Stille. Leise rieselte der Schnee. Wunderbar.

»Helga, du Niete«, schnauzte der charmante Ehemann schließlich. »Ich hab dir doch extra beschrieben, wie du es anstellen sollst. Meinst du etwa, ich hab die ganze Nummer mit dem Handy umsonst abgezogen? Oder hast du wieder mal nur halb zugehört?«

Die Niete ruckte und zuckte unter mir. Ich hob drohend die Rechte. Sie riss angstvoll die Augen auf.

»Schön brav bleiben«, flüsterte ich ihr zu. »Sonst mache ich Hackfleisch aus dir.«

Prompt rührte sie sich nicht mehr. Gegen die Pfanne, fand ich, war dieses bisschen Drohung ein Klacks. Umständlich angelte ich in der Jackentasche nach meinem Handy, aktivierte es und drückte das Knöpfchen. War das, was ich da machte, unwürdig für eine detektivische Fachfrau? Ja, eindeutig. Trotzdem hielt ich es für das einzig Richtige.

»Hemlokk!«, bellte Harry auch schon nach dem ersten Klingelton in höchster Alarmbereitschaft. »Was ist? Soll ich? Wo bist du? Halt aus, ich komme!«

»Brauchst du nicht, Gierke.«

Ich klang locker, gelöst und völlig mit mir im Reinen. Eindeutig ein erfolgreiches Private Eye auf dem Zenit seines Könnens. Mann, ging mir das in diesem Moment trotz fehlender Detektiv-Lizenz, eines schmerzenden Knies, diverser zwackelnder Muskeln und einer angeschlagenen Lunge gut.

»Ruf doch bitte bloß die Polizei an, ja? Sie finden uns alle zusammen in Bapps Garten direkt vor dem Schweden-Klo. Wir sind gar nicht zu verfehlen. Und von den Scheinwerfern und der Alarmanlage im Vorgarten sollen sie sich nicht Bange machen lassen. Da passiert nichts. Schick die Leute einfach ums Haus herum, hörst du?« Eine Schneeflocke landete auf meinem Nasenrücken und rutschte hinunter zur Spitze. Es störte mich nicht. »Und noch was, Harry. Sirenen sind nicht nötig. Ich habe alles im Griff.«

# Nachbemerkung

In diesem Fall ist Bokau seiner Zeit voraus, allerdings nur noch ein bisschen. Denn bisher durften Restaurants in Deutschland grundsätzlich (einzelne haben es trotzdem versucht) keine Insektengerichte anbieten. Aber seit dem ersten Januar 2018 gilt die neue »Novel-Food-Verordnung« der EU. Seither können sogenannte »neuartige Lebensmittel«, zu denen nun auch die Krabbeltiere zählen, ins kulinarische Angebot aufgenommen werden, wenn sie zuvor als gesundheitlich unbedenklich zugelassen worden sind. Speisekarten wie die der Bokauer »Heuschrecke« dürfte es also schon bald tatsächlich geben.

UTE HAESE
Grätenschlank
KÜSTEN KRIMI
emons:

Ute Haese
**DEN LETZTEN BEISST DER DORSCH**
Broschur, 320 Seiten
ISBN 978-3-95451-972-9

*»Ein Krimi mit Empathie, Humor und Küstenflair, aber ohne allzu brutale Szenen. Empfohlen wie schon die Vorgängerbände.«* ekz

www.emons-verlag.de